本书获教育部2012年度人文社会科学研究青年基金项目"清初扬州诗群研究——以孙枝蔚及其交游圈为中心之考察"（12YJC751100）资助

孙枝蔚与清初扬州诗群研究

杨泽琴 ○ 著

中国社会科学出版社

图书在版编目(CIP)数据

孙枝蔚与清初扬州诗群研究/杨泽琴著.—北京：中国社会科学出版社，2015.10
ISBN 978-7-5161-6672-7

Ⅰ.①孙… Ⅱ.①杨… Ⅲ.①孙枝蔚(1620～1687)—人物研究②古典诗歌—诗歌研究—中国—清代
Ⅳ.①K825.6②I207.22

中国版本图书馆 CIP 数据核字(2015)第 166960 号

出 版 人	赵剑英	
责任编辑	田　文	
特约编辑	胡新芳	
责任校对	邓雨婷	
责任印制	王　超	

出　　版	中国社会科学出版社	
社　　址	北京鼓楼西大街甲 158 号	
邮　　编	100720	
网　　址	http://www.csspw.cn	
发 行 部	010-84083685	
门 市 部	010-84029450	
经　　销	新华书店及其他书店	
印刷装订	北京君升印刷有限公司	
版　　次	2015 年 10 月第 1 版	
印　　次	2015 年 10 月第 1 次印刷	
开　　本	710×1000　1/16	
印　　张	16.25	
插　　页	2	
字　　数	271 千字	
定　　价	58.00 元	

凡购买中国社会科学出版社图书，如有质量问题请与本社营销中心联系调换
电话：010-84083683
版权所有　侵权必究

序

　　近年来，文学流派和群体研究已逐渐成为明清文学研究的热点，与诗、文、词、戏曲等各类文体相关的文学流派和群体均进入学者的研究视野，专著、论文大量涌现，举凡明初的台阁文人群体、茶陵诗派、闽中诗群、越中诗群、江右诗群、吴中诗群，明中期以来的前后七子、唐宋派、公安派、竟陵派、云间派，清代的神韵、性灵、格调、肌理、浙派、湘乡、汉魏六朝诸诗派，遗民、贰臣、布衣、寒士、京台诸诗群，西泠、阳羡、柳州、浙西、吴中、常州诸词派，桐城、阳湖诸文派，吴江、临川诸戏曲流派，或爬梳史料、揭橥史实，使这些曾经活跃于文学史上的流派和群体重新浮现出来，焕发出历史的光彩；或重新思考、定位评价，使一些被误读、误解的流派和群体抖落历史的尘埃，得到全新的认知。受这一研究氛围的影响，也出于我和同学们对明清文学史实和研究走向的把握，这些年我指导的大部分博士研究生都选择明清文学的流派和群体作为研究对象，并着力思考文学的文化品格和文化构成问题。泽琴那一届共毕业了两位同学，一位以《乾嘉幕府与文学研究》为题撰写了博士学位论文，泽琴则选择"清初扬州诗人群体"作为研究对象。《孙枝蔚与清初扬州诗群研究》正是在她的博士学位论文《清初扬州诗群研究——以孙枝蔚及其交游圈为中心之考察》的基础上加工修改而成。

　　清代初年的扬州，是在"扬州十日"的屠城惨剧之后逐渐恢复起来的，再加"通海"、"科场"、"奏销"等大案的风波迭起，文人们普遍惊魂未定，抱团取暖式的聚集又使他们很快汇聚起来。对于这样一群立场不同、信仰各异、心态复杂的文人，他们的生存环境如何，他们的人员构成如何，他们的聚散缘由怎样，他们的创作追求是什么，他们在当时文学生态中处于怎样的地位，如何把握这一诗人群体的创作个性，选择何人入手方可提纲挈领？如此等等，这一系列问题都需要在这部学术著作中加以解决。《孙枝蔚与清初扬州诗群研究》以清初著名诗人孙枝蔚为纽带，把顺康之际的扬州诗人作为一个群体进行整体观照，考察扬州诗群的交游、雅集、创作和诗学思想。其中，地缘文学研究视角的选择，凸显了特殊地域生态下一群特殊文人群体的生存土壤。文人交游、文人雅集和文人心态研究视角的选择，既还原了当时的历史语境和生活情景，又赋予诗人以鲜活的生命。对诗群成员构成的挖掘和梳理，既理清了清初扬州诗群成员的基本面貌和群体形象，又为诗群交游和雅集图景的勾勒奠定了基础。对诗群创作的主题取向和诗学思想的归纳与总结，既揭示出清初扬州诗群成员在诗歌创作中呈现出的一些共同特征，又展现了诗群成员在特有的人格精神支撑下和有力的诗学实践中所构建的具有独特品格的诗学思想。不难看出，作者不仅对所选研究对象的作品和相关研究资料进行了深入而细致的阅读，而且有深刻的体会和见解，在吸收前人研究成果的同时提出自己的观点，从而较为全面地展现清初扬州诗群的全貌。同时，该著内容充实，重点突出，结构完整，行文流畅，有力推动了清代文学流派和群体研究的发展，显示了作者较为深厚的专业功力和良好的学术修养。

  记得在博士论文答辩时，专家们对论文进行了充分的肯定，同时又提出了一些非常中肯的意见。针对专家在论文评审意见中所指出的问题和答辩委员们所提的建议，泽琴都认真对待，对论文进行了认真的修改和补充。但是，如果从更高的要求来说，这一论题还有进一步完善和提升的空间。比如，清初扬州诗群成员众多，《孙枝蔚与清初扬州诗群研究》在第一章第四节"清初扬州诗群的构成"中虽进行了简要介绍，但大量重要诗人的交游和创作状况仍不清晰，文献解读和考察对比均未进行，清初扬州诗群的网络构成和整体形象还无法全面把握。还有，该书对清初扬州诗群创作的主题取向设专章进行论述，但对这一诗群创作的艺术追求和诗歌创作中所呈现的艺术趣味却没有涉及。其实，清初扬州诗群的代表性诗人，无论孙枝蔚、吴嘉纪、邓汉仪、冒襄，还是汪懋麟、吴绮，都是艺术个性非常突出的诗人，有着独特的诗艺追求；另外，这些诗人之间在频繁的雅集和交流过程中，诗学追求和诗歌风格也有融合和趋同现象。所有这些，都需要在进一步爬梳史料的基础上作进一步的思考和总结。好在泽琴已在兰州交通大学文学院从事教学科研工作，有更多的时间进一步思考和研究这些问题。我殷切期望她对清初扬州诗群的研究再向前推进一步，并在古代文学研究领域继续求索，取得新的更大的成绩。

是为序。

张兵
2015年国庆假期

目　　录

绪　论 ……………………………………………………………（1）

第一章　扬州的地域文化背景与清初扬州诗群的构成 ………（16）
　　第一节　清康熙以前扬州的历史沿革及地理疆域 …………（16）
　　第二节　扬州经济的历史发展与清代早期的经济恢复 ……（25）
　　第三节　扬州文化的历史发展 ………………………………（31）
　　第四节　清初扬州诗群的构成 ………………………………（42）

第二章　孙枝蔚交游考 …………………………………………（56）
　　第一节　孙枝蔚与遗民诗人交游考 …………………………（57）
　　第二节　孙枝蔚与清朝官员交游考 …………………………（73）

第三章　孙枝蔚与清初扬州文人雅集 …………………………（98）
　　第一节　孙枝蔚与清初扬州文人雅集的几个阶段 …………（98）
　　第二节　清初扬州文人雅集的参与者 ………………………（103）
　　第三节　清初扬州文人雅集唱酬的主题及其所展现的文人
　　　　　　心态 ……………………………………………………（113）

第四章　孙枝蔚的游幕生涯及其诗歌创作 ……………………（124）
　　第一节　孙枝蔚的游幕生涯 …………………………………（124）
　　第二节　孙枝蔚诗歌分类研究 ………………………………（137）

第五章　清初扬州诗群创作的主题取向
　　——以孙枝蔚、汪懋麟、吴嘉纪为中心之考察 ……（150）
第一节　离乱之叹 ………………………………………（150）
第二节　故国之思 ………………………………………（157）
第三节　民生之艰 ………………………………………（163）
第四节　山水情志 ………………………………………（174）
第五节　穷困之嗟 ………………………………………（182）
第六节　亲情之慰 ………………………………………（188）

第六章　清初扬州诗群的诗学思想 ……………………（199）
第一节　原本学问，自具面目 …………………………（199）
第二节　吟咏性情，倡导本真 …………………………（212）
第三节　唐宋兼宗，融合并蓄 …………………………（225）
第四节　"江山之助" ……………………………………（230）

参考文献 ……………………………………………………（238）

后　记 ………………………………………………………（249）

绪　论

一　选题缘起

在历史上，扬州地区曾是遐迩蜚声的东南重镇，具有襟带淮泗、控引江南的地理优势，利尽四海、民生所系的经济地位，磅礴郁积、精光勃发的文化积淀。山川形胜，人文氤氲，其影响力赓续至清初尤为彰显：漕运，特别是盐政，使扬州成为长江南北的经济枢纽；清廷派遣任职此地的官员，大抵既稳健干练而又风流儒雅；而大批陕、晋、徽籍人士的寄寓，其亦贾亦儒的生活方式，在此鼓扬起雅俗共赏的文化高潮，他们和本土的名士雅人，成为清初诗坛一个绝不能轻忽的重心。

顺康之际是近世历史上的一段特殊时期，山飞海立，中原板荡，尤其是顺治初血腥的扬州十日屠城，成为易代之际文人心悸不已的一个历史交汇点；后来又有海警告急，郑成功、张煌言挥师直驱苏、皖腹地，政治风云变幻莫测；江南"科场"、"通海"、"奏销"诸大案风波迭起，这是东南局势最为动荡、江南文人最为不幸的一段岁月。置身于这样一个特殊的时代，纠缠于夷夏、满汉、新旧、朝野等多重文化、民族、政治的冲突中，江南文人的立场、信仰、价值观、心态等复杂多样，情感体验深刻，是历史上比较突出的。

而此时的扬州，随着南明的覆亡，其战略地位已明显下降，且与当时的政治中心北京距离较远，故政治环境相对宽松；另外，又与当时处于抗清前线的浙闽沿海地区近在咫尺，四周更有比较偏僻的县邑如兴化、宝应、如皋等，"这样的地理态势，不管是对有志于恢复行动的还是韬光晦迹者，都是绝好的遁世渊薮"[①]。是以四方诗学名流云集于兹，形成一个

[①] 严迪昌：《清诗史》（上），浙江古籍出版社 2002 年版，第 70 页。

地域性诗人群体。这个诗群阵容庞大，诗人们交游唱和，操持选政，繁荣一时。这是研究顺康之际士人生存空间与心态变化的一个切入点。对于一个阶段、一个地域的文人群体的解读，对了解整个文学的演变有着重要的意义。章培恒先生说："要从事此类研究，当然不能忽视作家流派的个案，但地域性的研究更为重要。因为过去和现在虽然都有特立独行之士，能与其置身的环境相抗衡，而绝大多数人都不能不顺应环境；而在交通相对不发达的时期，不同地区的差异极为明显，地域对个人的影响几乎是决定性的……所以，通过文化（包括文学）的地域性研究，我们可以看出在同一历史阶段的社会的不同世相；当这样的研究广泛、深入展开的时候，我们才能对我国近世时期的社会、文化有具体的把握。"① 可谓是对地域文学重要性的精到把握，给予了地域文学极高的评价。本书研究对象的选择正体现了地域文学的这一重要功能。

清初扬州诗群的地域性特征很明显，它与同时代其他地域的诗学活动联系密切，对于扬州其后的诗坛也有很大影响。但是，清初扬州诗群并不是单纯意义上的地域诗群，它具有与其他地域性群体不同的一些特殊性。首先，清初扬州诗群并非扬州一域之人，他们有土著、有侨寓、有邻邑、有宦游、有过客。其次，诗人的身份地位也不尽相同，有遗民、有新贵、有贰臣、有布衣。他们的情感是复杂的，有国破家亡，有易代兴衰，也有儿女情长、新愁旧怨。他们的表现也是不同的，有慷慨悲歌，也有浅斟低唱。因此，扬州诗坛的风格也不尽相同，有清远蕴藉，更有性情贯注、真气淋漓。从严格意义上来说，清初扬州诗群并没有形成一个诗学流派，但他们彼此之间有神气相通之处，他们的集会唱和与选政之操，更是明清诗风交接转化期的一个极重要的标志。由于集中了四方诗学精英，而不是局限于一方，不同的诗风、流派在摩荡、扬弃、融汇中发生着嬗变，故它具有一般地域性流派所缺少的开放性和包容性，正是这种开放性与包容性在一定程度上促进了有清一代为"中国古代诗史集大成的总结时期"② 的历史进程。

清初扬州诗群的研究，亦非纯粹的文学层面的研究。它的形成和发展，在清初文学乃至整个中国古代文学中，都是一个值得注意的现象。顺

---

① 徐永明：《元至明初婺州作家群研究·序》，中国社会科学出版社2005年版。
② 严迪昌：《清诗史》（上），浙江古籍出版社2002年版，第1页。

康之际，由于特殊的社会环境，文人之间的聚会、酬唱十分普遍，他们之间多有集体登览、友朋送迎、文酒之会、寓所夜话、书信往来。扬州诗坛几乎囊括了这一时期江南所有知名的诗人。研究扬州诗坛，不可能回避顺康之际特殊的社会时局、士人复杂的心理、知识分子的处境、思想史的发展等问题，其意义并不限于文学方面。他们的诗学活动，不仅是清诗发展的重要一隅，也是清初社会文化的一个维度，具有特殊的历史文化意义。

孙枝蔚在清初大江南北影响极大：选刊时人诗集，诗坛群彦争相与之交结，当时诗坛大家、名家几乎都与他有交游唱和；许多重要的文人雅集活动中也经常活跃着他的身影；他本人的诗歌创作成就也非常大。故以他为纽带，以其交游圈为切入点来考察扬州诗群，具有典型意义。本书选取清初以孙枝蔚及其交游圈为主的扬州诗群为研究考察对象，这是一个非常的历史阶段，一个特殊的空间视域和特定的诗人群体。

二 研究历史与现状

（一）以"明清之际"为视点的文化研究和明遗民研究

1. 以"明清之际"为视点的文化研究

20 世纪末以来，学界将明清之际的文化研究作为文学外部研究的重头戏，成为一个热点，它主要包括社会政治经济环境、哲学思潮、学术思想、审美风尚、士风、诗人人格心态等与文学的相互关系的研究。此领域的研究在不同维度上向纵深方向发展，取得了一定的成果。谢国桢、赵园等学者主要从学术思想文化史的角度考察明末清初的学术思潮、社会风尚及明清士人的价值取向。研究专著有：谢国桢《明清之际党社运动考》[①]《明末清初的学风》[②]、赵园《明清之际士大夫研究》[③]《制度·言论·心态——〈明清之际士大夫研究〉续编》[④]、王汎森《晚明清初思想十论——名家专题精讲》[⑤]、燕国材《明清心理思想研究》[⑥] 和陈平原、王德威、商伟编《晚明与晚清：历史传承与文化创新》[⑦] 等。何宗美、朱丽

[①] 辽宁教育出版社 1998 年版。
[②] 人民出版社 1982 年版。
[③] 北京大学出版社 1999 年版。
[④] 北京大学出版社 2006 年版。
[⑤] 复旦大学出版社 2004 年版。
[⑥] 湖南人民出版社 1988 年版。
[⑦] 生活·读书·新知三联书店 2004 年版。

霞等从文人社会关系、社会网络构建的角度来考察文人赖以生活的社会环境，如何宗美《明末清初文人结社研究》①、《明末清初文人结社研究续编》②、朱丽霞《明清之交文人游幕与文学生态——以徐渭、方文、朱彝尊为个案》③、谢正光《清初诗文与士人交游考》④等。黄卓越、赵永纪等学者主要从文学角度考察明清士人的诗文词创作，侧重于考察文学创作的理论和实践方面，如黄卓越《明中后期文学思想研究》⑤、赵永纪《清初诗歌》⑥、李世英《清初诗学思想研究》⑦、黄河《王士禛与清初诗歌思想》⑧、张世斌《明末清初词风研究》⑨。周明初等人着力考察明清之际士人心态，如周明初《晚明士人心态及文学个案》⑩等。以上列举是从文学外延入手进行的研究，同时也涉及文学本体研究。

2. 明遗民研究

明遗民作为明清之际的一种独特的社会现象，成为学界又一个研究热点。现阶段关于明遗民的研究成果，有邓之诚《清诗纪事初编》⑪、钱仲联主编的《清诗纪事·遗民卷》⑫、孙静庵《明遗民录》⑬、旅美学者谢正光所纂《明遗民传记索引》⑭《明遗民录汇编》⑮、业师张兵教授《清初遗民诗群研究》（苏州大学 1998 年博士学位论文）、潘承玉《清初诗坛：卓尔堪与〈遗民诗〉研究》⑯、周焕卿《清初遗民词人群体研究》⑰等。单篇论文更多，兹不作罗列。就涉及的方面而言，举凡遗民士子的生平、作品版本、作品的思想意蕴、创作手法及艺术成就等，在上述研究成果中都

---

① 南开大学出版社 2003 年版。
② 中华书局 2006 年版。
③ 上海古籍出版社 2008 年版。
④ 南京大学出版社 2001 年版。
⑤ 北京大学出版社 2005 年版。
⑥ 光明日报出版社 1993 年版。
⑦ 敦煌文艺出版社 2000 年版。
⑧ 天津人民出版社 2002 年版。
⑨ 天津古籍出版社 2008 年版。
⑩ 东方出版社 1997 年版。
⑪ 上海古籍出版社 1984 年版。
⑫ 江苏古籍出版社 1987 年版。
⑬ 浙江古籍出版社 1985 年版。
⑭ 上海古籍出版社 1992 年版。
⑮ 南京大学出版社 1995 年版。
⑯ 中华书局 2004 年版。
⑰ 上海古籍出版社 2008 年版。

有翔实的论证。

(二) 清初扬州文人的文献资料

1. 清人著作中的清初扬州文人文献资料

清初扬州文人的有关记载和文献资料既丰富又零散,大略归类如下。

(1) 明末清初扬州文人的诗文别集,这是展开研究不可或缺的原始资料,此类文献数量很多,难以一一罗列,举其要者有孙枝蔚《溉堂集》、吴嘉纪《陋轩诗》、冒襄《巢民诗集》《巢民文集》、吴绮《林蕙堂全集》、汪懋麟《百尺梧桐阁集》、汪楫《悔斋集》、雷士俊《艾陵诗钞》《艾陵文钞》、杜濬《变雅堂遗集》《变雅堂文集》、方文《嵞山集》、王士禛《渔洋精华录》《感旧集》《居易录》、王士禄《考功集选》、王又旦《黄湄诗选》、宗元鼎《芙蓉集》等。

(2) 总集、诗话、诗纪事,如沈德潜编《清诗别裁集》、魏宪辑《百名家诗选》、张应昌辑《清诗铎》、卓尔堪辑《遗民诗》、徐世昌辑《晚晴簃诗汇》、阮元辑《淮海英灵集》、李元度辑《国朝先正事略》、郑方坤撰《清朝名家诗钞小传》、张维屏辑《国朝诗人征略》《国朝诗人征略二编》、钱仪吉纂《碑传集》、王夫之著《清诗话》、王士禛著《带经堂诗话》、朱彝尊著《静志居诗话》、杨钟羲著《雪桥诗话、续集、三集、馀集》、钱谦益著《列朝诗集小传》、陈田辑《明诗纪事》等。

(3) 清代史料笔记、杂纂,如王晫《今世说》、余怀《板桥杂记》、陈康祺《郎潜纪闻四笔》、谈迁《北游录》、徐珂《清稗类钞》、王士禛《池北偶谈》《香祖笔记》、法式善《清秘述闻三种》等,偶有相关记载散见其中。

(4) 扬州地方文献,其中绝大部分知名著述为清代著作,如李斗《扬州画舫录》《扬州名胜录》、王秀楚《扬州十日记》、阮元《广陵诗事》、焦循《邗记》《扬州足征录》《北湖小志》、阮先辑《北湖续志》《北湖续志补遗》、汪中《广陵通典》、姚文田《广陵事略》、汪应庚《平山揽胜志》、赵之璧《平山堂图志》、顾銮《广陵览古》、林溥《扬州西山小志》、杜召棠《惜馀春轶事》《扬州访旧录》、林苏门《邗江三百吟》、董伟业《扬州竹枝词》等,因其作者主要是扬州籍学者,亦包括部分外籍寓扬先贤,故材料真切可信,是考察清初扬州历史文化、风俗地理、人物掌故、文献资料的重要来源之一。

上述资料由于产生的时间有先有后,作者的立场观点、学识水平轩轾有别,就文化生成背景来说则是清政府实行文化专制和大兴文字狱,因此,在使用这些资料时需注意相关问题:首先,要区别原始材料和派生材料,有选择性地加以使用,在二者有出入的情况下以原始材料为准。其次,内容相近而各有侧重的材料应取他说作为补充,尽量全面加以观照。

2. 今人著作中的清初扬州文化、文学的文献资料

完成于20世纪40年代的三部重要的扬州地方文献:

王振世《扬州览胜录》①,是民国年间扬州风景名胜的可靠记录,堪称清代李斗《扬州画舫录》之续笔,这本书通过再现"史可法墓"、"文丞相祠"、"天宁寺"、"三贤祠"、"虹桥"、"平山堂"等自然景观及散见于各卷附录中的清人相关文章诗词,展示了清初扬州激荡难平的风云际会和深厚的人文积淀。

徐谦芳《扬州风土记略》②,是记述扬州概况的专著,对扬州的历史沿革、地势气候、河流交通、学术文化、风俗物产均作了扼要介绍,体裁类似笔记,可补正史之阙。

董玉书《芜城怀旧录》③,是载述清代以来直至民国年间扬州掌故逸事的专著。此书以人物为经,信笔贯穿相关故实,蕴含了丰富的史料:忠贞节义之士的壮烈事迹,通儒巨子的业绩风范,名宦循吏的惠政遗爱,骚人逸士的珍闻逸事,对研究扬州历史文化大有裨益。

这三部书完成于20世纪40年代初期或中期,时值中华半壁河山为日寇占领、国家和民族命运生死攸关的非常时期,著者的撰述是在特殊的历史语境下进行的,崇拜英雄、宣扬忠义志节、激励志士是这些书中共有的思想内核和政治倾向,这与清初扬州诗群信守的"夷夏之辨"在价值取向上是非常契合的。

南京师范大学古文献整理研究所编著《江苏艺文志(扬州卷)》④是影响较大的地方艺文志,收录上古至清末(1911)本省籍及定居本省文士的全部著作,清人著述占绝对优势。该书有两个鲜明特点:一是全面。凡本省籍人士著、编、注、评、校勘、增补、翻译,以及重要的校刻之书,无论存佚,均加收录。二是确实。材料信而有征,表述有度,适于检

---

① 蒋孝达校点,江苏古籍出版社2002年版。
② 蒋孝达、陈文和校点,江苏古籍出版社2001年版。
③ 同上。
④ 江苏人民出版社1995年版。

李坦等编《扬州历代诗词》（共四册）①，其中第四册按作者为序，收录清初至雍正朝有关扬州的大量诗词作品，是文人语境诠释下的扬州历史、文化、民情、风物的荟萃集聚。孙枝蔚、吴嘉纪、吴绮、冒襄、汪懋麟等清初扬州诗群主体的作品占很大分量，可谓地域文学创作活跃的表征之一。

张慧剑著《明清江苏文人年表》②，记录了自明洪武元年（1368）至清道光二十年（1840）间江苏地区的文人活动，以文学性的活动为主，包括生卒、著述等，其独特价值在于确定这些人物的生卒年、文事交游、唱和活动的具体时间及著述名称等方面，是重要的研究、稽考资料。

此外，钱仲联主编《清诗纪事》③，邓之诚《清诗纪事初编》④，袁行云《清人诗集叙录》⑤，郭绍虞、富寿荪编选《清诗话续编》⑥ 等著作中也偶有清初扬州诗群的相关资料。

（三）清初扬州地区文化、文学的地域性研究

清初扬州地区文化、文学的地域性研究，逐渐受到学界的重视。现阶段关于清代扬州历史、文化、文人的研究成果，表现出如下几个特点。

1. 对扬州历史、文化、俗文学的研究

对扬州历史、文化的研究有：［澳大利亚］安东篱著、李霞译《说扬州——1550—1850年的一座中国城市》⑦，［美］梅尔清著、朱修春译《清初扬州文化》⑧，韦明铧《扬州文化谈片》⑨ 等。对扬州俗文学的研究有：戴健《清初至中叶扬州娱乐文化与文学》⑩、柯玲《民俗视野中的清代扬州俗文学》⑪、苏保华《扬州文学镜像研究》⑫ 等。

---

① 人民文学出版社1998年版。
② 人民文学出版社2008年版。
③ 江苏古籍出版社1987年版。
④ 上海古籍出版社1984年版。
⑤ 文化艺术出版社1994年版。
⑥ 上海古籍出版社1983年版。
⑦ 中华书局2007年版。
⑧ 复旦大学出版社2004年版。
⑨ 广陵书社2004年版。
⑩ 社会科学文献出版社2008年版。
⑪ 上海社会科学院出版社2006年版。
⑫ 社会科学文献出版社2009年版。

2. 对扬州（广陵）词人的整体性关注较多

著作如严迪昌先生《清词史》之第二章第三节"广陵词坛和毗邻词人群"①，陈水云《清代前中期词学思想研究》第三章"广陵词坛与毗邻词坛的词学思想"②、朱丽霞《辛稼轩接受史》之第五章"广陵总持——王渔洋的词体期待与稼轩接受"③、李丹《顺康之际广陵词坛研究》④、李康化《明清之际江南词学思想研究》之第五章"广陵词人群与明清之际词学思想的嬗变"⑤。研究论文有刘扬忠《清初广陵词人群体考论》⑥、刘赛男《顺康之际广陵词坛扬州词研究》（内蒙古大学 2012 年硕士学位论文）、刘纯斌《清初扬州遗民词人及其作品研究》（扬州大学 2007 年硕士学位论文）。相比之下，学界对广陵诗人的整体关注尚付阙如，研究相对冷落。尽管很多词人亦是诗人，诗词俱佳，但细究起来，他们作诗或填词的成就总有大小、显隐之别，正如严迪昌先生指出的："文学史毕竟不同于思想史或社会发展史，文学自有其本身演变的轨迹。至于各类文体之间更有难以用同一框架所能划一界限的差异，它们各自具有的特点和发展过程是不可能互相取代的。"⑦ 基于这一认识，涉及亦诗亦词的文人群体，其诗学成就不能简单机械地和其词学成就等量齐观。

3. 对顺治十七年（1660）至康熙四年（1665）任扬州推官、引领广陵文坛风习的王士禛的研究颇为密集，呈现出"显学"的分布态势

限于篇幅，仅举几例：如蒋寅《王渔洋与清词之发轫》⑧《王士禛与江南遗民诗人群》⑨、张宏生《王士禛扬州词事与清初词坛风会》⑩、张宇声《王渔洋扬州文学活动评述》⑪、裴世俊《王士禛五载扬州的文学活动与成绩》⑫、李圣华《王士禛与明遗民交游事迹考论》⑬、李才朝和秦跃宇

---

① 江苏古籍出版社 1999 年版。
② 武汉大学出版社 1999 年版。
③ 齐鲁书社 2005 年版。
④ 上海古籍出版社 2009 年版。
⑤ 巴蜀书社 2001 年版。
⑥ 《江西社会科学》2004 年第 7 期。
⑦ 严迪昌：《清词史》，江苏古籍出版社 1999 年版，第 98 页。
⑧ 《文学遗产》1996 年第 2 期。
⑨ 《北京大学学报》2005 年第 5 期。
⑩ 《文学遗产》2005 年第 5 期。
⑪ 《扬州大学学报》1998 年第 1 期。
⑫ 《齐鲁学刊》2002 年第 2 期。
⑬ 《沈阳师范大学学报》2004 年第 6 期。

《论王士禛与遗民交往的功利性》①、顾启《冒襄王士禛交游考》②、李有强《王士禛主导下的广陵词坛研究》（华东师范大学 2009 年博士学位论文）等。

4. 微观研究取得了一定成绩

主要表现在具体作家的个案研究有了很大进展，与本书关系密切的研究对象孙枝蔚、吴嘉纪、冒襄、吴绮、汪懋麟、孙默、杜濬、方文等人开始进入研究者的视野并日渐受到关注。

（1）孙枝蔚研究

孙枝蔚，是清初流寓扬州的一位"名噪海内"③的重要诗人。明亡时他二十多岁，为避乱迁至扬州经商，累致千金，后陷于困顿，折节读书，结交四方名士，遂以诗名世。尽管是关中诗人，但他自寓居广陵后再未回乡，可以说是更多地受到了江南文化的熏陶，其诗文化活动是在扬州诗群中展开的，可以扬州诗人目之。关于孙枝蔚的研究，集中在这几方面。

研究孙枝蔚诗歌创作成就的：张兵先生《清初关中遗民诗人孙枝蔚的交游与创作》④澄清了历史造成的"溉堂不是遗民"的误解，肯定"溉堂当为遗民"，通过解读其代表性作品，透辟地分析了溉堂诗的认识价值和诗风的主导倾向，使孙枝蔚其人其诗研究的基本面貌明朗化。陈昭凌《孙枝蔚及其诗歌研究》（西南大学 2009 年硕士学位论文）以孙枝蔚及其诗歌创作为研究对象，对其独特的人生道路选择、诗歌的艺术特色及其遗民心态、士商观念进行了阐述，兼论了地域文化对其诗风的影响。

研究孙枝蔚词作的有：朱丽霞《清代辛稼轩接受史》⑤第二章第一节"'稼轩、东坡之间'的关陇词人——孙枝蔚"，指出溉堂词风激劲豪迈，深具稼轩遗风。

从历史文献补苴、传播角度考察的：赵逵夫先生的论文《孙枝蔚的一篇逸文与清初寓居江南的秦地诗人》⑥，通过检览甘肃诗人张晋的《戒庵诗草》，发现前有孙枝蔚序一篇，比照现存的《溉堂集》，并未收录，

---

① 《山西大同大学学报》2010 年第 1 期。
② 《南通师范学院学报》2000 年第 2 期。
③ 尹继善、黄之隽：《（乾隆）江南通志》，影印文渊阁四库全书本，第 3165 页。
④ 《苏州大学学报》2000 年第 1 期。
⑤ 齐鲁书社 2005 年版。
⑥ 《汉中师院学报》1986 年第 3 期。

故这篇逸文查漏补缺，对于考察孙枝蔚的交游、创作及当时寓居江南的秦地诗人的情况有重要的文献价值。另有郎菁《四库禁毁书目中的三部清初陕西诗文集——〈溉堂集〉、〈槲叶集〉和〈弱水集〉》①，三部诗文集的作者分别是遗民诗人孙枝蔚、李柏和具遗民情怀的屈复，同出一脉的反清思想是三部诗集遭禁毁的根本原因，此文可佐证张兵先生"溉堂当为遗民"的论断确信无疑。

编撰孙枝蔚年谱的有：段莹《孙枝蔚年谱》（西北大学2010年硕士学位论文）考察了孙枝蔚的生平、行年事迹、著述，侧重孙枝蔚和江南文人、关中文人及京师文人的交游整理方面。将文士之间的赋诗酬唱、宴饮出游、切磋诗艺以及孙枝蔚的重要作品和文学活动做大致的系年，为本书中孙枝蔚的社会关系的铺展做了一些材料准备。不过该文中穿插的一些重要时事有牵强之嫌，和谱主社会活动的结合显然不够紧密。

冉耀斌《三秦诗派及其文化品格》②《三秦诗派的作家构成及特征》③的研究对象是三秦诗派，因孙枝蔚本为秦人，故将之纳入论述范围，孙枝蔚在此作为一个重要的"点"而分布在三秦诗派的"面"上，可看出秦风之朴质刚健对他的心性及创作的影响。

（2）吴嘉纪研究。

吴嘉纪，扬州府泰州人，是清初著名遗民诗人，与顾炎武并称为"遗民诗界的双子星座"，是名副其实的处于寒芦野水之间的布衣寒士，在他44岁时因受到一代文坛领袖王士禛的揄扬而声名大噪。有关吴嘉纪研究的资料最众，包括这几个方面。

编撰吴嘉纪年谱的，有蔡观明《吴嘉纪年谱》④。

从作品版本入手考察的，有孙荣《吴嘉纪〈陋轩诗〉版本考》⑤等。

探讨吴嘉纪本人及其文学活动的，有乐进《清初遗民诗人吴嘉纪研究》（苏州大学2007年硕士学位论文）、王鑫《遗民诗人吴嘉纪研究》（辽宁师范大学2008年硕士学位论文）、叶珏《明遗民个案分析：吴嘉纪扬州文学活动研究》（四川师范大学2008年硕士学位论文）。其中叶珏的

---

① 《图书馆杂志》2005年第10期。
② 《文学遗产》2008年第5期。
③ 《西北师大学报》2008年第3期。
④ 北京图书馆，1964年油印本。
⑤ 《上海高校图书情报学刊》1995年第3期。

硕士论文与本书的论述角度切近,通过考述吴嘉纪扬州交游,探讨其诗歌创作,深入探究诗人特定的生存状态,最终给予吴嘉纪一个较为合理的价值评价。

从总体上探讨吴嘉纪诗歌创作成就的论文,有张兵先生《论吴嘉纪诗的文化构成与创作特征》①、赵永纪《略论吴嘉纪的诗》②、张克伟《论泰州王门学派诗人吴嘉纪及其诗作》③、华世鑫《一字一成泪 诗到乱离真——论吴嘉纪诗》④、吴艳玲《苦吟:从杜甫、吴嘉纪到臧克家——检讨中国诗歌发展的一条道路》⑤,以及2009年产生的两篇硕士论文:周颖《清初遗民诗人吴嘉纪及其诗歌创作研究》(苏州大学)、赵娜《吴嘉纪诗歌研究》(山东师范大学)。张兵先生《论吴嘉纪诗的文化构成与创作特征》高屋建瓴,细致而精微地分析了吴嘉纪悲苦凄凉的人生际遇、以"严冷"为基调的独特诗风、多用并善用白描的艺术表达手法,并剖析形成其独具的心路历程及诗风的影响因子,即王学左派思想的浸染、盐民与盐商文化及泰州一带的结社风气、吴嘉纪的遗民身份与泰州遗民的文化人格等因素。

具体从题材内容、艺术风格方面探讨吴嘉纪诗歌创作成就的,有张永芳《论吴嘉纪的妇女诗》⑥,谢婕《〈陋轩诗〉与清初灶户的社会生活》⑦,李忠明、朱秋娟《气候灾异与吴嘉纪诗歌风格的形成》⑧ 等,研究者较多关注《陋轩诗》中有关河患、军输、民生疾苦这类思想性较强的类型,而对占其诗歌很大比例的有关题图、山水登临、应酬赠答之作较少涉及,这类作品大多正值吴嘉纪频繁往来扬、泰时所作,文学成就甚高,故本书还可在这些领域加以挖掘。

(3) 汪懋麟研究。

汪懋麟是王士禛的弟子,被称为"王门高足",二人关系殊密,故从这种衣钵承继的角度来审视的不乏其人,如从毛湛玉《论广陵词坛宗主

---

① 《西北师大学报》1997年第5期。
② 《苏州大学学报》1987年第4期。
③ 《学海》1995年第1期。
④ 《云南教育学院学报》1998年第1期。
⑤ 《中南民族大学学报》2004年第5期。
⑥ 《宁夏大学学报》1985年第4期。
⑦ 《东岳论丛》2004年第1期。
⑧ 《阅江学刊》2009年第3期。

王士禛对汪懋麟词的影响》①可看出清初广陵词坛将王士禛奉为圭臬，汪懋麟即以"神韵"论词，具有典型意义。又如［日］大平桂一著、清风译《扬州时代的王渔洋——从汪懋麟的作品谈起》②通过对汪懋麟作品的鉴赏，指出扬州时代的王渔洋创作上自我反复、其追随者如影模拟的诗学现象。潘务正《论汪懋麟与施闰章、徐乾学唐宋诗之争》③一文，论证了汪懋麟诗风受王士禛影响而由宗唐变为宗宋，后入翰林供职亦推崇直抒胸臆的宋诗，由此引发了他与施闰章、徐乾学之间的唐宋诗之争，这是清初诗坛广受关注的事件，诗学之争看似是清初翰林院内外诗风的差异，实则反映了人生际遇殊途而致的士人文化价值和表达方式的差异。

王春燕《汪懋麟诗文研究》（福建师范大学 2008 年硕士论文）以汪懋麟诗文为研究对象，探讨其文学风格和特色，挖掘作品深厚的感情内涵，展示其坎坷的人生经历和矛盾挣扎的心路历程。论文涉及扬州文化对汪懋麟性格和创作的影响，从地域文学角度而言，可谓冰山之一角。

（4）冒襄研究。

冒襄（1611—1693）是清初扬州的重要文人，他交游遍天下，毕生频繁地举行、参加各种文人活动，然而由于冒襄之妾、"秦淮八艳"之一的董小宛芳名远播，出于猎奇心理，世人津津乐道于冒、董之情缘，而冒襄本身的文学成就、文学活动反而被遮盖。关于冒襄的研究，研究者大致着眼于这样几个方面：一是冒襄的基本经历。顾启的系列论文如《清初文学家冒襄评传》④《冒襄阮大铖斗争事迹考评》⑤等，考证翔实，对了解冒襄的人生轨迹大有裨益。二是冒襄的交游。顾启对冒襄与谭友夏、李清、余怀、吴国对、孔尚任、陈维崧、王士禛、吴伟业、张潮的交谊都有专文论述，限于一对一的个案性描述。三是关于冒氏家乐。有刘水云《明末清初文人结社与演剧活动》⑥，指出文人结社和结社活动中演剧的紧密关系，从娱乐性的角度来阐发演剧是社集活动的重要环节；黄语《冒襄文人雅集对家乐戏曲的影响》⑦，点明冒氏家乐表演是冒襄归隐如皋后

---

① 《西昌学院学报》2010 年第 2 期。
② 《杭州师范学院学报》1995 年第 2 期。
③ 《淮海工学院学报》2009 年第 2 期。
④ 顾启：《冒襄研究》，江苏文艺出版社 1993 年版，第 1—12 页。
⑤ 同上书，第 13—21 页。
⑥ 《南通师范学院学报》2001 年第 1 期。
⑦ 《河北学刊》2010 年第 2 期。

多次文人雅集中的常见节目,文人对家乐的评点有利于加深对戏曲寓意的理解,并促进其传播,也有利于伶人技艺的提高及影响力的扩大,文人品位对戏曲的审美倾向也起着重要的引导作用。四是关于冒襄的文学创作。顾启《冒广生与〈冒氏丛书〉》① 全面介绍了冒氏家族的著述情况,其中介绍冒襄创作的部分对全面把握冒襄作品的分布有指导作用;顾启《论冒襄〈朴巢诗选〉》对冒襄早期诗集选的主要内容予以归纳,包括关注民生、抨击统治者、故国之思、秀丽山水、坚贞感情等方面,并总结出其主要风格是悲愤感慨;顾启、姜光斗《读冒辟疆〈卖字五狼偶成绝句〉》② 通过冒襄晚年作品《卖字五狼偶成绝句》的分析,描述了其晚年穷困潦倒的处境,并对冒襄由富跌贫的原因进行了分析。

(5) 吴绮研究。

吴绮(1619—1694)是清初扬州诗坛非常活跃的文人,他交游广泛,积极参加文人聚会,是扬州诗群唱和宴集的中坚分子。杨燕《吴绮湖州为官时期文学活动考论》(南京师范大学 2007 年硕士学位论文)虽截取吴绮为官湖州时期的文学活动为考察对象,但他其时频繁地来往穿梭于扬州和湖州任上,在扬州与众文友诗文相会,赓酬唱和,故该文在考察吴绮的扬州文事活动方面可资参证。杨蓓蕾《吴绮及其词研究》(西南大学 2008 年硕士学位论文)立足于吴绮的词作,论析了吴绮"主情"、"尊体"、"重音律"的词学思想,透视其功名意识和隐逸意识交织碰撞的复杂人格特征,并从文化角度即山水江南和人文江南为切入点对其词作以解读。其中第四章第二节"吴绮词中的人文江南"论及文人雅集,与本书论题在论述角度上有契合之处。

(6) 方文研究。

编撰方文年谱的,有李圣华专著《方文年谱》③,以诗证史,考稽方文的社会活动、交游唱和,提供了较丰富的文史研究资料和线索;探讨方文其人的,有赵永纪《清初遗民诗人方文》④、贾峰《浅析清初遗民诗人

---

① 《南通师专学报》1995 年第 3 期。
② 《镇江师专〈教学与进修〉》1983 年第 2 期。
③ 人民文学出版社 2007 年版。
④ 《安庆师范学院学报》1985 年第 2 期。

方文》①等；考证方文交游、行迹的，有田维昶《邢昉、方文交游考略》②、谢正光的专著《清初诗文与士人交游考》③中《读方文〈嵞山集〉——清初桐城方氏行实小议》一文，详细考察了方文先世的荣显及家风、方氏族人的仕隐殊途，较具史料价值；朱丽霞《明清之交文人游幕与文学生态——以徐渭、方文、朱彝尊为个案》④之第二章《方文谋生与文学创作》从其避难、医卜问生、寄游觅食的辛酸特异人生经历中探求其交游、谋生方式与其创作之间的内在因缘，视角独特，给人以启发。探讨其诗歌成就的，有胡金望《论方文的遗民情结与诗风》⑤、朱则杰《方文〈四壬子图〉考论》⑥、程伟《明遗民方文咏物诗浅析》⑦、吴小如《说方文〈舟中有感〉》⑧及朱小利《方文及其〈嵞山集〉研究》（南京师范大学 2007 年硕士学位论文）等。

总之，清初扬州诗群的研究，目前尚无全面系统的论述，在整体把握上还有欠缺，对这一诗群所处的清初社会文化背景具体分析不够，对作家之间的关联性缺少细致剖析，对其在清诗发展中所起的作用未能做出深刻阐发，尚缺乏准确的文学史定位，因而，无论在宏观上还是在微观上，无论在深度上还是在广度上，都有进一步开拓的必要。

三 本书的研究方法

1. 文史结合

本书着力于研究清初以孙枝蔚及其交游圈为中心的扬州诗群的文人雅集与诗人、诗歌间的关系，可采用文史结合的方法，以文学为本位，结合历史背景，将当时维扬一域的诗坛景观放在具体的历史语境中进行分析，从而得出客观的结论。

2. 宏观和微观相结合

本书拟在论述的过程中，采用宏观和微观相结合的方法，既注重对诗

---

① 《安徽文学》2010 年第 4 期。
② 《青年文学家》2009 年第 2 期。
③ 南京大学出版社 2001 年版。
④ 上海古籍出版社 2008 年版。
⑤ 《东南学术》2008 年第 5 期。
⑥ 《西北师大学报》2006 年第 5 期。
⑦ 《安徽文学》2008 年第 12 期。
⑧ 《名作欣赏》1990 年第 6 期。

群的整体概述（综论），又选取重要诗人的诗学活动作为个案，进行重点深入剖析（分论），尽可能在宏观和微观的点面结合分析下，多层面地论述主题。

3. 文献与文学相结合

在尽可能充分占有资料的前提下，从翔实的文献材料入手，对诗人的生平事迹和交游、雅集、唱和、评论等涉及诗学活动的材料进行细致考订，近距离地观察各种复杂的文学事件和文学现象，考究其来龙去脉和因果关系，从群体意识、文学思想等方面进行全面研究。

第一章　扬州的地域文化背景与清初扬州诗群的构成

第一节　清康熙以前扬州的历史沿革及地理疆域

一　此扬州非彼扬州

扬州是一座历史悠久的文化名城，同时又是古代中国一个重要的地理区域。但是，需要说明的是，作为名城的扬州与作为地域的扬州，在历史上相当长的一段时间内，两者却并没有太多的联系。而本书所论说的明清之际的扬州，显然是指历史文化名城的扬州。

"扬州"作为地名最初出现在我国最早的地理著作《尚书·禹贡》的"淮海惟扬州"，是作为九州之一。后来扬州又被称为"惟（维）扬"，明代设立的"维扬府"，也都是源于"淮海惟扬州"。同样提到"扬州"为九州之一的还有《尔雅·释地》的"江南曰扬州"和《周礼·职方》的"东南曰扬州"。

从以上文献来看，作为九州之一的"扬州"，是指中国东南部或江南一带的辽阔区域，而作为历史名城的扬州当时虽然也可能包括在内，但直到西周初期，有一部淮夷在现今的扬州建立了一个方国——邗，名城扬州在中国古代文献中才第一次有了一个正式的名称——邗国。显然，两个"扬州"在一开始并没有内在的关联性。

西汉武帝时，将全国分为十三刺史部，扬州为其中之一，辖区相当于今天的安徽淮河以南和江苏长江以南，及江西、浙江、福建三省和湖北、河南部分地区，而后来的扬州却并不包括在内，而是属于另一个刺史部——徐州。

三国时期，魏、吴各置扬州。西晋灭吴后，两个扬州合二为一，治所在建邺（建邺之改名，后又改为建康），此时的扬州辖区大致相当于今天的浙江、江苏和安徽两省南部一带。这种行政区划一直延续到南北朝时期。

这一阶段的扬州治所建邺，已是两朝都城，经济、文化都很兴盛。梁代殷芸的《小说》记载了这样一个小故事："有客相从，各言其志：或愿为扬州刺史，或愿多赀财，或愿骑鹤上升。其一人曰：'腰缠十万贯，骑鹤上扬州'，欲兼三者。"这里所说的扬州显然是指建邺。而有人把它套到后来的扬州头上，显然与历史相悖。后来的扬州之被称为"扬州"则是隋以后的事了，而在东晋、南北朝时，它的名称是广陵郡，还只是属于南兖州的一个边陲之镇而已。

总而言之，六朝以前的扬州，都不是后来的扬州，并且也没有管辖过后来的扬州，两者不可混为一谈。

二　六朝以前的扬州

扬州最早的先民是古代淮夷人，西周初期，武王早逝，周公摄政，淮夷人参与了管叔、蔡叔和商纣之子武庚的联合叛乱。历时三年，周公取得了平叛的胜利。淮夷人被迫向江淮流域迁徙，最后在周势力鞭长莫及的长江北岸蜀冈上建立了一个方国——邗。这是扬州有名称的开始，也是扬州城最早直至唐朝沿用的城址。《说文》："邗"从"邑"，"干"声，国名；《诗经·伐檀》的注释说"干"即河岸；现在的扬州市西北边仍然有一系列低矮的小山，即是当初的蜀冈。据此可以认定所谓"邗"就是建在地势比较高的河岸或江岸上的一个方国。

春秋时，邗国为吴吞并。吴王夫差胜越后，又决定北上伐齐，进而与中原的晋国争霸。吴国地处长江下游地区，而齐国则位于今山东淮水至山东半岛，吴军的主力是舟师，要北进伐齐，当时只能经由长江绕海路进入淮河。为解决进军路线和后勤保障问题，吴国在蜀冈原邗国的基础上筑邗城，这是扬州建城之始，同时利用扬州地区湖泊众多的地理特点，从邗城开始，因地制宜"筑城穿沟，东北通射阳湖，西北至末口入淮，通粮道也"（杜预《集解》），这条人工开凿的运河就是邗沟，至今尚有遗迹保存。邗沟的开凿，第一次成功地将长江、淮河两大流域贯通起来，对扬州地区后来的航运交通及经济文化的发展起到了重要作用。公元前485年，吴将徐承率水师经由海上攻齐，次年，大败齐军于艾陵（今山东泰安），扬州（邗城）在历史上第一次有力地证明了其作为南北要冲的重要战略意义，同时也为此后成为"芜城"的悲惨遭遇埋下了伏笔。

公元前 473 年，越灭吴，扬州（邗城）一带属越。公元前 335 年，楚并越，此地属楚。公元前 319 年，"楚怀王槐十年，城广陵"（《史记·六国表》），在邗城的基础上再次筑城，扬州自此始有"广陵"之称。公元前 221 年，秦统一中国，分全国为三十六郡，扬州属九江郡。公元前 206 年，秦亡，广陵为项羽占据。《史记》有"项羽自立为西楚霸王，都江都"的记载，虽然事实上项羽是都于彭城，但这是历史上称扬州为"江都"的最早记载。

公元前 202 年，刘邦建立西汉王朝，广陵则长期成为封建藩王的封地，并一再被作为藩国的都城，其中影响最大的是刘邦仲兄之子吴王刘濞，他在扬州"即山铸钱，煮海为盐"①，开邗沟支道向东通海陵仓（今江苏泰州），同时又对都城广陵进行了扩建，开创了扬州历史上的第一次兴盛。至东汉，广陵国虽然还是屡复屡废，但已不再被藩王长期占有了。东汉末年，曹操任命陈登为广陵太守。陈登，字元龙，下邳（今江苏邳州市）人，以雄豪著称，深沉有大略。他在广陵太守任内兴修水利，鉴于最初的邗沟迂回曲折，且年久淤塞，不便航行，乃改凿西道，从樊梁湖开始，邗沟不再绕道东北的博芝、射阳二湖，而是径直向北沟通津湖（今界首湖）、马濑湖，复由射阳入末口，不仅大大缩短了江、淮之间的运输距离，还有利于农田灌溉。他是开发广陵的功臣。

三国时期，魏、吴之间的争斗，主要发生在江淮之间，广陵成为江淮军事重地。连年战乱，使广陵地区生产停顿，经济遭到严重破坏，尤其是建安十八年，曹操迫使淮南人民内迁，"民转相惊，自庐江、九江、蕲春、广陵十万余皆东渡江，江西遂虚，合肥以南，惟有皖城"②，致使广陵地区遂成为人烟稀少的空旷之地，"其间不居者各数百里"（《宋书·州郡志》）。

280 年，西晋重新统一中国，置广陵郡，治淮阴，又治射阳，领县八：淮阴、射阳、舆、海陵、盐渎、淮浦、广陵、高邮，但这次的统一局面仅维持了 20 年便又陷入了连年战伐的混乱中。317 年，琅玡王司马睿

---

① 转引自赵昌智《试论扬州文化的特点（上）》，《扬州教育学院学报》2003 年第 4 期。
② 焦循：《邗记》卷二，广陵书社 2003 年版，第 16 页。

在江南即位，定都建康，东晋建立，中国复进入了近三百年的南北对峙时期。东晋初期，"永嘉南渡"，北方中原地区的大量人口南迁，其中以青州、兖州、徐州一带的人口为最多，南迁后，他们大多侨寓江苏。为了方便管理，东晋政府在移民较多的地方设立原籍地区的行政机构——侨州郡。广陵地区最初侨立南青州，后来又将侨立于京口的南兖州迁至广陵，一直持续到整个南朝的结束，故扬州又有"南兖州"之称。"永嘉南渡"促进了南北经济文化的交流，推动了南方的开发。自东晋至南朝宋文帝元嘉年间，淮南一带相对稳定，广陵地区的经济文化重新得到恢复发展。

但是，好景不长，广陵地区很快又烽烟四起，先是北魏太武帝拓跋焘南侵，后来又是宋孝武帝派沈庆之率军讨伐南兖州刺史刘诞。广陵在十年中两遭浩劫，最后繁华荡尽，沦为一废墟。当时的诗人鲍照为此写下了流传千古的《芜城赋》，自此，广陵又有"芜城"之名。552年，广陵城为北齐所据，改南兖州为东广州，置广陵、江阳二郡。573年，广陵又归于陈朝，恢复为南兖州。579年，北周占领南兖州，改为吴州，自此广陵又被称为吴州。

三 隋唐五代时期的扬州

581年，隋文帝杨坚代周称帝，建立了隋王朝。开皇九年（589），隋灭陈，同年隋朝改吴州为扬州，以秦王杨俊为扬州总管，镇广陵。广陵称"扬州"自此始，但之后并未一直沿用下来。次年又调晋王杨广为扬州总管。因治所"广陵"与杨广名讳不利，故改广陵为江都。从此，杨广便与江都（扬州）结下了不解之缘。杨广镇扬州共九年。604年，杨广取代太子杨勇即皇帝位，是为隋炀帝，次年改元大业。炀帝大业三年（607），改州为郡，扬州于是改为江都郡，"凡县十六，户十一万五千五百二十四，东渐大海，西包滁、泗，南割江东，北距长淮，延袤二三千里，自置郡以来未有若斯之雄也"[①]。

隋代对扬州、对当时的隋朝乃至后来的中国影响最大的一件事是开凿大运河。开凿大运河是中国古代最伟大的水利工程，历时六年，形成了以洛阳为中心，向东北、东南成扇形分布的水运体系。大运河西自京师大兴城，北抵涿郡，南至余杭，全长4800多里，它沟通了海河、黄河、淮河、

[①] 汪中：《广陵通典》卷六，广陵书社2004年版，第83页。

长江、钱塘江五大水系,并把京师、东都、涿郡(幽州)、浚仪(汴州)、梁郡(宋州)、山阳(楚州)、江都(扬州)、吴郡(苏州)、余杭(杭州)等通都大邑连缀在一起,从而加强了各地区之间的联系,而扬州恰好位于大运河与长江、淮河的交汇点,作为南北水运的交通枢纽,显示出日益重要的作用。大运河的开凿,在当时虽然产生了很大的负面影响,但是对隋唐以后的南北经济、文化交流,维护全国统一和中央集权制,都起到了积极的促进作用,尤其对以后扬州的发展有着决定性的影响。唐朝诗人皮日休在《汴河怀古》中写道:"尽道隋亡为此河,至今千里赖通波。若无水殿龙舟事,共禹论功不较多。"如果没有隋代的大运河,便不会有唐代扬州社会经济的空前繁荣。

炀帝一生三次巡幸江都,每一次都劳民伤财,给国家和百姓造成巨大的苦难。最后一次巡幸江都是在大业十二年(617)七月,由于战火的阻隔,炀帝这次巡幸在扬州待了两年,直到大业十四年(619),他的亲信宇文化等人发动政变,杨广及爱子杨杲被杀。杨广死后先是被葬在江都宫西院流珠堂下,后又迁葬于江都宫西吴公台下,唐武德五年(622)又与萧后一起移葬于扬州雷塘之北。唐罗隐诗云:"君王忍把平陈业,只换雷塘数亩田",即感叹此段史事。杨广最终还是没有逃过历史的宿命,"广陵"竟真的成了他人生最后的陵寝之地。但是,无论如何,隋炀帝杨广都称得上扬州发展史上最重要的一位历史人物。

618年,李渊称帝,建立唐朝,年号武德。李渊称帝之初,改郡为州,江都郡为兖州,后又改为邗州。武德七年(624),置扬州大都督府,府治丹阳江宁县,邗州属之。武德九年(626),李渊从父弟李神符为扬州大都督,迁州府及民众于江北,并治于隋江都故郡,复改邗州为扬州,"领江都、六合、海陵、高邮四县"①,自此广陵地区遂专扬州之名。太宗贞观元年(627),分天下为十道,扬州属淮南道。玄宗天宝元年(742),改扬州为广陵郡,领七县,但只是增设县治,而实际统辖地区并未扩大。肃宗至德元载(756),设淮南节度使,治广陵。肃宗乾元元年(758),改广陵为扬州,仍称大都督,直至唐亡。

唐代是中国历史上继汉以后的又一个封建盛世,唐代初期的一百多年间,扬州地区社会经济得到快速发展,但是,扬州达到其空前繁荣的第二

---

① 汪中:《广陵通典》卷七,广陵书社2004年版,第98页。

个鼎盛时期却是在"安史之乱"以后,直至唐末黄巢起义,持续了近一百年。

扬州在唐代是仅次于首都长安和东都洛阳的第三大都市。关于唐代扬州具体的规模范围和城市区划,较具学术价值的研究资料主要有两则:

一是日本和尚圆仁于文宗开成三年(838)来唐求法,途经扬州,在其《入唐求法巡礼记》中说:"扬州南北十一里,东西七里,周四十里。"这是关于唐代扬州城垣周长的最早记载。

二是北宋时代的沈括,曾在扬州任司理参军,他在《梦溪笔谈》的《补笔谈》中记述其时的扬州"南北十五里一百一十步,东西七里十三步"。

沈括所记东西径与圆仁一致,南北径相差四里,显然沈括是将南水门一段也包括在内了。上述记载不但与唐诗中的"十里扬州"大致相符,也一致确认当时的扬州是一个南北长而东西短的长方形城市,而且这些材料也被后世的考古发掘所印证。

杜牧在他的《扬州三首》中写道:"街映千步柳,霞映两重城。"即言唐代的扬州是由"子城"和"罗城"这"两重城"构成的。新中国成立后,自20世纪60年代开始,经过几十年的考古发掘和科学研究,现在已大致弄清了唐代扬州城的规模和形制。子城,亦称"牙城",即衙城也,是大都督府及其他官衙所在地。子城位于蜀冈之上,是在原吴王夫差所筑邗城的原址上扩建而成的,大致呈东西长两千余米、南北长一千五百余米的长方形,东西、南北向各有一条大街,城墙周长七公里左右。罗城,亦称"大城",与子城相接,位于蜀冈东南方的平原上,是一座民居城市,工商业十分发达。罗城是随着唐代扬州经济和交通的发展,大致在盛唐和中唐时期,在平原上新构筑而成。从发掘的土层来看,也非一次性完成。整个罗城大致呈长方形,南北长四千余米,东西宽三千一百多米,城内有古邗沟、官河等三条主要河道纵横贯穿,水道交错,富有水乡特色,杜牧的名句"二十四桥明月夜"即为明证。官河两岸即所谓"十里长街",是扬州城最繁华的地段。

唐朝后期,藩镇割据,唐王朝任命的淮南节度使兼盐铁转运高骈拥兵自重,成为割据一方的军阀。他好神仙之术,政事日坏,最终导致了唐末秦(彦)、毕(师铎)、孙(儒)、杨(行密)六七年的战乱,再加上连年的饥荒、疫病,曾经富甲天下的扬州,连同"江、淮之间,东西千里,扫地尽矣"①。昭宗景福元年（892），杨行密为淮南节度使，辖扬州、庐州等江东八州之地。昭宗天复二年（902），杨行密被封为吴王，都扬州，并改扬州为江都府。907年，唐朝灭亡，中国的又一个乱世——五代拉开了历史的帷幕。

927年，杨行密四子杨溥称帝。937年，徐知诰（即李昇）逼杨溥让位，建立南唐，都建康（今南京），以江都为东都。958年，后周世宗柴荣亲征南唐，南唐军弃守扬州，悉焚庐舍，驱民渡江，扬州遂入于后周。由于人口剧减，后周韩令坤在原城东南角另筑"周小城"，后来后周又派李重进为淮南节度使，镇扬州。李重进又对"周小城"进行了改筑，将城向东向南扩展，城周长二十里，称"州城"，后来一直沿用至北宋末年。

四 两宋时期的扬州

960年，赵匡胤代北周称帝，建立北宋。同年赵匡胤平定了淮南节度使李重进的反抗，扬州归于北宋。宋太宗淳化四年（993），分全国州县为十道，扬州属淮南道；四年后，又分全国为十五路，扬州属淮南路。宋仁宗皇祐三年（1051），分淮南路为淮南东、西路，扬州属淮南东路。

北宋结束了五代十国的战乱局面，国家基本统一，政权相对稳定，扬州凭借其优越的地理位置，社会经济很快得以恢复。但是整个北宋时期，却查不到关于修筑扬州城墙的历史记载，可见这一时期的扬州城在全国的地位已明显下降，其规模始终没有突破北周"州城"（城周二十里）的范围，更远未达到盛唐时"周四十里"的兴盛局面。

宋钦宗靖康元年（1126），北宋灭亡。次年五月，康王赵构在南京称帝，建立南宋，此后的一百多年间，江北淮南地区一直是保卫南宋政权的屏障，连年征战，使繁盛一时的"淮左名都"沦为"烽火扬州路"，包括扬州在内的江淮地区遭到极其严重的破坏。1234年，南宋与蒙古合力灭金，蒙古的势力扩展到中原地区，扬州作为由淮入浙的要道，又成为南宋抵御蒙古入侵的战略要冲，常年设有重兵扼守。

南宋末年，扬州演绎了两宋时期最为悲壮的一幕。宋咸淳十年（1274），蒙古伐宋；次年四月，元世祖忽必烈命右丞相阿术进攻扬州，

---

① 汪中：《广陵通典》卷十，广陵书社2004年版，第142页。

扬州保卫战拉开战幕。当时驻守扬州的是李庭芝和姜才，他们一再拒绝敌人的召降，在多次出战不胜的情况下，坚守孤城。后来元军攻入南宋都城临安（今杭州），谢太皇太后与恭帝赵㬎投降，元朝派人持太皇太后与恭帝的诏书来扬州劝降，李庭芝严词拒绝："奉诏守城，未闻有诏谕降也。"当年五月，李庭芝与姜才被新即位的宋端宗赵昰召回，扬州失陷，他们两人被追兵围困于泰州，最后被俘，押往扬州后慷慨就义。扬州百姓闻讯，无不落泪，后来扬州和泰州都设有"双忠祠"来纪念他们。在此期间，民族英雄文天祥被元兵扣留后逃脱，也曾在扬州一带历尽艰险。他作了20首《至扬州》诗，记述了当时道途的苦难和艰危，字里行间表达了不畏艰险、矢志报国之情。

五　元明清时期的扬州

元世祖至正十三年（1276），元灭南宋，置扬州大都督府，次年改扬州路总管府，领高邮府和真州、滁州、通州、泰州、崇明（今上海市）5州，并直领江都、泰兴2县。

1357年，朱元璋军占领扬州，改扬州路为淮南翼元帅府，寻改淮海府，属江南行中书省。洪武二十一年（1388），淮海府改维扬府。洪武二十六年（1393），改称扬州府，直隶京师（今南京），初领高邮州、通州、泰州3州及江都、泰兴、仪征、如皋、海门、宝应、兴化、六合、崇明9县，后分六合属应天、崇明属苏州，辖3州7县。

明初，由于遭受兵燹，扬州城经济萧条，居民锐减，驻守扬州城的张德林"以旧城虚旷难守，乃截城西南隅，筑而守之"①，即今所谓"旧城"，城市规模较前朝大为缩小，仅为宋代"州城"的西南角而已。进入16世纪，扬州人口逐渐增加，随着大批徽州商人来到扬州，商业和手工业开始发展，在旧城东面城墙和运河之间出现了一大片生机勃勃的商业区。嘉靖三十五年（1556），由于遭到倭寇的劫掠，扬州知府吴桂芳及继任者石茂华在旧城东廓又筑一外城，将这片商业区包入城内，是为"新城"。明代扬州城址，后来一直被清、民国沿用，直至新中国成立前。

1644年3月，明朝灭亡。5月，清军攻占北京。在全国的抗清斗争

---

① 姚文田、江藩等纂：《（嘉庆）重修扬州府志》卷十五《城池》，载《中国地方志集成》第一册，江苏古籍出版社1991年版，第263页。

中，扬州人民在明末忠臣史可法的领导下坚守不降，在中国历史上写下了光辉壮烈的一页。

明朝灭亡的当年，南方拥立福王即位于南京，是为南明。南明政权的兵力主要部署于淮、扬、凤、庐等江北四镇，扬州是其长江以北的最后一道防线。当时的弘光政权内则奸佞当权，腐化堕落；外则江北四镇不听调遣，相互攻杀。史可法受朝廷排挤，自请督师江淮，坐镇扬州。同年6月，四镇之一的高杰部移驻扬州，但是扬州居民抵制其入城，扬州遂遭围攻达一月之久。最后，高杰在史可法劝说下撤退到瓜州。扬州城虽未被高杰攻破，周围乡村却惨遭屠戮。1645年春，清兵南下。4月15日，扬州被围。史可法在各镇不听调遣、朝廷拒绝增援的情况下，以必死之心坚守孤城。清军统帅多铎曾五次致书劝降，均被拒绝。4月25日，城破。清军纵兵屠城，死者数十万，扬州城被毁为废墟，史称"扬州十日"。后来，曾亲历此劫的秀才王秀楚写了近万言的《扬州十日记》，对清军的暴行进行了详细披露。史可法城破后被俘，拒不投降，最后慷慨赴难。其副将史德威遍寻尸体不得，遂于梅花岭葬其衣冠为墓。乾隆年间，当地又在史可法墓址为其建祠立碑。至今，史可法墓和史公祠仍保存完好，他的高风亮节永世留芳。

清顺治二年（1645），设立江南省，扬州府属之，因明制仍领3州7县，直至雍正年间。清代早期的扬州城仍基本沿袭明朝的规制，保留"新城"和"旧城"的格局。

因本书所涉及的年代主要是清代早期，所以这里首先要特别说明的一点是：我们通常所说的"清代是扬州的第三次繁盛期"，并不是在清代早期，而是出现在18世纪的乾隆时期。清朝顺治年间，由于战乱不息，运河年久淤塞，以盐业为主的生产活动遭到极大破坏，加上灾荒频发，扬州地区一片残破景象。至康熙早期，包括南明永历政权、台湾郑成功水师等在内的抗清斗争此起彼伏，后来的"三藩之乱"又燃起战火，再加上朝政动荡不宁，这一切使得清代早期扬州的社会经济恢复经历了一个极其缓慢的过程。直至18世纪初，在清政府采取了减免田赋、治理河道、恢复盐业生产等一系列措施后，社会经济方渐有起色，并逐渐达到历史上的第三个繁盛期。

第二节 扬州经济的历史发展与清代早期的经济恢复

一 扬州经济的历史发展与原因分析

据考古资料载，扬州地区是一万年前成陆于长江三角洲的冲积平原。距今六七千年前，这里就已经产生了原始的稻作文化。据饶宗颐先生考证，这一时期此地出土的陶片上已经有类似甲骨文的文字。西周初期，淮夷的一部在现今的扬州建立了邗国。公元前486年，吴王夫差在古邗国的基础上建筑邗城并开凿邗沟，扬州城的历史即发轫于此。在此后的两千多年里，扬州曾经历了三次辉煌，也曾多次遭到战火的毁灭。

扬州历史上的第一次兴盛是在西汉初年。汉高祖刘邦封兄子刘濞为吴王，都广陵。刘濞利用封地内南有铜山、东靠大海的便利条件"即山铸钱，煮海为盐"[1]。为了便利盐运通商，他还开邗沟支道向东通海陵仓（今江苏泰州），同时又对都城广陵进行了扩建。经过五十几年的大开发，"国用饶足"，扬州迎来了历史上的第一个兴盛期，当时刘濞的富足几乎等同天子。刘濞虽然在后来的"吴楚七国之乱"中兵败被杀，但他与春秋时的吴王夫差一样，对扬州地区的开发做出了重要贡献，后人曾在邗沟旁边将这两位吴王作为财神立庙供奉。

扬州历史上达到空前的鼎盛时期是在唐代中期"安史之乱"以后。发生于784年的"安史之乱"主要是在北方地区，战争导致中原残破，生产凋敝，但江淮地区却因僻处东南、远离战争而得以幸免。江淮地区物资丰富，当时唐政府平叛所费之资及此后的政府财用十之七八仰仗于此。扬州作为江、淮水陆交通枢纽，是东南物资北运的集散地；加之当时北人为避战乱大批南下，扬州地区人口激增；另外许多富商大贾也纷纷到江淮避乱，遂使扬州成为中国东南的经济大都会，社会经济达到历史上空前的繁盛。当时谚称"扬一益二"，谓全国之富扬州第一，益州第二。晚唐诗人许浑写道："十万人家如洞天"，足见扬州之繁盛、富庶。扬州的这种空前的繁荣一直到唐末黄巢起义，持续了近一百年。

唐时，海上交通日益发达，扬州的繁荣也吸引了很多来自大食和波斯

---

[1] 《汉书·爰盎晁错传第十九》，转引自赵昌智《试论扬州文化的特点（上）》，《扬州教育学院学报》2003年第4期。

的商人，外商的汇集促进了扬州的经贸发展。当时扬州是仅次于广州的全国对外贸易口岸，9世纪大食地理学家伊本·郭大贝称扬州为东方四大商港之一，可见此时扬州的影响已辐射到周边国家和地区。

扬州历史上的第三次，也是最后一次繁荣，是在清朝乾嘉时期。因为本书所涉及的年代主要是清代早期（约1690年之前），扬州的第三次繁荣此时还只是处于萌芽时期，这里就不再赘述了。

纵观扬州历史上的经济兴衰，本书试从这几个方面进行概括分析。

（一）扬州经济发展的地利

扬州历史上的经济繁荣首先是因其优越的地理位置。早在清代，历史学家谈迁就对此有所认识："扬州分野正值城市垣，所以其地高易浩繁，非他处比。"① 以现代的眼光看，古代扬州地区大致位于今江苏省之北，南濒大江，北接长淮，东至于海，西界安徽，具有襟带淮泗、控引江南的地理优势，这一地理优势是历史上促成扬州经济繁荣最重要的因素。

首先，扬州居江、淮之间，境内河道纵横，特别是隋炀帝开凿大运河，沟通南北水运大动脉后，长江与大运河在此交汇，扬州成为我国水陆交通的重要枢纽、承南启北的重要"门户"。从扬州沿运河向北可达中原地区，向南则是富庶的江南地区，沿江溯流向西是荆楚、巴蜀两个重要经济区，顺流向东则是长江口，因此成为南北物资交流的重要集散地。另外，隋唐之后，中国的政治中心多位于北方，而经济重心却逐渐南移，政府财用主要仰仗江南地区。扬州为江、淮水陆交通枢纽，地当南北要冲，是南方漕粮北上的唯一通道。因此，自隋唐至清末，扬州地区舟车云集，商贾荟萃，商业高度发达。

其次，扬州地区光照充足，降水丰沛，土地平整，土壤肥沃，有利于各种农作物及经济林木的高产稳产；同时又依江傍海，境内水网密布，河湖众多，兼有鱼盐之利，尤其是其江北滨海各地，产盐最为丰富。总之，扬州本身物产丰富，特别是盐业生产发达，是其经济繁荣的一个重要基础。

最后，唐代以前，长江经由扬州地区入海，扬州地扼江口，地理位置得天独厚，在隋唐时期，是长江下游最大的天然通商口岸，同时又地处大运河与长江的交汇点上，具备衔接江、海、河之天然条件，这一态势犹如

---

① 谈迁：《北游录》，中华书局1997年版，第13页。

今日之上海。七八世纪时，有很多波斯（今伊朗）人和大食（今阿拉伯）人来华经商，多经由扬州入境或停留于此；我国远航日本、东南亚和东非的商船，也有从这里出发的。因此扬州在当时不仅是繁荣富饶的经济城市，也是对外贸易的重要港埠。唐代中期江水南移，同时海岸线也逐渐向东大幅延伸，使扬州失去了通海条件，这也是扬州经济在盛唐以后逐渐趋于衰落的原因之一。

（二）扬州经济的人和

讨论"人和"与扬州经济发展的关系，韦明铧在《扬州文化谈片》一书中谈到唐代和清代扬州的繁荣距离前一次的灾难并不遥远，以此证明扬州人"有一种坚忍不拔的性格和重建家园的能力"[①]，这种看法有待商榷。最大的疑问在于"距离前一次的灾难并不遥远"，人口恢复就成了一个问题，人口若不能恢复，"繁荣"就无从谈起了，至少仅凭劫后幸存的"扬州人"不可能完成扬州经济的复兴。故扬州历史上每一次的经济繁荣或经济复兴，从"人和"的角度来讲，主要得益于大量移民的涌入。

第一，在中国古代，由于人口稀少，一个地区人口的多寡往往是该地区经济发展情况的重要标志。纵观扬州的经济发展史，西汉初年的吴王刘濞"招致天下亡命者"；唐代"安史之乱"后，北人大批南下；明清时期，扬州虽然两次遭到毁灭性破坏，但是由于其重要的政治、经济地位吸引了大量商人、手工业者、官员、文人学者迁移于此，扬州经济才又迅速得到恢复与发展，从而出现了自汉唐以来的再一次繁荣。

第二，"扬州繁华以盐盛"，扬州有悠久的盐业生产历史，盐业经济高额的利润吸引了以晋、陕、徽等地为主的大批商人趋利而来，并由此带来大量资金，明代宋应星估计其数已不少于三千万两白银，到清代中期，"向来陕西、徽歙富人之商于淮者百数十户，蓄资以七八千万两计"[②]。巨额资金加上江淮地区的丰富资源，又带动起其他工商业的发展，从而吸引更多类型的移民涌入，如建筑业、木材业、花木业、粮食业、饮食业、药材业，以及其他商贸，甚至工艺美术业，都发展迅速。

第三，历史上的数度大移民，使扬州这座城市具有很强的包容性，这种包容性使扬州成为国际性的大都市，融入了更多的创造性与开拓精神。

---

① 韦明铧：《扬州文化谈片》，广陵书社2004年版，第128页。
② 汪中：《从政录》卷二，《江都汪氏丛书》，中国书店1925年版。

成千上万的外国人来扬州经商或进行文化交流，各种文化交织融合，共存发展，进一步使城市经济得到充分发展。

总之，扬州以其优越的地理位置和繁荣的经济吸引了一代又一代的移民，而大量移民的到来反过来又推动了这座城市的发展。

（三）扬州经济发展的脆弱性

不可否认，历史上扬州地区的经济繁荣首先是得益于其优越的地理条件，但同时由于地势低平，河网纵横，又极易受到洪涝等天灾的威胁；扬州地处南北要冲，不可避免地还要受到当时全国政治局势和经济政策的影响。综合考量扬州地区当时的气候变化及政治经济环境等这些"天时"因素的影响，我们会发现，扬州在历史上的经济繁荣既有必然性，又具有相当程度的脆弱性。

第一，扬州的经济发展要受到当时政治局势的影响。扬州历史上的每一次经济繁荣，都是发生在政局稳定、相对和平的时期；而在朝代更替、战火频仍的年代，扬州几乎每一次都是首当其冲，最终被夷为一片废墟。如扬州历史上经历的三次经济辉煌，以及相对繁荣的北宋、元、明时期，莫不是国家统一、社会安定；而在三国、南北朝、五代以及每次朝代更迭之际，扬州则往往成为战争各方反复争夺的战略要地，经济上则是生产被破坏，民生凋敝。唯一的例外是唐朝的"安史之乱"，因为战争主要发生在整个北方地区，而扬州由于地处东南而得以幸免，并奇迹般地因为这场动乱而得到了空前的发展。

第二，即使是在和平时期，扬州的经济发展亦不可避免地受到整个国家或地区经济发展水平的影响。扬州虽然在春秋时期就开凿了邗沟，四通八达，但由于当时南方广大地区经济落后，全国的经济重心在北方，故这种地理优势只体现在军事方面，而不能转化为经济优势。而从唐代开始经济重心逐渐南移，同时政治中心又多位于北方，江南地区的大量货物要运往北方，扬州正当南北要冲，又有发达的水路交通，经济繁盛就成为历史的必然。到了宋代，经济重心的转移基本完成，南盛北衰的经济格局已然形成，刺激扬州经济发展的各种因素便随之减弱，因此，宋代扬州的繁荣也就不足以特别称道了。

第三，扬州的经济发展在很大程度上还要受当时的政治、经济政策的影响。"扬州繁华以盐盛"，西汉初年扬州经济的发展，除了盐业以外，还得益于刘濞在封国采取了比较宽松的经济政策，"濞则招致天下亡命者盗铸钱，煮海水为盐，以故无赋，国用饶足"(《史记·吴王濞列传》)。刘濞死后，汉武帝实行"禁榷"制度："笼天下盐铁诸利，以排富商大贾。"实行政府专卖以谋利，而民间的商品市场则遭到严酷的限制，西汉初年扬州的繁荣也就随之没落。唐代刘晏改革榷盐法，宋代实行盐引制，到明、清两代又进而形成纲盐制。总的来说，这些朝代盐业的兴盛都与国家鼓励民间商业贸易有密切的关系。而扬州在清代后期的迅速没落，虽然原因很多，但很重要的一条就是实行票盐制，从而打破了扬州在盐业上的垄断地位所致。

第四，频繁的自然灾害严重影响扬州的经济发展。扬州地区地势低洼，河网纵横，加以不顾一切的保漕工程，洪涝灾害频繁发生。根据方志记载，仅宝应一县，从明正统二年（1438）至道光二十九年（1840），约四百年间，水旱灾害就高达136次，平均每三年一次，而其中因决湖或决堤导致的水患就有百次。除此之外，扬州地区间或还会发生蝗灾和疾疫。这些自然灾害不仅给扬州城市周边农业地区造成极大的破坏，同时也在很大程度上影响着扬州商业经济的发展。咸丰五年（1855），黄河在河南铜瓦厢决口，从山东张秋穿运河东去，改道山东利津入海，大运河在长江以北的运道，大部分被黄河淤垫冲毁，加之运河山东段早已淤塞，扬州水陆枢纽的地位逐步被取而代之，以致运河废弃，经济逐渐衰落。

二 清代早期扬州的城市重建与经济恢复

顺治二年（1645），清政府设立江南省，扬州府属之，因明制领高邮州、通州、泰州3州及江都、泰兴、仪征、如皋、海门、宝应、兴化7县。清代早期的扬州城基本沿袭明朝的规制，仍保留"新城"和"旧城"的格局。

清代初期，由于连年战乱和清兵的屠城，加之灾荒频发，扬州地区经济遭到毁灭性打击，城市残破，人口骤降，尤其是以扬州为中心的两淮盐业生产受到严重破坏。清代统治者为了稳定社会局面和增加财税收入，采取了一系列恢复和发展生产的措施，社会经济渐有起色。

第一，恢复人口与重建城市。首先，清政府采取了减免田赋、开垦荒田、摊丁入亩等一系列措施，"招徕流亡，渐复田亩"（1733年《扬州府治》），再加上盐业和漕运的逐渐恢复，扬州地区的人口开始逐渐增多；同时，在清初的十多年间，地方政府及民间人士对扬州城进行了恢复与重建，如1647年在晚明的基础上重新修筑了城墙，1655年兴修养济院以收养战争孤儿，还重建平山堂，修建文选塔、县学、府学以及为放回的俘虏修建房屋等。

第二，恢复盐业生产。由于明末清初的连年战争，卤池和盐池大量废弃，盐丁逃亡严重，盐商罹祸、逃亡或被迫歇业，加之运河淤塞、漕运停顿，以扬州为中心的两淮盐业从生产、运输到销售的各个环节都遭到了严重破坏。一方面盐业生产直接关系到国计民生，另外盐业专营又是政府的重要税收来源，因此清政府非常重视盐业的恢复，实行了一系列的生产、招商的优惠政策。这些措施使两淮盐业迅速得到恢复与发展，到乾嘉时期，两淮盐产量约占全国产盐量的三分之一。① 对扬州地区盐业生产的恢复起到关键作用的是第一任两淮盐运御史周亮工。《扬州府志》对此有较详细的记载："两淮底定，初设盐法道，即以先生任之。时广陵方罹兵燹，丘墟弥望。商家经屠剪后，喘息未苏。而积盐未彻日垣者，以商散亡，皆没于官。先生百计招徕，请以垣盐还商，俾失业者咸复其旧。又请捐旧饷，行新盐，商人鳞集，国课用裕，东南元气赖焉。"②

第三，治河与通漕。漕、河、盐为"东南三大政"，其中漕运是食盐运销及漕粮北运的最主要通道，直接关系到朝廷的粮食供应与财用开支。漕运的畅通与治河密切相关，明清之际，由于水患频发，运河淤塞，漕运一度陷于停顿。康熙帝在亲政之初，即把治河、通漕与平定三藩作为最重要的三件大事。从1677年康熙皇帝任命靳辅治河开始，此后的几十年，对于大运河与黄河的治理几乎未中断过。漕运的畅通，既保证了食盐和粮食的运输，同时也使处于漕运枢纽地位的扬州在日后成为最繁盛的商品交易市场和集散地。

人口和盐业的恢复与漕、河的治理，不但是扬州在清代早期经济恢复的重要方面，也是日后扬州经济快速发展并达到又一个辉煌的前提。但是，总的来说，18世纪之前的清代社会还没有完全稳定，包括南明永历政权、台湾郑成功等在内的抗清斗争此起彼伏，再加上朝政动荡以及后来的"三藩之乱"等，这一切使得清代早期扬州的社会经济恢复经历了一个极其缓慢的过程，直到18世纪初，社会经济才开始快速发展，并逐渐

---

① 郭正忠编：《中国盐业史·古代编》，人民出版社1997年版，第349页。
② ［美］梅尔清：《清初扬州文化》，朱修春译，复旦大学出版社2004年版，第23页。

达到其历史上的第三个繁盛期。

第三节 扬州文化的历史发展

"文化"是一个内涵与外延都十分宽泛的概念，由于本书是以诗文艺术为研究对象，因此本节主要讨论文学范畴内扬州文化的历史发展。

从诗文创作为代表的正统文化视角来看，虽然各个历史时期扬州文化都有所发展，但真正达到兴盛则只有两次：第一次是在唐代，从唐初开始至北宋，为余波荡漾；第二次是在清代，从清初开始，直到清代晚期。显然这与历史上扬州经济的兴衰基本保持了一致，苏保华在《扬州文学镜像》一书中，通过统计自西汉到民国之前关于赠别题材的诗词，也得出了这一结论。

一 唐代以前扬州文化的发展

汉初，扬州达到了历史上的第一次兴盛。这一时期，扬州出现了其历史上第一位具有影响力的文学家——枚乘，还有著名的儒学家董仲舒。

枚乘（？—前140），字叔，淮阴人。初为吴王刘濞的郎中，刘濞欲谋反，他写《谏吴王书》加以劝阻。吴王不听，他便到梁孝王处作客。吴楚七国之乱时，他又写了《重谏吴王书》力劝吴王罢兵。这两篇谏书，善用比喻，多为排句，既是谏书，又是富于辞赋特色的文学作品。现存枚乘最有名的作品《七发》系汉赋的开山之作，其中描绘了扬州城外壮观无比的"广陵涛"，似为扬州文化的发展拉开了波澜壮阔的序幕。

董仲舒（前179—前104），汉广川郡（今河北省枣强县）人，汉武帝元光元年（前134）任江都王刘非国相10年。董仲舒以《公羊春秋》为依据，将周代以来的宗教天道观和阴阳、五行学说结合起来，吸收法家、道家、阴阳家思想，提出了"三纲五常"、"大一统"、"天人感应"等理论，建立了一个新的儒家思想体系，成为以后两千年封建统治的理论基础。董仲舒对后世影响最大的，是在著名的《举贤良对策》中提出的"罢黜百家，独尊儒术"的主张。从历史发展的眼光看，董仲舒提出的儒家思想理论体系和他的政治主张固然有其历史局限性，但在当时还是有进步意义的。扬州的"董子祠"、"贤良街"、"正谊巷"、"大儒坊"等都与纪念董仲舒有关。本书主要研究对象孙枝蔚就曾慕名僦居于"董子祠"

旁，并有诗文以记之。

东汉末年著名的文学家、"建安七子"之一的陈琳（？—217）是广陵人。陈琳诗、文、赋皆能，最著名的是《为袁绍檄豫州文》，诗歌代表作有《饮马长城窟行》，描写繁重的劳役给广大人民带来的苦难，颇具现实意义。但他却没有留下任何关于广陵的作品。

三国至西晋时期，由于连年战乱，扬州地区的经济文化遭到严重破坏。东晋初期，"永嘉南渡"到南朝宋文帝元嘉年间，淮南一带相对稳定，扬州地区的经济文化重新获得发展。这一时期对广陵文化发展影响较大的主要有东晋的谢安和南朝刘宋时的徐湛之。

谢安（320—385），字安石，东晋名士、宰相，浙江绍兴人。他在淝水之战后出镇广陵步邱，筑"新城"，并在"新城"东北筑平水埭以灌溉农田，"随时蓄泄，岁用丰稔"。后人把他比作西周时辅佐周室的召公，将此水埭称为召公埭。

徐湛之（410—453），字孝源，东海郯（今山东郯城）人。元嘉二十四年（477），徐湛之任南兖州刺史，"湛之善于为政，威惠并行。广陵城旧有高楼，湛之更加修整，南望钟山。城北有陂泽，水物丰盛。湛之更起风亭、月观、吹台、琴室，果竹繁茂，花药成行，招集文士，尽游玩之适，一时之盛也"[①]。这是见诸史籍的扬州第一次有计划的造园活动和诗酒文会。

但是，好景不长，广陵就连续遭到两次浩劫：第一次是元嘉二十七年（450）至第二年，北魏太武帝拓跋焘南侵；第二次是宋孝武帝大明三年（459），孝武帝派沈庆之率军讨伐南兖州刺史刘诞。十年中两遭浩劫，扬州地区繁华荡尽，沦为废墟。南朝宋文学家、"元嘉三大家"之一的鲍照（约415—470），曾两过广陵，面对满目荒芜，抚今追昔，悲不自胜，写下了流传千古的《芜城赋》，自此，广陵又有了"芜城"之名。

隋初，以晋王杨广为扬州总管，历九年。杨广即位后，开大运河，三次巡幸江都。史载："帝好读书著述，自为扬州总管，置王府学士至百人，常令修撰，自经术、文章、兵、农、地理、医、卜、释、道乃至蒲博，皆为新书，无不精洽，共成三十一部，万七千余卷。"（《资治通鉴·隋纪六》）杨广是扬州经济文化史上一位重要的历史人物。

[①] 汪中：《广陵通典》卷四，广陵书社2004年版，第46页。

二 唐代扬州文化的发展

唐代的扬州社会安定，经济空前繁荣，为文化艺术的发展提供了有利条件。

唐代重文学，以诗赋取士，诗歌创作达到了历史顶峰。这一时期，在扬州生活或到过扬州的诗人甚多，著名的如骆宾王、张若虚、孟浩然、李白、刘禹锡、白居易、杜牧等，几乎占到了唐诗名家的半数以上，其人文之盛，除长安外，无与伦比。他们或宦游，或观光，或定居，为扬州留下许多脍炙人口的诗篇。扬州诗人张若虚的《春江花月夜》描写扬州郊外的自然风光，享有"以孤篇压全唐"的盛誉。大诗人李白一生曾多次来扬州，写有很多关于扬州的诗篇，最有名的是《黄鹤楼送孟浩然之广陵》。天宝十三年（754），李白最后一次来扬州，把毕生诗作交付青年诗人魏万（魏颢），请他编集。这一时期关于扬州的著名诗句不胜枚举，如"天下三分明月夜，二分无赖是扬州"（徐凝《忆扬州》）、"二十四桥明月夜，玉人何处教吹箫"（杜牧《寄扬州韩绰判官》）、"十年一觉扬州梦，赢得青楼薄幸名"（杜牧《遣怀》）等。

在学术领域，起源于扬州的"文选学"对后代具有深远影响。《昭明文选》是由南朝梁太子萧统编著的中国最早的诗文总集，在文学史上具有重要地位。隋唐时期，扬州学者曹宪专治《文选》，著《文选音义》，之后，其弟子、同为扬州学者的李善（约630—689）著《文选注》，他们两人成为"文选学"的创始人。李善的《文选注》体例严谨，引证赅博，是文学和学术史上的重要典籍。此外，中国典章制度的名著、杜佑的《通典》，也是作者在淮南节度使任内于扬州完成的。

唐代的扬州在书画方面也有很高成就，代表人物有李思训、李昭道父子，李善的儿子李邕，还有大书论家张怀瓘等。

唐代的扬州在中外文化交流方面也发挥了重要的作用，其中最著名的是鉴真和尚。他从46岁开始，在扬州驻锡十年，55岁时在扬州大明寺（即平山堂旧址）接受了东渡日本传法的邀请。此后近十年间，六次东渡，终于到达日本。其中的第一次、第二次及最后一次都从扬州出发。鉴真东渡对中日两国人民的文化交流具有深远的历史意义。另一位著名人物是新罗人崔致远。崔致远（857—?），字海峰，号孤云，是韩国历史上第一位留下个人文集的大学者、诗人，被韩国学术界尊奉为韩国汉文学的开山鼻祖，有"东国儒宗""东国文学之祖"的称誉。他12岁时入唐求学，僖宗乾符元年（874）及第。880年黄巢起义爆发，崔致远进入高骈幕府。他在扬州生活了近四年，著有《桂苑笔耕集》20卷，他代高骈作的《讨黄巢檄》传诵一时。崔致远在中国留学凡16年，在中韩文化交流史上留下了佳话。

三 两宋及元明时期扬州文化的发展

北宋结束了五代十国的战乱局面，扬州地区的经济文化得到了迅速恢复，但与唐代相比，扬州的政治、经济地位已明显下降，城市规模也大为缩小。与之相对应的是，北宋时期，与扬州文化关系密切的文人名士及著名诗篇虽然也有很多，但总的来说，只能属于继唐代以后的余波荡漾，明显开始趋于衰落。

北宋时期，对扬州文化影响最大的首推欧阳修和苏轼。

欧阳修（1007—1073），字永叔，号醉翁，又号六一居士，吉安永丰（今属江西）人，北宋卓越的文学家、史学家。他于庆历八年（1048）知扬州。欧阳修在扬州除了致力于地方治理，便是寄情山水。他在蜀冈中峰的大明寺西南角筑平山堂，每于暑时在此诗酒行乐，此堂后来成为扬州文化史上影响深远的名胜古迹。欧阳修任职扬州期间，好友梅尧臣曾数过扬州，二人诗酒流连，欧阳修离任后，梅尧臣又几次往来扬州，怀念故旧，写下了《平山堂杂言》。他们共同留下了扬州文化史上的一段佳话。欧阳修于皇祐元年（1049）离任，但对扬州一直念念不忘，嘉祐元年（1056），刘敞出知扬州，欧阳修作《朝中措·平山堂》相送，词中赞刘敞"文章太守，挥毫万字，一饮千钟"，大文豪苏轼登平山堂怀念恩师欧阳修，作有一首著名的《西江月》："三过平山堂下，半生弹指声中。十年不见老仙翁，壁上龙蛇飞动。欲吊文章太守，仍歌杨柳春风。休言万事转头空，未转头时皆梦。"在这首词里，"文章太守"又成为欧阳修在扬州活动的生动写照。苏门四学士之一的秦观也曾游扬州，他写扬州的诗，最著名的是《次子由题平山堂韵》，其中"游人若论登临美，须作淮东第一观"评价平山堂胜境为淮东第一，至今扬州还留有"淮东第一观"的大字石刻。

苏轼（1037—1101），字子瞻，号东坡居士，眉州眉山（今属四川）人，他在文学艺术方面堪称全才。他一生曾十次游扬州，并于元祐七年

（1092）知扬州。在任期间，他为民请命，革除弊政，请求朝廷免除扬州积欠，废除万花会，深受扬州百姓爱戴。他与欧阳修一样，公事之余也喜欢徜徉山水，其在蜀冈大明寺内所筑的谷林堂也是扬州著名的文化胜迹。他一生留有很多关于扬州的诗文，如前面提到的《西江月》，还有《归宜兴留题竹西寺三首》《石塔寺》诗并序等。

还需提到的是北宋政治改革和诗文革新的先驱王禹偁。王禹偁（954—1001），字元之，济州巨野（今山东省巨野县）人，以刚直敢言名世。宋太宗至道二年（996）知扬州，至次年九月离任，虽只有短短九个多月，却留下了许多著名的诗文，其重要的政论文《应诏言事疏》便写于扬州，这篇文章针对时弊提出了比较切实的举措，是后来范仲淹"庆历新政"的先声。他在扬州写的《扬州建隆寺碑》是研究扬州地方文物的宝贵文献资料。他还有许多关于扬州的诗词，其中最著名的是写后土祠的《琼花诗》二首，这是关于扬州琼花的最早记载，后人很可能是据此杜撰出了隋炀帝江都看琼花的故事。

还有北宋政治家、名将韩琦（1008—1075）于庆历五年（1045）遭贬出知扬州，他在扬州只有两三个月的时间，却留下了关于扬州的《维扬好》四首，"二十四桥千步柳，春风十里上珠帘"是吟咏扬州最著名的诗句之一。

这一时期与扬州有关的文化名人还有王安石、苏舜钦、范仲淹、秦观及扬州本地诗人王令等。

南宋时期，扬州沦为宋金双方反复争夺的战场，经济文化遭到严重破坏。这一时期与扬州有关的文化及历史名人也很多，但他们大多是路过扬州，抚今追昔之作较多。比较著名者有：

杨万里（1127—1206），字廷秀，号诚斋。吉州吉水（今江西省吉水县）人，南宋杰出的诗人。他于宋孝宗淳熙十六年（1189）路过扬州，作有《过瓜州镇》《舟过扬州桥远望》《初入淮河》等与扬州有关的诗，字里行间充满诗人沉重的伤时之情。

陆游（1125—1210），字务观，号放翁。越州山阴（今浙江绍兴）人，南宋著名爱国诗人。他与扬州也颇有渊源，曾几度在扬州一带从事抗金活动，《书愤》一诗中的"楼船夜雪瓜州渡"写的即是此事。此外还有《送七兄赴扬州帅幕》一诗，浸透了诗人的忧国忧民之情。

与陆游有相似经历的还有辛弃疾。辛弃疾（1140—1207），原字坦夫，改字幼安，号稼轩居士，历城（今山东济南）人，我国历史上伟大的豪放派词人和爱国者。他于宋孝宗淳熙五年（1178），写下了《水调歌头·舟次扬州，和杨济翁、周显先韵》一词。

姜夔（1155—1221），字尧章，饶州鄱阳（今江西省上饶市鄱阳县）人，宋代著名音乐家和词人。他怀忧国忧民之心，南宋孝宗淳熙三年（1176），他路过被金兵两次破坏的扬州，所见断井颓垣，感慨万端，写下了著名的《扬州慢》曲谱和歌词。"淮左名都，竹西佳处""二十四桥仍在，波心荡，冷月无声"是其中描写扬州的名句。

汪元量（1241—1317），字大有，号水云，钱塘人。南宋末诗人、词人、宫廷琴师。恭宗德祐二年（1276），临安陷，随三宫入燕。尝作《醉歌》10首和《湖州歌》98首。诗多记国亡前后事，时人比之杜甫，有"诗史"之称。其中有几首即是写过扬州之事。元世祖至元二十五年（1288）以道士身份回到南方，途经扬州，作《扬州》一诗，描写元人统治下的扬州的荒凉景象。

元明两代，作为正统文学形式的诗词艺术已渐趋式微，代之而起的是以戏剧和散曲为代表的俗文学。这一时期，有好几位文学史、戏曲史上的名家在扬州生活过，或游历过扬州。

著名戏曲家关汉卿大约在60岁时曾到过扬州，其名剧《窦娥冤》即取材于淮扬一代的冤狱故事。

明代大戏剧家汤显祖（1550—1616）也曾到过扬州，留有《广陵夜》等数首诗，其名作《牡丹亭》的部分场景即在扬州。

元代著名的诗人、画家、书法家萨都剌（约1272—1355），一生曾三过扬州，留有《过江后书寄成居竹》《鬻女诗》《过广陵驿》等诗作，其中《鬻女诗》最为著名。

明文学家、"公安派"创始人袁宏道（1568—1610）曾寄家于扬州仪征，并著有《广陵集》一卷。

明末清初著名的文学家、史学家张岱（1597—1679），明亡后避乱于浙江剡溪山，他的作品里有对扬州社会的生动描写。

其他与扬州有关的名家还有元代散曲名篇《高祖还乡》的作者睢景臣，明代散曲名作《咏喇叭》的作者王磐，《中山狼》的作者康海及著名诗人、书画家赵子昂等。

四 清代早期扬州文化的恢复与发展

清代是扬州文化发展的第二个辉煌时期。由于本书所论述的以孙枝蔚及其交游圈为中心的清初扬州诗群,其生活年代大致是截至1690年以前的清代早期,因此,在这里主要讨论这一时期扬州文化的复兴与发展。

(一) 清代早期扬州文化复兴的原因

文化的发展要受到经济发展水平的制约,基于此,我们能看到许多文章在谈到清代或清代早期扬州的文化兴盛时,或多或少都要将之归因于当时扬州以盐业为主的经济繁荣,尤其是盐商或徽商对文化的扶持之功。这里需要厘清的是,清代扬州的文化发展要早于经济发展,至少两者的发展是不同步的。在18世纪之前的清代早期,扬州地区的经济,包括盐业在内还只处于艰难的复苏阶段,盐商扶持文化事业是康熙以后的事,而在当时,他们还远没有达到这样的经济实力。但在这一时期,已经有很多著名的学术及诗文名家在扬州活动,很快使扬州文化得到恢复和发展。这种现象的出现主要基于以下几点。

首先,在战后较短的时间里,扬州由于地理位置的优越性和"与生俱来"的商业传统,与其他地区相比,城市经济还是得到了一定的恢复,加上扬州在历史上具有深厚的文化积淀,遂成为清代早期文人学士趋之若鹜最重要的原因。孙枝蔚的早期生活经历就提供了具体佐证:明亡后,孙枝蔚举家来到扬州,重操家族的盐业生意,在短时间内聚积了大量的财富。虽然最后孙家还是败落了,但借此也可以看出扬州当时的经济已经得到了一定程度的恢复。另外值得一提的是著名画家石涛。石涛早年在南京卖画为生,但其画作在那里乏人问津,1686年,他移居到扬州生活,显然是扬州相对繁荣的艺术市场为他提供了更好的谋生途径。

其次,此时的扬州,随着南明的覆亡,战略地位已明显下降,且与当时的政治中心北京距离较远,故政治环境相对宽松;另外,扬州虽然地处江北,但又与当时处于抗清前线的浙闽沿海地区近在咫尺,这样的地理态势,无论是有志于复明的抗清志士,还是韬光养晦的遗民,扬州都是他们绝好的遁世渊薮。

最后,清代早期对扬州的重建,仍然保留了晚明时期的布局,而且注重恢复历史上的文化标志,如重建文选楼、平山堂等;同时,"扬州十日"又使这座城市成为一个政治象征。无论是出于对汉族传统文化的联系和继承,还是表达对故国的怀旧之思,这样一个似曾相识的扬州,对于当时政治立场、身份地位各异的文人学士,都具有很强的吸引力。

(二)重开科举与兴办教育

清代科举最早在皇太极时期就已举行了,但未有定制。顺治二年(1645),清廷采纳前明降臣范文程和浙江总督张存仁的建议,袭用明代"八股取士"之法,并于当年开科取士。

清朝科考的目的,不仅是因为入关后随着统治疆域和人口的扩张,需要选拔大批官吏来管理政事,更重要的是为了笼络汉族知识分子,使"读书者有出仕之望,而从逆之念自息"①,进而解决民族文化认同问题以缓和民族矛盾。

顺治二年(1645)的开科取士,扬州府江都县就有6人考中举人;顺治四年(1647),扬州府有12人通过京试。②到康熙十八年(1679)为止,每三年一试,未曾间断。其中本书涉及的吴绮、汪懋麟、汪楫、季振宜、许承宣、许承家等人就是这一时期的贡生或进士。此外康熙帝在"三藩之乱"初步平定之际,为了选拔一批有学识之官僚人才,同时也为了拉拢当时不肯与清廷合作的遗民,于康熙十七年(1678)又特开"博学鸿词科",史称"己未特科"。这次特科以江、浙为重点,规模盛大,录用精当,人才济济,待遇优渥,远远超过在此前后的历次博学鸿词科考试。本书主要研究对象孙枝蔚及其好友施闰章、李念慈、李因笃、王弘撰、陈维崧等人,或主动或被迫都参加了此次制科。

总体看来,开科取士,不仅在一定程度上为清廷充实了人才,缓和了民族矛盾,客观上也对包括扬州在内的地方文化复兴起到了积极作用。

除此之外,扬州地方官员与士绅非常重视文化教育。清代首任知府胡蕲忠上任当年(1645)即着手重建了府学,这是官方重视文化教育的重要标志。康熙元年(1662),盐运使胡文学与一些盐商共同筹款建成了安定书院,安定书院和后来由盐商出资兴办的梅花书院、广陵书院是康乾时期扬州最为著名的三大书院,敬亭书院、虹桥书院等也追步其后。到后来

---

① 《清世祖实录》卷十九,中华书局1956年版,第168页。
② [美]梅尔清:《清初扬州文化》,第21页。

扬州经济兴盛时，延聘了一批一流的学者来此任教，如安定书院的院长有杭世骏、赵翼等，梅花书院的院长有姚鼐、茅元铭等，这些书院为扬州及全国培养了很多人才，著名的有经学家段玉裁，训诂学家王念孙、王引之父子，淮盐巨商江春，嘉庆四年的状元洪莹及洪亮吉、汪中、焦循、任大椿等都出自这些书院。

（三）红桥修禊与诗文唱酬

也许是历史对扬州的格外青睐，或者是清政府出于对扬州历史文化传统及现实的考虑，清代早期，派往扬州的地方官和盐官大都稳健干练，而且很多都是当时知名的学者、硕儒，如前文提到的第一任两淮盐运御史周亮工，首任知府胡蕲忠，顺治十六年（1660）任扬州推官的王士禛，康熙十二年（1673）任扬州知府的金镇，以及后来的孔尚任、卢见曾等，他们风流儒雅，热心文化教育事业，结交遗民隐逸，举办大量诗酒唱酬活动，对扬州的经济、文化的复兴与发展起了积极的推动作用，并且他们与扬州这座城市也相互打上了或浓或淡的印迹。王士禛是其中影响较著者。

王士禛（1634—1711），字贻上，号阮亭，别号渔洋山人，山东新城（今桓台）人。顺治十五年（1658年）进士，顺治十六年（1659）被选为扬州推官，翌年上任，到康熙四年（1665）七月离去，在扬州度过了整整五个年头，主要掌管司法事务。王士禛到任后不久，比较成功地处理了牵连到扬州的"通海案"和"奏销案"，保护了很多罹祸者，加上其久负盛名，故很快就赢得了当地士民的崇敬。

在这五年里，王士禛足迹遍历江南江北，"日了公事，夜接词人"，结交了大量的东南名士。他们中间既有前辈诗坛宗匠如钱谦益、吴伟业等，又有青年才俊如陈维崧、汪懋麟等，但最多的还是布衣遗民，如扬州的孙默、孙枝蔚，金陵的杜濬、林古度，如皋的冒襄、邵潜，泰州的吴嘉纪等，他与这些文士除了谈诗论文、唱和酬赠之外，还对其中贫困者给予经济和文化上的资助，如为老诗人林古度删定并刊刻诗集，在此基础上，由他首倡的"红桥修禊"成为当时东南文坛一时之盛事。

"修禊"是源于周代的一种古老习俗，即农历三月上旬"巳日"这一天，人们相约到水边沐浴、洗濯，借以除灾去邪，古俗称之为"祓禊"。后逐渐演变为文人雅士饮酒赋诗的集会。红桥，后又称虹桥，是扬州通往瘦西湖的一座木板桥，因桥的栏杆为红色而得名，始建于明朝末年。王士禛倡导的"红桥修禊"前后有两次。第一次是在康熙元年（1662），参加者有袁于令、杜濬、邱象随、蒋阶、朱克生、张养重、刘梁嵩、陈允衡、陈维崧九人。王士禛首倡《浣溪沙》三首（"绿杨城郭是扬州"即为其中名句），诸家和之，一时传为佳话，"过扬州者多问红桥矣"①。第二次是在康熙三年（1664），与会者有孙枝蔚、张纲孙、程邃、孙默、许承宣和许承家兄弟等，此外老诗人林古度也以85岁高龄躬临盛会。王士禛即席赋《冶春绝句》20首，唱和者甚众，形成"江楼齐唱《冶春》词"的空前盛况。两次"红桥修禊"使王士禛声名鹊起，为他此后主持文坛风会数十年奠定了基础。

继王士禛之后，孔尚任和卢见曾又先后主倡过两次声势浩大的"红桥修禊"。到18世纪之后，随着扬州经济的兴盛，由盐商倡导的"修禊"及其他形式的诗酒酬唱在扬州文化发展史上蔚为大观。

历史上人们往往将清代康乾时期的"红桥修禊"与东晋时期王羲之、谢安等人的"兰亭修禊"相提并论。清初王士禛与东南名士的"红桥修禊"和诗文唱酬为我们留下了宝贵的文化遗产，对整个清代早中期的文化发展产生了深远的影响。单就扬州文化发展而言，"红桥修禊"与诗文唱酬增强了扬州地区的文化吸引力，促进了扬州及周边地区文人之间的交流和诗文创作，为扬州地区的文化繁荣做出了贡献。所以，"扬州文化的振兴，王渔洋是第一功臣"②并非过誉之词。

（四）重建文选楼和平山堂

对于清代早期的文化复兴与发展而言，重建文选楼和平山堂具有标志性意义。

清代先后建有两座文选楼，较早的文选楼"在小东门北旌忠寺内，相传为梁昭明太子萧统文选楼故址"③，而旌忠寺则是南宋时期为祭祀抗金名将岳飞及另两位死于抗金战场的将军魏俊和王方而建的佛教寺庙。还有一种说法认为是隋代著名文选学者曹宪在此"以《文选》教授生徒……楼盖以宪得名也"（1685年《扬州府志》）。此后，著名学者阮元在其家庙的正西又盖了一座"隋文选楼"，但这已是嘉庆十年（1805）以后的事了。清代早期的文选楼是顺治八年（1651）由慧觉和尚组织当地

---

① 王士禛：《渔洋山人自撰年谱》（卷上），中华书局1992年版，第20—21页。
② 张宇声：《王渔洋扬州文学活动评述》，《扬州大学学报》1998年第1期。
③ 王振世：《扬州览胜录》卷七，江苏古籍出版社2002年版，第130页。

官员和士民共同兴建的，造楼五楹，供文昌帝君和昭明太子。客观来讲，清代以前的"文选楼"实际上是难以考证的，即使是清代以后，文选楼作为一处名胜古迹的声名也要远逊于它的"文名"。

文选楼作为学术象征的文化意义，还有旌忠寺所蕴含的忠义精神，吸引了很多知名文士的到来，其中最著名的是陈允衡和邓汉仪。

陈允衡（？—1672），字伯玑，江西南昌人。避乱寓芜江，杜门穷巷，以诗歌自娱。1662年由王士禛资助，住在文选楼，编了两本诗集《诗慰初集》和《国雅初集》。邓汉仪（1617—1689），字孝威，号旧山，别号旧山梅农、钵叟。顺治元年（1644）为避身远祸，举家迁居泰州。17世纪70年代居住文选楼，编纂了一部当时的大型诗文选集《诗观》。

修复名胜和编纂文选，并非这一特定历史时期的独有现象，它们的意义在于反映了对地方和王朝之间关系的一种新的理性趋向和思考模式。

平山堂为北宋大文豪欧阳修在扬州任地方官时所建，位于蜀冈中峰法净寺内，"江南诸山拱列檐下，若可扳取，故名之曰'平山'"①，宋代著名的"苏门四学士"之一的秦观誉其为"淮东第一观"（《次子由题平山堂韵》），是扬州历史上享有盛誉的文化胜迹。清代之前的平山堂几经兴废，明万历年间曾被重新修缮，经过明清之际的战火洗礼，到清康熙元年又被寺僧占据。

康熙十二年（1674），在时任知府金镇的赞助下，由汪懋麟主持，于次年七月正式开始，"不征一钱，劳一民"②，到十一月即完成了平山堂的初步重建。次年，他又筹资进行了更大规模的修建，"为用二千四百四十八两六铢，……资出御史、转运、太守、诸佐令、乡士大夫、两河诸商"③，"堂后复建真赏楼，克还旧观"④。此后平山堂又经过多次修缮，到乾隆年间达到了全盛。

对于平山堂的重建，汪懋麟在其《重建平山堂记》中说："而第念为欧阳公作息之地，存则寓礼教、兴文章，废则荒荆败棘，典型凋落，则兹堂之所系何如哉！"⑤ 可理解为在明清鼎革之后，对传统文化的再度传承。

---

① 汪应庚：《平山揽胜志》卷四，广陵书社2004年版，第63页。
② 王振世：《扬州览胜录》卷二，江苏古籍出版社2002年版，第71页。
③ 同上。
④ 汪应庚：《平山揽胜志》卷四，第63页。
⑤ 王振世：《扬州览胜录》卷二，第71—72页。

魏禧在其《重建平山堂记》中除了赞许知府金镇的"化民善俗之意",他还写道:"而扬土洿曼平衍,惟此山差高,足用武之地。公建堂其上,又习以俎豆之事,亦将以文章靖兵气焉"①,表达的是战争之后"政治调和和超越文化价值观的胜利"②。

这些名胜的修复和重建作为文化重现和复活的象征,代表的是汉族文化传承和当时文士与新朝的关系重构。

第四节 清初扬州诗群的构成

顺康年间扬州一域诗家辈出,声名远播海内的名家甚多,如吴嘉纪、邓汉仪、汪懋麟、汪楫、冒襄、吴绮、宗元鼎、黄云等,除了这些本地诗人外,流寓此地的客籍诗人孙枝蔚、孙默、姚佺、王猷定也渐渐融入江南文化圈,影响甚大。扬州诗群不是一个严格意义上的文学流派,是由一大批当时的海内名家在扬州的聚合(当然也包括扬州本地诗人),由扬州人和非扬州人聚合而成,与宋代的江西诗派"诗江西也,人非皆江西"不无相似之处,是一个群体创作带上一定的扬州地方文化特征与文学色彩而其成员非仅扬州人的诗人群体。

孙枝蔚在清初大江南北影响很大,据汪懋麟《征君孙豹人先生行状》载:"(孙)浪迹吴越,无聊寄兴,乃与姚山期佺辑《四杰诗》,板行于世。四杰者,李梦阳、何景明、李攀龙、王世贞也;既与桐城方尔止文论《诗悔》,更辑天下名人诗曰《诗志》,于是天下之名能诗者纷投其门。"③孙枝蔚倾心于文学文献辑录,选刊明人及时人诗集,随着这些诗作的传播,他的影响力也随之扩扬,时人慕名而至,以能结交为荣,当时诗坛名流几乎都与他有交游唱和;许多重要的文人雅集活动中也经常活跃着他的身影:"座上客常满,孔融庶颉顽"④,"词客登门常问字,嘉宾携伎忆征

---

① 汪应庚:《平山揽胜志》卷四,第69页。
② [美] 梅尔清:《清初扬州文化》,第169页。
③ 汪懋麟:《征君孙豹人先生行状》,《百尺梧桐阁文集》,《四库全书存目丛书》集部第241册,第793页。
④ 孙枝蔚:《李屺瞻远至,寓我溉堂,悲喜有述》,《溉堂前集》卷二,《溉堂集》,上海古籍出版社1979年版,第115页。

歌"①；他本人的诗歌创作成就也非常大，被广为传诵。孙枝蔚在清初新旧诗风转换之际，确以其卓荦的才情和遒劲的诗作影响了当时的诗坛，堪称领袖扬州一方的重要人物。故以他为纽带、为中心外延的交游圈作切入点来考察扬州诗群，是有典型意义的。

扬州诗群的考察时限，上限为顺治元年（1644），下限到康熙二十六年（1687），孙枝蔚谢世，群体的骨干成员大多不存或已老迈难支，诗学活动渐次消歇。诗群的构成包括这几个层次：扬州土生土长者，以外籍而长期流寓扬州或竟终老扬州者，短期仕宦或旅居扬州、参加过此地重要诗学活动者。

一 扬州土生土长者

扬州诗群并不局限于扬州一城。扬州诗歌是以扬州城为中心，包括周边若干属邑共同创造的一种地域文学，故此处的"扬州"指扬州府，辖高邮、泰、通三州包括江都（又名广陵、扬州）、仪征、泰兴、兴化、宝应、如皋、海门7县。扬州的本土诗人按政治立场的不同分野，又可分为以下几类。

（一）遗民志士

冒襄（1611—1693），字辟疆，自号巢民，又号朴巢，扬州府辖泰州如皋县人。与方以智、陈贞慧、侯方域并称明末复社"四公子"，家族历代官宦，声名煊赫。鼎革后隐居家乡如皋，修筑水绘园，自教小班，悠游其中，以观剧听曲自娱，实则悠游中饱含故国之思，别有寄托。著述甚富，《水绘园诗文集》《六十年师友同人集》《巢民诗文集》《影梅庵忆语》等均存世。

邓汉仪（1617—1689），字孝威，号旧山、钵叟，又称旧山农、旧山叟、旧山梅农，扬州府辖泰州人，明末诸生。少颖悟，日读书千言。博洽通敏，贯穿经史百家之籍，尤工于诗，学为骚雅领袖，与太仓吴伟业、合肥龚鼎孳主盟风雅者数十年。著述甚富，编次明末清初名人诗为《诗观》四集，著《过岭集》，海内言诗之家咸宗之。入清后绝意仕进，平淡自

---

① 李念慈：《挽孙豹人中翰四首》，《谷口山房诗集·皖江集》卷三十一，《四库全书存目丛书》集部第232册，第792页。

守，由于"名动卿相，文满国山"①而频被荐举，多次辞试不得而被迫参加康熙十八年之博学宏词试，不第，以老赐内阁中书舍人衔，是一个欲做遗民而不得的不完全的遗民。

吴嘉纪（1618—1684），字宾贤，号野人，泰州人，居安丰盐场。明末诸生，明亡后弃诸生，居蓬蒿土室，苦吟自娱，自铭所居曰"陋轩"，因以名集为《陋轩诗》，取颜回乐箪瓢之意，"愈陋而愈贤者也"。

黄云（1621—1702），字仙裳，号旧樵，泰州人，明末诸生。王士禛门人。早孤，事母至孝。善谈论，慷慨负气，遇俗人，稍不如意辄谩骂，人目为狂。明亡后隐居不仕，晚年愈贫苦，屡辞聘召，益肆力为诗歌，东南持风雅者必宗之。著述颇丰，著有《康山稿》《悠然堂稿》《桐引楼诗》《倚楼词》等。时而晒网，号渔人；时而海舶，称估客。后不儒不墨，自号樵青。

宗元豫（1624—1696），字子发，一字半石，江都人，明诸生。宗元鼎从弟。自潮州扶榇归，贫不能葬，乃蔬食不除服十余年，始得买地以葬。隐居著书，不事声誉。深于古文，尤用力于经史。文章为同郡王岩称许。著《焚余稿》3卷，辑《唐宋明十大家文删》《古诗赋删》《韩杜合删》《唐十二家诗删》《明二十家诗删》等。

雷士俊（1611—1668），字伯吁，江都人，先世居陕西泾阳。孙枝蔚之亲家。明末入扬州府学，补廪生。少攻古文，专力经史，后究心性理书，留心时政。有志用世，每抵掌雄谈，旁若无人。变乱后，弃举业，不治生产，穷愁悲愤，负气刚简，与世寡合，唯与王岩、王士禛、施闰章、孙枝蔚、汪懋麟、袁继咸等相通问。筑室艾陵湖上，闭户著书，有《艾陵文集》2卷、《艾陵诗集》2卷。康熙七年悲愤得疾以卒，年五十八。

蒋易（1620—1689），字子久，一字前民，号蒋山，江都瓜洲人。少补诸生，旋弃去。善诗工画，兼擅戏曲。为诗不取时好，较多山人色彩，五言律尤劲健，得少陵风。与杜濬、王猷定、石涛、龚贤等友善。康熙二十六年（1687）与吴绮、卓尔堪等在扬州共会春江社。晚年无子，家益穷，卖画自给，人得其写生一二笔，争宝之。著《石间集》1卷及传奇《遗扇记》。

---

① 龚鼎孳：《邓孝威官梅集序》，《定山堂古文小品》卷上，《续修四库全书》集部第1403册，第322页。

王岩，原名天佐，字平格，一字筑夫，扬州府宝应人，明末诸生。与雷士俊、孙枝蔚交游甚笃。为人端严，事母以孝闻。时复社、几社社稿盛行，王岩与同邑俊才立直社，声名与二社等。明亡后，绝意仕进，肆力为古文辞，要以淳朴胜，执经问字者踵相接，如李念慈、汪耀麟、汪懋麟等，皆从之学。著《异香集》2 卷、《白田文集》20 卷、《白田集》2 卷、《白田布衣集》4 卷。

李盘（？—1657），原名长科，字根大，号小有，扬州府兴化人。博综古今，务为经济之学，尤精韬略。明亡，以隐逸终。著《遗民广录》，诗集有《李小有诗纪》25 卷。承"七子"余响，但不介入派别之争。与孙枝蔚、吴嘉纪等为诗友。

李沂，字于化，别字艾山，晚号壶庵，兴化人。幼孤，事母孝。明亡后谢诸生，以诗歌自娱，为诗醇雅典则，深入盛唐之室。王士禛司理扬州，至邑踵门请谒，固辞不见，狷介强项如是。不多交友，唯与同里陆廷抡、宝应王岩、泰州吴嘉纪为莫逆。

陆廷抡（1627—1684），字悬圃，别号海樵子，兴化人。少负异才，博闻强记，以古文知名。甘心隐逸，不为荣利计。甲申后，他居城郭外，30 年不入城市，吟啸狂歌于一小楼。与宝应王岩往复辩论。心力俱瘁以为文，其文体大思精。著有《悬圃文集》12 卷及《酪酊堂诗文集》。

郝士仪（1632—1680），字羽吉，号山渔，又号髯公，歙县人，占籍江都。隐于商贾，能诗，重节，有《损斋集》。孙枝蔚《郝羽吉诗序》曰："羽吉不独诗人，固今世隐逸之士也。自少时负颖异之资，能澹于声势。既久客江都，无田产以养其母，乃以鱼盐之业聊代负米，将终身隐于市焉。……其形于篇者，至性缠绵，油然足以感人，而一以唐人风调为宗，雕镂纤靡之习毫无有也，可不谓诗人之卓然者乎？迹其生平所交游，实惟吴野人、后庄、汤岩夫、王幼华、汪长玉、舟次及余数人而已。"①

（二）国朝文士

吴绮（1619—1694），字园次，安徽歙县人，占籍江都。顺治十一年（1654）拔贡生，荐授中书舍人，迁兵部主事，后知湖州府，有吏能，因"多风力、尚风节、饶风趣"而被人戏称为"三风太守"，著有《林蕙堂集》《艺香词钞》等。吴绮词最有名，妇孺皆能习之，因有"把酒祝东

---

① 孙枝蔚：《郝羽吉诗序》，《溉堂文集》卷一，第 1058—1059 页。

风,种出双红豆"之句,又称"红豆词人"。吴氏一家为诗书之家:其妻黄之柔,字静宜,号玉琴,安徽歙县人,为清初著名女词人,有《玉琴斋集》《名媛绣针》;次子吴寿潜,字彤本,有诗词名,著《琴移词》,次媳贺字亦善诗词;婿江闿,字辰六,江都人,康熙二年(1663)中贵州乡试,康熙十八年(1679)应博学鸿儒试落选,康熙二十七年知均州,工诗古文,著《江辰六文集》《春芜词》。

汪懋麟(1639—1688),字季角,号蛟门,江都人。康熙六年(1667)进士,康熙九年(1670)选官为中书舍人。康熙十七年(1678)举"鸿博",以丁父忧未与试。既服阕,改官刑部主事,后因徐乾学荐,入史馆充纂修官,与修《明史》。在京为官期间,与诗人宋荦、田雯、曹禾、丁澎、吉封、颜光敏、王又旦、谢重辉、曹贞吉并称"京台十子"。康熙二十三年(1684)以放言无忌,遭谗罢归乡里,又四年卒。著有《百尺梧桐阁集》《百尺梧桐阁遗稿》《锦瑟词》。

汪楫(1636—1699),字舟次,号耻人,又号悔斋,安徽休宁人,占籍江都,顺治间诸生。康熙十六年(1677)以岁贡选赣榆训导。康熙十八年(1679)应博学宏词,授检讨,与修《明史》。康熙二十一年(1682)奉使册封琉球,撰《中山沿革志》《琉球使录》。从优议叙,累迁福建布政使,病于内擢途次,旋里卒。好学工书,尤长于诗,以古为宗,以洁为体,务去陈言,又不堕于涩,与汪懋麟齐名,人称"二汪"。著有《悔斋集》。

季振宜(1630—1674),字诜兮,号沧苇,泰兴人,著名的藏书家、版本学家、校勘家。顺治四年(1647)进士,官监察御史。巡按山西盐课,弹章数十上,风节凛然。言事、献策、选贤多有建树,为官之佳传播朝野。少负异才,好读书,于书无所不窥。其家豪富,故有力多方购求善本,江南故家书多归之,藏书之富甲于天下。亦作诗,诗风文采尤为人称道,钱谦益评其诗"意匠深、发脉厚、才情飙迅",为"诗道之中兴"。[①]

宗观,字鹤问,兴化人,居扬州。明崇祯十五年(1642)副榜。入清,司铎贵池,迁常熟教谕。好古勤学,尤长于诗。襟怀旷朗,笃于交友,以学问相取,以吟咏自娱。著《咸园集》《山响集》。其诗萧疏幽隽,王士禛甚赏识。

[①] 钱谦益:《季沧苇诗序》,《牧斋有学集》卷十七,《四部丛刊》景康熙本,第145页。

刘梁嵩，字玉少，江都人。顺治十七年（1660）举人，康熙三年（1664）进士，知江西崇义县。与吴绮、宗元鼎、宗元观并称"咸园四子"，有《少室诗集》12卷，又有龚鼎孳撰序之《鹤情集》。

许承宣（？—1685），字力臣，号筠庵，清江都人。康熙十五年（1676）进士，官工科给事中，首陈扬州水利赋役二疏。后假归。有《金台集》2卷。

许承家，字师六，号来庵，清江都人，承宣弟。康熙二十四年（1685）进士，授翰林院编修，改庶吉士。幼与兄刻苦力学，同负盛名，著有《猎微阁诗集》6卷。

汪士裕，字荽岩，一字容庵，休宁人，占籍江都。康熙二年（1663）举人，官太湖教谕，丁内艰，除服补沛县教谕，又移庐江。与同族耀麟、懋麟、舟次及孙枝蔚、吴绮、华龙眉、夏次功诸人相唱和，著有《适园诗钞》2卷。

（三）其他文人

宗元鼎（1620—1698），字定九，号梅岑，别号小香居士、卖花老人，室名新柳堂，江都人。宗观从弟，王士禛门人，黄云之儿女亲家。诗以才调为主，风华婉媚，自成一家，酷嗜梅花，时人谓之宗郎梅。善画山水。与兄观、弟元豫、侄之瑾、之瑜皆工诗，时称"广陵五宗"。著有《芙蓉集》14卷、《新柳堂集》16卷。康熙十八年贡太学，部考第一，铨注州同知，后未及仕而卒。

汪耀麟（1636—1698），字叔定，号北皋，江都贡生，懋麟之兄。著《见山楼诗稿》《抱耒堂集》6卷、《南徐唱和诗》1卷、《爱画倡和诗》若干卷。

王宾（1628—1682），字宾王，号仔园，先世泾阳人，商于扬，遂籍江都，孙枝蔚门生。康熙二年（1663）举人。家故饶赀，张灯设客，歌呼彻旦。当其大醉，抗衡古人，谩骂时俗。会试屡不第，家道中落，屏居僻园，集海内贤士之诗，编选品次。康熙二十一年（1682）就礼部试，适闻父丧，悲泣而卒。能文善书法，著《一草亭集》，已逸。

季公琦，字希韩，号方石。清泰兴人，季振宜堂弟，拔贡生。填词工丽，擅名江左。王士禄、曹尔堪在扬州极为推重。有《方石诗钞》，已逸。

韩魏（1643—?），字醉白，号东轩，江都人，监生。少经坎坷，父文适公于乙酉岁（1645）以身殉国，母遂以身殉夫，三岁幼孤赖家妪避难以活。童子时受知于王士禛，后补校官弟子。不唯制举之业著声场屋，而诗古文词亦称雄海内。继而与太学之试，拔第一，京城公卿争相延致。韩魏继承乃父气节，不问宦于新朝。

夏九叙，字次功，江都人，康熙十六年（1677）举人。祖玄成，万历间与陆弼、邓文明结淮南社，倡导风雅。次功秉承家风，活跃于广陵诗坛的文人圈中，与汪耀麟、汪懋麟、韩魏等组诗社，揣摩诗文。工诗词，有《绿雪堂诗略》1卷。

饶眉，字白眉，江都人，诸生。邓汉仪《诗观二集》云："白眉与夏子次功、徐子辰玉，皆阮亭民部所特赏者，不独工制义，而兼擅风雅之长，固一时之秀杰。诗篇甚富，秘不示人。"与孙枝蔚、汪懋麟等唱和颇多。著《芝山集》。

华衮，字龙眉，江都人，与孙枝蔚、邓汉仪等交好。有《爱鼎堂诗略》《春草堂尺牍偶存》。邓汉仪《诗观初集》谓其诗雅正秀逸，能追步前人而复矫然独上，是诗家之杰出者。

鲁澜，字紫漪，别字桐门，江都人，康熙十六年（1677）会元，工诗词。有《濯月》《渡江》《北游》诸集。

吴麐（1638—?），字仁趾，歙县人，占籍扬州。易代之际，乃父惨遭兵燹去世，其时年仅八岁的他与母亲避乱金陵，得以幸免于难。母亲亲授《汉书》《孝经》教养之。弱冠读书慕古人，成年后学诗于吴嘉纪，诗书研幽独，成一家之言，著有《樵贵谷集》。吴嘉纪诸弟子中，其成就和名声最高。沈德潜《清诗别裁集》评曰："仁趾与宾贤有二吴之目，而宾贤以性灵见，此以情韵见，几于莫能相尚。"习篆刻以治生，颇得时誉，与程邃"后先振起广陵"（周亮工评）。

黄泰来，字交三，一字竹舫，黄云次子，宗元鼎之婿，贡生。好读书，善词赋兼工隶篆绘事。著《观海集》《浮香阁集》《岱青楼集》《尘台集》《莲浦集》《清诗片玉集》《洗花词》等。

二　以外籍而长期流寓扬州或终老扬州之遗民

孙枝蔚（1620—1687），字叔发，号豹人，陕西三原人，博学工诗，出身大贾之家。明末李自成兵攻入潼关时，孙枝蔚散家财，结壮士抵抗，为闯军所败，后只身走江都，因侨居于此，居扬州董相祠旁，名其居曰

"溉堂"，遂以名其诗文集。康熙中被荐举鸿博，以老疾辞，不终幅而出，赐中书舍人衔，还归扬州，以遗民终老。溉堂一生，著述宏富。今存《溉堂集》，有诗有文，其中诗共计两千余首，是清初流寓扬州的一位"名噪海内"的重要诗人。

王猷定（1598—1662），字于一，号轸石，南昌人。性恬淡，钱谦益谓其"不苟誉人"。明末贡生，史可法聘为记室，一时传檄多出其手。入清，遭乱居扬州，绝意仕进，穷愁著书，力追大雅，海内能文之士翕然推之。与孙枝蔚、方文、孙默较多诗文往来。康熙元年（1662）客死西湖僧舍，汪楫、孙枝蔚等扬州诸君子募金，俾其子往迎其柩以免流落；又搜其遗文以托周亮工为之付梓，即《四照堂集》文12卷、诗4卷。

姚佺，字仙期，亦作山期，浙江秀水人，流寓扬州，往来吴越间。少游复社，以遗民终。生平以振兴风雅为任，著述多沧桑之感。与周京、魏宪、叶阍、刘览元、陈莞等人并称选诗家，编有《诗源》，并曾与孙枝蔚选明李梦阳、何景明、李攀龙、王世贞的诗编辑为《四杰诗选》。其作品与孙枝蔚、方文合刻为三家诗。邓之诚《清诗纪事初编》卷一："三人诗格略相近，皆由香山以窥杜陵。"

程邃（1605—1691），字穆倩，一字朽民，号垢区，又号青溪、垢道人、江东布衣、江南布衣等，江宁籍安徽歙县人，移寓扬州。明末诸生，品行端悫，崇气节，所谈论皆国家需要，明启祯时已声名卓特，故漳海石斋黄公、澄江机部杨公及江左数大君子靡不深交而雅重之，然卒不肯一应贤良诏入制幕志职。取友甚严，阮大铖、马士英并为东林摒斥，无容于世，数招致程邃，始终落落不与合。因议论颇关朝廷之事，被流寓白门十余年。嗣后又因议论"马士英眼白多，必将乱天下"等语，再遭迫害中伤，险些丧命，幸得陈子龙调护，才免遭毒手。入清为孤子遗民。擅长诗文、书画、篆刻，著有《日表录》《姓氏录》《萧然吟》《会心吟》。

杜濬（1611—1687），原名诏先，字于皇，号茶村，湖北黄冈人。崇祯己卯（1639）副榜，壬午（1642）北闱不售，以文行重公卿间，福藩拥立考试七布政司贡士，乃慨然南下。见马阮用事，时政不纲，遂绝意仕进，易名濬。国变后避乱流寓金陵，隐鸡鸣山，亦屡居扬州，自甘穷困。寄情诗文，著有《变雅堂诗集》《变雅堂文集》。

方文（1612—1669），字尔止，号嵞山，初名孔文，又名一耒，字明农，别号淮西山人、忍冬子，安徽桐城人，系方以智从叔。明末为诸生，入清以卖卜、行医或充塾师游食为生，气节凛然，交游遍南北。方文以诗名，著有《嵞山集》《嵞山续集》《嵞山又续集》，诗共21卷。

孙默（1613—1678），字无言，号黄岳山人，休宁（今属安徽）人。客居扬州，不事生产，甘于贫陋，不喜侈华。汪懋麟载述云："自处士去休宁而来游于扬也，居一椽，从一奴，白衣青鞋，蔬食而水饮"①，完全一介野逸山人。其以获交海内贤士、罗致诗古文辞为癖。于寒人畸士，工文能诗或书画方伎有一长者，必委曲称道。著有《笛松阁集》，辑刻《十五家词》37卷。

龚贤（1618—1689），又名岂贤，字半千，一字野遗，号柴丈人、钟山遗老、半亩居人、清凉山下人等，原籍江苏昆山，自幼流寓南京。早年参加复社活动，崇祯十二年（1639），与范凤翼、黄居中等人结钟山大社。明末战乱时外出漂泊流离。入清，高蹈不出，流寓扬州府泰州，后移居扬州。善画山水，为"金陵八家"之首，工诗文，善行草，诗酒自娱。著有《半亩园诗草》《半亩园尺牍》《草香堂集》《中晚唐诗纪》。周亮工对其诗、画推许甚高："其画扫除蹊径，独出幽异，自谓'前无古人，后无来者'，信不诬也。……笔墨之暇赋诗自适，诗又不肯苟作，呕心抉髓而后成，惟恐一字落人蹊径。"② 身遭沧桑巨变，其诗多倾吐民族志士的慷慨悲愤。

许承钦，字钦哉，一字漱石，号漱雪，湖广汉阳人，流寓泰州。崇祯十年（1637）进士，知溧水县，迁户部主事，著有《漱雪集》。

梁以樟（1608—1665），字公狄，清直隶清苑人。工诗文，有经世略。崇祯十二年（1639）乡试第一，十三年（1640）进士，授太康令，调商丘知县。农民军攻归德，妻张氏率家人30口自焚，以樟被重创，死复苏，奔淮上，旋逮下狱。追出狱，京师已陷，渡淮见史可法，多方谋划。马、阮柄政，四镇各拥兵跋扈，愤郁成疾，辞去。遁迹宝应，躬耕自给，清廷屡征召，不应。有《卬否集》1卷。

查士标（1614—1696），字二瞻，号梅壑，江南休宁籍，海宁人，侨居江都。明诸生，寻弃举子业，专事书画。书法精妙，人谓"米董再出"，画尤工，求者填门，乃国朝书家无爵位而名著者。著《种书堂遗

---

① 汪懋麟：《孙处士墓志铭》，《百尺梧桐阁文集》卷五，第764页。
② 周亮工：《读画录》卷二，"龚半千"条，清康熙刻本，第16页。

稿》，世无传本，赖阮元辑《两浙輶轩录》尚悉一二："梅壑诗情深婉，而于友朋赠别之作，尤觉缠绵悱恻，足以感人。"①

王存稚，原名北豸，字麟友，觐人。寓江都，与钱退山独厚，以为异姓骨肉，砥砺甚至。与"甲辰诗会"。

三 短期仕宦或旅居扬州、参加过此地重要诗学活动者

周亮工（1612—1672），字元亮，一字缄斋，号栎园，祥符（今河南开封）人。崇祯十三年（1640）进士，授潍县令，行取浙江道御使。入清，历官两淮盐法道、扬州兵备道、福建按察使、布政使、户部右侍郎等职。曾两次被劾下狱论死，均遇赦得释。好风雅，多交寒素。著有《赖古堂集》《书影》《字触》《印人传》《读画录》等，编有《赖古堂尺牍新钞》。

王士禛（1634—1711），字贻上，号阮亭，又号渔洋山人，山东新城人，顺治十五年（1658）进士，累官至刑部尚书。弱冠即以诗名，其后五十余年，海内学者宗仰为诗坛盟主。顺治十七年（1660）至康熙四年（1665），王士禛赴任扬州推官。在扬州五年的主要活动除了日常政务，就是以文学为媒介而广泛进行的交游活动，其间结交了不少文人名士，其《居易录》中列举的布衣诗人有邵潜、林古度、陈维崧、陈允衡、孙枝蔚、吴嘉纪、杜濬等。

金镇（1622—1685），字又镳，号长真，山阴（今浙江绍兴）人，宛平（今属北京）籍。明崇祯十五年（1642）举人。入清，官至江南按察使。康熙十二年（1673）任扬州知府，任两年，其间修葺平山堂，并重修《府志》40卷。好风雅，施闰章称其"间集贤士名人文酒谈谦，且侧身与布衣游，酒酣月出，清风洒然，觉王谢声华未歇，亦一盛也"②。工诗，有《清美堂诗集》。

王士禄（1626—1673），字子底，号西樵，山东新城人，渔洋胞兄，人称"二王"。顺治壬辰进士，官考功员外郎。有《十笏草堂集》《考功诗选》。王士禄宦途艰危，屡遭患难，先是因磨勘之故被弃不用，后起

---

① 阮元辑：《两浙輶轩录》卷十一，清嘉庆刻本，第478页。
② 施闰章：《金长真诗序》，《学馀堂文集》卷七，《文渊阁四库全书》集部第1313册，第83页。

用，康熙二年（1663）主持河南乡试时力戒熟稳，取"好奇服古之士"为朝廷储才，孰料次年"人或恶之，摭拾下吏，具三木，赖叔弟士祜殚力橐馈得不坐，竟坐免官"①。历半载狱事得白，喜得生还，王士禄心意苍老，字号"更生"。

宋琬（1614—1674），字玉叔，号荔裳，莱阳人。天启五年（1625），贡入京师，累试不第。顺治三年（1646）举乡试，顺治四年（1647）成进士，授户部主事，榷税芜湖，调吏部，旋补陇右道佥事，升永平副使，迁浙江宁绍台参政，升本省按察使。以族子诬告下狱，获释后流寓吴越。康熙十一年（1672），补四川按察使，翌年入觐，康熙十三年（1674）病卒。工诗词，与严沆、施闰章、丁澎、张文光、赵宾、陈祚明有"燕台七子"之目，又与施闰章并称"南施北宋"。著有《安雅堂集》《安雅堂未刻稿》《二乡亭词》。

曹尔堪（1617—1679），字子顾，号顾庵，嘉善人。顺治三年（1646）举人，顺治九年（1652）成进士，选庶吉士，授编修，累官侍讲学士。以讳误镌级，寻罢归。优游田园，选胜赋诗，间为远游。工倚声，有《南溪词》，与曹申吉并称"南北二曹"。亦能诗，与宋琬、施闰章、沈荃、王士禛、王士禄、汪琬、程可则并称"海内八家"，著有《南溪诗文略》。

施闰章（1618—1683），字尚白，号愚山，安徽宣城人。早年师事东林学士沈寿民，研习制艺，博览群籍。顺治六年（1649）进士，曾奉使广西，任刑部员外郎，提调山东学政，迁江西布政司参议。康熙六年（1667），以裁缺归，家居十余年。康熙十八年（1679），举博学宏词，授翰林院侍讲，入史馆纂修明史，转侍读。著有《学馀堂文集》28卷、《学馀堂诗集》50卷。诗清醇雅正，与宋琬有"南施北宋"之目，位居"燕台七子"之阵，又处"海内八大家"、"清初六家"之列。施氏屡次前往扬州，与孙枝蔚、邓汉仪、杜濬等江南文人往来频繁。

龚鼎孳（1615—1673），字孝升，号芝麓，安徽合肥人。崇祯七年（1634）进士，授蕲水令，迁兵科给事中。入清，累仕礼部尚书。汲引隽才，救助遗民寒士，扬扢风雅，海内士子宗归之。洽闻博学，诗古文俱工，在清初与钱谦益、吴伟业并称为"江左三大家"。谥端毅。著有《定

---

① 张维屏辑：《国朝诗人征略》卷二，清道光十九年刻本，第19页。

山堂诗集》43 卷、《龚端毅公文集》27 卷、《定山堂奏疏》8 卷等。

陈维崧（1625—1682），字其年，号迦陵，江苏宜兴人，明末"四公子"之一陈贞慧长子。十七补诸生，文采秀发，与吴兆骞、彭师度有"江左三凤"之目。国变后，侍父栖隐。久之，出应乡试，屡不第，住父执如皋冒襄家最久。修髯美仪，风流倜傥，诗豪肆排宕，尤喜填词，兼擅骈文，与吴绮、章藻功并称骈体三家。康熙十八年（1679）举博学宏词，授检讨，与修《明史》。著有《湖海楼全集》54 卷，计文集 6 卷、骈文10 卷、诗集 8 卷、词 30 卷。频游扬州，与此地文人诗会颇多。

彭孙遹（1631—1700），字骏孙，号羡门，别号金粟山人，浙江海盐人。顺治十六年（1659）进士，康熙十八年（1679）试博学宏词，擢一等一名。官至吏部侍郎，兼翰林院掌院学士。以词名于时，为扬州词坛核心人物，著《延露词》3 卷、《金粟词话》1 卷。往来扬州，与孙枝蔚唱和较多。

严沆（1617—1678），字子餐，号灏亭，浙江余杭（今杭州）人。早年沉酣六经史汉，好诗古文辞，为"西泠十子"之冠。顺治十二年（1655）成进士，选庶吉士，累仕户部侍郎。著有《皋园诗文集》《古秋堂集》《燕台集》《北行日记》《皋园奏疏》。康熙十年（1671）游扬，招集魏禧、王岩、孙枝蔚、邓汉仪、汪楫、计东、程邃、孙嘉客等十余人谠集五日，"饮酒至醉，各称诗纪事"[①]。

李念慈（1628—?），字屺瞻，号劬庵，陕西泾阳人。顺治十一年（1654）举人，十五年（1658）进士，授河间推官，辞归。补廉州，裁缺未任，改补新城令，以催科不力罢官。吴三桂叛，念慈奉檄运饷有功，康熙十六年（1677）补景陵令。荐应博学宏词，试不中选，未几告病辞官。好风雅，喜游览，足迹几遍天下，孚盛名。有《谷口山房诗集》32 卷、《文集》6 卷。

王又旦（1636—1686），字幼华，号黄湄，陕西郃阳人。顺治十四年（1657）举人，翌年中会试，逾年成进士。授潜江令，需次除给事中，以父丧归。补吏科给事中，转户科，有政声。著《黄湄诗选》。

邱象升（1629—1689），字曙戒，号南斋，山阳人。顺治十二年

[①] 计东：《广陵五日谠集作》（序），《改亭诗集》卷一，《续修四库全书》第 1408 册，第 17 页。

（1655）进士，官大理寺左置丞。与弟象随少即以诗文名，时称"二邱"。象升在清初不仅入望社，筑西轩以待客，而且刻行张养重、靳应升选集，古道热肠，笃于朋友，为世称道。晚年自订《南斋诗集》。

邱象随（1632—1701），字季贞，号西轩，江苏山阳人，望社成员。顺治十一年（1654）贡生。康熙十八年（1679）召试博学鸿儒，授翰林院检讨，与修《明史》，累官至司经局洗马。工诗，著《西轩诗集》《西山纪念集》，辑《淮安诗城》8卷。

徐乾学（1631—1694），字原一，号健庵，昆山人。康熙九年（1670）进士，授编修，累官刑部尚书。著《憺园集》36卷、《读礼通考》120卷。

毛奇龄（1623—1716），字大可，号西河，萧山（今属浙江）人。早年曾参加抗清复明活动，失败后改名换姓，逃匿江湖间。康熙十八年（1679），以廪监生荐应博学宏词试，授检讨。告归，著述以终。平生致力于经学音韵，为清初著名学者。能诗工文，兼工词曲。著有《西河合集》。

许珌，字天玉，号星亭，又号铁堂，侯官人。崇祯十二年（1639）举人，康熙四年（1665）选安定令，罢官，流寓临洮卒。有《铁堂诗钞》2卷、《品月堂集》《梁园集》。王士禛称之为"闽海奇人"，盛赞曰："许子之诗，气雄力浮，如巉岩猛虎，凛乎其不可攀，森然其不可纪，君子观其言即其生平之魁垒肆博，亦可概见矣。"①

程康庄（1613—1679），字坦如，号昆仑，山西武乡人。官镇江府通判、耀州知州等。工诗词，喜交游，有《自课堂集》《昆仑诗选》2卷、《昆仑文选》4卷。

林古度（1580—1665），字茂之，号那子，福清人，寓南京，以文采风义为胜朝遗老，擅长书法。一生赋诗近万首，遗诗数千篇，王士禛为之选刻《林茂之诗选》2卷，盖惧文祸而尽删天启甲子以后之作，归于正始。参加"甲辰诗会"。

张纲孙（1619—?），字祖望，改名丹，号秦亭、竹隐君，浙江仁和（今杭州）人。布衣能诗，与毛先舒、柴绍炳等并称"西泠十子"。24岁学诗，所作雄奇精浑，平和冲淡。著有《张秦亭诗集》12卷传世。兼工

---

① 王士禛：《感旧集》卷十一，清乾隆刻本，第257页。

倚声，有《秦亭词》。性淡泊，喜游览，康熙三年（1664）旅扬州，与"甲辰诗会"。

余怀（1616—1696），字澹心，一字无怀，又字广霞，号鬘翁，莆田人，侨居江宁，与杜濬、白梦鼐有"余杜白"（谐"鱼肚白"）之称。晚居吴门，徜徉山水。著《味外轩文稿》《味外轩诗集》1卷、《板桥杂记》3卷、《玉琴斋词》。

张养重（1620—1680），字斗瞻，号虞山，晚号椰冠道人，江苏山阳（今淮安）人，望社成员。崇祯十六年（1643）诸生，国变后弃举业。顺治末、康熙初，南游北行，足迹半中国。侠骨文心，享有盛誉。著《古调堂集》。

徐崧（1617—1690），字松之，号臞庵，吴江人。有《徐岳瞻遗稿》《臞庵集》《缬林集》《百城烟水》《东南舆地记》。

梅磊（1620—1665），字杓司，号响山，亦号石三，宣城人。弱冠负诗名，抑郁不遇，浪游山水。明亡，流寓旧京久，卒客死。著《响山初稿》《七日稿》《珍髦集》《芜江草》《放情编》。

计东（1625—1676），字甫草，号改亭，江苏吴江人。年十五，补诸生，声名鹊起。顺治十四年（1657），举顺天乡试，后以江南奏销案被黜。大学士王熙重之，屡荐未果，浪迹四方。所交皆贤士大夫。对客议论风发，或愤激怒骂，人以为狂。殁后二十余年，宋荦序其遗文，刊之为《改亭文集》16卷、《改亭诗集》6卷。

范国禄（1623—1696），字汝受，号十山，通州（今江苏南通）人。父凤翼，入清不仕。国禄屡试不第，游踪半天下。为人推贤让能，轻财重义。著有《十山楼诗》《纫香集》《扫雪集》《听涛集》《江湖游集》《腻玉词》《古学一斑》，仅存七言古一册。

潘江（1628—1711），字蜀藻，号木厓，一号耐庵，桐城人。年十一补诸生，累试不第，肆力诗文。好交游。荐应博学宏词，不赴。著述甚丰，有《木厓诗集》《木厓续集》《木厓文集》《六经蠡测》《字学析疑计事》等40余种，编《龙眠风雅》及《续集》。

潘耒（1646—1708），字次耕，号稼堂，吴江（今属江苏）人，顾炎武众弟子中最为得意者。康熙十八年（1679）举博学宏词，官翰林院检讨。著有《遂初堂集》。

第二章　孙枝蔚交游考

"艺术家本身，连同他所产生的全部作品，也不是孤立的。有一个包括艺术家在内的总体，比艺术家更广大，就是他所隶属的同时同地的艺术宗派或艺术家家族。"① 任何个人都是生活于广阔的社会空间中，了解一个人、一种社会现象，只有在这个巨大的空间中去探索。传统社会中，眷属、姻亲、门生、僚属、乡邦等诸多群体构成一个复杂的关系网络，个体生命就缠绕在这个人际空间中，为它所影响，同时又对它施加影响。孙枝蔚性格旷达，学识渊博，尤喜交游，对其交游进行考证，既可更深入地了解他在甲申年（1644）以后的活动与思想变化，亦可蠡测当时之士风趋向，深化清初的文学生态研究，颇多裨益。

当然，"交游广阔"是后人依据孙枝蔚的实际交游活动所作的评骘，考其本人"语录"，则大相径庭，《坿斋记》云："（孙子）独畏客，谢不复见。客者，所谓'不堪其忧'者，人也不堪其忧者，所谓'时之名士'也，时之名士，所谓贫而必焚香，必啜茗，必置玩好，必交游尽贵者也。"② 究其实，孙枝蔚并非来者不拒，其交游对象确是有所选择的，其所言"时之名士"者，自注明了，特征显豁，系被世人"不堪其忧"的对象；至于何以"不堪其忧"，则是他在前文所指："孙子好读书日甚"，欲以"千秋为期"而践行儒家"立言"之"大不朽"，以至"诚不暇复虑生产也"，"自是读书之名渐著一门，怜者皆惧。惧之词曰：'处乱世不忧生者不祥，日与四方士往来不顾其后，一旦有急，是且将不顾其身也。'"可见"不堪其忧"者忧其读书废产，代表了当时世俗社会的普遍

---

① 丹纳：《艺术哲学》，傅雷译，人民文学出版社1997年版，第4—5页。
② 孙枝蔚：《坿斋记》，《溉堂文集》卷三，第1144—1145页。

认同。而在社会精英的士林圈子里，孙枝蔚又确乎是一介活跃文士，汪懋麟《征君孙豹人先生行状》向世人展示了孙枝蔚的交游网络，兹引大略如下：

> （入清），弃诸生幅巾，将妻子趋扬州。奉议公（按：孙父）有所遗旧园，日拥经史，吟啸自放。四方名素闻先生名，无日不来，鸡黍作供，旧业日落，遂卖其园居，浪迹吴越。无聊寄兴，乃与姚山期佺辑《四杰诗》板行于世。四杰者，李梦阳、何景明、李攀龙、王世贞也。既与桐城方尔止文论《诗悔》，更辑天下名人诗曰《诗志》，于是天下之名能诗者纷投其门。更僦屋于董江都祠旁，名其所居曰"溉堂"，闭户删订。当是时，南昌王于一猷定、泾阳雷伯吁士俊、长安王筑夫岩、黄冈杜茶村濬、朝邑李叔则楷先后称寓公，与先生相往还。诸君各以诗古文名，先生独以诗名，海内无论识与不识，皆知有豹人先生矣。是时，新城王公阮亭士禛、三原梁公木天舟官于扬，其乡人李屺瞻念慈、任淑源玑亦来游，咸折节于先生。休宁孙无言默讲宗人之好，时左右之。东淘有吴野人者，名嘉纪，歙县郝羽吉士仪，休宁汪舟次楫，俱以工诗名，与先生交最洽。而邠阳王幼华又旦自秦中来见，先生与三人者倾写愿交，相与论诗无间。①

兹处所列名单仅是孙枝蔚核心交游圈中重要之人，检视孙枝蔚和他人别集及相关文献，与孙枝蔚有往来者当过百人。笔者将其交游友朋以政治归属为据，大致划分为遗民诗人和新朝官员两大类，因篇幅所限，每类撷取重要者数人为考察对象，其他人物在第三章"孙枝蔚与清初扬州文人雅集"之"雅集的参与者"部分概以述之，用此"互文"手法，以观其交游大略。

第一节　孙枝蔚与遗民诗人交游考

一　孙枝蔚与吴嘉纪交游考

考吴嘉纪与孙枝蔚之定交，有两则材料值得关注：其一，据尤璋

---

① 汪懋麟：《征君孙豹人先生行状》，《百尺梧桐阁文集》卷八，第793页。

《选吴野人先生诗集序》载:"野人初处海滨,无意于世,遭汪悔斋先生于场下,乃奇而称之;归与蛟门、豹人、孝威诸公为之扬誉,遂甚为郡城夙老所许。"① 其二,汪楫《陋轩诗序》言:"余知野人自己亥九月始",据上可知,汪楫于己亥年(1659)从汪虚中处识嘉纪,一见如故,"两人相见欢甚,各为诗,诗成,呼酒共醉,酒尽,复为诗,如是者三日夜,流连低徊,不忍别去"②。汪楫归扬州,意兴高涨,迫不及待地在孙枝蔚、汪懋麟、邓汉仪面前抬扬一番,诸公得以知其人。想必借汪楫之口,吴嘉纪亦略知孙枝蔚等人,他们可称得上"未见其人先闻其名"了,是否发展为神交也未可知。检《溉堂集》,吴嘉纪的名字首次见载于康熙元年(1662),是年吴游扬州,雨天与汪楫及来自南京的杜濬专程到孙枝蔚的居所溉堂拜访,众人喜雨而吟诗唱和;后吴、汪再至溉堂,题画赋诗。是年七夕孙枝蔚、吴嘉纪同游海陵(泰州),孙到吴之陋轩回访,极像是初定交时的某种礼仪,郑重而完备。故可推知,他们晤面及定交当不迟于康熙元年(1662)。

孙、吴二人交近三十年,堪称生死莫逆之交,二人交游当不为偶然。

首先,他们同属寒士,沉沦下僚,不善治生,对生存层面的贫穷有着真切的体验,对人生艰辛有更深刻的感受,诗多穷苦之音。尽管不至"穷无立锥之地",然在其时繁华富丽、豪奢之风盛行的扬州,他们的居所十足为陋巷穷宇:吴嘉纪居"空阶苔半掩,颓壁树全扶。寥落无邻舍,乾坤此室孤"的"陋轩";孙枝蔚家资散尽,"园林已典他人居",僦居董相祠旁之"溉堂",不复从前之丰饶。"诗能名人亦能穷人",沉酣诗歌,不善亦不屑营生,只能潦倒度日。当然孙枝蔚也清醒地意识到了这一点,并作诗规劝吴嘉纪,实则亦为自勉:"求田问舍心,应为高人鄙。学稼诚小人,谋食非得已。君贫如延之,谁继王公子。劝君当治生,复恐轻启齿。"③ 相似的生存处境,相仿的心灵轨迹,合就了相近的生命坐标,因此,他们的精神、心态自然有某些相类,其来往唱和时就表现为"嘤其鸣矣,求其友声"的惺惺相惜,诗多穷困的抑郁苦音,如吴嘉纪作《哀羊裘为孙八赋》,悲怜枝蔚,不胜哀切,诗曰:

---

① 尤侗:《选吴野人先生诗集序》,吴嘉纪《吴嘉纪诗笺校》附录四,上海古籍出版社1980年版,第496页。
② 汪楫:《陋轩诗序》,吴嘉纪《吴嘉纪诗笺校》附录四,第489页。
③ 孙枝蔚:《寄吴宾贤》,《溉堂续集》卷六,第882页。

孙八壮年已白头，十年歌哭古扬州。囊底黄金散已尽，笥中存一羔羊裘。晨起雪渚渚，取裘覆儿女。亭午号朔风，儿持衣而翁。风声雪片夜满牖，殷勤自解护阿妇。裘之温暖诚足珍，不得众身为一身。吁嗟乎！长安天子非故人，羊裘冷落对邗水。他年姓字齐严光，今日饥寒累妻子。①

诗用东汉隐士严光披羊裘于泽中垂钓以避刘秀征召之典实，婉曲道出友人乃当今高蹈不出之真隐士也，不过高名令节是以甘受生活上的困顿为代价的。与此相埒，孙枝蔚作于康熙十九年（1680）的《行路诗》亦为此类叹穷嗟怨之悲调，此诗前有序曰：

庚申秋安丰场堤决，平地水忽数尺，老友吴宾贤以赤贫无力致舟楫，复无可徙之。屋受患独甚，惟赋诗自悲歌于水中而已，水退后曾以见示。行路之暇，每展玩此诗，未尝不自幸平生忧患事尚不宾贤若也；既复念水有退日，如予行乞四方，所糊至三十口，甫归还出救饥，是急视避水时仓皇情状何异？而退休顾未有期，此悲岂不又过之耶？乃援笔追和吴作，如其篇数、格调独题与异耳。②

此诗的深刻之处，在于透过表面的生存之苦剖析文士内心的精神苦楚。由于生理相迫而入幕为职业化的"幕宾"，饱尝"愁客何物尘中车"的舟车劳顿之苦，受尽居无定所、漂泊流离的煎熬："穷人安得守家室，今朝入户明朝出"，"东西南北胡为者，此生自笑如驿马"。妥协现实的结果，是"仰视浮云肠断绝"。更难堪的，是仰人鼻息、寄人篱下之种种不平、屈辱："持刺将投还未投，俗方避客如寇仇。不道主人颜色喜，便供鱼酒肥且旨。僮仆得意吾伤神，今日尊为堂上宾，昨日坠于驴下人。""持刺"的再三犹豫、顾虑重重是因为畏惧"俗方"的白眼、冷落、轻蔑、鄙夷；游幕之主多势力徒，故日常生活中看多了"天下熙熙，皆为利来；天下攘攘，皆为利往"的景观，人心不免悲凉，诗心亦不免变得

---

① 吴嘉纪：《哀羊裘为孙八赋》，《吴嘉纪诗笺校》卷一，第 16 页。
② 孙枝蔚：《行路诗序》，《溉堂后集》卷四，第 1411 页。

内敛紧缩,少了些许张力与热度。诗人被乞食的"依人"之痛摧折的心灵只有面对挚友的时候才得以安顿,渐渐恢复被销蚀的热情:"重游东海上,窃喜近吴生。十日不相见,秋风无限情。"①

其次,他们追求个性独立与自由,不甘依附影从显贵之家,坚持精神自主的心性很强。吴嘉纪"性孤狷,不谐俗",孙枝蔚深悉其为人:"盖醇厚而狷介者,狷介则知耻,醇厚则善自责,善自责则恕于人。"② 狷介者多因才高而睥睨俗世,尽管他会有"水至清则无鱼,人至察则无徒"的寥落感,但断然不会为了得到奖掖揄扬而卑躬屈膝示好于名卿巨公,何况他本来就"性严冷,穷饿自甘,不与得意人往还",竟至"当热客登筵,颓然自废","率落落无一可"③,其不干名、耻藉时流延誉之态宛然可见。孙枝蔚自己亦傲岸不羁,不愿攀附王士禛、徐乾学等声位隆盛者,未深交前对他们表现出的亲近招致之意唯恐避让不及。当然他到了晚年家口渐多,为生计所迫而入幕为生,对自由的渴望就越强烈。二人同为孤介自持之士,这是他们相知相念的重要契合点。安贫乐素,高标人格,这在当时具有超凡脱俗的意义,对此计东在《吴野人诗序》中有一段精辟的阐发:

> 今天下何处士之多也?以余所见,今富贵利达者之家,其坐客多世俗所称处士者焉。彼富贵利达者,视其家食用玩好之物无不具,独不能具其文章,通知古今载籍之语。乃挟其势与利,思钩致贫贱失志、稍知诗与文、又自骄语为"高士"者,以充其玩好之一物;而彼骄语为"高士"者,欲以其诗与文汲汲然求知于人,不幸贫贱,失志益甚,遂俯首甘心,充为富贵利达者之玩好而不辞。余观古处士,未尝不受知于富贵之人,特其终身所受知者,一人而已,名且大显于天下。古富贵之人,于天下之士,固无所不好,然诚得士之报,使天下后世,信其心之诚;然好士者,亦不过一二士,未若今天下两者相遇多而相得者不益彰也。④

---

① 孙枝蔚:《怀吴宾贤》,《溉堂前集》卷六,第286页。
② 孙枝蔚:《吴宾贤〈陋轩集〉序》,《溉堂文集》卷一,第1048页。
③ 汪楫:《陋轩诗序》,吴嘉纪《吴嘉纪诗笺校》附录四,第489页。
④ 计东:《吴野人诗序》,吴嘉纪《吴嘉纪诗笺校》附录四,第491—492页。

计东认为，今之处士多为富贵利达者之"玩好"，丧失人格，而且高自位置，缺自知之明，属势利交；而吴野人立身持己不愧"古处士"，坚守自我，高才敛持，故得周亮工"笃好之表彰之如不克者"，属肺腑交。两相比照，轩轾有别，境界高低自见。

再次，他们都寄心民瘼，关心民生，唱和诗中也多体现出这一点。吴嘉纪的祖父吴凤仪为泰州庠生，就学于王艮，是泰州学派中的著名学者。作为儒者与王艮学说的继承者，吴嘉纪对天下苍生怀有强烈的关切。东淘境内多水灾，据《东台县志》《泰州府志》"祥异"记载，顺治、康熙年间，东淘地区几乎年年遇灾，尤以水患为多，有甚于历史上的其他时期。大的水灾主要由于漕运水涨堤溃与固海堤潮涨堤决导致，加之堤坝年久失修，故频频溃决。水灾袭来，则粮艘有倾阻之虞，居民有淹没之患。吴嘉纪除偶旅扬州外，足迹几不出东淘，灾难来临，他并不限于一己之忧患，而更关注、担忧灾难中的民众。《陋轩诗》中有大量灾异诗，其中题《流民船》三首，其一云：

泗水涨入淮，千里波滔天。极目何所见？但有流民船。横流相荡激，篙短不得前。家人满船中，肢骨撑朽舷。人生非木石，饮食胡能捐？呜呼水中央，日暝风飒然！①

水涨漫天，人纷逃匿，流民漂船，沉浮无定，在灾害面前，人的渺小和脆弱以飘萍般的意象呈现出来，不胜哀婉。陆廷抡说："读《陋轩集》，则淮、海之夫妇男女，辛苦垫隘，疲于奔命，不遑启处之状，虽百世而下，瞭然在目。"② 其评骘着眼于吴诗的诗史意义，是为知言。

孙枝蔚作同题和诗三首，其三云：

糊口无定向，吴民或之楚。邻邑不相容，不如邻家鼠。将云防盗贼，只在高墙宇。南北为一家，驱逐到儿女。故乡不可归，他乡复难处。怨气结为云，日日多风雨。水患烈如此，无人信袁甫。③

---

① 吴嘉纪：《流民船》（其一），《吴嘉纪诗笺校》卷五，第143页。
② 陆廷抡：《陋轩诗序》，吴嘉纪《吴嘉纪诗笺校》附录四，第494页。
③ 孙枝蔚：《流民船和吴宾贤》，《溉堂续集》卷三，第687页。

家园湮没,走投无路只好流离他乡,怎奈邻邑不容,民风也在危机中变得险恶、浇薄,人间的冷暖炎凉历历上演,诗人的翰墨间弥漫着挥之不去的忧虑。

最后,诗人本色是二人保持终身友谊的一个重要原因。明清时期,尤其是清初,"人甚喜谈诗,自公卿大夫士而下逮氓庶旁流,多争自琢磨,附于风雅"①。无论诗歌体式本身的兴盛,还是主流社会的提倡,都促使诗歌写作成为部分文人的生活方式甚至是生命方式,孙枝蔚、吴嘉纪均属此类。明清之际的山河易主在孙枝蔚的生命中是一个沉重的打击,他悲痛难已,遂沉迷于游侠声色以遣故国沦丧的哀思;而三十以后绝去荡肆之习沉潜下来,折节读书,寄意诗歌,以一种全新的、积极作为的面目示人,"自笑颠狂老岁华,床头书卷即生涯"确为实情。吴嘉纪"幼负异姿,成童时,习举子业,操觚立就,见地迥出人意表。无何,辄弃去,曰:'男儿自有成名事,奚必青紫为!'自是遂专工为诗,至今将三十年,绝口不谈仕进"②。"日惟键户一编,吟啸自若",以歌诗自娱,绝意功名,这在当时成后生之警戒,无疑需要极大的勇气;何况他几乎到了一种如痴如狂、物我俱忘的"冥想"境地:"野人每晨起,即摊书枯坐,少顷,起立,徐步室中;忽操笔疾书,书已,辄细吟;吟已,或大声诵;诵已,复操笔疾书。或竟日苦思,数吮毫不下。"③ 如此沉溺于诗歌,诗歌就是他们生命的一部分,难怪他们皆能占诗坛之一席。汪懋麟称颂孙枝蔚曰:"予论诗于当代推一人,为征君孙豹人先生";吴嘉纪的诗被周亮工推为"近代第一"。汪、周之说显然出于私意而美誉有加,有拔高之嫌,然他们二人诗名之盛,应非虚言。彼此志同道合,故能互相欣赏,相交甚洽。《溉堂集》中有一首《客中苦热寄怀吴宾贤》,真切地表现了读友人诗而酣畅自足的情态:"野翁诗数卷,气与冰雪同。急归且把读,煮茶听松风。先洗昏眵眼,徐开烦闷胸。何必昆仑顶,赤脚挂青筇。"④ 还有一首诗,题为《吴宾贤惠示〈陋轩集〉,饥饿中读之连日夜不倦,因题此于卷末》,亦表达了"高调虽堪齐白雪,俗情谁解赏朱弦"的高山流水、知音见赏之意。

---

① 尤珍:《选吴野人先生诗集序》,吴嘉纪《吴嘉纪诗笺校》附录四,第496页。
② 《康熙重修中十场志》,吴嘉纪《吴嘉纪诗笺校》附录五,第507页。
③ 陈鼎:《留溪外传·逸传》,吴嘉纪《吴嘉纪诗笺校》附录五,第507页。
④ 孙枝蔚:《客中苦热寄怀吴宾贤》,《溉堂续集》卷一,第529页。

吴嘉纪的《赠孙八豹人》一诗，以浓缩之笔，尽括了孙枝蔚的一生：

> 有明风雅推西秦，前有献吉后豹人。献吉直道事天子，谏诤不顾宵小嗔。男儿抱才复得志，进退荣辱怀俱伸。豹人生也独不辰，天地兵荒二十春。奇士落落沦草莽，关河相对长酸辛。诗纪甲子身去国，柴桑出处杜陵贫。游越游吴发尽白，无聊又卜邗上宅。客慕虚名剥啄频，披衣欲出还蹙额。车马纷纷徒泛爱，妻儿依旧炊无食。萧统楼头鸣鼓鼙，董相祠前长荆棘。鄙人曳杖叩蓬门，香醪斟酌蕉阴碧。微醉颜热忽不怿，呼余与语泪沾臆。从游赤松是几时？我辈衰颓真可惜！①

陵谷变迁，个人无力摆脱时代的不幸，悲友亦是怜己，唯相濡以沫留一点温馨情意以温暖被社会摧折的孤寒之心。

孙枝蔚和吴嘉纪交好，除了基于同处扬州府的地缘因素外，还基于身份、心性、思想和趣缘等方面的共同点：清寒自守、狷介绝俗、心忧苍生、沉酣诗书。他们好似是面对着另外一个自己，而这也是时代风会在文人生态方面的折射。

二 孙枝蔚与方文交游考

方文与孙枝蔚同属清初坚定的遗民，均以诗名，游历广泛，喜好交游，为生计而乞食游幕，有诸多共同的经历和体验，在这些层面上，他们成为情愫相通的挚友。两人相识于顺治十一年（1654），自此以后，直至康熙八年（1669）方文病卒，其间过往探访、书问唱和未间断过，交契殊深。检览二人别集及相关文献，对其交游以时间为序加以考察，可补此方面研究阙如之憾。

顺治十一年（1654）冬，孙枝蔚游桐城，寓黄公祠。此行他本为访妻叔石朗而来。石朗，三原人，举人，筮仕桐城令，在任三年，调潮州。未料无心插柳而与方文谋面，一见如故，遂缔交。方文偕同好潘江、左国棅、左国鼎、李延寿，与之日相唱酬，把酒论文，痛饮狂歌，有"骚人比屋和诗忙"之趣。孙枝蔚作《黄公祠》，诗曰：

---

① 吴嘉纪：《赠孙八豹人》，《吴嘉纪诗笺校》卷一，第15页。

寂寂窗归鸟，萧萧雪覆柯。荒祠吾作寓，胜友日相过。把酒消寒气，论文杂浩歌。客怀聊可遣，世运奈江河。①

次年（1655），方文赠诗孙枝蔚，忆及当年之快事，尚念念不忘，追思不已：

翡翠兰苕今不少，鲸鱼碧海似君无。荒乡忽枉高人驾，下笔争传明月珠。况秉幽贞能出世，为求同气最亲吾。黄公祠里晴兼雪，痛饮狂歌日夜俱。②

"翡翠兰苕今不少，鲸鱼碧海似君无"化用杜甫的"但见翡翠兰苕上，未掣鲸鱼碧海中"而来，隐喻当世多"翡翠兰苕"般鲜丽而气格较小之辈，而乏如孙枝蔚般"鲸鱼碧海"、豪健磅礴之"高人"，诗墨间难掩对"素心人"的景仰和钦佩。方文自为雄杰之士，钱龙惕《忆昔行赠方尔止》赞曰："方生弱冠气豪上，英奇倜傥世无比"（《大兖集》卷五）；而且他因在明末文人社事中的突出表现而被士林目为豪士。"物以类聚，人以群分"，故"为求同气最亲吾"。而黄公祠里"痛饮狂歌日夜俱"正是"同气"之具体表征。

从外在衣着上，也可看出二人同气相求：改朝换代十数年，依旧一袭青衫示人，"布袍终日走风尘"，以微屑的生活细节表明一介遗民的忠贞，把不改旧朝装束作为一种遗民的文化符号和心灵诠释的手段并坚持力行。孙枝蔚游桐城，僧衣破旧，方文制新布袍送之，并系以诗，表达了相知相惜之意：

不著武灵服，如今十一年。逃名惟有释，制衲却无钱。大雪来山邑，残缯作水田。只愁飞动意，浑不似安禅。
斯人衣坏色，朱紫合谁新？莫展擎天手，聊为持钵人。朝阳知不

---

① 孙枝蔚：《黄公祠》，《溉堂前集》卷四，第225页。
② 方文：《寄怀孙豹人》，《嵞山集》卷九，上海古籍出版社1979年版，第440页。

远，补衲意非真。簪绂登黄阁，方无负此身。①

相应的，孙枝蔚为之题《采药图》以答谢②：

> 壮士谁教入涧阿，画图看罢泪滂沱。黑头不是商山伴，远志宁如小草多。乱世救贫无计策，诗家采药有吟哦。不知谁问韩康买，村市萧条可奈何。
>
> 不去垂竿不鼓刀，忍闻妻子有啼号。古方且喜君臣在，隐士谁嫌医卜劳。新倚长镵同杜甫，熟看香草注《离骚》。篮中是药僮皆识，哪识先生志节高。

易代之后，方文隐于医卜，谋资为生。占卜算命与商贾医伶素来都不被视作"正途"，士人不屑为之，方文选择医卜，认为此道既可"救贫"，又可"远志"（济世），尝自言："卜肆尚能言孝弟，医方犹可立君臣。"③ 其深刻之处，在于将对人生的体味、对生命价值的思索寄于医卜之中：卜肆从医与殉国出仕，都是可表明其孝悌节义、忠君怀国之志的选择，这种职业较一般的商贾行为更多了一层忠贞之节和济世之意。孙枝蔚之所以"画图看罢泪滂沱"，不仅出于画图表层上的友人深涧攀缘的艰危而心生忧虑，还因睹画而念及朋友的辗转流离，进而虑及自己的颠沛浮沉，均是人在江湖，身不由己，故心有感而戚戚焉。

是年（1655）十二月，方文、左国棅诸友饯黄公祠，送孙枝蔚归扬州。王弘撰有相关记述：

> 孙豹人尝游桐城，将归，诸友饯于靖南伯黄公祠。或以其祠中无对联，因举爵请之豹人，豹人援笔书云："立德胜立功，救桐城事小，死芜湖事大；论人先论世，将崇祯时易，臣弘光时难。"方尔止为予述之，予谓："并聊直如岳峙，撼不动，易不得，真杰构也。"④

---

① 方文：《孙豹人布袍成有赠》，《嵞山集》卷五，第271页。
② 孙枝蔚：《题方尔止处士采药图》，《溉堂前集》卷七，第327页。
③ 方文：《元日书怀》，《嵞山集》卷七，第366页。
④ 王弘撰：《孙豹人》，《山志》卷六，清初刻本，第86页。

明末李自成军队起义,使安徽桐城成为主战场;清兵南下之际,桐城又是重要军事基地。山河板荡、劫后初平方十年,黄公祠成为一个历史记忆的符号,置身于这样一个特殊的空间情境中,孙枝蔚思接千古,坚持他"立德"、"论世"的价值取向,其崇尚节义、强调正统的立场甚为鲜明,足以警醒世人。对其清醒睿智、洞彻通达的历史观,方文和王弘撰都极为叹赏,以"杰构"目之。

顺治十三年(1656)十月,方文再游扬州,寓董公祠,访孙枝蔚不遇,遂题诗壁上:

> 虞翻天下士,知己无一人。斯言初似激,久乃识其真。我生好结交,交亦半海内。岂无文章伯,实少同心辈。同心亦有之,才藻或不如。才藻即英发,未必多读书。吾欲求完人,仅见一孙八。秉节既坚贞,摛词复渊洽。前年游我里,倾盖如故知。臭味自相合,不异针与磁。招我来芜城,江关好流寓。今春遘家难,益思傍君住。岂知我舟到,君复游武林。……雅游不得意,尚困西湖西。何不遄归来,家园聊卒岁。虽乏沽酒钱,鹔鹴犹未敝。况闻予在此,晨夕相与游。知己有真乐,屡空何足忧。①

从年齿来讲,方文比孙枝蔚长八岁,而他对孙枝蔚的人格、道德、才情均推崇备至,赞其为"完人",在方文的交游圈中,这是从未有过的表述,足见其敬重之意。跨越千山万水,满怀热望来访友,未料故人出游而不见踪迹,怅然而返,无聊自遣,终茫然若失,兴致难起,遂发"何不遄归来"的急切召唤之音。

直至邓汉仪归扬,其寓所与方文借宿之古寺接近,二人朝夕欢饮畅谈,方文的失落意绪才暂时得以缓释,《扬州遇邓孝威有作》云:

> 适我避仇来水国,旧友凋零空叹息。岂料君从北地归,古寺同栖正欢剧。日夜相过不厌频,狂吟豪饮任天真。残冬且莫轻离别,直待关中孙豹人。②

---

① 方文:《访孙豹人不遇,因题其壁》,《嵞山集》卷二,第102页。
② 方文:《扬州遇邓孝威有作》,《嵞山集》卷三,第170页。

方文一再提及的"家难"、"避仇"事，指是年三月，方文妻左氏（系左光斗四女）中风暴卒，左氏兄弟发难构隙，妾金鸳"横被戕，胎堕复脑圻"，宵小辈乘势相挟，田园见夺，故乡不可居，方文为避仇而出游，择居江淮间。历此遭遇，他来到扬州访孙枝蔚，并"益思傍君住"，可想而知，心里该有多少酸楚和不平要向挚友倾诉，孰料孙氏外出未归，他的郁积无处措置，对友人的思念和盼归之意也就更为深重。

顺治十四年（1657），方文北游京师归于扬州，与孙枝蔚、孙默、王猷定、孙介立晤面，后孙枝蔚、雷士俊为之题《抱鸳图》，《溉堂前集》卷九《尔止索题姬人抱鸳图》注云："尔止自云取'抱鸳'二字，与'报冤'同音也。"方文以家难归咎左氏兄弟，孙枝蔚劝解云："坠楼往事虽堪痛，相迫犹应是外人。"雷士俊《艾陵诗钞》卷下《题方尔止爱姬小像，姬被冤，不得其死》其二："牢落江湖恨未休，鸡鸣高枕泪长流。"他们都对方文的遭际给予深切的同情和宽慰。

顺治十五年（1658），方文于扬州辞别孙枝蔚、王猷定，《嵞山集》中有《扬州饮王于一、孙豹人斋头，偕宗兄圣羽博》《邗关留别诸骏男》题之。

顺治十六年（1659）五月，方文医卜越中，时值郑成功、张煌言会师北上，大军自浙江定关出发，经宁波、舟山、羊山，于十八日抵崇明，六月沿江而上，八日郑成功水师至丹徒，方文过镇江当在此前数日间。徐鼒《小腆纪年附考》载："成功闻王师三路攻云南，乃约煌言，大举北上，以图牵制。（五月）戊寅（十八日），抵崇明……己卯（十九日），经江阴，舟楫蔽江而上；六月丁酉（初八），至丹徒；壬寅（十三日），泊焦山祭天，旗盖、袍服用赤色，望之如火。"① 海战方炽，镇江等地是海上义师与清兵的鏖战之地，这一带形势危急，百姓一日数惊，长江南北的交通完全阻隔，方文身处乱战旋涡，生死难卜，孙枝蔚焦急难耐，坐卧不安，作《怀方尔止游越中》以抒怀：

闻尔出门后，偏逢战伐初。违时愁鬓发，失路痛樵渔。京口方多

---

① 徐鼒：《小腆纪年附考》（下），中华书局1957年版，第747页。

故，长干未可居。闺中琴久罢，谁为报相如。①

后知其平安，悬心搁定，如释重负，特书《得方尔止越中消息》：

游吴曾有约，不谓滞钱塘。屡月无鸿雁，沿途半虎狼。秋寒枫正落，湖净练初长。岳庙经过处，题诗泪万行。②

牵挂忧心尽见诸楮墨间。他们的故友王猷定尽管未遭此难，然他与战事亲历者有接触，"言润州事，辄呜咽，城中十万户，荡为冷灰"③，闻之足以令人心惊肉跳，可以想见孙枝蔚的担忧何其绵长深切。

顺治十八年（1661）正月，方文年五十，孙枝蔚赠《方尔止五十》，诗曰：

回头万事总堪惊，老日新篇思更精。
不遇今年辛丑岁，谁知元亮本同庚。④

是年正月，顺治帝死，康熙帝即位，文士们对政治风云的变化格外敏感，故回首之际觉"万事总堪惊"，沉重的历史记忆折射于他们心头的，依然是挥之不去的惊惧、震怵心理。与帝位接替相关联的，是他们的好友周亮工被诬陷狱而卒获赦事。周亮工与方文同庚，宦途坎坷，顺治十七年（1660）以莫须有的闽抚纠劾贪酷一案原拟斩，幸顺治帝于十一月一日谕刑部，在监侯各犯概从减等，旋谕应秋决者是年俱著停刑，故周氏减刑一等远戍，周闻讯而寄诗方文、杜濬等友人。顺治十八年正月七日夜，顺治帝薨，周亮工旋被赦。孙枝蔚寿方文五十之际微言此事，实借此表达对周公狱事得白的欢喜欣慰之情。

康熙二年（1663）三月，孙枝蔚渡江来金陵，适值方文将游常熟访钱谦益（方文家难后为避仇一直寓居金陵），方文留陪旬日，偕林古度、周在浚相唱和。方文作七言古诗记之，诗曰：

---

① 孙枝蔚：《怀方尔止游越中》，《溉堂前集》卷五，第245页。
② 孙枝蔚：《得方尔止越中消息》，《溉堂前集》卷五，第250—251页。
③ 王猷定：《潘江如穆溪诗序》，《四照堂文集》卷一，清康熙二十二年刻本，第13页。
④ 孙枝蔚：《方尔止五十》，《溉堂前集》卷九，第450页。

三月八日天气晴，方子将作虞山行。……故人孙老广陵来，知我欲行船未开。黄昏策蹇入城市，驰书告我且徘徊。诘朝见枉桃叶渡，预敕山妻手治具。五年魂梦只思君，岂有君来我翻去。信信宿宿为君留，十五始上江口舟。不教虚此数日夜，日日痛饮青溪楼。昔王百谷将之越，舣櫂阊门待明发。忽逢元美兄弟来，复返苏台醉旬月。我今情事正相同，又是莺花二月中。只合持杯共倾倒，那堪分手各西东。①

从"五年魂梦只思君"一句可知，孙、方自顺治十五年（1658）扬州一别后再未谋面，其间尽管有书信通好，但毕竟山水暌隔而面目依稀。在清初乃至整个古代社会，交通不便，资讯不发达，传播媒介仅止于鸿雁传书，故会面之不易、难得，面晤的直接接触、交流比书信之依托书面文字，更能触摸到彼此的心境，体味到真挚的情意，故往往令人加倍珍惜。尽管方文与钱谦益有约在先，但他还是尽量滞留金陵与孙枝蔚"日日痛饮"，恨不得时间能够停滞，好似要争分夺秒沉酣于温馨友情中。结句"只合持杯共倾倒，那堪分手各西东"与王维的"劝君更尽一杯酒，西出阳关无故人"何其相似：千里相聚，终有别时，唯有纵饮"倾倒"，在沉醉中暂释离情苦况。

是年九月，方文再游扬州，与孙枝蔚、黄传祖访吴嘉纪、郝士仪、汪楫，读三子诗，与之赠诗定交，这标志着方文进入了孙枝蔚的核心交游圈，二人的关系更为密切。方文作《喜晤吴宾贤、郝羽吉、汪舟次三子有赠》：

三子我所思，相见昉今日。各言良晤艰，安忍交臂失。明旦荷嘉招，薄暮期促膝。因偕同心者，步趾过兰室。把酒无别言，群疑互相质。次第出其诗，气韵温而栗。始知三子才，今代故罕匹。结交何必旧，所贵胶投漆。秋雨吾欲归，晴冬还复出。以后过邗关，寻君定

---

① 方文：《喜孙豹人见访，予为稍迟虞山之行，因作歌》，《嵞山续集》卷二，第 933—934 页。

非一。①

十月，孙枝蔚的另一至交王又旦抵邗，孙枝蔚、方文、吴嘉纪、郝士仪、汪楫、房廷祯咸集，论诗狂饮，流连不已。

康熙四年（1665）六月，方文复游扬州，孙枝蔚有"隔岁相思不相见，今秋信使到江都"②之句，可知这是他们自康熙二年（1663）扬州别后的再次相聚。方文在扬州寻胜访友，与故旧累日唱和，掀起同人雅集之高潮。同好为之题《四壬子图》。"四壬子"为陶渊明、杜甫、白居易及方文自己，因"古今怪事无不有，四人同生壬子年"，方文钦羡前贤，曾乞善画者戴苍为之绘此图，他极为珍视，此次扬州之行亦随身携带，观者"增流连"并题诗。孙枝蔚有《题方尔止四壬子图》，诗云："龛山攻诗三十载，老来作事何痴颠。不愿左揖安期袖，不愿右拍洪厓肩。但愿论文遇陶叟，更招杜白坐两边。"③方文服膺陶、杜诸高贤，不仅是宗承其诗学："列坐宛如师弟子，向往何妨为执鞭"；更是瓣香其风神："性情已向卷中得，像貌兼求画里传。"汪懋麟《百尺梧桐阁诗集》卷三《题尔止四壬子图》亦赏其有高义古风："况乃抱奇节，此君非腐儒。"

康熙五年（1666）二月，方文、孙枝蔚遇于京口，相见欢怡，遂"踏遍众山青"。孙枝蔚有《京口遇方尔止》：

去年赋诗平山下，今年饮酒铁瓮城。湖海飘零成二老，相逢渐觉少弟兄。君髫虽白气犹壮，楼上吟诗楼下惊。医学旁搜未肯已，六书辨论何其精。④

既有对挚友气节、学识的敬重，又有旧友渐次凋零的伤感。俯仰往今，感慨良多。

二月末，王又旦自扬州来，孙枝蔚、方文偕之共游，登临怀古，耽酒赋诗，漫游山水，流连胜迹。《溉堂续集》卷一有《从招隐山至八公岩，

---

① 方文：《喜晤吴宾贤、郝羽吉、汪舟次三子有赠》，《嵞山续集》卷一，第865页。
② 孙枝蔚：《方尔止刻小像于笺上，寄友人书，辄用之为题一绝》，《溉堂前集》卷九，第474页。
③ 孙枝蔚：《题方尔止四壬子图》，《溉堂前集》卷三，第200—201页。
④ 孙枝蔚：《京口遇方尔止》，《溉堂续集》卷一，第535页。

过僧舍留题二绝,同方尔止、王幼华》《游焦山同尔止、幼华》纪之。

是年小寒食,吴绮赴任湖州知府,孙枝蔚、方文、吴麐、谈允谦陪其登京口北固山多景楼,游竹林寺;寒食日,孙、方二人与彭楚伯、谈允谦、陈檀禧、张明煜、何雍南、程世英、潘镠集城南酒肆,有"花下衣冠剩逸民"之咏;三月一日清明,陈维崧至,程康庄招同孙、方宴集,方文为之讲篆隶之学,方、孙、陈三人订修禊之约;三月三日,将登金山题诗锓壁,阻舟风雨,僧舍谈诗,归而有作:方文《嵞山集》卷一有《禊日风雨,与孙豹人、陈其年相约登金山不果,是夜有作》、陈维崧《湖海楼诗集》卷二有《三月三日嵞山、豹人约同上金山修禊,阴雨不果,长歌纪事》;三月末,同学社集镇江磨笄山下,孙、方、陈俱将别去,程康庄因招及邹衹谟宴集城南,坐谈古今兴亡,对酒洒泪。《嵞山续集》卷二有《磨笄山下酒家同孙豹人、陈其年、谈长益、何雍南、程千一小饮作歌》《程昆仑别驾招饮潘园赋谢》、卷三有《将去润州别孙豹人》,《溉堂续集》卷一有《磨笄山下酒家同方尔止、谈长益、陈其年、何雍南、程千一小饮作歌》《程昆仑招饮城南园林,同嵞山、长益、訏士、雍南、程千一》,陈维崧、何雍南亦有诗、词纪此聚会。

康熙六年(1667),孙枝蔚自阅是年诗作,寄怀方文,其《自阅丁未一年诗,有怀尔止》云:

> 竟岁吟成百首诗,才情半向道途衰。
> 相逢朋辈多姑息,不见溪南辛敬之。①

辛敬之为元好问之诗坛畏友,孙枝蔚以之比方文,可知他们往来时必切磋诗文,指陈纰漏,以促进诗艺的提高和诗学的发展。

康熙七年(1668),时方文居金陵,寄书于孙枝蔚,孙因作《得尔止书》,诗曰:

> 故人书信发长干,入夜重须秉烛看。劝我出门因计拙,闻君弄瓦转心酸。作诗易似白居易,行路难如蜀道难。桃叶渡边桃叶少,谁家

---

① 孙枝蔚:《自阅丁未一年诗,有怀尔止》,《溉堂续集》卷二,第603页。

玉树与芝兰。①

将朋友间的牵肠挂肚、忧心忡忡吐露无遗。

康熙八年（1669）秋，方文过芜阴，病卒，终年五十八，家仆扶柩返南京葬之。孙枝蔚、王之甫、汤来贺、钱陆灿、王概等人前往吊唁，潘江、钱澄之、施闰章、宋琬、吴嘉纪遥赋诗词哭之。孙枝蔚作悼亡诗四首寄托哀思，其一曰：

下船旋即上丧车，指点铭旌半老渔。有鬼能歌鲍家句，何人可付蔡邕书。相随雁鹜飞还近，始觉熊罴梦久虚。采药传神曾绝肖，他时对此学鸣驴。②

他还以《长相思》为词牌，作吊词五首，其一云：

爱潜夫，胜狂夫，骚雅场中调不孤，多时相见疏。　路模糊，泪模糊，愁过黄公旧酒垆，斯人今已无。③

语极悲痛，真是肝肠寸断，感人至深，友朋之情于是乎为至矣，故张虞山称此五首吊亡词为"山阳之笛"。方文殁后数日，其生前的降乩诗盛传东南，潘江《木厓续集》卷十八《和方尔止降乩诗》序曰："客有为乩卜之术者，先生降焉曰：'吾淮西山人方某也。'叩以冥府事，不答，题诗曰：'平生诗酒是生涯，老死江干不忆家。自入黄泉无所见，冥官犹戴旧乌纱。'题罢掷笔而逝。一时江南北传诵，以为词致闲适，襟怀潇洒，非先生必不能为此诗。"诗云："浪游踪迹总天涯，客死江湖即我家。知尔心憎武灵服，喜从冥府见乌纱。"孙枝蔚亦有《闻方尔止死后降乩有诗，纪异偶成》："昨闻降于乩，使我增凄恻。为鬼气犹壮，赋诗性难抑。"④ 又在写给汪楫的信中慨叹不已："此事甚奇，非峚山决不能为此诗

---

① 孙枝蔚：《得尔止书》，《溉堂续集》卷二，第616页。
② 孙枝蔚：《哭方尔止》（其一），《溉堂续集》卷三，第678页。
③ 孙枝蔚：《长相思》（其一），《溉堂诗馀》卷一，第950页。
④ 孙枝蔚：《闻方尔止死后降乩有诗纪异偶成》，《溉堂续集》卷三，第701页。

也。……灵气不散,磊落如昨。"① 方文一生占卜人间无数命数,临殁卜算到自己阳寿将尽,《降乩诗》是绝笔,是诗谶,其灵异让人惊诧,其临危不惧、视死如归、从容淡定,更让人感喟。至性如此,天夺其命,岂不哀哉!

第二节 孙枝蔚与清朝官员交游考

一 孙枝蔚与汪懋麟交游考

孙枝蔚年长汪懋麟几十岁,汪属后生晚辈,二人为忘年交,汪懋麟《征君孙豹人先生行状》文末述及自己和孙枝蔚的交往,可知二人交游之大略:"先生自董子祠旁移居怀远坊,与予兄弟望衡咫尺,文酒过从二十有一年。自予归耕,以诗文相质,尤晨夕无间。尝属予叙其文,又画《学稼》《采药》二图,属予兄弟题其像。虽予识先生稍晚,而知先生心迹终始为粗悉也。"② 以此为纲,考得孙、汪交游事迹如下。

(一)衡宇相对,日相过从

明末战乱,孙枝蔚举家迁扬州,定居于此。初袭祖业业盐,拥厚赀,居祖上留传之晒柯园,后因刻书结客散尽积蓄,园易为他主,遂移居东门曲巷,于康熙三年(1664)又移大东关。汪懋麟家的园林——百尺梧桐阁即位于东关街哑官人巷,系汪氏兄弟清净读书之地。孙、汪原本熟稔,孙移居后与汪氏衡宇相望,比邻而居,古语即有"远亲不如近邻"之说,二人在性情、意气、兴趣、专长等方面又颇相侔,自然关系甚为契密。汪家园内有百尺梧桐、千年枸杞,并有十二砚斋一座、朱砂井一眼、墨池一泓。园中的百尺梧桐,当是此园最显眼的标志,园以此得名。汪懋麟显然非常爱其家园,所以他的诗文集就叫《百尺梧桐阁集》。孙枝蔚初迁此地,显然欣喜不已,其诗《移居怀远坊,喜与汪叔定、季甪爱园相近》云:

旧宅曾依董相祠,新居亦近蕃釐观。郭门外即广陵涛,取水烹茶日始旦。……高轩哪少寓公过,轻裘未是腐儒伴。入世不宜老且贫,

---

① 孙枝蔚:《与汪舟次》,《溉堂文集》卷二,第1102页。
② 汪懋麟:《征君孙豹人先生行状》,《百尺梧桐阁文集》卷八,第794页。

闭户懒应呼与唤。汪生衡宇幸相望，急须往就忘梳盥。陆机兄弟若友朋，陶潜邻舍胜里闬。日持此事夸向人，更引诸儿楼下看。为指上头读书客，下酒寻常惟《史》《汉》。汝曹非农复非商，胡不辛勤守几案。少当努力壮成名，无效白头苦嗟叹。①

蕃釐观、广陵涛皆为扬州名胜，新居近水楼台，有观览之便利；汪生对面而居，园林清雅恢弘："杰阁崔嵬势若飞，寻常俗物到门稀"②，主人更是好学敏思、积极进取的命世之才，足为后生楷模："看汝丰姿岂酒狂，少年能赋拟《长杨》"③，斯地可纵情游览、畅谈、切劘，尽娱情之乐，这才是真正的林下之风和朋友之谊："自笑高阳徒，醉中白发新。平生懒应接，闭户养天真。汪氏好兄弟，往还情最亲。有园即吾园，到门无逡巡。石移洞庭山，花胜洛阳春。结交天下士，以此娱心神。"④可谓地奇、人杰、游乐相得益彰。

（二）泛舟游览，诗酒风雅

文人的交往，离不开诗酒唱和的文事活动，孙枝蔚与汪懋麟的交游亦是如此。

康熙四年（1665）六月，寓居金陵的方文游扬州，因"老友频年别"，此次嘉会难得，汪耀麟、汪懋麟、昆仲、孙枝蔚、汪楫、华衮诸同人声气相求，频繁集会，泛舟登览，饮酒赋诗，极称风雅。他们或"谈深挥白羽，坐久噪乌鸦"、"愁添赊得酒，喜把读残书"⑤；或"葛巾携客游西陂，同上画船荡双桨"⑥，极尽欢娱："飞腾俱不后，放荡幸无诃。"汪懋麟其时年仅26岁，乃一介青年才俊，与诸多名公时贤在一起唱和酬答，诗酒往来，彼此愉悦心情，也促进了其人格和诗格的成型和成熟。

康熙六年（1667），汪懋麟中进士入京，康熙九年（1670）始任中书

---

① 孙枝蔚：《移居怀远坊，喜与汪叔定、季角爱园相近》，《溉堂续集》卷二，第587—588页。
② 孙枝蔚：《鹧鸪天·题汪季角舍人小像二阕》，《溉堂诗馀》卷一，第948页。
③ 同上书，第947页。
④ 孙枝蔚：《上巳日同于皇、宾贤、湛若、龙眉、舟次、仔园、左岩诸子集汪叔定、季角爱园，登见山楼》，《溉堂前集》卷二，第143页。
⑤ 孙枝蔚：《夏日同尔止、次功、叔定、季角集饮龙眉斋中》，《溉堂前集》卷六，第298页。
⑥ 汪懋麟：《城西陂观涨，同方尔止、豹人、次功、家湛若、左岩、叔定、舟次作》，《百尺梧桐阁诗集》卷三，第515页。

舍人职,直至康熙十二年(1673)丁母忧归乡守丧,其间汪懋麟居京城,偶尔返扬,若逢孙枝蔚亦未外出远游,二人必高堂促膝,寄兴吟咏。如康熙七年(1668)二月,孙、汪宴会汪氏爱园,纵情饮酒,浅吟低唱,深夜密话,流连不已,孙枝蔚作《春夜宴汪季用爱园,分韵得晨字》,诗曰:

> 广陵二月半,开花遍四邻。博徒与酒豪,意气各自亲。西京老狂客,何处着此身。口腹况剧馋,食酪又思蕙。结交得平原,何如得汪遵。已看酒瓮满,复讶食单新。哪能饭脱粟,只作公孙宾。笑言何欢哈,无非文雅人。醉醒都不限,通禈更谁论。翻思天涯内,相望若参辰。一朝作兄弟,此岂非前因。艰难成会面,夜坐须及晨。①

康熙十三年(1674),汪懋麟丁母忧在扬,好友徐乾学、姜西溟、程邃来访,逢重阳节,同人饮汪氏见山楼,孙枝蔚与会并题诗:

> 世短意多吾自悲,二难潇洒爱吟诗。望衡对宇招寻惯,美景良辰酕醄宜。家有高楼山最近,年无闰月菊何迟。笑声乱落梧桐树,忘记江头羽檄驰。②

其时各地反清武装此起彼伏,尤以浙、粤、闽、赣、湘、鄂诸地告急,海上复有郑经水师接应声援,吴三桂叛军制造的"三藩之乱"亦声势方炽,清军为剿灭各种反清力量、收复失地而战事不断,在此背景下文人雅聚,"笑声乱落梧桐树,忘记江头羽檄驰",可暂时舒缓时事峻急的压迫感。汪懋麟和孙诗韵,诗曰:

> 与君大笑勿言悲,高咏牛山杜牧诗。放眼登台愁尽失,卷帘看菊醉相宜。莲花幕里人归早(时西溟先去),蒓菜江头客去迟(谓原

---

① 孙枝蔚:《春夜宴汪季用爱园,分韵得晨字》,《溉堂续集》卷二,第605页。
② 孙枝蔚:《九日汪叔定、季用招饮见山楼,同程穆倩、姜西溟、徐原一》,《溉堂续集》卷五,第835页。

一)。且把茱萸好时节，从容消得羽书驰。①

良辰佳会，友朋相伴，可以"从容消得羽书驰"，有气定神闲、优游萧散之气。

（三）生日赠诗，殷殷关切

康熙七年（1668），汪懋麟三十初度，孙枝蔚题诗《汪季甪生日》两首赠之：

关门几度负晴春，对宇相过不厌频。懒见轻裘肥马者，难逢进士即诗人。

海水西头江水北，醉乡田地阔如斯。当筵可少能歌女，为付新成《锦瑟词》。②

汪懋麟"科甲得之早岁"，于康熙六年（1667）中进士，时年不及三十；"制科文章之外，名久著于古学、诗歌"③，故孙枝蔚叹曰："难逢进士即诗人。"孙枝蔚盛赞懋麟《锦瑟词》缠绵销魂，有益新声，如宗元鼎和梁允植在词序中所称颂的："尽得之酒边花下、马上舟中，才捷腕敏"④；"按谱微吟，转觉藻采飘流，艳逸竞爽，仿佛花影郎中、清狂从事，令人益想竹西烟月、红桥画舫中，歌出柳绵佳句"⑤，可见其才思之高。

汪懋麟有《生日答豹人见赠二首》，诗云：

花飞满院值芳辰，飘洒南邻与北邻。回算从前好风景，乱书堆里过青春。

溉堂门与山楼接，多谢逢人说项斯。岂有尊前好词句，漫张

---

① 汪懋麟：《九日原一、豹人、姜西溟、叔定家兄饮见山楼，和豹人韵》，《百尺梧桐阁诗集》卷十二，第613—614页。
② 孙枝蔚：《汪季甪生日》，《溉堂续集》卷二，第618页。
③ 宗元鼎：《锦瑟词序》，汪懋麟：《锦瑟词》，《续修四库全书》集部第1725册，第254页。
④ 同上。
⑤ 梁允植：《锦瑟词序》，汪懋麟：《锦瑟词》，第254页。

《锦瑟》唱花枝。①

"说项斯"典故出自唐代杨敬之《赠项斯》："平生不解藏人善，到处逢人说项斯"，意为奖掖后进，揄扬人善，汪用此典，意在衷心感谢孙枝蔚对他声誉的推扬。

康熙二十五年（1686）四月十九日，孙枝蔚生日，汪懋麟赠诗曰：

少壮同居履道坊，先生鬓发已先霜。两人踪迹分南北，一样飘蓬合退藏。樱笋盘筵身最健，清和风景日初长。自今尔汝持觞劝，大笑应须十万场。②

诗前有序曰："八载不为溉堂上寿，今年生日两人都暇，口占称祝，为喜可知。"孙枝蔚《生日酬汪季角见赠诗次韵》：

性同任懒爱深坊，自喜双眉满雪霜。我是匏瓜宜不食，君如美玉岂终藏。八年离别时虽久，四月过从日正长。更荷豪吟能劝醉，欲骄舞席与歌场。③

"八年离别"，指康熙十七年（1678）汪懋麟丁父忧服满入京任官，直至康熙二十二年（1683）坐罪去官、遣乡，此间五年汪懋麟在京师，而孙枝蔚居扬州；康熙二十二年夏孙枝蔚离开扬州，入董卫国湖广总督幕府，而汪懋麟归乡时已是二十二年之杪，二人未能晤面；直至康熙二十五年（1686）孙枝蔚始还家，他们才得以结束"离别"而见面。其时孙枝蔚已67岁，垂垂老矣，汪懋麟也罢官居乡，二人回首平生，为谋稻粱而奔走南北，流离无定，历尽沧桑，不禁唏嘘感慨。人生快意能几回，唯狂歌纵饮，快适心意，恣肆情性方为"识时务者"。"酒入诗肠句不寒"，故汪懋麟发出"大笑应须十万场"的磅礴豪气，孙枝蔚和之以"欲骄舞席与歌场"的狂放浪语，在酒酣耳热之际，他们的心灵之间涌动着更深的

---

① 汪懋麟：《生日答豹人见赠二首》，《百尺梧桐阁诗集》卷六，第536页。
② 孙枝蔚：《溉堂后集》卷六，第1535页。
③ 孙枝蔚：《生日酬汪季角见赠诗次韵》，《溉堂后集》卷六，第1534页。

理解和共鸣。

（四）画像题诗，互存留念

康熙十三年（1674），徐乾学、姜西溟游扬，集会于汪懋麟爱园，赋诗联句，孙枝蔚作《题三子联句图》，诗前有序曰："徐原一翰林与姜西溟文学集饮汪季用舍人爱园，原一之门人高生亦与焉，适善画者禹生在席，因命作是图，季用为记，嘱余题诗其后。"[①] 诗曰：

> 姜子负才名，扬马谓可俦。落落性寡合，夜光难暗投。翰林与舍人，倾盖最绸缪。宴集偶联句，因复写为图。侍立惟高生，门墙亦胜流。

先是对诸公之风神高才赞许有加，可是笔锋陡转，其乐融融的气氛立刻变得凝重晦涩：

> 我诗题卷后，援笔一长吁。交道世久丧，名誉非所谋。文章如鸿毛，势利如山丘。所以布衣人，出门恒低头。若非蒋诩径，谁能来羊求？

甚为牢骚不平之激切语，意为何指，难探究竟，然孙枝蔚与徐乾学这样的名公显贵终究隔膜着一层是显而易见的。

康熙二十四年（1685），孙枝蔚在江西董卫国幕中，汪懋麟居乡诵经著述，他们之间的书信往来颇为密切。是年汪懋麟为孙枝蔚画像赠诗两首，其一为《题豹人学稼图》。孙枝蔚晚年"长贫久贱"，缺糊口果腹之资，寄食幕府，难免呈尴尬状："主人相待，正如云林山水，数笔写意而已"，幕宾聊为幕主之"点缀"，既有世无所用的价值缺失之苦味，对于解决生计亦"殊不济事"，困顿的现实终于让他意识到"惟耕田可以不求人"，故放下笔砚，效渊明之举而躬耕田亩，这便有了《学稼图》。孙枝蔚对这种生活方式的选择其实是心有不甘的，汪懋麟洞悉其心思，但出于对老友的爱护，还是劝其坚定学稼的信心以解决衣食危机："辛苦食破

[①] 孙枝蔚：《题三子联句图》，《溉堂续集》卷五，第824页。

砚，年荒哪得熟。不如弃书籍，成此鸡黍局。"① 质朴的字行中满含关切之意。另一首赠诗题为《题豹人采药图》，汪懋麟对孙枝蔚餐风饮露、闲云野鹤般的隐士形象甚是叹服："古之隐逸流，卖卜或卖药"；"达人具真性，不受世缘缚"。并对此种远离世俗尘嚣、物欲名利，恪守灵魂自由，近乎是一种一尘不染的生活企羡不已："大抵千岁资，原与俗人薄。思邀姑先驱，吾将试云鹤。"② 其实他先前的仕途生涯即体现出隐士品行：不钻营、不同俗、不谋私、不以名利为重，二人在奉行崇古守道的隐士之风方面是相同的，只是具体表现方式有别。

（五）聚散离合，肺腑以见

汪懋麟自康熙六年（1667）中进士后，一直宦游京师，孙枝蔚于康熙七年（1668）入丰城令房兴公幕，次年（1669）入潜江令王又旦幕，其间两人南北隔绝，正如乾隆间诗人赵翼所吟唱的："万里风尘从此去，百年天地几人闲"，音信杳渺未知，牵念情思不绝，这从汪懋麟作于康熙八年（1669）的《客京杂诗十五首·谓豹人》中可见一斑：

  比邻孙处士，送老爱芳尊。策杖时看竹，吟诗每叩门。一从渡江汉，几载隔朝昏。南北无消息，奇文谁共论。③

表达了对这位文章知己的思念和无缘相会的憾恨之情。

康熙十一年（1672）五月，孙枝蔚北上京师，汪懋麟喜不自胜，《喜豹人至京》表达了故友重逢的悲喜之情：

  人生如鸟目边过，别君三载习慵情。几欲作书笔懒操，兀兀竟同蚁人磨。前月闻君将被征，欲信不信夜起坐。知君久已绝西笑，白首灰心守寒饿。岂意翻飞自天落，白髭苦被淄尘涴。执手慰问还酸辛，自言老瘦厌鞍驮。远游昨自天台还，刨痍侵欺觉孱懦。刮毛灶背膻不成，岂向天涯惜颠蹉。④

---

① 汪懋麟：《题豹人学稼图》，《百尺梧桐阁遗集》卷七，第844页。
② 汪懋麟：《题豹人采药图》，《百尺梧桐阁遗集》卷七，第845页。
③ 汪懋麟：《客京杂诗十五首·谓豹人》，《百尺梧桐阁诗集》卷七，第555页。
④ 汪懋麟：《喜豹人至京》，《百尺梧桐阁诗集》卷十，第593页。

汪懋麟深知孙枝蔚之隐逸心迹，忽闻其被征传言，"欲信不信"，受到强烈的冲击而夜半难宿，料想挚友定然波澜难平，各种酸楚不便为外人道也。及至亲见孙氏，获悉其近况，乃至"春衣典尽爨无烟"之境地，心情格外沉重，对其处境既同情又有些无奈。孙枝蔚家累极重，"举家三十口"，平素时常得到友人的资助和支持，眼下"儿女忽成行"："家有六女兼五男，日办嫁婚苦无奈"，况遭逢扬州水灾虫祸，饥民流离，友人自顾不暇，有限的接济亦是杯水车薪，以至孙枝蔚也自言"垂老酒徒销意气"，其此行若为应征而来，他也完全能够体谅。此诗可谓至情殷殷、撼人心旌之语，关切之情，力透纸背，感人至深。当然汪懋麟后来知悉孙枝蔚"偶来燕市非君意"，乃君命难违、不得已而为之，他最终未出仕为官，想必是经历了一番斡旋或周折才得以脱身"牢笼"。

孙枝蔚寓居京师一年，于康熙十二年（1673）归江南，欲之徐州访仲兄，汪懋麟有《送豹人之徐州》：

偶来燕市非君意，南去骑驴自在行。一路枣花过泗水，满村菖叶到彭城。老兄近喜为州牧，令弟何劳事远征。从此对床同啸咏，不须夜雨更关情。①

对孙枝蔚了无挂碍、轻装上路表示由衷的欣慰。

康熙十六年（1677），孙枝蔚结束了两年之久的江西总督董卫国幕府的幕宾生涯而归乡，汪懋麟作《喜豹人自西江幕府归，读其诗稿即题卷后，得五绝句》，诗云：

节度亲贤世所无，何妨白首授生徒。纵非就食依严武，也算吟诗遇石湖。先生忽漫放归船，闭置军门羡水鸢。通德时时关梦想，疲神久已笑伶玄。入门稚子笑相迎，烂贱时鱼可作羹。休道眼从今岁暗，镜台前面自分明。十年望宇作比邻，相见何须韈与巾。君自南行余北向，风尘憔悴两归人。检校行藏好是闲，只须痛饮破衰颜。兴来便驾

---

① 汪懋麟：《送豹人之徐州》，《百尺梧桐阁诗集》卷十一，第601页。

扁舟去，真赏楼头看远山。①

既有对挚友倦游的宽慰和体谅，又有友人归来、远别重逢的惊喜、快慰；既有金兰情意，更有世事江湖的人生唱叹，可谓百感交集。肺腑之言，拳拳之心，十分感人。

康熙二十五年（1686），孙枝蔚暮年之际，与汪懋麟频频举杯对酌，连吟成《秋来数饮十二研斋中，留咏三首》，前两首诗曰：

老病谁相念，招寻尔未疏。月昏频拄杖，室迩省肩舆。种竹闻佳咏，谋金买异书。门前多载酒，任醉子云居。

几载京华客，怀山梦薜萝。如今风雨夜，联榻快吟哦。（见示弟兄唱和诸作）高阁初闻雁，低田正刈禾。除书知懒阅，林下故人多。②

其心境的苍老、慵懒由此可见。

汪懋麟作答诗以和之，其一云："见客与烦事，不堪心性疏。饥惟甘说饼，名耻问题舆。割食存余力，多方买旧书。岂愁难字过，扬子对门居。"其二云："御寒储酒本，筹口计田禾。一饱无他虑，招寻不厌多。"其三云："誉客心都减，藏身是所望。与君同晚境，阅世几名场。"③其答诗"任真而出"，是他夺官见弃后真实心境的写照，隐含愤俗遁世的情调，低沉而微露愤懑。文人自古不合于时，"与君同晚境，阅世几名场"的共同感受使他与孙枝蔚更能推心置腹，披肝沥胆，真挚相待。

康熙二十六年（1687）正月八日，孙枝蔚卒，其长子燕请汪懋麟撰行状，汪自然义不容辞而允诺，继而完成了《征君孙豹人先生行状》，回顾了孙枝蔚完整的一生行履，满溢着思念之情。

二 孙枝蔚与施闰章交游考

施闰章与孙枝蔚定交于顺治十七年（1660），时施闰章山东学政秩满

---

① 汪懋麟：《喜豹人自西江幕府归，读其诗稿即题卷后，得五绝句》，《百尺梧桐阁诗集》卷十五，第639—640页。
② 孙枝蔚：《秋来数饮十二研斋中，留咏三首》，《溉堂后集》卷六，第1531页。
③ 孙枝蔚：《溉堂后集》卷六，第1532—1533页。

归里,夏秋游江宁镇,过扬州访旧,得与孙枝蔚谋面,尽管"相欢初识面",但"偶隔辄劳思"、"对酒吾无忌",甚为投合。孙枝蔚作长诗《邗上酬赠施尚白督学二十韵》酬赠,盛赞其文采风流与理学造诣:"双眸能相士,一字每忘饥。体格欧阳变,风云六代卑。提躬兼理学,感物爱风诗。"① 施闰章寓扬期间,适李念慈、陈允衡、冒襄亦访此地,孙枝蔚与诸公夜访闰章寓所,诗酒唱和,施闰章作诗曰:"邂逅即招寻,高人同此心。持螯斗酒尽,剪烛二更深。杖履连吴楚,篇章问古今。旅怀差不恶,萧瑟有知音。"② 友朋雅聚,聊慰羁旅困顿之愁。

自此别后,直至康熙七年(1668),二人再度聚首,因"九载无书慰离别",施闰章见孙枝蔚"齿坚肤实须如雪,吐气犹余华岳云",深感欣慰。他们"衔杯忆共邗关月",回首往事,感念流年,不胜今昔之悲。是年施闰章已奉裁缺赋闲一年,经济拮据,生活清苦,心境萧索,又闻雷士俊、李叔则等故人委身黄土之讣,哀情难禁:

我今去官无酒钱,苦欲留君同醉眠。夜来大叫僮仆怪,诵子长歌使我颠。叙旧追欢泪如雨,故人络绎归黄土。诗逾千首为谁雄,胜有穷交相尔汝。明朝君发龙沙头,春尽还登黄鹤楼。人生作客岂称意,笑倩长江送客愁。③

满纸苍凉语,令人酸鼻。施闰章还有一首《孙豹人醉吟图》,中有"雷李(雷伯吁、李叔则)凋残耆旧少"之句,盖亦作于此间:"杜老花溪卜筑幽,溉堂留滞复邗沟。不嫌痛饮疏豪态,眼底吾曹半白头。寻常不醉市儿酒,醉后高歌觉有神。雷李凋残耆旧少,西秦独霸一诗人。"④

康熙八年(1669),施闰章与孙枝蔚在南昌相遇,施闰章出示所携《就亭唱和诗》一卷。其官江西布政司参议时,在官署驻地旁建阁山草堂,造作亭楼,名之"就亭",闲暇时徜徉其间,客至则觞,主宾赋诗唱

---

① 孙枝蔚:《邗上酬赠施尚白督学二十韵》,《溉堂前集》卷六,第305—306页。
② 施闰章:《庚子初冬客邗上,喜辟疆、豹人、伯玑、屺瞻诸君夜过有作》,冒襄《同人集》卷六,《四库全书存目丛书》集部第385册,第273页。
③ 施闰章:《南浦客舍送孙豹人入楚》,《学馀堂诗集》卷二十,文渊阁四库全书本集部第1313册,第549页。
④ 施闰章:《孙豹人醉吟图》,《学馀堂诗集》卷四十八,第825页。

和，遂成《就亭唱和诗》一卷。孙枝蔚作《南昌遇施尚白少参示〈就亭唱和诗〉一卷，临行作〈就亭歌〉奉别》答赠。虽"不须曾作就亭客"，然"但愿常见就亭人"的心愿愈加强烈，此番"舟泊南昌忽相遇"，见故人"襟期潇洒颜如故"，深感其"簪缨不夺林峦趣"的"吏隐"之趣。对其"丰岁预为父老贺，荒江复念渔人饥"① 之与民忧乐的本性、功成拂袖的冲澹品性尤为见赏。

康熙九年（1670）夏五月，施闰章游广陵，与孙枝蔚、汪楫、刘体仁、唐允甲、程邃、孙默等泛舟红桥，各赋二首，孙枝蔚题诗《五月雨中汪舟次招同唐祖命舍人、施愚山少参、刘公勇考功、穆倩、无言泛舟至红桥，各赋二首》纪之。

康熙十七年（1678），施闰章、孙枝蔚、邓汉仪等应博学宏词，集于京城，一时"京洛多宴会，但见车骑忙"，"音息旷已久，会面复临觞"，各种不同圈子的聚会纷至沓来。施闰章招集故旧集于寓所，话旧畅谈，诗酒唱和，并作《冬夕豹人大可孝威舟次枉集寓斋》纪之，孙枝蔚亦作《施尚白少参招同邓孝威毛大可汪舟次饮寓斋赋谢》和之。他们"话旧灯烛旁，论文趣自佳，焚枯味亦长"，此情此景，令人倾心。诸同人经历世事沧桑，"执手会京洛，颜鬓或已衰。踯躅车马间，怊怅私心违"，征召在即，人生命运又将发生重大转变、分化，故心态各异，情感复杂，但前途无定、归路何在的迷茫感是共有的，表现在唱酬的层面上，抒发倦游、思归的主题成为一时倾向，如孙枝蔚说："丰膳复可惊，旅食恐须防。天马合从东，橙橘凋北方，自知非贡禹，不敢慕王阳。日夜苦思归，偃卧旧草堂。聚日无几何，且慰饥渴胜。纵同弦与筈，已胜参与商。"② 施闰章也说："缥币贲羁旧，策足及良时。苦惭猿鸟性，岁晏多怀归。"③

在京期间，施闰章作《溉堂篇赠孙豹人》，诗曰：

　　丈夫志四海，出门忘西东。思归归不得，感叹将安穷。旅食滞江介，家世名关中。烹鱼谁溉釜，富儿笑章逢。结邻有王烈，识面来李

---

① 孙枝蔚：《南昌遇施尚白少参示〈就亭唱和诗〉一卷，临行作〈就亭歌〉奉别》，《溉堂续集》卷三，第651页。
② 孙枝蔚：《施尚白少参招同邓孝威毛大可汪舟次饮寓斋赋谢》，《溉堂续集》，第902—903页。
③ 施闰章：《冬夕豹人大可孝威舟次枉集寓斋》，《学馀堂诗集》卷十三，第474页。

邕（谓王筑夫、李屺瞻）。读书时裂眦，浩呼歌秦风。壮怀发早白，大类商山翁。引领忽西望，华岳起心胸。把琴耻碎市，谁谓非豪雄。宁为松与柏，不为槿与蓬。①

　　孙枝蔚本系秦人，后"遭乱失所依"，寓居扬州，筑室曰"溉堂"，并以此名其诗文集，取自《诗经·桧风》中的"谁能烹鱼，溉之釜鬵"语，寄寓不忘乡关、常怀西归之意。陈维崧《溉堂前集序》中的一段话可与施闰章的诗句互相发明："（孙子）犹时时为秦声，其思乡土而怀宗国，若盲者不忘视，痿人不忘起，非心不欲，势不可耳。"② 施闰章对漂泊异乡的孙枝蔚表示了深切的同情，对其豪迈的秦人本色非常激赏。

　　施闰章素端谨、平和，与人无争、交善，居京待试期间，二人寓所本相近，后孙枝蔚移居他处，令施闰章不悦，并作《移寓稍远恼豹人》以发泄不满：

　　　　难得良朋近，犹嫌见面疏。今朝来觅伴，昨日恨移居。避客少闲地，藏身存旧书。醉歌狂自可，莫是叹无鱼。③

　　诗题中一"恼"字传神地刻画出施闰章乘兴寻友而不得的懊丧之状，因为看重朋友，在得不到相应的回应时情绪激动自然可以理解。孙枝蔚作《施尚白少参有恼予移寓较远之作赋谢》深表歉意：

　　　　眼底长安客，相寻各有徒。多君似皇甫，独自爱潜夫。懊恼情何厚，风骚调岂孤。高轩休更误，筇杖尚能扶。④

　　婉转地表示自己为求清净之地而移居，却辜负了朋友的深厚情谊。心意真实，胸怀豁达。

　　对于征召之事，施闰章和孙枝蔚迥然不同。施闰章是满怀期待的，他在清朝为官十几载，官湖西道时因遇裁缺而被罢职，有失颜面，况冀得俸

---

① 施闰章：《溉堂篇赠孙豹人》，《学馀堂诗集》卷十三，第 475 页。
② 陈维崧：《溉堂前集序》，《溉堂集》，第 11 页。
③ 施闰章：《移寓稍远恼豹人》，《学馀堂诗集》卷三十二，第 677 页。
④ 孙枝蔚：《施尚白少参有恼予移寓较远之作赋谢》，《溉堂续集》卷六，第 915 页。

禄以养家也是实情,他在写给家人的信中明白道出:"此时我必无作官之想,必无得官之事。在此时尚无可考贷,我被放而归,更无颜面可以向人。我意闭门谢客,为老农毕世,更无处可得一钱。汝辈不可孟浪枉费,日后悔之晚也。"①康熙十八年(1679),他在和孙枝蔚的唱和之作中也表露了汲汲功名的心志:"天子不得召,几人真爱才。高歌夕阳里,旧是黄金台。"孙枝蔚作次韵诗《喜梅耦长至,次施尚白使君韵》,诗云:"杨意竟难遇,浩然宁不才。遭逢看自古,携酒且登台。"② 司马相如得杨意举荐以步青云,可毕竟伯乐可遇而不可求,自古皆如此,不如了此念想,绝弃尘念,诗酒逍遥。孙枝蔚作为遗民,对清廷征召的态度是漠视、敷衍的:"豹人北首入都,初迫于有司,居既久,诸待试阙下者多务研练为词赋,豹人独泛览他书","入试不中,良喜",后被强授虚衔时"掉头抗辞"。③ 尽管政治取向有异,但作为朋友,他们完全理解、尊重彼此的选择。

施闰章有诗《邗江赠关中孙豹人》,可视为孙枝蔚一生行事的总结,诗曰:

> 闻尔羁栖久,同嗟见面难。未成归渭北,却喜聚江干。樽酒能相就,新诗许独看。挥毫心卓荦,倚剑意辛酸。道迹摧双鬓,忧时集百端。秋灯青耿耿,夕露白溥溥。任妇谋鸡栅,呼儿补药栏。因馀惟笔研,狂或废缨冠。散帙连床满,论交二仲欢(雷伯吁、王筑夫)。校雠良惨淡,风议自波澜。共慕鲁连义,休为冯铗弹。逢君同慷慨,持赠愧琅玕。④

羁栖异乡,诗书影从,觞酒消忧,交游同道,剑气箫心,可谓知豹人深矣。

三 孙枝蔚与李念慈交游考

李念慈与孙枝蔚的交还往来,当不迟于顺治十二年(1655),检二人

---

① 何庆善、杨应芹点校:《施愚山集》(四),黄山书社1992年版,第125页。
② 孙枝蔚:《喜梅耦长至,次施尚白使君韵》,《溉堂后集》卷一,第1258页。
③ 施闰章:《送孙豹人归扬州序》,《学馀堂文集》卷八,第98页。
④ 施闰章:《邗江赠关中孙豹人》,《学馀堂诗集》卷四十三,第785页。

别集，尽管未见当年直接的书信往还，但有数条资料可证此说。其一，李念慈《谷口山房诗集·南游集》序曰："自甲午冬杪偕计北上，乙未春下第，即自京南下淮、扬，历秋及冬渡江至白下，淹留改岁。"① 其二，孙枝蔚《溉堂集》中有一首诗题为《李屺瞻远至，寓我溉堂，悲喜有述》，其中有"故人别五年，今来自何方"②，此诗编年系"庚子"，"庚子"为顺治十七年（1660），往前推五年，即顺治十二年（1655），二人此年有聚首。其三，方文《谷口山房诗集旧序》云："及屺瞻游扬州见豹人，豹人亦称予诗不置，屺瞻谬加赏焉。乙未初冬，予至旧京寓城南古刹，先是屺瞻亦寓此东西僧舍，绝不相闻，一日过中州张水苍，适相值，才通姓名，彼此惊喜。屺瞻即诵予寄豹人'霜江挂席南风正'之句，四章一字不舛，于是两人倾倒至矣。"③ 上述资料足以证明李念慈顺治十二年（1655）夏过扬州，与孙枝蔚见晤、谈诗、论艺。

李念慈与孙枝蔚交好，自然有地缘上的亲近之故。他们同属关中秦籍人士，有乡邦之谊。关系匪轻的重要一点，源于二人是亲戚关系，孙妻石氏，系李祖母之侄孙女。二人同恪守儒业，孙家"三世为儒守一经，文章亦足显门庭"；李之曾祖李世达为隆庆万历年间名臣，官至御史大夫，李自幼受诗书熏染而习诗文。他们青年时期均意气风发，有急公好义、崇尚武勇的慷慨豪侠之风：孙枝蔚于明末战乱时散家财、结客集义勇数千抗击李自成兵，几遭不测，忘生轻死；李念慈于清初入冯宗尼幕，从军庄浪、甘州、凉州一带，出生入死，戎马生涯历两年久。加之二人同为豪爽之士，李念慈为人"内方正而外疏通，风流善谑"；他极称赏孙枝蔚直言不谀之性情，"疏辣无如孙豹人"、"论文直率正须亲"，二人意气相投，结为至交当在情理之中。

顺治十七年（1660）秋，李念慈再抵扬州，寓孙枝蔚溉堂。因"江头作别四年余，故人未寄一行书"，数年音讯不通，见面时反显生疏，气氛凝重："握手无语出新诗"。及至"读罢徐徐问生事，始知频年贫更勤"；"园林已典他人居，清泉老树成空虚。九月合家衣未授，忍寒儿女色踌躇。"李念慈嗟叹孙枝蔚志士被困，"雄才空老真可惜"，嘱咐孙之儿

---

① 李念慈：《南游集序》，《谷口山房诗集》卷四，第547页。
② 孙枝蔚：《李屺瞻远至，寓我溉堂，悲喜有述》，《溉堂前集》卷二，第114页。
③ 方文：《谷口山房诗集旧序》，李念慈《谷口山房诗集》卷首，第509页。

辈勿改父志："汝翁豪杰士，义不事诡随。若使肯富贵，立见绮纨金翠相追飞。登山已云险，世途更嶙峋。纳履一失所，陷井随其身。"① 其时他还未授官，但在京城待诏两年之久，目睹官场险恶，自己又宦途无望，困顿轗轲，故发此激愤语，既是自怜，更出于对友人的爱惜和对其高尚人格、淡泊心境的称许。

李念慈寓溉堂期间，因孙枝蔚之故，结识了施闰章，并在漫长的人生岁月中保持了终生之谊。施闰章序《谷口山房诗集》曰："屺瞻，秦人也，余见之孙豹人座上，其雄爽之气，勃勃眉宇。而自秦之晋，南游江淮，所遇山川风物、寄兴属怀，情随境移，蔚焉蒸变。"② 初见屺瞻，叹服其豪气英姿，及观览其诗，惊异于光怪陆离的诗境、摇曳跌宕的诗情，为之倾倒。后李、孙夜过施闰章寓斋，留饮赋诗，雅兴颇高。于朋友之道，李念慈深恶"近今视一概，彼意各有取。结交为声誉，本不为朋友"的风习，彼辈出于"感情投资"而"奔走好名家，希润荣杯酒"，即使文人诗家也不能免俗，"论诗动卢王，称文尽韩柳"，相互都心知肚明还逢场作戏："谀者既妄称，作者忍自负"，一旦势利倾颓，算计成空，便丑态毕出，竟至"反唇相击剖"，对此类宵小鼠辈，李念慈"心轻颜有忸"，颇为不屑。他坚持"论交先气谊"，于直率豪气之"益友"，辄倾心不已："昔与孙豹人，责善称敌手。辩论苟未服，厉声即在口。后遇施愚山，摘瑕亦多有。两君信益我，心感乃永久。"③ 人以群分，同气相求，这是三人成为挚友的重要基础。

此番会面，孙、李题诗较多，孙枝蔚集中题有《李屺瞻远至，寓我溉堂，悲喜有述》《和李屺瞻溉堂咏月》《同李屺瞻夜过施尚白学宪寓斋留饮各赋》《和李屺瞻咏芭蕉》四首，李念慈集中题有《读溉堂近诗》《〈露筋作〉呈孙豹人》《溉堂腊梅》《冬夜溉堂看月示豹人》《冬夜溉堂饯孙豹人之盐官》五首。这些赠诗、和作或心忧黎民："他日苍生望，艰难赖抚绥"；或发穷愁之悲："无酒当寒夜，相知叹固穷"；或感知音难得："故人今对面，且足慰飘蓬"；或尽酒兴之欢："客里有谈笑，樽中无古今"，然路途困顿，心由境生，笔墨间难掩低沉、抑郁、苍凉的基调。

---

① 李念慈：《饮孙豹人溉堂歌》，《谷口山房诗集》卷六，第 579 页。
② 施闰章：《谷口山房诗集旧序》，李念慈《谷口山房诗集》卷首，第 508 页。
③ 李念慈：《示甫草》，《谷口山房诗集》卷九，第 605 页。

屺瞻扬州之行，虽酣畅数月，无奈"携来杖头略尽，薪米迫人"，故是年冬杪渡江至金陵，居停度岁，翌年（1661）正月下吴会，至云间，夏买舟入越，经行处访旧会友，得友济之。英才见困，流离无定，心情必寥落难堪："十年九作客，踪迹任浮沉。生事苦相逼，奔走常踆踆。觍颜滋内耻，饥鸟敢择林。隐忍营苟得，所事违本心。徒知固穷节，驱迫感至今。人情矜豪胜，世俗重多金。纷华岂有极，快意终难任。"① 孙枝蔚与之同病相怜，作诗寄慰，《怀李屺瞻》诗曰："多病李生吾所怜，江湖潦倒手无钱。新诗百首谁能赏，但对斜阳估客船。"②

是年冬，"选法忽更"，屺瞻被授河间令，于次年（1662）二月抵任上，"案牍填委"，吏事纷繁。康熙二年（1663），丁先继慈忧谢事。奔丧有日，以在任时平反之件被诬不已，复檄赴河道总督审结。康熙三年（1664）二月，赴山东承谳，主者咸畏刁告，莫肯为直，屺瞻往复批驳，来往济兖间。康熙四年（1665）春，竟枉抑定谳，会京师地震，内庭敕诏，遂一切注销，得免狱灾。被屈之事，令屺瞻愤懑难平："虽小吏微末，不敢托风雷自况；然孝妇之冤，致旱三年，亦不可谓非冥冥中降鉴有遗也。"③ 官司未定而滞齐鲁间，在济南与施闰章晤面，"悲喜相慰藉"，己身坐事见枉，自顾不暇，还不忘挚友孙枝蔚，托施闰章寄书，《凭愚山寄孙豹人》中有"莫骄遣愤诗盈箧，须涴忘忧酒著唇"④ 之句，语意双关，既是劝友，更是发泄自己无辜被冤的愤慨。

李念慈后补官廉州，于康熙六年（1667）六月，抵广州任上，前官因事留任，停居需次，旋遭裁缺，未任而闲居岭上，贫甚。康熙七年（1668）三月，改授山左之新城令，四月出粤，八月抵新城。任地荒残凋敝，满目凄凉，腴田半被决水淹没，民不聊生，"逋赋积至三万有奇"，念慈"日以征比为事，自夙兴每踰夜分"，"里民强半逃亡，存者鹄面鸠形，忍饥饿以应征比，敲扑何忍，在任几二年，甘以催科之拙报罢，劳瘁戚伤"⑤。新城罢后生计无聊，念慈于康熙十一年（1672）秋从山东北入京师，其师黄冈夫子时以侍读督学顺天，遂留侍幕下，栖迟困顿，形色仓

---

① 李念慈：《述怀》，《谷口山房诗集》卷六，第574页。
② 孙枝蔚：《怀李屺瞻》，《溉堂前集》卷九，第451页。
③ 李念慈：《居东集序》，《谷口山房诗集》卷九，第599页。
④ 李念慈：《凭愚山寄孙豹人》，《谷口山房诗集》卷十，第615页。
⑤ 李念慈：《桓台集序》，《谷口山房诗集》卷十二，第633页。

皇。时孙枝蔚入京已有数月，念慈抵京后，故人"相逢尘土里，颜面多仓卒"（孙"瘦颜发垂素，敝裘不掩膝"）。孙枝蔚赠诗李念慈，《遇李屺瞻有赠》诗曰：

买山心事向谁陈，误走黄沙但惹尘。忽对穷交如梦寐，才离宦海转酸辛。名王出猎旌旗满，马客还家第宅新。我苦无田君罢职，长安道上两愁人。①

造化弄人，回首之际，不胜唏嘘。李念慈亦慷慨吞声，向挚友倾吐了乞食为幕僚的痛楚："我本为亲养，奔走还汲汲。干谒须谀佞，欲语常苦塞。怀刺半磨灭，在辙聊煦湿。凄凉庑下春，惨澹投前笔。"壮志销蚀，侧身幕府，"违心承人意"，"言笑匪由中"，终于世无补，偷生苟活，心有不甘却无力摆脱"残命"。念慈所愁不唯一己之悲伤，他更忧心苍生："况今时势殊，中外咸窘急。泉刀郁不流，所在竭民力。公卿虽复贵，匕箸有愁色。民贫俗日颓，穷乏无亲昵。往往骨肉间，诟谇生赤仄。自给且不暇，谁能念车笠。睹此轸时艰，不独虑家室。饥饿满天涯，我愁方孔亟。"②时南明永历帝朱由榔亡命缅甸，清廷派兵缉获；广东平远有周海元聚众起义，清兵剿灭；边地烽火未息，战事时起；江南水灾、旱涝、蝗灾频仍，淮扬尤为严重，饥民流离，饿殍遍地，举目四望，民生多艰，故李念慈和孙枝蔚都愁肠百结。

康熙十二年（1673）底，坐镇云南、拥兵自重的降清明将吴三桂因不满朝廷撤藩而打出了"反清复明"的旗号起兵叛乱。"三藩"之首的吴三桂刚起事，唯吴马首是瞻的其余二藩靖南王耿精忠、平南王尚可喜之子尚之信也先后在福建、广东起兵响应，一时江南各镇烽烟四起，半壁江山几陷于叛军之手。康熙十三年（1674），滇地危急，清兵驻荆襄，李念慈保举奉檄，赴湖广军前，欲枉道过访知交，营办资斧。七月自京南下，过徐州，访孙枝蔚仲兄孙大宗不值，题诗《徐州道中将访孙大宗刺史不果，有怀令弟豹人，却下维扬》纪之：

---

① 孙枝蔚：《遇李屺瞻有赠》，《溉堂续集》卷四，第784页。
② 李念慈：《处士叹呈孙豹人》，《谷口山房诗集》卷五，第567页。

楚城旁领四诸侯，禾黍连阡穑事秋。齐鲁云山环北障，江淮舟楫溯南流。交驰羽檄方多难，按堵生民未识愁。乘兴东来还却去，便寻难弟下扬州。①

后历扬州，至吴下，淹留数月。冬至日赠诗孙枝蔚，寄托相念之情，《至日舟发吴门呈豹人》曰：

　　冬深尚行役，节候变江东。寒极三更后，阳回一气中。敝裘沾雨雪，柔橹妒江风。却忆孙郎札，凄凉愧蛰虫。②

康熙十四年（1675），李念慈留荆州军中；康熙十五年（1676）春，乃自请檄催饷。后由荆南下维扬，欲访孙枝蔚，与之把酒论诗，乐数晨夕，抵真州乃知孙久在江西总督董卫国幕中，大乖其意。适孙枝蔚长子怀丰将之江右省亲，念慈遂修书一封，托之转达。《寄孙豹人江右书》洋洋洒洒，长达千言，主要论唐宋诗之争，意旨显豁，劝孙枝蔚改弦易辙，由主宋诗更为尊唐调："宋诗但可偶一为之，不可藉口广大，久而不觉不自知而全变为宋也"；"（宋诗）以视唐则'厚薄'二字较然自别，以率谓真，以尖为新"③云云，中心意思是要"以唐为的"。其主唐的论调不无偏颇，明显有门户之见，且语含责难意味，甚是直白："及得读（怀丰）所携近诗，则何其风格顿尔衰下耶？""乃知近日习宋诗者足下实启之。""今不惟不力挽回，反自便而文以佳名，使后学藉口曰：'某先生亦如此作'，吾知坏后学者，必自此人始，恐足下无以自解也。"直言不讳，率直如此。

康熙十七年（1678），三藩之乱初平，康熙帝下诏举行博学鸿词科考试，令内外臣僚荐举学行兼优、文辞卓绝的"奇才硕彦"，以此"备顾问著作之选"。荐举对象无论已仕、未仕，年龄大小，皆可应征。诏书下达后，一时被荐者几达两百人，孙枝蔚、李念慈、施闰章皆在此列。吏部催各省"作速起送来京"，并明确宣布，凡被荐者不得以任何理由推辞，由

---

① 李念慈：《徐州道中将访孙大宗刺史不果，有怀令弟豹人，却下维扬》，《谷口山房诗集》卷十四，第644页。
② 李念慈：《至日舟发吴门呈豹人》，《谷口山房诗集》卷十四，第646页。
③ 李念慈：《寄孙豹人江右书》，《谷口山房文集》卷一，第815页。

此南北俊才络绎萃于京城以待考。康熙十八年（1679）三月考试，阅毕，确定"五十鸿博"，授显职，施闰章在列，李念慈落榜，孙枝蔚以年老被授虚衔。初，孙枝蔚出于畏罪心理而入京应试，本是敷衍官方之举，尝语亲友曰："贵贱各有命，夫岂由人谋""因观自古来，吾宁守故吾"①，心意淡漠，未试时以老病力辞，部臣坚称"未老"不允；后验试年老者，将授官，孙以"未老"力辞，言疾情切，然终与邓汉仪、王昊一起被强迫性地授予司经局正字之虚衔，李念慈作贺诗曰：

  白发真为累，青云忽尔干。虽登凤皇沼，不着鹔鹴冠。处士思逃爵，君王敕进官。两辞天部日，激切万人看。

孙枝蔚和诗云：

  恩荣来意外，敢谓胜方干。老鹤何劳驾，山鸡自有冠。本无尸入梦，枉说克为官。贺语同珠玉，谁能按剑看。②

他以自谑之调暗讽朝廷威逼之实，尽见刚贞之气。
临别之际，李念慈又赠诗曰：

  君归春去两伤情，独返郊关泪满缨。难似驺虞共东野，只拚愁病老虞卿。青云于我终无分，白发欺人已尽生。倘遂还家营薄养，也应长此谢承明。③

两人都已迟暮，此去一别，山水阻隔，不知何时再能相会，萧索离情，无望残生，令人伤感。李念慈与孙枝蔚不同，孙是遗民，坚持"士之分止于不仕"的道德底线，对做新朝官员是怀排斥、抵触情绪的；李念慈比孙枝蔚齿序晚八岁，明亡时其年不过十七八岁，故对前朝的感情较淡，在清朝积极用世，欲立功名，无奈仕宦不达，多遭困厄，自少至壮，

---

① 孙枝蔚：《在京答亲友》，《溉堂后集》卷一，第1242页。
② 孙枝蔚：《李屺瞻见贺进衔中书，值六十初度，兼送南还，次韵奉酬》，《溉堂后集》卷一，第1266页。
③ 李念慈：《送孙豹人征君南归》，《谷口山房诗集》卷十七，第685页。

自壮至老，宿命般难以摆脱。"青云于我终无分"，以自伤之语含绝望之意，心如死水，对生活了无热望。

自此二人再未见面。康熙二十二年（1683），孙枝蔚客武昌董卫国湖广总督幕，幕中授读。因音讯隔绝，李念慈次年才得知消息，作诗《闻孙豹人近为湖广制府延入幕中》，诗曰："孙郎闻在楚江滨，制府延师比上宾。儿女债多真是累，诗篇名重未为贫。心休颜面沃同赭，吟苦须眉光似银。叹我嫁衣连篚弃，却缝云锦被他人。"① 念慈终生无子，生女数人，"今人重妆束"、"奈何狗世情"，为尽人父责任而奔走江湖，情非得已，实与孙枝蔚费心劳力操办儿女婚事感同身受。

康熙二十六年（1687）春，孙枝蔚辞世，京城一别，竟成永诀，李念慈哀恸不已，作《挽孙豹人中翰》四首以悼之，其一曰：

> 鄂渚风寒忆别离，锦江沅水重相思。只怜老有长贫恨，岂料生无再见期。五岳愿违多累剩，千秋文在大名垂。遗骸客葬还难计，终窆空增后死悲。②

回忆斯人，音容宛在，困厄一生，独可悲也；诗名未湮，精魄照人，光炳南北，犹可幸也。

四 孙枝蔚与王又旦交游考

王又旦与孙枝蔚定交于何年，现已无从稽考，《黄湄诗选》于康熙十六年（1677）由王士禛选定，王尽芟甲辰（1664）之前的诗作，故难考定二人论交的具体时间。汪懋麟《黄湄诗集序》云："初，君戊戌释褐，涉江游吴越间，盖予识君之始。"③ 戊戌年系顺治十五年（1658），汪懋麟与孙枝蔚、雷士俊、李叔则、韩诗等秦籍寓扬文人极相熟，可以推知，王此次游吴越，也许会闻知或顺便拜访这几位同乡前辈。孙、王交游明确见诸其诗文集中，始自康熙二年（1663）。王自顺治十六年（1659）中进士后，八年未能补官，是年正是"羁官守"之时，遂游历吴越，聊解赋闲

---

① 李念慈：《闻孙豹人近为湖广制府延入幕中》，《谷口山房诗集》卷二十八，第770页。
② 李念慈：《挽孙豹人中翰》，《谷口山房诗集》卷三十一，第792页。
③ 汪懋麟：《黄湄诗集序》，《百尺梧桐阁文集》卷二，第692页。

之苦。孙枝蔚其时"长贫且读古人书，垂老厌闻今世事"，感人生倏忽无寄、命运难周而心绪恶劣；于邗上"忽遇王生来故乡，自言知命兼博识"，乞王为己推命。王又旦感叹"君与韩苏真气类"，"君今星度正同之，无怪词场惊腹笥"①，此虽为玄深的命数之说，不足征信，但可看出孙枝蔚系扬州诗坛引领风气的领袖人物及王对孙声名的推崇。

王又旦此番游扬，结识扬州诗人较多，而堪称莫逆于胸者，当属孙枝蔚，旁及与孙"交最洽"者吴嘉纪、汪楫、郝士仪。他们相与论诗无间，覃思正变，会心达意，成为重要诗友。孙枝蔚《题〈樽酒论文图〉送别王幼华归秦中》诗序曰："幼华合予与宾贤、舟次、羽吉命戴生绘为《樽酒论文图》，携归故里。"诗曰："归路愁君调易孤，君言相别只须臾。江东渭北通魂梦，樽酒论文对画图。"② 时隔六年之后（1669），孙枝蔚应王之邀游其任上湖北潜江，故人重逢，对当年欢聚论诗场景犹念念不忘，王出示旧图，孙枝蔚睹物思旧，感慨良多，吟诗一首："李杜论文迹已陈，千秋五子复为邻。莫言常在画图里，更有将金铸像人。"③ 王又旦于此图分外珍视，所经之处，示同人观览、题诗唱和，这客观上极大地提升了五子的声名，为清初诗坛一段佳话。高士奇《题王黄湄给谏五子论文图，即以为赠》曰："凌轹汉魏薄晋宋，衍漫流烂侈陆离。就中汪子我最识，接茵何异连瑰姿。豹人孙老今词伯，吴郝奕奕多风仪。细讽新题满卷尾，泽州老辣容斋奇。"④ 屈大均亦作《题五诗人图》："诗人复有五君贤，渭北江东啸咏传。一片丹青争画出，风流谁复羡凌烟。"⑤ 他们都对五子振兴风雅之道的行为极为称颂。

康熙四年（1665）秋，王又旦再游扬州，急访枝蔚："誓将寻夙好，执手追欢娱"，未料事与愿违，"挨门人不见，依然天一隅"。孙枝蔚的好友方退谷客死安徽历阳（今和县），孙奔赴追悼，淹留多日。及至归来，与王相见，自然情亲意笃。王又旦作《孙豹人自历阳归广陵》三首，其二曰：

---

① 孙枝蔚：《三磨蝎图诗》，《溉堂前集》卷三，第186页。
② 孙枝蔚：《题〈樽酒论文图〉送别王幼华归秦中》，《溉堂前集》卷九，第461页。
③ 孙枝蔚：《王幼华明府出同人旧题五子论文图示予，因再有此作》，《溉堂续集》卷三，第681页。
④ 高士奇：《题王黄湄给谏五子论文图，即以为赠》，《苑西集》卷五，《高士奇集》，清康熙刻本，第157页。
⑤ 屈大均：《题五诗人图》，《翁山诗外》卷十四，清康熙刻本，第542页。

> 湖海虽辽阔,仳离未云久。不谓再相见,形容增老丑。中藏千万言,一时难遽剖。囊底探馀钱,入市沽浊酒。为欢夜遂深,秋月上高柳。来朝举火艰,四壁仍相守。①

日思夜想,而今执手相见,千言万语竟不知从何道起,不如持觞对饮,酒酣之际,畅谈尽兴。

翌年(1666)二月,孙枝蔚、王又旦先后自扬州至镇江,适逢方文亦游此地,三人接袂联席,共游京口胜地,凭吊古迹,登览焦山,拜郭璞、米芾墓,经行之处,莫不"幽事供怡悦,指点轻狂澜"(王又旦《焦山二首》)。孙枝蔚有《游焦山同尔止、幼华》纪之,其一曰:

> 风起中流浪打船,秦人失色海云边。
> 也知赋命原穷薄,尚欲西归太华眠。②

行游焦山时,海云突变,风起中流,荡舟激流中的诗人却长啸咏诗,此等襟怀气度非常辈可比肩。后来汪懋麟常吟此诗于广座间,王士禛闻之曰:"数百年无此作矣",其推重如此,当为孙之慷慨真气打动。焦山游毕,王又旦将至江西豫章,孙、方送别,"王生临别思悠悠,明朝独上吴船去",孙枝蔚以事相托:"我有书数卷,平生辛苦词。湮没亦足惜,表章知是谁。再拜托吾友,因君常见推。"③孙枝蔚此生已无他望,唯冀自己苦心经营的诗文能刊行于世,以实现儒家"三不朽"之"立言",而付梓刊印需大笔资费,孙家已败落,贫不能梓,故憾恨不已。王又旦跻身进士,与名望辈过从较多,尽管还未授官,但仕宦指日可待,结交的圈子将更广阔,孙以此事嘱托,期冀借其揄扬能觅到"见赏人"而资助自己了此心愿。事实上,时隔13年之后的己未年(1679),孙枝蔚的诗文集才得赵玉峰中丞襄助以剞劂行世,据其子孙匡《溉堂后集》序云:"己未岁以六科书云李公等疏名公荐,应上博学弘词之召,携所作稿本入都。会少

---

① 王又旦:《孙豹人自历阳归广陵三首》,《黄湄诗选》卷二,南京图书馆藏康熙刻本。
② 孙枝蔚:《游焦山同尔止、幼华》,《溉堂续集》卷一,第568页。
③ 孙枝蔚:《赠王幼华》,《溉堂续集》卷一,第524页。

宰玉峰赵公时为考功郎，相见欢甚，倾笥倒箧，校雠付梓。其刻于京邸者，《溉堂前集》九卷、《续集》六卷、《文集》五卷、《诗馀》二卷，久已流传海内矣！"①

康熙七年（1668），王又旦授官，任湖广潜江知县。康熙八年（1669），王建传经书院，筑说诗台，于五月迎孙来潜江受诗。孙居新筑之"焦获寓楼"，因其家乡关中有焦获泽，故王又旦以此题书。王对孙的尊崇、礼遇，使其非常感动，心情也因之愉悦："今我乐何如？稳坐鸣琴宅。布帆已无恙，百忧忽暂释。"② 潜江之行凡三月，因王又旦为潜江父母官之故，孙枝蔚与本郡朱伟臣、刘声玉、莫大岸等"博雅谁得如"之"佳士"定交，屡屡于寓楼雅聚唱和："过从无晨夕，讨论先经史"，"偶然及世事，贤侯共称说"。受群体唱和氛围的感染，同人的情绪也随具体的情境而跌宕起伏："日日成宾主，时时异悲欢"，"何如文字饮，悲歌杂呜咽"。

潜江居汉水下流，长堤逶迤，百里水防一决，水潦成灾，禾黍尽没，城郭荡圮，转徙者相望于道。王又旦赴任伊始，即遇此棘手事，他与民同住堤上，共筑堤防，乱象渐平，郡内始有宁日。孰料越岁四月二十九日，汉水又决，堤溃崩，居人逃散，人心惶惶。时孙枝蔚寓潜江，目睹灾异惨象及王又旦疾厉奔突场景，感念唏嘘，作《雨中大水决堤，闻王幼华明府奔走堤上，忧劳已甚，诗用相宽》以慰之。三个月后，洪水退，郡内征民夫筑堤，王又旦视察调度，积劳疲顿。孙枝蔚悯涝惜友，题诗《怜诗大水后作》：

年少长安得意人，于今憔悴复清贫。竟同饭颗山前叟（幼华行堤视水，归来益瘦甚），哪识河阳县里春。自决新堤诗更怨，相逢旧好酒须醇。可怜常抱文书寝，谁解轻裘覆尔身。③

王又旦行古循吏之道，寄心民瘼，体察民情，孙枝蔚对此深表同情和体谅。

---

① 孙匡：《溉堂后集序》，孙枝蔚《溉堂后集》，第1211页。
② 孙枝蔚：《自丰城抵潜江与王幼华明府相见》，《溉堂续集》卷二，第631页。
③ 孙枝蔚：《怜诗大水后作》，《溉堂续集》卷三，第672—673页。

是年八月，孙枝蔚结束潜江之行返江西，王又旦作《大水后送孙豹人东还》赠之，孙枝蔚亦有《留别王幼华明府》，诗曰：

淹留泽国经三月，惨怆离情有万端。宦味看君如蓼苦，韶光到我似更阑。水肥帆饱开船易，楚尾吴头会面难。惟仗鲤鱼传尺素，时时犹得问平安。①

表现了别离时的依依不舍，告慰挚友吴楚虽山水阻隔，只要尺书不辍，问询不绝，情意自然绵长深远。近距离地接触、感知为政者的生活，对"宦味"由皮相的了解到真实的触摸、观照，孙枝蔚觉得布衣之身的逍遥自得更为可贵，故发出"宦味看君如蓼苦，韶光到我似更阑"的喟叹。这种认识在他作于康熙九年（1670）的《寄怀王幼华明府》中再次吐露："我虽长困乏，一饱即高歌。君怀经世略，忧愁苦相磨。"②

此后两人再无缘见晤，不过间通音讯。康熙十五年（1676），王又旦从潜江以治行第一征拜给事中，孙枝蔚《与王幼华书》云："闻足下已荷内召入都门，得脱此世有司之累，恐继佳政者实难其人。然区区之私，且不暇忧彼士民，先为吾友舞蹈也。"③ 友人从地方官擢升为京官，从此翻开政治前途之崭新一页，作为曾经游幕追随之人，他也由衷地替故人高兴。

康熙十六年（1677），王又旦寄书孙枝蔚曰：

竹杖芒鞋戴接䍦，除书忽遣到茅茨。人依栗里陶公社，宅近江都董相祠。屐齿遍留千嶂下，钓竿翻动五湖湄。无劳更问山灵意，松桂苍凉系尔思。④

对其浪迹山水、悠游林下的隐逸之风企羡至极。

康熙十八年（1679），王又旦作《读放翁诗有怀豹人》：

---

① 孙枝蔚：《留别王幼华明府》，《溉堂续集》卷三，第676页。
② 孙枝蔚：《寄怀王幼华明府》，《溉堂续集》卷三，第702页。
③ 孙枝蔚：《与王幼华书》，《溉堂文集》卷二，第1127页。
④ 王又旦：《寄孙豹人征君》，《黄湄诗选》卷五。

> 点检遗编忆放翁，故人落拓与君同。
> 心灰万事犹耽酒，白尽髭须两颊红。①

时王又旦丁父丧居乡守制，静心读书、著述，及至品味陆游诗歌，有感而发为此诗。孙枝蔚与陆游一样，都经历了战乱、流离，壮志难酬，抑郁吞声，王又旦读放翁诗而感念故人，一片赤诚之心尽在寥寥数语中。

康熙二十三年（1684）腊月，王又旦过金陵，作《腊月二十八弘济寺寄豹人》：

> 驿国微茫问渡迟，舣舟矶畔怨篙师。潮来风浦水平岸，雪落云堂松亚枝。华发又怜看历尽，春盘堪笑与僧期。蕉窗浊酒消寒夜，忆汝高斋守岁时。②

人事代谢，聚首无期，岁月的风尘模糊了彼此的容颜，但当年"蕉窗浊酒消寒夜"的快意不会淡忘，对故人的忆念亦更为深长。

---

① 王又旦：《读放翁诗有怀豹人二首》，《黄湄诗选》卷七。
② 王又旦：《腊月二十八弘济寺寄豹人》，《黄湄诗选》卷十。

第三章　孙枝蔚与清初扬州文人雅集

顺康年间，以孙枝蔚及其交游圈为核心的扬州文人频频诗酒文会，酬唱赓续，极一时之风雅。本章即以孙枝蔚主持和参与的清初扬州文人雅集为视角，析其脉络，探究活跃于其中的各色人物的隐秘心理，以展现清初江南文人独具的人文生态。

第一节　孙枝蔚与清初扬州文人雅集的几个阶段

一　萧条期

读《溉堂集》及相关史料，在崇祯末至顺治十一年（1654），几乎找不到孙枝蔚参与文人雅集的文字记载。这一阶段，正是明清易代的关键时期，政治形势发生了翻天覆地的变化，社会极不稳定，文人们的生存遭到严重威胁，自然也就无暇雅集酬唱。姜宸英在《广陵倡和诗序》中切中肯綮地指出："当天下无事时，仕宦者得以其间从容于游宴之乐，而述为诗歌民生，其间何大幸也。然而烟尘稍警，则淮南之受兵，必先鲍明远所谓'通池夷峻隅颓'者。尝闻世而一见也，而风嘷雨啸之场，诗人之响或几乎息矣。然则诗人之聚非广陵之所以盛衰，而天人之治乱所从出与前世无论。自明甲申乙酉之际，载经残馘，余时过其故墟，蓬蒿蔚然，凄凉满目，如此者几二十年矣。"[①] 国变之初，干戈扰攘，社会动荡，随着满清铁骑的南下及薙发政策的严酷执行，人民奋起反抗异族压迫，"扬州十日""嘉定三屠""江阴八十日带发效忠"等惨剧接连发生，昔日富庶安宁的江南处于血雨腥风中。政治高压的惯性作用，使得扬州文人在鼎革后

[①]　姜宸英：《广陵倡和诗序》，《湛园集》卷一，文渊阁《四库全书》本，第31页。

的十年内绝少集会唱酬。

从顺治十二年（1655）到康熙二年（1663），始见孙枝蔚参与零星的同人集会唱和活动，且多为友人过从、迎来送往的小型宴集与聚会。鼎革后十余年来，满清统治者的力量逐渐强大，对社会的控制力度逐步加强，社会逐渐恢复正常的秩序，逃过生死大劫的文人们渐渐缓过神来，逐步开始比较正常、安定的生活，文人间的雅集活动也逐渐兴起。然这个时期是清廷对汉族士绅阶层镇压最为强力的时期，先后递起的丁酉科场案（1657）、通海案（1661）、奏销案（1661），使得大江南北的知识分子惶惶不可终日，而江南一带更是成为统治者着重惩治、以期杀一儆百的典型区域。在这种噤声失语的时代环境中，以英雄义士为历史文化符号的扬州无疑处在了最敏感的位置上，这个城市因为诸多切肤的群体性体验而蒙上了浓厚的沉寂、感伤色彩，故诸文士间虽偶有集会，但尚未形成风气。

二 发展、繁荣期

康熙三年（1664）到十六年（1677），是以孙枝蔚为联结纽带的扬州诗群雅集的发展、繁荣期。此时，战乱后的秩序已开始恢复，政治对文人的禁锢也略有松动，扬州这方既能儒雅风流、又可长歌悲恸，既可放浪形骸、又可栖隐蛰伏的胜地吸引了大江南北的名士硕彦，他们或因避祸而游食此间，或因赋闲而频繁奔走往来，或因致仕而宦游于此，与广陵诗友融合聚集，壮大了扬州诗苑的声势。诗人数量的激增、空间距离的缩小给诗人间的唱和带来了方便，其间王士禛"来佐斯郡，始稍稍披荆棘，事吟咏，用相号召"①的领导和组织更直接开启了诗酒雅集的序幕，如王士禛于康熙三年（1664）春招集的"红桥修禊"堪称典范，参与者"半为渔樵"，85岁高龄的耆宿林古度渡江赴会，此外还有孙枝蔚、张纲孙、程邃、孙默、许承宣和许承家兄弟等。王士禛才思敏捷，诗作翩翩，酒间赋《冶春绝句》20首，其后诸人击钵和诗，茗香茶热，绢素横飞，极尽风雅之兴。杜濬因故未与此会，后作诗追和；陈维崧风闻，亦感慨万千，和诗呼应。《冶春》系列诗以自然写景为主，或触景生情，或缘情写景，亦诗亦画，情韵连绵，给人余韵悠长的艺术回味。其中有些诗又略带惆怅苍凉之气，仿佛是在诉说物是人非、风流云散，怅触今昔变迁、陵谷代谢，这

---

① 姜宸英：《广陵倡和诗序》，《湛园集》卷一，文渊阁《四库全书》本，第31页。

种情绪虽然很淡、很朦胧，但在改朝换代的社会氛围里，那种欲说还休的亡国之痛经常会于不经意间泛上心头、诉诸笔端。诗会唱和使与会者产生了情感共鸣，增强了诗人之间的凝聚力，诗人的声名也借和诗的传抄远播而渐闻于人。

甲辰诗会的示范效应和带动作用是明显的，次年乙巳之岁（1665），以孙枝蔚及其交游圈为中心的扬州诗群即掀起了文人雅集唱和的高峰，短短半载，从花朝到夏日，从同人之草堂、园亭到郊外名胜，众人纵情诗酒，酬唱赓续，几无虚日。其间寓居南京的杜濬、方文先后游扬，宾客聚于一隅，群情激荡，泛舟览胜，论文赋诗，莫不称心。仅以此阶段而论，孙枝蔚的交游圈已经初步形成了文学团体的雏形，这个文学小团体虽然尚无固定的名称，但其人员构成比较固定，较活跃的主要成员有孙枝蔚、汪楫、汪懋麟、汪耀麟、汪士裕、华衮、王宾、夏九叙、黄雨相、鲁紫潆等，吴嘉纪、雷士俊、汪湛若、王正子、杜濬、方文等亦偶尔参与，在重要的时令节日（花朝、上巳）或某成员的特殊日期（生辰），抑或在故旧重逢、友人归乡、同志送别等情形下，诗友间往往会举行宴饮集会。尽管这个文学圈子未振臂号召、联席结吟，不是严格意义上的文学社团，但也无碍它表现出一定的群体意识而径以"社集"自称，这从诸人所作诗题可以看出，如孙枝蔚即有《社集赋得早花随处发限七言近体》《九日社集朱幼方半舟斋名》《秋夜社集张与参宅同纪檗子、黄仙裳、范汝受、佘来仪》诸题，方文题有《六月十七夜社集王仔园斋头，赋得听诗夜静分》等。这些诗集呈现出清初诗社的典型性特征，但与明末文社迥异：明末文社多体现出浓厚的政治参与意识，诗酒文宴仅是聚会的一种具体表现方式；文人结社多以备考场屋为目的，与科考有密切的联系。而清初的文人雅集尽管其形式仍以诗酒文会出现，但诗酒文会已不再是手段，而是目的，文人聚会，就是为了联诗吟唱，为了会朋聚友，为了互诉衷肠，为了排遣苦情。当然，寻绎文士们的深层心理，不排除一定的功利性，在其各自的文学空间中，也展现出其借诗酒风流而传名显世的诉求。徐珂《清稗类钞·著述类》记载了这样一件事，颇能表现明清士人频举文酒之会的某种用心："查夏重、姜西溟、唐东江、汤西崖、宫恕堂、史蕉隐在辇下为文酒之会，尝谓吾辈将来人各有集，传不传未可知，惟彼此牵缀姓氏于集中，百年以后，一人传而皆传矣。"这里京师盟会的查慎行、姜宸英、唐孙华、汤右曾、宫鸿历、史申义诸位都是康熙朝翰林高才，一时之选，他们尚有传名"焦虑"，更何况其他一般文士了。因此文人诗酒唱和，彼此扬诩，就是极富心智的传名策略了。

乙巳年（1665）夏，王士禛结束扬州推官的任期而被调任京官，即将北上赴任前，广陵同人于七夕齐集蜀冈禅智寺送别，斯集声势浩大，堪称一次扬州文苑之集体亮相。与会文人纷纷作诗相送，篇章迭出，最终集成《禅智唱和》，一时影响甚巨。王士禛在扬州可谓"华美谢幕"。扬州诗坛并未在王士禛离任后陷入喑寂萧条，在经历了短暂的失落及相应的调适后，很快就恢复了往日的生机。康熙五年（1666），王士禄、宋琬、曹尔堪、丘曙戒等清朝官员游维扬，屡与孙枝蔚、汪耀麟、宗元鼎、韩魏、孙默、查士标等遗逸之士泛舟游园，饮觞吟诗，这是比较典型的不同身份、立场的文人间的雅集，然而通过表面的把酒言欢，也可以观察到雅集双方在和谐唱和背后，各自不同的无奈和苦衷，进而碰触他们真实的内在情感。王士禄、宋琬、曹尔堪等个人仕途不顺，此时均遭遇过政治打击，一腔抑郁不平之气，与孙枝蔚等人具有相似的时代苦闷，故多借杯酒以浇胸中块垒。

扬州平山堂本是宋朝欧阳修所建的宾僚饮酒赋诗之地，历六百余年荡为榛芜，久为寺僧侵夺，斯文沦丧，汪懋麟痛感于此，对时任扬州太守的金镇提议修复事宜，并积极奔走以促成此事。康熙十三年（1674），平山堂开工复建，历时三年，十六年八月十三日，平山堂落成，金镇于是夕招同孙枝蔚、汪懋麟、汪耀麟、邓汉仪、宗鹤问、华衮、黄云、孙默、许承家、程邃、杜濬、盛珍示、刘彦度等盛会相庆，四远咸集，宾主凡19人，即席限体赋诗，金镇率赋长句，诸公次第吟咏，恍如"翰院邹枚至，骚坛屈宋过"，举座尽为"群公才少敌，列座艺殊科"之辈，大有前贤"握麈俱潇洒，临笺各揣摩"[①] 之遗风。兹集蔚为文事之盛，传播遐迩，朝野俱闻，王士禛、曹溶、金敬敷、吴祖修、罗坤、王概、张僧持等50余人作诗遥和。宁都魏禧、萧山毛奇龄并撰《重建平山堂记》，宣城施闰章撰《平山堂诗记序》，一时大江南北传为盛事。汪懋麟又于堂后拓地为楼五楹，设栗主祀欧阳修、刘敞（字仲原父）、苏轼，名曰"真赏之楼"，取欧阳修《寄仲原父》诗中语也，秀水朱彝尊为作《真赏楼记》。修复平山

---

① 张僧持：《金长真太守兴复平山堂落成宴集纪事三十韵》，载李坦等编《扬州历代诗词》（二），人民文学出版社1998年版，第172页。

堂,意义重大,不独山灵生色,并有光昔贤,更具复古崇文、有益世教的社会功用,魏禧《重建平山堂记》即洞察此意:"观察公化民善俗之意,亦因可以推见。盖扬俗:'五方杂处,鱼盐钱刀之所辏,仕宦豪强所侨寄',故其民多嗜利,好晏游,征歌逐妓,袨衣媮食以相夸耀,非其圣贤者则不复以文物为意。公既修举废坠,时与士大夫过宾,饮酒赋诗,使夫人耳而目之者皆欣然有山川文物之慕,家吟而户诵,以文章风雅之道渐易钱刀驵侩之气。"① 此次集会规模之大、唱和人数之众、影响之深远,为入清以来所少有,从而将扬州文人雅集推向了一个历史高点。

三 渐衰期

康熙十七年(1678)至二十六年(1687),是以孙枝蔚及其交游圈为中心的扬州诗群雅集的渐衰期。

十七年,清廷举博学鸿词科考试,受朝官荐举,孙枝蔚接到邸报,怀畏罪心理而被迫入京应试。等到第二年,清政府组织他们参加考试。孙枝蔚入考场却"不终幅而出",卒以年老被康熙帝赐"内阁中书舍人"衔而放归。京城本为群彦毕集之地,加之在此特殊时期,各地精英蜂拥而至,其盛壮场景可以想见。在京逗留期间,孙枝蔚与王士禛、施闰章、毛奇龄、汪楫、汪懋麟、朱彝尊、乔莱、吴雯、丘曙戒、李念慈等过从甚密,颇多唱和,但因他对征召之事始终怀愧悔之意,故此间唱和明显意绪不高。尽管其为免祸而屈服征召情非得已,但客观上毕竟有应征与试的行为,这不仅为杜濬等好友不屑,自己也久难释怀。

康熙十九年(1680)到二十五年(1686),孙枝蔚因治生所迫,以老迈之躯,奔走金陵、苏州、安徽、湖北等地,其中主要的原因是为了维持生计而入幕授徒,他曾作《自笑》以嘲己:"衰年旅食每经年,自笑家居但偶然。"② 在外漂泊,尝尽"依人"的种种不堪,体味生活的苦况,即使偶回扬州与同人聚会,也多是寥寥数人的零星小聚,鲜见往时那种大规模的、活跃高扬的集会。其低吟浅唱亦时时流露萧瑟暮气,先前的激切豪壮之情已一去不返。眼看着身边的友人一个个殒逝,昔日的繁盛已成过眼烟云,回首旧事,更增凄凉。

---

① 魏禧:《重建平山堂记》,《魏叔子文集外篇》卷十六,清宁都三魏全集本,第373页。
② 孙枝蔚:《自笑》,《溉堂后集》卷六,第1495页。

康熙二十六年（1687），68岁的孙枝蔚寿终，以他为联结纽带的扬州文人雅集活动虽然黯然画上了句号，但它成为扬州日后盛极一时的诗酒文会的先声。

第二节 清初扬州文人雅集的参与者

孙枝蔚一生交游广泛，其交游网络大致见于汪懋麟《征君孙豹人先生行状》中，王猷定、雷士俊、王岩、杜濬、李楷、王士禛、梁木天、李念慈、任玑、孙默、吴嘉纪、郝士仪、汪楫、王又旦等皆名列其中。以上胪列人物尽管身份繁杂、行事各异，但思想政治倾向在这一特定的政治敏感的时代具有标签性的作用，足以将各类人群区别开来。故以之为准绳，我们试将以孙枝蔚及其交游圈为核心的扬州文人雅集成员分为遗民志士、清朝官员及其他文人三类。为免重复，前文"清初扬州诗群的构成"部分涉及的对象生平行事在此略去，择其"雅集唱和"事迹扼要述之。

一 遗民志士
（一）扬州本土遗民

邓汉仪：被迫参加康熙十八年（1679）博学宏词试，不第，以老赐内阁中书舍人衔，此段行事完全与孙枝蔚同，因他们毕竟有应征与试的行为，故卓尔堪的《遗民诗》未录此二人。公允而论，他们当为遗民。考邓、孙交游唱和，据夏荃《退庵笔记》载，孙枝蔚自顺治五年（1648）至康熙十九年（1680）三十余年屡游泰州，同时如杜濬诸同学或一至再至，皆不如孙之数且久也。顺治十五年（1658），孙枝蔚游泰州，州守田雪龛、郡丞赵乾符、广文钱山铭皆推重之，一时如邓汉仪、黄云、易田授、周雪山诸公相与更唱迭和，诗酒淋漓，殆无虚日，越岁始归，故兹游称极盛。①"交情到汝真"即见孙枝蔚对邓汉仪的诚挚，在清初战乱未息、人心惊悸的特殊敏感时代，他们诗酒自娱，相濡以沫："海邦灯事少，绛帐景难虚。雪散笙歌夜，交深战伐馀。高怀怜节物，雅会重诗书。易醉惟

---

① 夏荃：《退庵笔记》卷五，清钞本，第50页。

游子，还言夜禁疏。"① 于淡泊中流露出萧瑟之气。康熙十年（1671）端阳前一日，孙枝蔚、邓汉仪、汪楫、魏禧、王岩、计东、程邃凡13人，皆天下骏雄魁杰，毕集于巖颢亭都谏在扬州的寓斋，诗酒雅集，计东作《广陵五日谏集作》纪之，其中一章赠邓汉仪，有"开口骂鼠子，衡鉴澄群伦。至今逸老堂，风流识天真"② 之句，见其疾恶如仇、拨正清流之态。康熙十六年（1677），平山堂落成，邓汉仪与时贤共19人雅集相庆，嗣后仲秋与汪懋麟、汪耀麟、孙枝蔚、黄云、孙默、王宾、范汝受、宗鹤问、华龙眉等泛舟平山堂，登真赏楼，展拜欧公位，饮酒赋诗，尽享诗酒之欢。

黄云：与孙枝蔚在泰、扬两地多次唱和，间论畴昔，语多寂寥，如康熙十三年（1674），二人同纪映钟、范国禄、佘来仪社集，于杯盏间难掩悲抑之情，孙枝蔚诗曰："羽檄连朝苦不停，座中相对倍忘形。华筵难向愁时见，佳句何妨醉里听。词客风波同宦海，老年兄弟似晨星。近来意气三韩盛，我亦辽东旧管宁。"③ 国家烽火连绵，文祸迭起纷涌，士人噤若寒蝉，故旧相继凋谢，身历此世，即使逢雀跃集会，文士内心也很难荡漾高涨，其生机被黑暗世道摧折而暗寂。孙枝蔚如此，黄云更是如此，杜濬有诗《樵青歌为黄仙裳作》，真切地展现了黄云的遗民心结，诗曰："黄生计画无复之，门前便是青山路。昆吾宝剑千金值，改铸腰镰应有数。黄生终日无踪迹，上山清晨下山暮。有时昏黑犹在山，痛哭身当猛虎步。不知为樵定何意，黄生安肯言其故。但闻有一海宁樵，时时偷访钟山树。"④ 此诗蕴事，盖故明亡后，黄云怀复明大业，暗中接应郑成功水军，惜大势已定，乾坤难转，恢复无望，唯隐于山林啸哮空谷以淡化心中幻灭感。

吴嘉纪：其多年的扬州交游活动中孙枝蔚的身影随处可见，二人有共同的交游圈，许多交游活动也是一同参加的。顺治末年（1661），吴嘉纪

---

① 孙枝蔚：《十四夜雪后同邓孝威、黄仙裳饮钱山铭广文署斋观灯》，《溉堂前集》卷四，第238页。

② 计东：《广陵五日谏集作》，《改亭诗集》卷一，《续修四库全书》集部第1408册，第17页。

③ 孙枝蔚：《秋夜社集张与参宅，同纪檗子、黄仙裳、范汝受、佘来仪》，《溉堂续集》卷五，第834页。

④ 杜濬：《樵青歌为黄仙裳作》，《变雅堂遗集》诗集卷二，《续修四库全书》集部第72册，第120页。

经汪楫介绍结识了周亮工,并受其资助刊刻了《陋轩诗集》,周亮工向王士禛引荐吴嘉纪,使其从泰州到广陵,从"名不出百里"到"誉满海内",为其日后立足扬州文化圈奠定了坚实的基础。从此吴嘉纪频繁游扬州,与四方之士应酬唱和,其间结识的文人雅士不胜枚举:王士禛长兄王士禄、汪耀麟和汪懋麟兄弟、汪士裕、汪扶晨、周亮工长子周在浚、方文、吴仁趾、汪濋、林古度、程飞涛和程临沧兄弟、王又旦、吴介兹、施闰章、汤岩夫等,诸文士诗酒唱和、论诗、题画、登临、寄思,扬州成为"诗意的栖息地"。王士禛笑谓人曰:"一个冰冷的吴野人被吾辈弄作火热",真有"东风今日至,老态一翻新"之状。尽管吴嘉纪声名日广,篇什渐繁,然"寒瘦"本色依旧,如作于康熙五年(1666)的《桤园诗四首,赠周雪客》,其四云:"纪也非断蓬,家在东海滨。门外即流水,狂歌把钓缗。妻儿饥驱我,青鞵入红尘。一生何疏散,垂白翻苦辛。旷哉园中池,水石清粼粼。风景岂不佳,回首忽怆神。美人峰顶月,何须照老身?"①良辰美景,翻自伤怜,"一片萧条意",屈大均感于此而叹曰:"东淘诗太苦,总作断肠声。"

郝士仪:亦贾亦文,对孙枝蔚、吴嘉纪生活上多有资助,与孙枝蔚、吴嘉纪、汪楫、汪懋麟交厚而唱和频繁,尽日流连,在雅集活动中诸文友为其《振衣千仞图》题诗,汪懋麟题曰:"虬须开张闪岩电,此意直与苍冥傲。"② 深得郝氏苍劲傲岸之神髓。

(二)流寓或频来扬州的遗民

程邃:流寓扬州,与孙枝蔚、孙默、杜濬、宗元鼎、邓汉仪诸人过从甚密,登览名胜,纵情诗酒。顺治十八年(1661),周亮工冤狱白,出狱过邗上,孙枝蔚即与程邃探视,不胜嗟咨:"不尽论文兴,相看惜鬓华。丹青虽小技,劫火亦堪悲。游艺多高士,怜才到画师。杜陵仍作客,曹霸可无诗。莫惜文章力,永令真迹垂。"③ 朋辈相知相勉,慰藉心魂。

杜濬:清初才名远播,惊艳江淮,士大夫以不识其面为耻:"往年访友扬州城,州人喧呼看岁星。如云冠盖趋门庭,先生酣眠醉不醒。"④因

---

① 吴嘉纪:《桤园诗四首,赠周雪客》(其四),《吴嘉纪诗笺校》卷十五,第111页。
② 汪懋麟:《题郝山渔振衣千仞冈图》,《百尺梧桐阁集》卷十三,第624页。
③ 孙枝蔚:《同程穆倩访周元亮司农留饮寓园观菊兼示所藏书册》,《溉堂前集》卷五,第269页。
④ 潘耒:《赠杜于皇》,《遂初堂集》诗集卷二,清康熙刻本,第14页。

"不肯趋时贤"之"倔癖",时人目之为"楚狂"。但他与志同道合之朋侪情意投契,泛舟红桥,唱和宴游,聚首频繁。与孙枝蔚交垂30年,每忆及"树堂中之讲摩""寺园竹下之唱和",不胜"道义相勉""颠沛相扶"之感喟。

方文:清初名士,以诗著称,诗坛盟主钱谦益素悉方文"能诗称国手",及偶读其《嵞山集》,大为惊异:"光怪惊户牖"、"波澜独老成",极为叹赏。方文严于是非,尤重大节,是坚定的遗民志士,年年于明亡忌日——农历三月十九日作诗泣奠,愤慨悲哀之情绵绵不绝。为人率直,曹尔堪称其"烂漫天真",王士禛亦说他"潇洒有天趣"。其嬉笑怒骂、睥睨世人之无忌情态,在清初文网严酷、士人惊悸而失语的时代,确属不易,乃人之所以为人之郁勃真气的流露,当然这真性情不免招致忌恨和祸端。最为典型者,属与陈名夏的过往。清初,已经降清并频频荐举江南复社文士出仕的陈名夏得假归里,乞方文定其诗,执礼甚恭。方文"反复读之曰:'甚善,但须改三字,即必传无疑耳。'陈以为隐也,曰:'宁止是,顾三字者何?'嵞山厉声曰:'但须改陈名夏三字。'时座客满,举错愕不能出声。陈亦厉声曰:'尔谓我不能杀尔耶!'适代巡来谒,陈拂衣去。客咸咎嵞山,嵞山笑曰:'我自办头来耳,公等何忧。'顷之,陈复入,执嵞山手,涕流被面,曰:'子责我良是,独不能谅我乎?'竟相好如初。"① 方文直言不讳责难陈名夏屈膝称臣,幸陈亦一代名公,被辱而终不失度量,两人"仕隐虽殊途,握手伤怀抱",以相互的理解、体谅而化干戈为玉帛,若遇他人,方文或大祸临头也未可知。方文与孙枝蔚脾性相同,均耿介不阿,二人情若同袍,方文称孙枝蔚:"况秉幽贞能出世,为求同气最亲吾",二人聚则朝夕过从,别来魂魄相思,情意甚笃。方文屡游维扬访友,与孙枝蔚扬州核心交游圈中的吴嘉纪、汪懋麟、汪耀麟、汪楫、孙默、郝羽吉等十分熟稔,众人频频诗酒酬酢,"竟日淹留醉不辞",红桥、平山堂等扬州胜迹无不抹上风雅之色。方文聚众讲杜诗,举座倾倒。孙枝蔚在《京口遇方尔止》中追忆道:"君鬓虽白气犹壮,楼上吟诗楼下惊。"如此诗会,令孙枝蔚念念不忘:"竹西入夜骄歌舞,肯信

---

① 朱书:《方嵞山先生传》所引吴人汪撰,方文《嵞山集》卷六。

诗名万古留。"①

孙默：顺治十八年（1661），孙默寓居广陵十余年，有日忽称欲归隐黄山，于是别海内诸同学，遍索赠言，所得不下千余篇，孙枝蔚、杜濬、汪懋麟、方文、施闰章、宋琬均有赠诗，然终不归，人有讥其无实者。究其缘由，孙枝蔚心情很复杂地说："予终无以测无言也。"宋琬在《送孙无言归黄山序》中透露道："（孙默）答云：'广陵盛才多，词人墨客肩相摩。倚棹徘徊未忍去，离群踽踽愁如何。'"孙默此语不免牵强，不过于"好交游、重文辞"的他而言，"入寂寞之乡，离群而索处"的生活确难忍受，此亦从一侧面可见广陵诗苑之盛茂。

龚贤：性孤僻，与人落落寡合，唯与方文、汤岩夫、孙枝蔚诸遗老过从甚密。孙枝蔚在《春日怀友》中深情忆念："高兴谁如龚处士，寻常相见定开樽。清昤小史才离座，白发禅僧又到门。"良朋相聚，情甚相洽："坐久情无限，良宵恐易晨。"②

许承钦：明清易代后绝意仕进，淡泊自守，寄托于诗酒，任诞曼歌。与孙枝蔚、孙默多交游唱和。

二 清朝官员

（一）扬州本土官员

吴绮：康熙五年（1666）二月，孙枝蔚游润州，小寒食，吴绮赴任湖州知府，孙枝蔚同方文、谈允谦、吴麐陪其登北固山多景楼，游竹林寺，搜访古迹，徘徊不忍别去："欢场易分手，车马重流连。"③是年夏，吴绮滞留广陵，招集诸子雨中泛舟平山下，兴酣意惬："韦曲家遥诗兴在，欧阳官好酒人怜。"④康熙十七年（1678），吴绮罢官后重过广陵，与孙枝蔚聚首，虑及自身仕途困顿而不胜唏嘘，孙枝蔚劝慰友人曰："天公愦愦亦何为？但能夺人温与饱，不能夺我文章印。"⑤坚定其以诗文自守

---

① 孙枝蔚：《同尔止饮仔园宜楼下，值龙眉、叔定、蛟门继至，诸子因请尔止说杜诗，赋得听诗静夜分》，《溉堂前集》卷八，第382页。
② 孙枝蔚：《中秋夜同龚半千邀饮梅杓司》，《溉堂前集》卷五，第259页。
③ 孙枝蔚：《陪湖州守吴园次游竹林寺，归饮鹤林寺，同谈长益、方尔止、吴仁趾》，《溉堂续集》卷一，第553页。
④ 孙枝蔚：《湖州守吴园次招同诸子雨中泛舟平山下》，《溉堂续集》卷一，第559页。
⑤ 孙枝蔚：《吴园次罢官后重过江都，值予将北上，为作此歌》，《溉堂续集》卷六，第910页。

之信心。

汪懋麟：在清初诗坛名噪四方，王士禛称其"诗才隽异"，王又旦吟叹"广陵汪五最俶傥，风流名满天南陲"，是孙枝蔚广陵交游圈核心成员，二人比邻而居，意气相投，诗酒雅集中常比肩相随。汪家有爱园，生机盎然，美不胜收："石移洞庭山，花盛洛阳春"，园后有见山楼，清幽古朴："高台云外迥，杖履好追攀。香细琴书静，窗虚鸟雀闲。城头看落日，树杪见青山。只此常栖息，何须五岳还。"① 汪氏甚爱之，频频招集广陵同人宴集其中，"宾客寻常满四筵，暑中曾废午时眠"，其阵容可谓煊赫："列座尽俊英，照耀东南墟。高言罗群葩，寒序成敷愉。"② 主宾把酒言欢，赋诗歌舞，快意自适："欢然共斟酌，不知宾与主。既醉还复歌，歌罢行且舞。人生重行乐，胡为常辛苦。卓哉兰亭贤，高文足千古。"③

汪楫：与吴嘉纪为莫逆交，孙枝蔚因吴而与汪定交，时汪年不及三十，三人共赏析论文，孙枝蔚有诗纪之："交既久，舟次每一篇成，予与野人未尝不惮。笔锋铦利，如干将莫邪新出于冶，光铓不可逼视；近且变其利者为钝，则益不可测识矣。"④ 此可与施闰章之说相表里："（舟次）间有所作，惟与孙焦获、吴野人辈相可否，譬有美玉治之以良工，磨之以岁月，求其光气，掩覆不可得也。"⑤ 孙枝蔚《溉堂集》中亦多汪楫评点语，文人才子间如此契合互赏者，不多见也，难怪孙枝蔚说："知己有如此，天下最风流"，自得之情溢于言表。康熙四年（1665）六月，桐城方文游扬州，同孙枝蔚饮汪楫斋中，汪士裕、懋麟继至，唱和累日，诸友暑天集会几无虚日，泛舟消夏，饮酒论文，限韵赋诗，极一时之盛。

季振宜：康熙六年（1667），孙枝蔚游泰兴，季振宜及其从弟季希韩日相招携，昼则"并辔出高门"，夜则"谈深酒屡寒"，过从甚密，情意深浓。

---

① 汪懋麟：《移居爱园》（其二），《百尺梧桐阁集》卷二，第510页。
② 曹溶：《谯汪蛟门宅》，《静惕堂诗集》卷八，清雍正刻本，第52页。
③ 汪懋麟：《上巳杜于皇、吴宾贤、孙豹人、黄雨相、华龙眉、王仔园、顾思澹、夏次功、鲁紫潀、家秋涧、左岩、叔定、舟次诸兄集见山楼》，《百尺梧桐阁集》卷三，第514页。
④ 孙枝蔚：《汪舟次〈山闻集〉序》，《溉堂文集》卷一，第1043页。
⑤ 施闰章：《汪舟次诗序》，《学馀堂文集》卷五，第57页。

（二）游宦或寓居扬州的官员

王士禛：康熙元年（1662）夏，王士禛组织了赴扬以来第一次大型文学活动：修禊红桥，进行了"红桥唱和"。康熙三年（1664）初，王士禛与林古度、孙枝蔚、吴嘉纪、杜濬、张纲孙、程邃、孙默、许承宣和许承家兄弟等诸名士修禊红桥，赋《冶春诗》，一时倡和者众。孙枝蔚是王士禛意欲结交的一位布衣诗人，王士禛对《溉堂集》中的近百首诗进行了点评，甚是褒奖推许；《溉堂集》中题赠王士禛的诗也多至十余首。孙枝蔚一介布衣，对王士禛这位新贵由初识时的排斥婉拒到交谊日密、理解渐深，充分认可并叹服不已："先生忽开如许奇局，遂占尽风月，鹰扬虎视，前无古人，而所谓古人者亦且拱手相让，不止放出一头地而已。异哉！"①

王士禄：被屈事白后遂游吴越，沉埋山水以消释愁怨。康熙五年（1666），抵广陵，寓"水木清幽、竹梧淡池"的韩魏园中，与孙枝蔚、陈维崧、雷士俊、孙介夫、邓汉仪、宗元鼎等四方胜流迭至赓唱，但翰墨间志士无所用世的失遇之悲与异乡为客的羁旅之愁难以拂去："清狂我辈雅相矜，此夕为欢得未曾。竹叶淋漓催覆□，梅花寂寞喜篝灯。小姬理曲调湘瑟，醉客题诗破剡藤。不尔寒阶霜月堕，旅愁结尽玉壶冰。"② 他不虚此行，与诸友朋泛舟邗城，观荷红桥，游诸园林，出郭登高，形色欢愉，然内心并非波澜不兴，如严迪昌先生所说："大抵以湖光山色和笑傲烟霞的语调掩盖内心的波澜。"③ 将告归，置酒城北之墅，前期遍诫于交游，及期，置酒城北之墅，诸子累至，凡36人，献酬迭行。酒半，取江文通之《别赋》三十六字，人各阄之以赋诗，名曰《北归录别诗》。可见士禄交游之广，亦见广陵风雅之盛。

李念慈：于顺治十七年（1660）游广陵，《谷口山房诗集·南游续集》序曰："通籍后里居年余，念从此一行作吏，则山水友朋之缘不复得畅。庚子春遂治装出游……秋乃至广陵，居停孙豹人溉堂。时同年王阮亭

---

① 孙枝蔚：《与王贻上》，周在浚辑：《赖古堂名贤尺牍新钞》卷五，《四库禁毁书丛刊》集部第36册，北京出版社1997年版，第107页。

② 王士禄：《季冬八日邀顾庵、伯吁、豹人、孝威、散木、介夫、汝受、方鄴夜集寓园，同用灯字》，《十笏草堂诗选·上浮集》丙集，《四库全书存目丛书补编》第79册，第189页。

③ 转引自鲁文忠《虚静论》，《华中师范大学学报》1994年第4期。

为郡司理,四方词人多有至者,往还谦集,颇尽诗酒朋游之乐。酣畅屡月。"① 此次客游维扬期间,李念慈与王士禛、孙枝蔚、雷士俊、王岩、汪湛若、王天葇等频频唱和,与众人游平山堂、过露筋祠、董相祠,凭吊寄怀,时发兴亡之感。然曲终人散,终不免有今昔不在之伤感。李念慈于岁杪寄王士禛的书简中弥漫着这种悲凉的情绪:"悠悠残岁徂,客心盛愁思。经时滞江乡,自哂亦何事。广陵大道边,宾客所群萃。宴会与过从,朝暮纷填委。"②

王又旦:性纯孝友爱,博学能文,尤工于诗。与王士禛交好,并有"二王"之称,士禛为之选定《黄湄诗选》七卷。王又旦中进士后,曾于康熙二年(1663)涉江游广陵,逢十月十九日其生辰,孙枝蔚、房廷祯、吴嘉纪、郝士仪、汪楫、方文集其寓斋,庆寿、论诗至深夜,翌日共饮汪楫斋中。方文初见王又旦时,"一见遽相洽,三生或有缘"③,情愫相通。王又旦家在清初受到乱兵冲击,其姊投古井以全身,王又旦此行乞王岩表姊墓,新安汪秋涧(善书)书字,孙枝蔚、吴嘉纪、冒襄悲于此,皆赋诗以彰其节。王又旦临别之际,请戴生涵画孙枝蔚、吴嘉纪、郝士仪、汪楫及他自己的画像成《五子论文图》,携归故里。康熙四年(1665),王又旦游金陵,这次他除了会晤故旧,还结识了流寓江南的遗民诗人徐与乔、王之辅、程子介等,与诸公一同游历金陵,登雨花台,拜景公祠,游燕子矶,吊古寄怀。康熙五年(1666)暮春,王又旦将游盱江,扬州遗民诗人徐泌招集诸名士于康山送别。后来他同孙枝蔚、方文等游镇江,登金山、焦山,吊郭璞、米芾墓,然后顺江而下,游历了苏州、嘉兴等地,赋诗颇丰。

三 其他文人

除了遗民志士、清朝官员外,以孙枝蔚及其交游圈为核心的扬州诗群雅集参与者中还有一大批这样的文人:他们中的一部分人年纪相对较小,成长于新朝,对故明没有价值认同感和情感依托,与传统士子一样,将"学而优则仕"视为人生目标,汲汲于功名;还有另一批这样的文人,他

---

① 李念慈:《南游续集·序》,《谷口山房诗集》卷六,第571页。
② 李念慈:《岁暮邗上述怀兼呈王贻上司李》,《谷口山房诗集》卷六,第585页。
③ 方文:《十月十九日为邰阳王幼华初度,孙豹人、房兴公、吴宾贤、郝羽吉、汪舟次咸集其寓,予后至,因赠二诗》(其二),《嵞山续集》卷三,第1000页。

们在故明生活过一段时间，但并未在故明取得功名，入清后也不以遗民自居，对故明没有强烈的个人情感，在新朝由于夷夏之辨、绝缘政治等原因而不求仕进，过着淡泊自守、与世无争、寄情诗文的生活，即"野逸之士"。

（一）汲汲仕进者

汪耀麟：汪懋麟之兄，长懋麟三岁，遵循礼法，好学深思，昆仲齐名，人以子瞻、子由相况。二人幼时同秉庭训，其先人"教颂唐人五七言断句，上口不忘"，十五以后恣情声律，顺治末年（1661），结识甫任扬州推官的王士禛，王热忱嘉奖，又时时于通儒时贤之前齿兄弟名，声名渐扬。惜耀麟时运不济，省试屡蹶，穷愁失意，益肆志为诗。诗务典实，喜辩驳，故广博而该详有体，确守古人律度而无失毫发。《见山楼诗集》由懋麟编次甲乙，存感时览古、征事有本、文辞殊采之作厘定成集，是集"非空疏躁妄之人所能"，耀麟其人可想见矣。耀麟诗作今亡佚不存，借阮元辑《淮海英灵集》数首可略知其雅集情形，有"坦率只觉心忘形，谑浪难辞语多罅"[1] 的恣意率直，亦有"人亡梦断春池草，客少亭荒夜雨苔。富贵何时但行乐，宜辞灯火夜深回"[2] 的人琴之戚、及时行乐之沉郁心曲。

王宾：喜好风雅，常与乃师孙枝蔚及汪楫、汪耀麟、汪懋麟、汪士裕、华龙眉等人集于自己的桐舫斋中，赏春游园，论诗作文，觥筹交错。康熙四年（1665）更是达到一个高峰，是年吴嘉纪自东淘来广陵，寓居金陵的杜濬、方文先后至邗，诸文友频频雅聚，极尽欢愉。郑熙绩作诗追忆这一盛事："策拟刘蕡岂易收，竹西坛坫擅风流。人推大雅题金谷，天促修文赋玉楼。桐舫不闻新著作，草亭谁集旧朋俦。"[3] 文人雅集的简素、高雅与芜城大贾家宴酬"竞豪侈"迥异，王宾与元夕"游女烂若云，清风拂罗绮。东邻欢秉烛，西邻争挟妓"[4] 的俗世之乐格格不入："珠丝光

---

[1] 汪耀麟：《续桃花行》，阮元：《淮海英灵集》甲集卷二，《续修四库全书》集部第1682册，第28页。

[2] 汪耀麟：《陪家东川大司成与吴山仑诸君游宴屡日即事四首》（其二），阮元：《淮海英灵集》甲集卷二，第29页。

[3] 郑熙绩：《挽王仔园孝廉三律》（其二），《含英阁诗草》卷六，清康熙含英阁刻本，第58页。

[4] 王宾：《元夕步月》，阮元辑《淮海英灵集》丁集卷二，《续修四库全书》集部第1682册，第216页。

炫目，笙歌声聒耳"，满眼浮华的背后，他发出清醒、痛楚、愤怒的呐喊："谁信四郊人，逃荒饥且死。"这是一个有识者对民生的殷殷关切，在清初正直文士中具有普遍性。

季公琦：与孙枝蔚交厚，二人常聚坐堂中，指点古今，嬉笑怒骂，尽见飞扬姿态；快意片刻，复黯然神伤："频年相隔在天涯，未见堪嗟、见了堪嗟。高才犹自困泥沙，富者谁耶？贵者谁耶？三更深坐月初华，树影窗纱、人影窗纱。每愁肠窄量些些，饱死君家、醉死君家。"① 志士失路之悲、现实之生存困境齐涌心头，哀情深婉，令人动容。

许承宣：与时贤参加甲辰（1664）年红桥诗会。与广陵同人唱和时尚未中进士，但心怀求仕之心，故而将其归入积极仕进的文人类别中。

许承家：参加甲辰（1664）年红桥诗会。参与广陵同人唱和时尚未中进士，故也将其归入积极仕进的类别中。

（二）淡泊自守者

宗元鼎：有学者将之归为遗民，认为其从未在清朝做过官，但笔者以为其在晚年参加过新朝科举，未做官乃不得已，故未列入遗民行列；加之其未置场屋前确乎为一介布衣，深居简出，视名利如浮云，科考之举不过是其漫长的人生岁月中之一断点，故将之列入历经世事后的淡泊蛰伏者为宜。宗元鼎性狷介，多隐伏不出，人未易识其面，而声名特著，即使如周亮工、曹溶、邹祗谟、王士禛等名贤皆不远千里造访其庐，叹为南阳高士。在广陵诗友圈中，其影响力甚大，孔尚任有载："红桥修禊之会，欲以先生主坛，而鸿飞冥冥，久待不至。画船箫鼓，终觉少韵。"② 几有"舍其为谁"之风。虽萧然孤处，但并非枯禅腐儒，当兴之所至，亦见意绪飞扬之态："偶有观涛之举，得先生如期命棹，成千古胜事。盖如星聚云蒸，或以天有主之耶？佳作大雅元音，非泛泛游衍之作，且意到笔先，如涛飞浪涌，发群公之兴，壮当场之胆。"③ 经常与孙枝蔚、韩魏、黄云、杜濬等同道诸公登筵授简，探珠求骊，或携樽起兴，共席挥毫。

韩魏：尽管参加了清朝科举，但不做清朝官员，甘以布衣终身："江淮之间，俊人豪士从君游者皆劝之仕，君不答，惟仰面看屋梁而已。诸君

---

① 孙枝蔚：《一剪梅·饮季希韩家》，《溉堂诗馀》卷一，第976页。
② 孔尚任：《与宗定九》，《湖海集》卷十二，清康熙刻本，第137页。
③ 同上书，第142页。

子知君之不可强也，而姑与之饮酒。"① 常与二三良友如孙枝蔚、宗元鼎、汪懋麟等雅集唱和，把酒临风，听箫吟诗，徜徉于文酒之欢。

汪潜：字湛若，一字秋涧，休宁人。勇武有力，以家破，复仇未果，流寓江都，寄情笔墨，工诗画。吴嘉纪《赠汪秋涧》可视为汪潜小传："秋涧九尺躯，双腕最有力。自称草野臣，提刀能杀贼。家破仇未报，亡命走江北。黄金买红袖，将身委声色。荒淫不得死，无聊弄笔墨。褚颜与黄董，生气盈绢幅。时贤慕绝技，他乡遂谋食。怀中一寸心，到老无人识。"② 汪潜在扬州与孙枝蔚对宇，经历颇相似，故意气相投，许多雅集活动中齐见二人身影。

吴麐：因吴嘉纪的缘故，吴麐与孙枝蔚、汪楫、郝羽吉、汪虚中、方文都极为相熟，经常泛舟游览，题诗唱和，莫不尽兴。吴姓为新安望族，江都一域的吴姓大多迁自徽州，故吴麐与吴绮为本家兄弟，出于同宗之亲缘、同道之笃谊，二人唱和亦密。

第三节 清初扬州文人雅集唱酬的主题及其所展现的文人心态

明清鼎革的沧桑巨变从情感和生活上都给身处其中的文人们带来前所未有的冲击和震荡，政权的更迭使得政治成为入清以来较长一段时期内最为重要的社会因素，影响着那个时代人们的一切，也包括文人雅集。孙枝蔚奔走南北，"以诗酒自娱，遍交吴越诸名宿，笔床砚匣，倡和无虚日"③。诗名文名远播海内，这使以孙枝蔚及其交游圈为中心的文人雅集活动成为淮扬一带重要的文化现象之一，也是考察明清之际南北文人交汇融合的一个契合点。在雅集活动中，各色文人同聚一堂，怀有不同政治倾向的文人在雅集中所流露出的心态，是那个特殊敏感的时代文人精神状态的自然体现。不同的人生选择、价值取向、思想情感在文人雅集中碰撞、浸润，在不同情境的作用下，有时外在形态上呈现出普通诗酒盛宴氤氲而成的欢愉之情，有时则会激发出内心深处郁勃真气的流露。清代从康熙朝开始文网严苛，士人为免祸，运笔行文多晦涩隐曲，而在同心同道者的雅

---

① 张贞：《江都韩醉白五十寿序》，《杞田集》卷二，清康熙刻本，第26页。
② 吴嘉纪：《赠汪秋涧》，《吴嘉纪诗笺校》卷一，第28页。
③ 刘於义等修、沈青崖等纂：《（雍正）陕西通志》卷六十四，"人物十·隐逸"类。

集唱和中,这种沉重的枷锁、疑惧的防范可以相对卸载或缓和一些,文人们对故明的追思、对清廷的仇恨、对现实的不满、对诗酒声色之娱的追逐等内心情感常常于不经意间引发出来。

一 遗民志士的悲思寄怀和精神慰藉

在中国历史上,扬州是朝代更替之际的一个显著参照点。顺治乙酉年(1645)五月初芜城的沦陷,预示着南明复兴期望的失败;清兵对平民的屠杀,则逐渐被视为一个时代终结的悲剧象征。历史的断裂终成定局。王秀楚的《扬州十日记》详细记述了当时扬州城陷之后可怕的杀戮和破坏情景。那一幕幕惨象,透过一个个文字,令人惨不忍睹,触目惊心:"(满卒)数十人如驱牛羊,稍不前,即加捶挞,或即杀之。诸妇女长索系颈,累累如贯珠,一步一跌,遍身泥土,满地皆婴儿。或衬马蹄,或籍人足,肝脑涂地,泣声盈野。行过一沟一池,堆尸贮积,手足相枕,血入水碧赭,化为五色,塘为之平。"[①] 清兵杀人如麻,血流成河。惨绝人寰的大屠杀确乎会在当年的亲历者心中留下血腥的记忆,这记忆尽管会被岁月的风尘沥干,但那一抹殷红则永不会褪色。作为对故明怀有强烈的眷念情感的遗民,入清后在异族的统治下,亡国灭城的痛楚无时不吞噬着他们本已脆弱无依的心灵,痛定思痛之后,有些遗民就此沉寂,有些志士则以各种隐蔽的方式进行着挽救颓局的复明之路。清廷的统治渐趋稳固,乾坤难转,遗民们悲哀而清醒地埋葬了自己的复国之梦,更多地选择了高蹈不出、游离于清廷之外,以消极出世的态度宣泄着自己深沉的愤怒。孙枝蔚的遗民身份决定了他的周围不乏怀有共同情感的遗民,他们是孙枝蔚交游圈的中坚力量。相同的政治选择、情感依托使他们更能体会彼此的内心感受,产生强烈的情感共鸣。

在以遗民为主体的雅集中,与会气氛难免萦绕着悲凉沉痛的故国之思,雅集的内容就很难仅停留在寻常的诗酒之娱,因为他们无论是寻幽探古,还是吟诗论文,任何细小的有关故国的物什、意象、场景都极易刺激到其敏感的神经。康熙甲辰岁(1664)春,耄耋宿老林古度及其子祖远、孙枝蔚、吴嘉纪、程邃、孙默、陈维崧、陆淳古、钱退山、王麟友、蒋别士等皆聚于广陵,适逢海陵陆无文奉二尊人至,遂招诸君开筵春夜,联句

[①] 王秀楚著,曾学文点校:《扬州十日记》,广陵书社2004年版,第4页。

城南。此次大会尽是"不同产而同游","不殊调而殊土"① 的遗逸之辈,同人见古度佩一枚"陆离仿佛五铢光,笔划分明万历字"(汪楫《一钱行》)的万历钱,询之乃知是其儿时物件,以其生于万历年间而系臂上贴身珍藏。万历钱在清初无疑具有特殊的象征意义,于是成为特定的历史符号在此次诗会及会后引起了一番悲慨吞声的吟唱,其中以吴嘉纪赠林古度的《一钱行》最为知名:"先生春秋八十五,芒鞋重踏扬州土。故交但有丘堑存,白杨摧尽留枯根。昔游倏过五十载,江山宛然人代改。满地干戈杜老贫,囊底徒余一钱在。桃花李花三月天,同君扶杖上渔船。杯深颜热城市远,却展空囊碧水前。酒人一见皆垂泪,乃是先朝万历钱。"② "囊底徒余一钱在"含蓄地暗示了甲申、乙酉以来,清廷虽君临天下,而林古度仍坚定地系心于旧朝而不失其志。末二句是"诗眼",展现了举座诗客见先朝旧物而心生同感,伤往哀今以至情难自已、潸然泪下之苦况。他们的家国之情、身世之悲统统聚积到这枚象征他们生命归属的"万历钱"上,积郁的情感终于得以宣泄。沈德潜《清诗别裁集》评曰:"'桃花李花'二语,偏写得兴高,游冶相似,而结意悲伤,传出麦秀渐渐之感。一片主意全在此也。"③ 可谓深解其中三昧。

观照历史,王朝的覆亡在扬州次第敷衍着,长歌当哭的哀恸亦在诗人的楮墨间游离不绝:早于5世纪,扬州城被毁之后,鲍照作《芜城赋》以悼之;1133年扬州遭女真人洗劫,姜夔作词以寄哀情:"废池乔木,犹厌言兵";明清易代,史可法以身殉国,举城色变饮泣,哀诗如涌。斯地的山水草木无时不以它的存在昭示乙酉年的杀戮大劫,即使时隔20年后的文人雅聚之会,亡国之恨的悲音亦不绝如缕。康熙三年(1664)清明日的甲辰诗会上,王士禛招同孙枝蔚、林古度、张祖望、程邃、孙默、许承宣、许承家泛舟城西,众人酒间同赋《冶春》绝句,孙枝蔚有诗曰:"故相坟头少白杨,举杯欲饮心茫茫。人生几何经丧乱,二十年前此战场。"④ 会毕,又作《后冶春》:"不知何处秋千好,但见斑雅去复来。凄

---

① 孙枝蔚:《广陵唱和诗序》,《溉堂文集》卷一,第1036页。
② 吴嘉纪:《一钱行》,《吴嘉纪诗笺校》卷二,第41页。
③ 沈德潜选编,吴雪涛、陈旭霞点校:《清诗别裁集》卷六,河北人民出版社1997年版,第120页。
④ 孙枝蔚:《清明王阮亭招同林茂之、张祖望、程穆倩、许力臣、师六、家无言泛舟城西,酒间同赋冶春绝句二十四首》(其一),《溉堂前集》卷九,第463页。

凉却近前朝寺，寂寂梨花塚上开。"① 故相坟头，一抔黄土，唯余荒凉沁骨；前朝寺前，点点梨花，尽是孤臣血泪。清明本是传统的节气，但于遗民而言却是刺心刳目般的切肤之痛，这痛楚来自其对有关易代字眼的特殊敏感。孙枝蔚家居扬州多年，然不失秦人本色："酒后论刀槊，胸中满甲兵"②，慷慨任侠，诗中涌动着浓烈的情感、不平的意气，甲辰年的清明日在他的笔下成了故明的祭日。文人雅集多为同气相投者的集会，遗民们的情感寄托、济世之志皆在前朝，可以想见，前朝之逸事、故国之风物人情、山川草木在雅集中成为基本主题，在彼时彼地、在某些特殊情境的激发下，会牵引出遗民们刻骨铭心的锥心之痛，而导致俯首而泣的场景频现，"微醉颜热忽不怿，呼余与语泪沾臆"③。他们既是在凭吊故国，也是在哀悼自己被活生生掐灭的青春年华和人生理想。

宗杜是清初诗坛普遍的认识，扬州诗人尤为突出，他们常在集会论文、切磋诗艺时赏鉴杜诗，砥砺志节。康熙四年（1665）六月，寓居金陵的方文游历扬州，与众诗友唱和累日。其间王宾招饮，集会者有方文、孙枝蔚、汪懋麟、汪耀麟、华衮，众人因请方文说杜诗并分题唱和。方文长于注杜诗，有《批杜诗》《杜诗举隅》等著述，及其细析《游何将军山林》十首，举座解颐，群情激荡。遗民们格外推崇杜甫的原因，一是道德人格的追慕，杜诗中时时表现出的忠君爱国之情，唤起他们不仅在理性认识上、更是在生命体验上的强烈认同。二是出于乱亡时代的感情共鸣。同遭异族的入侵，身处动荡不宁的社会，同样经历了战乱、流离、穷困、人生志向的失落，遗民们和杜甫有相似的人生体验。明亡和安史之乱在他们眼里性质相似，都是由于异族的入侵，都使社会陷入了长期的动荡不安。杜甫对社会与人生苦难的写实，很容易使改朝换代之后的遗民们联想到自己当下颠沛流离、命如飘萍的人生，故屡屡在雅集唱和时讲杜诗、和杜诗、安心魂。

二 清朝官员的文酒之娱和情感认同

孙枝蔚及其交游圈诸遗民并不拒绝与清朝官员往来，其雅集经常有清

---

① 孙枝蔚：《后冶春次阮亭韵》（其一），《溉堂前集》卷九，第466页。
② 顾图河：《挽豹人征君》，《雄雉斋选集》，清康熙刻本，第22页。
③ 吴嘉纪：《赠孙八豹人》，《吴嘉纪诗笺校》卷一，第15页。

朝官员参加也不足为怪,毕竟现实生活中血缘、地缘、业缘、趣缘等社会关系的存在无法逾越,遗民们也不可能将遍布于寰宇内的官员绝对地隔绝在自己的生活之外。同理,清朝官员亦不会因自己的政治身份而斩断与遗民世界千丝万缕的联系,他们多对遗民充满好感,仰慕其古风高义,敬佩其气节才华,热衷于与之交往。如吴嘉纪本居"濒海斥卤"遥荒之地,半生不为人知。他与汪楫交善,周亮工从汪楫处偶读《陋轩诗》一帙,折服其诗才而"心怦怦动";读至苍老郁懑的"夕阳残照,于时宁几"之语,心有戚戚焉,其时自己祸患方息,心有所感而"凄心欲绝"①。王士禛知吴嘉纪始于周亮工,尚未谋面时,一夕读《陋轩诗》,"读且欢,遂为其序。明日遣急足驰二百里寄嘉纪于所居之陋轩",嘉纪感其意,"一来郡城,相见极欢"②。王士禛任扬州推官期间,几乎遍交此地遗民故老,引起江南诗坛广泛的回应和反响,他因此获得了巨大的声望,故陈康祺《郎潜纪闻》载:"渔洋先生司理扬州,文士辐辏,弦诗角酒无虚日,余韵遗风,足为风尘吏增色。"③ 吴伟业说他"昼了公事,夜接词人"。他自己也说:"余在广陵五年,多布衣交。"④ 但是从他与著名诗人吴嘉纪、方文的交往可以看出,他对遗民诗人并非一直尊敬,他对遗民诗的价值也不是极为肯定。离开扬州为京官后他对遗民群体持似有还无、若即若离,甚至敬而远之的态度。严迪昌先生甚至说:"渔洋山人的诗学学术交游或唱和酬应活动,实在是多与权术心机相辅而行的。"⑤ "鸟尽弓藏"可谓王士禛与遗民交往的功利目的实现之后的必然结果。

相对于王士禛与遗民交往的功利性,吴绮、汪懋麟、施闰章、李念慈、王又旦等官员恰恰以真诚和至性与友人诗酒唱和,相知相和。这些朝廷新贵尽管与乡野寒士、前朝遗老身份不同,"去就"有别,但在情感融合方面并无隔阂。他们彼此推心置腹,互诉衷肠,颇多默契。在清初国破家残的大背景下,个人的渺小感、生命的幻灭感是文士们普遍的沧桑心态,这种内隐的、深微的孤独感的体验不唯属于个体,更辐射到群体,形成一种不同政治倾向的文人密切交好的"心理场"。一己"小我"之情

---

① 周亮工:《吴野人陋轩诗序》,吴嘉纪《吴嘉纪诗笺校》附录四,第487页。
② 王士禛:《悔斋诗集序》,《带经堂集》卷四十,清康熙刻本,第289页。
③ 陈康祺:《郎潜纪闻》卷九,清光绪刻本,第83页。
④ 郭绍虞辑:《清诗话》,上海古籍出版社1999年版,第192页。
⑤ 严迪昌:《清诗史》,第442页。

状，折射出社稷"大我"之面目：国家初定，矛盾纷起，满汉隔绝，民生多艰，祈盼安宁以佑苍生，这是儒士们共同的心声。当然，吴绮等官员已成新朝臣子，"食君之禄，担君之忧"，既定的身份，使他们为实现人生价值而做出的选择就是行古循吏之路，期望通过自己清正廉洁的行为，但求无愧国家，无愧追求。

身为汉人而做清朝官员，其间定经历过种种曲折和难堪。一介书生孜孜苦读以求举业，无奈难敌科场黑暗而被黜落，青春年华和青云之志也许就被淹没在无尽的嗟叹尤怨中；奔走权贵之门期以游谒获得荐举，"舍身饲虎"的"自污"、不洁之感自不待言，孰料最终依旧要落魄而返；即使侥幸被用，又常因势力的分化组合而"站错了队"被重新挤出政治圈子；煎熬之后考中授官，等级与满人相比宛若霄泥、久不得升迁、终身难居要职更是常态；宦海深重、党争激烈、风波迭起，风声鹤唳，人人自危，世事洞明、人情练达而不足以保身；矻矻于经纶济世、以道自任的理想追逐，惜人微言轻，壮志难酬；官禄微薄，束手缚足，不足以自养。凡此种种精神、物质的多重困惑和挤压，可知清朝汉官政治身份的确认何其难也，其对独立与自由的渴望何其强烈。他们希望添入一抹亮色来稀释政治生命中沉重的底色，希望到文士群体中寻找同道，获得精神慰藉，在同声相应、同气相求中相濡以沫，增强面对生活的勇气；抑或议论风发，少所顾忌，袒露本真。这是清朝官员频频与遗民雅集唱和的内在动因。

风雅之乐，无外乎"合道艺之士，择山水之胜，感景光之迈，寄瑟尊之乐"①。向往风雅是诗人的天性，尤其是深苦于案牍劳形的士大夫，更是对林下之乐、诗酒集会充满热情，他们乐于进入文士们的交际圈，既能游山玩水以涤荡胸次、结交名儒以提高素养；又可以驰骋诗才、切磋诗艺，谈古论今、品鉴书画古器以享文人情趣。注意力的转移能够化解社会责任感和忧患意识无处着落、生存艰难而造成的人生困惑，他们的功名之心和躁动愤慨之气亦在山光水色、诗酒歌舞中变得平和自然，表现出简单旷达、潇洒自适的生活情态。有时在丝竹盈沸、酒酣耳热之际，他们也放浪形骸，任侠不羁，如汪懋麟、韩魏等夜饮见山楼，呈"狂奴共舞"、"激昂意态"、"枕人斜睡"之形，此为表象；深层的"吾颓也"、"欲堕

---

① 何宗美：《明末清初文人结社研究续编》，中华书局 2006 年版，第 108 页。

琵琶泪"、"故故酸人肠肺"① 诸语,无不传达出他们内心的悲慨不平之意。

清朝官员的宴集诗中展现了他们逃脱世俗羁绊、全身心追求快乐潇洒的休闲瞬间,但这瞬间过后他们还是要回归自己既定的生活轨道上去。热闹过后的落寞、繁华之后的悲凉更加深重,像汪懋麟《锦瑟词》中所感慨的:"人生欢会无多,看秋华秋草、凋零颜色。物已如斯,苦费思量。何益梧桐叶萧瑟,三更蟋蟀声凄凉。"② 潇洒和快意是有限的,他们无法逾越自己身处的时代,故难以真正释怀。

三 隐逸文人的淡泊自守和心灵皈依

孙枝蔚及其交游圈同人的文酒之乐及一场场雅集特有的超逸之气同样吸引着游离于政治权术之外淡泊自守的一类文人。他们远离政治,对世道表现出失望之余的淡漠,对内转向自我修养、独善其身,而他们选择的自我疏离于社会的方式往往是寄情诗酒,与世无争,超凡脱俗。

宗元鼎就是这样一位淡泊自守的文人。国变前他还依稀有裘马轻狂、纵情任诞之态:"欹斜帽角频频舞,狼藉花须叠叠铺。莫把狂呼轻眼觑,英雄千古在吾徒。"③ 身经山飞海立般的沧桑巨变,目睹异族的镇压、摧折,个人的呻吟和抗争都被淹没在历史的洪流中,无奈之下只好接受既定的命运,以另一种生命形态存于尘世:高蹈不出,慎独远世,以隐逸之形匿睥睨世俗、高自位置之心。诸九鼎曰:"宗子邗上名家,而才名又久著,乃其人退然如勿胜也,蔼然如与物无竞也。至其门,车骑寂然;入其室,琴几萧然;即之深深,就之冷冷;有人亦乐之,无人亦乐之;殆吾夫子所谓'人见其表,未见其里'者,其斯人乎?且广陵当大江南北之冲,其人奢靡,云栋而居,彩袿而立,宗子不一动其冲澹之素,方且隐居郭外,庐屋荷衣,莱妻霸子,逍遥自得;和不同尘,贞不绝俗,是则志敬节具,志和音雅,被中和之极则者,非斯人其谁与归?"④ 宗元鼎的生命内

---

① 汪懋麟:《喜迁莺·中郎、存永、阜樵、醉白夜饮见山楼,听素容校书度曲,即席填词,素容倚而歌之》,《锦瑟词》,第279页。
② 汪懋麟:《绮罗香·七夕前一日,爱园夜集》,《锦瑟词》,第277页。
③ 宗元鼎:《春日》,《芙蓉集》,《四库全书存目丛书》集部第238册,齐鲁书社1997年版,第357页。
④ 诸九鼎:《宗梅岑芙蓉集序》,宗元鼎《芙蓉集》,第281页。

核中凝聚着一种静穆之美，简衣粗食、陋巷疏交，不以物喜、不以己悲，体现了"中和之极"之儒家精义。

幽栖神游的士人最终总是有后顾之忧，那就是心为形役的生计问题。然仰人鼻息而求治生，屈身事人以获爵禄、求富贵，在追求隐逸精神的士人那里，遭遇的是痛苦的自我认同危机。他们最不堪的，是"乃知稻粱谋，使人无独立"的"依人"所致的伤痛；他们最看重的，是基于保全尊严基础上的自由和独立。二者必居其一，宗元鼎坚定地选择了后者："按剑终何用，吾冠亦不弹。顺理适天地，浩然得所安。安得三两人，忘机把渔竿。携手霜郊外，尽此杯中寒。"① "浊酒随吾兴，狂歌一问津。簪缨何足羡，垂钓有经纶。"② 隐于草野，隐于诗酒，无所羁缚，尽情挥洒，不啻快意人生。如许潇洒个性，世间能有几人？

宗元鼎为心境澄澹的高隐者流，这从他所署别号可见一斑：梅岑、香斋、东原居士、梅西居士、芙蓉斋、小香居士等。其《芙蓉别业偶作》自述曰："禅友自高僧，良朋定道契。栖遁寡尘思，焚香花一篩。家童春酿酒，香冽似醁醾。壁有无弦琴，名书三两笥。绳榻铺精庐，素屏石几二。凭虚清风生，诠微异理至。蹈朴内则和，养素保灵智。斋心漱幽泉，拂席读《老子》。散玩佛氏书，流览秦汉史。"③ 香烟、精庐、素屏、石几、幽泉等系列意象具有一种虚静空明、清夐绵邈的标格，物象外流动着饮风餐露、含英咀华、戒绝烟火的超旷气息，身在其中的主人定然游心尘外，飘遥仙道，孤标特立；《老子》、佛书、秦汉史，昭示了文人的生活情趣，见其崇隐慕道、沉湎诗书之形迹。《小香居夜坐》亦云："小架三间屋，佳时亦自清。竹篱春月影，花砌酒炉声。沉醉消残闷，耽吟度半生。已将头上发，霜白傲浮名。"④ 居室清幽，心境安宁，物我谐和；然当"残闷"难遣之际醉酒赋诗，将一己之遇发为吟咏，心口相应，中有韶光不再而志节难酬的抱璞之悲。宗元鼎尤心仪陶渊明，以"同是风流晋代民"自标，陶渊明尚有"陶潜酷似卧龙豪，万古浔阳松菊高。莫信诗人竟平澹，二分梁甫一分骚"（龚自珍《舟中读陶诗》）之评，遑论宗元

---

① 宗元鼎：《重阳前一日雨中独酌》，《芙蓉集》，第306页。
② 宗元鼎：《春日漫作》，《芙蓉集》，第343页。
③ 宗元鼎：《芙蓉别业偶作》，《芙蓉集》，第305—306页。
④ 宗元鼎：《小香居夜坐》，《芙蓉集》，第348页。

鼎？类似"岂若随境安，冲霄任闲鹤"①的骚怨之词、不平意绪，屡屡荡漾在樽前盏间，随着清醴浊醪而泛滥胸中，给宗元鼎的人生涂就了寥落寂然的基色。可见其隐逸乃生不逢时之遁，其缄口不言乃识者的自我禁锢。

宗元鼎天性恬淡，甚而到了一种"怪癖"的地步："性不喜烦，与人对终日即病，饮酌数日亦然；或值势利毁誉之场，便如溽暑置身赤日下。乡居未尝至柴门外，客至或入郡始一到门，不则数月兀坐草堂而已。"② 足不出户而声名远播，难怪人争识其面。"交满天下，韦布搢绅久要如一，虽孝廉之船时觅，郡教马车走送花间，而视之泊如。"③ "泊如"是对泛泛之交而言，对于周亮工、龚鼎孳、吴绮、汪楫、孙枝蔚、黄云、黄雨相、韩魏等同调，则倾心相对，相与偃息林泉，追逐云月，弦诗斗酒，光华相映，优游自如。境由心生，受其恬淡心性的影响，宗元鼎的雅集唱和诗多皴染了淡雅萧闲的底色，如顺治六年（1649），宗元鼎同许承宣、许承家昆弟，杜思旷，徐闻宰等围炉夜话，限韵赋诗，宗元鼎题诗曰："芬馨良夜颂盘椒，酒泻金鲸似暮潮。座上王孙披鹤氅，筵前粉黛舞龙绡。红梅小阁香云暗，珠箔轻灯彩树飘。此地仅教魂魄散，哪堪桥畔听吹箫。"④ 诗用白描手法，勾勒出一幅歌舞升平之世相图，然末二句的"诗眼"蕴含深婉，故国遗音宛在耳际，让人情何以堪？淡雅中含萧瑟之气，深刻有力，叫人警醒。

四　文人的山水之娱

出则同山水咏观之乐，入则共园林琴酒之欢，这是文人雅集的基本表现形态，故山水园林历来是文人士子钟情的雅集唱和场所与对象，无数优秀诗作因此生成流传，如闵华所感喟的："大抵好诗在林壑，可怜名士满江湖。"⑤ 从东晋王羲之、谢安等江南名士43人聚会兰亭，曲水流觞，咏诗成《兰亭集》的盛况，到唐宋白居易、苏轼等大家耽于山水而诗情喷薄留下千古佳文，以至元时倾动朝野的顾瑛"玉山雅集"，这种徜徉咏唱

---

① 宗元鼎：《庚子除夜》，《芙蓉集》，第308页。
② 钱林：《文献征存录》卷十，清咸丰刻本，第454页。
③ 朱鹤龄：《宗定九全集序》，《愚菴小集》卷八，清文渊阁《四库全书》本，第83页。
④ 宗元鼎：《残冬夜集同许力臣、杜思旷、徐闻宰、许师六限韵二首》（其二），《芙蓉集》，第368页。
⑤ 闵华：《题梅沜所辑广陵唱和录后》，《澄秋阁集·一集》卷一，清乾隆刻本，第1页。

于山水园林的风气，历代相袭，经久不衰。清初以孙枝蔚及其交游圈为中心的扬州诗人，以放浪不羁的姿态置身于山水园林，在扬州及周边地域挥洒诗情，化为诗章，正所谓"野性难拘束"，"放歌天地阔"。

维扬居江淮间，号为东南一大都会，而北郊红桥、平山堂、迷楼诸名胜，久为宇内称道。深植于物化形态上的人文形态以及与其相应的活跃的文化创造、浓厚的文化氛围、成熟的文化心理的共同作用，使这个城市散发出非凡的魅力，"日日水边多胜事，家家楼上有诗人"①。荟萃英才的文人诗酒之会，以其独特的存在方式，成为其中一抹亮丽的风景。

红桥，是清初扬州北郊二十四景之第一景观，围以红栏而得名，始建于明崇祯年间，跨保障湖（今瘦西湖）水口。朱栏跨岸，绿杨遍堤，风光旖旎，明季即称胜地。加之桥岸酒肆林立，是闲适娱乐之佳处，桨声歌吹、灯光船影日夜不息，充满了浓郁的俗世气息，故亦是贤士大夫文酒高会、吟诗作画之地。宗元鼎诗曰："广陵最好题诗处，红板长桥卖酒家。"（《题红桥酒家》）于是有了康熙三年（1664）春甲辰诗会上王士禛率先咏唱的"红桥飞跨水当中，一字阑干九曲红。日午画船桥下过，衣香人影太匆匆"、"东家蝴蝶作团飞，西家流莺声不稀。白苎新裁如雪色，潜来花下试春衣"②诸句，形声以谐，动静相应，春光明媚，生气盎然，红桥的姿态、色彩及游赏之盛景尽现眼底。康熙四年（1665），方文游扬州，与诸同学泛舟红桥，值河水上涨，潋滟湖光忽飙飓激荡，菱红藕肥的风物平添一种豪壮之气，诗人心怀逸兴，壮思飞扬："须臾打桨过红桥，浦溆平分十里潮。杨柳菰蒲皆浸没，藕花莲叶未飘摇。暂憩重阴法海寺，无数兰桡先后至。朱帘乍卷见青娥，赤日当空下秋翠。"③写境雅丽清新，格调轻快活泼，以意驱使，非泛泛的模山范水之作。又如汪懋麟相邀众友出行，沿途水域一派明媚风光："官湖绿涨明镜明，疏柳著波花鸭迎。靴纹澹拖四天净，积雨如漏烟初晴。旧日莲塘一万亩，荷花荷叶枝交横。"④风物绮丽，节奏明快，有幽秀温丽之美。

---

① 方文：《六月十七夜社集王仔园斋头，赋得听诗夜静分》，《嵞山续集》卷四，第1082页。

② 王士禛：《冶春绝句二十首》，《带经堂集》卷十五，清康熙刻本，第95页。

③ 方文：《汪左岩招同孙豹人、汪秋涧及令兄舟次、叔定、季角泛舟红桥作》，《嵞山续集》卷二，第957页。

④ 汪懋麟：《六月七日泛舟登平山堂作歌，同宗鹤问、孙无言、豹人、穆倩、孝威、仙裳、汝受、陶季、仔园、龙眉、家兄叔定》，《百尺梧桐阁集》卷十五，第641页。

平山堂在蜀冈中峰法净寺内，为淮东第一胜境，为宋朝欧阳公所建，时公守扬州，构厅事于寺之坤隅，江南诸山拱揖槛前，若可攀跻，名曰"平山堂"，有一目千里之势，汪懋麟即说："扬州六朝繁丽之地，旧迹百无一存，惟平山一抔土为欧阳公游宴之所，堂五楹，高踞蜀冈之巅，古木荟郁，六月不暑，俯视江南，诸山拱列檐下，一郡之巨观也。"① 登临此堂，临风振衣，令人心胸洞天，大有羽然仙去之感；深孚人文之望，更叫人思极千古，心骛八荒，故过其地者，莫不仰止遗风，流连歌咏而不能已："名贤倍于邺苑，盛世迈于梁园者矣"②，足见其盛况。范国禄题咏曰："远冈更递晴景来，楼阁翚飞互相映。置身其上天亦低，川原畀画爽列眉。城郭人烟俯一发，江山文物争陆离。鸡台萤苑久已圮，芍药辛夷抱芳死。寂寞隋唐几辈人，廿四桥边呼不起。"③ 抚今追昔，俯仰之间，明暗交替，透过凝滞的历史帷幕，笔墨重心落脚到荒败的扬州之"今"上，寄寓了诗人深深的盛景不再、难以为继的历史怅惘感，真可谓"江山本是无情物，写到荒残亦可怜"（方文《题半山道人画册》）。

观音阁位于蜀冈东峰，为迷楼故址，隋炀帝于扬州建宫室，役夫数万，经年而成，其中楼阁重复，玉栏朱楯，幽房曲室，互相连属。炀帝喜顾左右曰："使真仙游其中，亦当自迷"，故以"迷楼"称之。隋亡，楼亦毁。至清，荒芜败落，覆盖了浓重的凄清色彩。文人登临斯地，感发吊古伤今之悲，如方文所吟咏："芜城西北有高丘，当日繁华逐水流。月下游魂来炀帝，塚边衰草失迷楼。山川只是僧长在，风雨何曾客不愁。恰喜新晴逢令节，凭阑一望思悠悠。"④ 康熙初年，此诗表达的"逝者如斯"、"人生几何"的感伤意绪并非另类，当是士人普遍具有的一种群体性体验。

---

① 汪懋麟：《柬王阮亭先生》，周在浚辑《赖古堂名贤尺牍二选藏弆集》卷十四，《四库禁毁书丛刊》集部第 36 册，第 455 页。
② 吴绮：《古重九平山堂谯集诗序》，《林蕙堂全集》，《文渊阁四库全书》集部第 1314 册，第 255 页。
③ 范国禄：《汪舍人懋麟招同程邃、孙枝蔚、邓汉仪、宗元鼎、陶澂、王宾、华衮泛舟登平山堂》，阮元辑《淮海英灵集》丙集卷三，第 161 页。
④ 方文：《扬州九日同王贻上司理登蜀冈观音阁》，《嵞山续集》卷四，第 1059 页。

第四章 孙枝蔚的游幕生涯及其诗歌创作

第一节 孙枝蔚的游幕生涯

作为遗民，孙枝蔚强项不屈，怀有强烈的故国旧君之思，作于顺治十六年（1659）的《遇张容庵话旧》云：

> 于心有何恨，酒罢涕横流。匣里双龙在，人间猛虎愁。十年能忍辱，一日未忘仇。报复虽人子，渊水更远谋。①

在中国古代社会，政治模式的家国同构，人们习惯于把一国之君的皇帝视为一家之主的"君父"，"朕即国家"，君主实际上被象征化为民族、国家主权和尊严的化身，爱国便往往通过忠君的行动来体现。忠君即是爱国，政治原则和道德规范合二为一。孙枝蔚一介儒生，对故明的道德责任在明亡后十余年仍未销蚀，他径称清廷为"猛虎"，并谓"一日未忘仇"，反清意识可谓浓烈。可是毕竟清朝定鼎、江山稳固已成定局，仇清复明终是渺茫之幻境，他只能无奈又心存不甘地说要"更远谋"。在这首遇故旧而倾吐故国心曲的背后，透露出这样的信息：前朝遗老、贤士，不管多么清高、孤傲、睥睨现世，伴随着江山易主和新朝的逐渐稳定、强大，遗老们那种采薇挖蕨的"隐居"的态度和处事方式已经不合时宜。因为隐逸尘世、不食周粟的生活并不能持久，十数年坐吃山空的遗民生活之后，前所未有的困境横亘目前。孙枝蔚日渐面临艰难而空前的生存压力，他"原不重千金"，但行无余裕，总不能坐以待毙，故"平生怀一饭"成为

---

① 孙枝蔚：《遇张容庵话旧》，《溉堂前集》卷五，第250页。

最实际、最卑微的生活理想了，在此处境下，他不得不"出山"自救，而自救之途，在当时来看，有诸种选择：可力田为生，这是"耕读传家"的古老传统，但耕田之事，像王夫之说的"销磨岁月精力于农圃箪豆之中"①，他也曾言"学稼诚小人"，作为读书才士亲手挥锄把犁显然是他很难接受的现实；可以博取新朝功名，但入仕与他的主观选择而言绝无可能，况且新仕之路并非对所有的隐士都畅通无阻，照样有重重危机和残酷的竞争；可再行贾业，贩盐牟利，但现实的窘迫已不具备东山再起的原始资本，更为深层的原因，是从事商贾货值者一以贯之地被列为"四民之末"，为"贱工"，已被清初儒士普遍地出于对自贬身价、混淆流品的恐慌而摒弃，孙枝蔚很难再重蹈覆辙；可周游诸朋，求取援助，但没有人会永恒地提供帮助，何况他的交游圈子里也多是境遇相似的遗野之辈。故此，对他而言，谋生之计就只剩下游幕一途了。比照王于一、余怀、杜濬等故交友朋的游幕之行，入幕既可解决生计问题，又可保持儒士的"文化"身份，相对而言，不失为一种理想的隐居途径，故孙枝蔚开始了他的游幕生涯。魏禧在《溉堂续集序》中有感于孙枝蔚的幕客角色而发悲悯之言："豹人年五十，浮客扬州，若妻妾子女奴婢之待主人开口而食者，且三百指。世既不重文字，身又不能力耕田以自养，长年刺促乞食于江湖。"②"乞食"即游幕，此名称本身带有经济窘困所导致的士的意气的斫丧，将士人的生活蒙上了真切的人间苦味。

一　游延令唐含拙幕

顺治十六年（1659），孙枝蔚入江苏延令（即泰兴）知县唐含拙幕。延令虽"客稀至"，居偏僻一隅，但"花树密遮路，春潮流到门"，是植被丰茂的泽国之地，加之"弦歌轻铁骑，意气重金樽"③，时可与此地文士季希韩、季南宫及幕主唐含拙等诗酒唱和，想来生活是比较惬意的。唐含拙不仅"文词主不骄"、"风流何娓娓"，"公余行古道"而喜好风雅；且"北地推才子，为邦果有余"，有经邦济世之才；为官讲道，"壤僻还邻瀣，官贫只煮鱼"④，属体恤民情的循吏，孙枝蔚对他是多有称赏的。

---

① 王夫之：《俟解》，《船山全书》第十二册，岳麓书社1996年版，第484页。
② 魏禧：《溉堂续集序》，孙枝蔚《溉堂续集》，第480—481页。
③ 孙枝蔚：《唐含拙明府携具见过寺寓》（其二），《溉堂前集》卷五，第250页。
④ 孙枝蔚：《赠延令明府唐含拙》，《溉堂前集》卷五，第247页。

孙枝蔚在幕中的职责，是"论《诗》兼说《史》"的授读之职。入幕让他获得生活之资，又成就文事，理应来说，这是顺遂心意之事。可这终究是不能身历其境者的想象。真实的情形又是怎样呢？孙枝蔚在《延令书怀二十二韵》中道出了个中辛酸："违心沾酒肉"、"当愁故作欢"，毕竟是寄人篱下，依人乞食，故要掩饰真性情而举酒碰杯，强颜欢笑；日日单一、枯燥的授读生活让他"舌敝复唇干"，乏味无聊至极；"久客敝衣冠"，幕宾的束脩之资亦微薄不丰，经济上的回馈是很有限的，俯仰不足以养妻子，所以他发出了"延令路更难"的哀叹。耐人寻味的是，他还发出了这样的悲音："地主何其贵？冬天始觉寒"，"小子哀穷叟，狂夫藐达官。祢衡徒取厌，杜甫竟长叹。作者千秋事，伤心后代看"①。细绎其中三昧，可知孙枝蔚前述对幕主的称颂之词是言不由衷的，是双方交往中应酬心态的外在呈现；而在孤处自审的时候，他完全不用再戴着沉重的面具来束缚自己，这才是其内心最真实的想法。他在幕中是很压抑的，尽管有如祢衡、杜甫般的才干，但主人并不看重，更不倚重，或许还因其放狂的个性而生嫌恶；日常"红灯半华屋，翠袖出雕栏，往往风流甚"的陪侍欢宴生活也让他陷入空虚苦闷中，志向一天天消磨的恐慌时时涌上心头，"白发添明镜，雄心愧宝刀"，内心波涛涌动。道不合，则不相与之谋，萌生去意，但"欲起还成止"，一想到"妻儿失饱餐"，就无法决然离去了，"去留皆拙计，惟有泪沾衣"，种种纠结、万般无奈只能以"妻儿真累己，不得赴江皋"② 告结。

二 游句容县幕

康熙三年（1664），孙枝蔚入江苏句容县令之幕。句容在镇江西南部，距扬州不算太远。关于句容幕中情况，可从孙枝蔚寄长子燕的尺牍中略知一二：

> 尔父到句容，句容令非知尔父者，肥肉大酒相要而已。且喜寓中无一事，行腊梅、天竺树下，日吟诗数首，半年之逋，以十日了之，

---

① 孙枝蔚：《延令书怀二十二韵》，《溉堂前集》卷六，第304页。
② 孙枝蔚：《避地》，《溉堂前集》卷四，第243页。

案头秃颖遂多。吟咏之暇,便复抄书。①

主宾虽不是同道中人,倒也无妨孙氏吟诵抄书,自得其乐,生活也还清闲如意,而这也正是诗人失意意绪的隐曲表露:"天下英雄今老矣,却向侯门趿珠履",自己虽有满腹经纶,却要仰仗别人过活;被征聘起用,却是人微言轻,无足轻重,沦为边缘化的尴尬角色。同为"客","幕客"、"清客"是有分别的,或许即鲁迅所谓的"帮忙"与"帮闲":前者通常为幕中得力的必不可少之人,而后者则可有可无,甚至可能是多余之人(当然"帮忙"者也不妨"帮闲"),这种被忽略、被"隐形"的生存处境委实让人难堪。

如此"垂老兼行道路难"、"白首奔驰苦未休","经年乞食走尘埃,萧索形神暮景催",充满牢骚嗟怨,却还要栖栖奔逐不止,说到底还是因为谋食乏术:国变后"求死不得求贫得,转因男女生忧煎。奔走风尘怀抱苦,谁能早给买山钱。呜呼一歌兮歌主客,肥肉大酒竟何益"②。经济困顿和心灵苦难如影随形,相伴而生。

孙枝蔚游食四方,对漂泊的孤独感体味是很深的,思乡念亲之情格外强烈。《句容书怀寄呈程别驾》就是这种难以释怀的情感的抒写:

悠悠岁月老人饥,寂寂山城草木衰。作客神仙留井处,思家县令打春时。闲窥明镜愁偏剧,久着残貂暖未知。③

三 游丰城令房廷祯幕

房廷祯(1622—?),字兴公,号慎庵,陕西三原人。顺治十六年(1659)进士,授江西丰城令,累官左金都御使。父建极,号仪凡,天启四年(1624)举人,崇祯四年(1631)进士,崇祯七年(1634)任新乡令,累官兵部主事。京师陷,以忧愤卒,乡人私谥贞靖。孙枝蔚与房廷祯同里,二人早在康熙二年(1663)就有交谊,是年房廷祯走数千里游东

---

① 孙枝蔚:《寄儿燕》,《溉堂文集》卷二,第1078—1079页。
② 孙枝蔚:《客句容五歌》,《溉堂前集》卷三,第193页。
③ 孙枝蔚:《句容书怀寄呈程别驾》,《溉堂前集》卷七,第368页。

南，告求薛寀、唐耕坞为先父贞靖先生传志勒石，其间客扬州，得与孙枝蔚晤面。旧日之情、乡邦之谊使两公见面殊亲："二十年前旧弟兄，一春同醉扬州城。赋手已为唐进士，素心独重鲁诸生。"① 房廷祯还命戴葭湄绘二人共对小像以作珍存，孙枝蔚作《房兴公命戴葭湄画余小像与己相对，诗以志愧》，表达对友人厚意无以为报的愧疚之情："早年志趣厌甘肥，垂老红尘尚满衣。窃比宗生惭愧甚，何劳画手陆探微。"② 别后他们书信往来，彼此关切。

康熙七年（1668）十月，孙枝蔚游丰城入房廷祯幕，幕中"接手教具"授读。初到房府，他讶叹时光荏苒，故人今非昔比："久思一上滕王阁，闻君已宰丰城县"，称颂其"政声容易满江船"、"牛刀小试焉足夸"③，对其功绩和才华深为折服。"问君安得闲中趣？抚字催科两无误"，房廷祯政事之余，不辍文事，与孙枝蔚、李伯伟、陆止敬、王禹六、陈元水等诗酒唱和，优游度岁。惜孙枝蔚在丰城时疾病缠身，痛苦不堪，《病》《病中答房兴公》《寺寓苦寒》等诗以哀切之笔陈述了当时的狼狈情状："参苓初识味，坐卧苦攒眉"，"手足不仁诸事废，只留双眼望家乡"，"暮年多病卧江滨，古寺天寒雨雪晨"，悲吟连连，如汪楫所评，令人"读不得"。尽管"地主勤相问"，但身体上的痛感和心理上的哀伤只能独自去承受。许是病痛的折磨，孙枝蔚产生了"惯作江湖客，从今恐不宜"的质疑。

孙枝蔚在房府期间，与房廷祯的关系发生了微妙变化。他们本是情愫相通的挚友，是平等的私人间朋俦关系，但带有一定人身依附性的雇佣关系，房廷祯可能还未察觉，而孙枝蔚确乎已敏感地感知到了，其情感上泛起了波澜，儒士脆弱的尊严在日常的相处中受到了伤害，这很大程度上是一种自我贬损而致的"内伤"。今人常言"相见不如怀念"，"距离产生美"，或许正适用于此时的孙、房二人。孙枝蔚对此行应是心有悔意的。《房明府署中偶有白鹭来，集于柯，招之辄下，因以来鹭名轩，征诗及余，口占三绝应之》其二借白鹭之状透露出他的怨尤之情：

---

① 孙枝蔚：《房兴公走数千里为其尊公贞靖先生求传志勒石，于其将归，戴生作〈庐墓图〉送之，余有感焉，因撰长歌赠别》，《溉堂前集》卷三，第184页。

② 孙枝蔚：《房兴公命戴葭湄画余小像与己相对，诗以志愧》，《溉堂前集》卷九，第461页。

③ 孙枝蔚：《赠丰城房明府兴公》，《溉堂续集》卷二，第611页。

> 饮啄恩深愿不违，笼中莫使羽毛稀。
> 他时放汝青天去，好伴双凫一处飞。①

被缚笼中的白鹭不正是被困幕中的诗人的自我写照吗？
其三云：

> 我于十月涉风湍，访旧焉知行路难。
> 漂泊江湖头总白，凭君只当鹭鸶看。

"访旧焉知行路难"和"凭君只当鹭鸶看"两句语意双关，明指路途奔波之难、头发斑白若鹭鸶，暗寓寄食游幕的心酸，被主人视为"闲物"的悲戚。孙枝蔚当房廷祯面口占此诗，许是去意已决，抛开顾虑而抒胸中块垒；而房廷祯也定能听出其弦外之音，颜色不悦也是可以猜想得到的。

孙枝蔚在房幕期间还作有一首古乐府《长相思》，诗曰：

> 长相思，在西方，岐山之下无凤凰。岂无凤凰？荆棘参天梧桐死。哪有竹实可为粮？忍饥却向东南飞。岁暮天寒道路长，吁嗟凤凰身有五色之文章，不如鸿雁多稻粱。淮阴虽乞食，后来遇主为侯王；伍员虽乞食，复仇可以见父兄；陶潜乞食独可怜，身无官职田园荒。长相思，泪千行。②

他以五彩凤凰自拟，凤凰有美质却不免纷飞觅食；自己怀才不遇，浪迹四方，奔走旅食，何其相似。历史上的韩信、伍子胥乞食而"终成正果"，自己难逃陶渊明之覆辙，乞食依人、久不得志的苦况似乎永无止境。这种失遇之悲的抒发，其情感的强度和力度都是很深的。

因为不被主人重视，而主人又是他在扬州时屡屡向朋友们提及的"丰城故人"，故面对远方亲友的关切问讯，他只好轻描淡写地以"至于

---

① 孙枝蔚：《房明府署中偶有白鹭来，集于柯，招之辄下，因以来鹭名轩，征诗及余，口占三绝应之》，《溉堂续集》卷二，第622页。
② 孙枝蔚：《长相思》，《溉堂续集》卷二，第627页。

弟游况，复不足道也"①、"江左一行，殊不济事"② 含糊带过，以掩饰内心难言的苦涩。而对于数月来朝夕相处、了解并理解他的陈元水，他尽吐心中之烦闷："近瞻前日投辖之处，杳然如阻霄汉矣。弟此间客况如嚼橄榄，求回味须是有耐性人。弟性既不耐，所得者酸苦而已。拟于二月初旬乘江水未涨，便往武昌寻邱曙戒。"③ 孙为清高孤傲之人，主人的冷落让他无法隐忍，许是早就萌生了去意，暂居房府时亦多方留心、探听有意接纳者，看来此地确非其久留处。

康熙八年（1669）四五月间，孙枝蔚受另一故交王又旦的邀请，离开丰城奔走潜江。《自丰城抵潜江与王幼华明府相见》云：

> 男女岂不好，苦遭婚嫁迫。买山非所急，且欲谢此责。我自拟向平，谁当效于顿？出门寻故人，浩浩江流碧。房髯颇相念，偶聚情最怪。丰城留不住，要作潜江客。因兹稍取嗔，交疑有疏戚。实畏春水生，浪头如山脊。④

他奔波江湖是要积累钱财了却日渐长成的儿女婚嫁之事，以尽父亲之责。"丰城留不住，要作潜江客"，以斩截坦荡之语明确道出最终取舍。"因兹稍取嗔"，此举招致房廷祯的不满，而"实畏春水生，浪头如山脊"可能暗寓着两人间的关系已隐藏着不能明言的危机。全诗无典故堆垛，无铺排设色，情感真挚，辞句流畅而有生气，正如王茂衍评曰："情到真至处，语归自然。"

孙枝蔚在房幕不足一年，离开之举只是两人心照不宣之"一段故事"，别后和房廷祯的关系并未断绝，还有诸多书牍来往，如康熙八年（1669）有《雪中简房明府》，康熙九年（1670）作《房明府五十》为寿，康熙十二年（1673）作《赠房兴公枢部》，康熙二十一年（1682）作《赠房兴公巡盐长芦》等，终保全了一生的友谊，当然这份友谊多少有了一点瑕疵。

---

① 孙枝蔚：《与汪舟次》，《溉堂文集》卷二，第 1099 页。
② 孙枝蔚：《与弟侄书》，《溉堂文集》卷二，第 1116 页。
③ 孙枝蔚：《与陈元水》，《溉堂文集》卷二，第 1100 页。
④ 孙枝蔚：《自丰城抵潜江与王幼华明府相见》，《溉堂续集》卷二，第 631 页。

四 游湖北潜江王幼华幕

关于王又旦之生平行事及其与孙枝蔚的交游情况，前文已述，在此只简单介绍康熙八年（1669）孙枝蔚为期三月余的王又旦幕中授读诗书情况。

可以说，这三个月孙枝蔚是非常愉快的，乃其所有幕府生涯中最畅快适意的一段时光，"今我乐如何"一语发自内心，洋溢着幸福知足感，这种行文表述在孙氏的诗文中是很少有的。

究其因，这几点当考虑在内：其一，王、孙二人先前关系非同寻常，此为历史的因缘际会使然，这使再续前缘有了坚实的感情基础；其二，尽管他们多了一层幕主和幕友的关系，但王又旦天性友善笃爱、"心虚而善下"①，不会因为地位有别而高自位置，他将孙氏视为"骨肉"，特别建造"焦获寓楼"迎之受诗，礼遇有加，毫无芥蒂，天真至性，孙氏有人格受到尊重、才华得以施展的价值提升感；其三，王又旦慷慨解囊，所付束脩自然优厚，这从孙枝蔚日后对王士禄坦言"归橐颇不薄"即可看出，有了这笔可观的薪金，他能从容应对生活中棘手的事情，承载的生计压力骤然卸掉许多，自会神清目爽，身心愉悦；其四，潜江"无宾客车马之来，无纷华玩好之娱"，王又旦尚慕风雅，"读书之暇，或登山临城，歌吟啸呼，吊南国西河之遗风、诗三百十一篇之义，仰思而冥悟"②，与孙枝蔚志同道合，他们游览而发为歌咏，得江山之助；或论诗讲道，疑义相析，互相砥砺，启发慧思，诗意人生，闲适逍遥，岂不快意。再者，孙枝蔚从王又旦身上真正看到了有为官员的形象，对社会安定、政治清明寄予了一丝希望。潜江为泽国之地，"当汉冲，又旦亲视堤埝，先事豫防，水不为患。邑赋役多奸弊，又旦为区画强理，以乡现田，以田均亩，以亩定赋，逃亡咸复其居"③。王氏治理地方事务睿智多思，施政有方，理乱变治，民能安居乐业，孙氏心悦诚服而生敬意。他惊异于王又旦能成就诸事的特殊"定力"："向寓贵治，深悉勤劳过人"，"又当流亡满眼时，而神

---

① 王士禛：《黄湄诗选序》，《带经堂集》卷四十，清康熙刻本，第285页。
② 汪懋麟：《黄湄诗集序》，《百尺梧桐阁集》卷二，第692页。
③ 穆彰阿：《（嘉庆）大清一统志》卷二百四十五，《四部丛刊续编》景旧钞本，第4881页。

智一毫不乱……具此定力，何事不成？"① 种种因素、机缘，使得潜江一行焕发生机，成为日后美好的忆念。

五 游滕县任淑源幕

康熙八年（1669）八月间，孙枝蔚离开潜江又至丰城，滞留半载方抵扬州，自此直至康熙十二年（1673）入山东滕县县令任淑源幕，其间有三年时间赋闲在家。尽管其间少风尘碌碌之苦，但内心亦时时焦灼煎熬。丰城、潜江幕中教授所得馆谷本不薄，但孙家家口大，支出用度多，加以治宅所费，故孙枝蔚所言及"但能完却宅价及为儿女辈制过节衣服，此外仍复纷然来扰，贫人矣"确为实情。因经济窘迫，与亲朋书信来往时就不免忧生嗟贫。康熙九年（1670），他寄书友人冯密庵，备述家累甚重，生计艰难："蔚数年来颇受婚嫁薪米之累，男女十人，主仆共三十口，身为书生，又住他县，安得不大困？"② 康熙十年（1671），寄简弟侄曰："（丰城）归来，便坐困到今，急欲渡江糊口，而缺于果粮，蛰虫启户，饥人闭门。"③ 王士禄"过相关切"，他借此询问友人，是否能在其任职幕中找到合适职位，或者能否荐举入他幕，并希望其能将此事托付时在京城名高位显的弟弟王士禛共济之："及游道既绝，蹙蹙靡骋，计止有作幕客一着差可救穷；而笔札之任，复非所长。若使妻坐米桶儿啼门东，则又情所不堪。兹感私渎者，学道幕中或有缺人者，若可为，地帖括积习，觉稍相近，此阮亭先生所不难齿牙得之。而通书长安，复不便及，此意先生肯为蔚切嘱之乎？"④ 语词哀切，满是求情烦人之歉意。孙枝蔚自言幕客通常的佐理簿书案牍的"笔札之任""复非所长"，玩味此语，可见其坚持自我独立的人格品质：以其才略、文采，他完全可胜任此职；但代主行文，当面对不同的社交对象、处于不同的应酬场合时，要巧智玲珑、精明度势，而这违背了自己的本意，与他一贯主张的"文主性情"也是相悖的；而"帖括"之类的幕席，负责登记公文出入和稽催公事的办理，无须掺杂太多个人的斟酌、顾虑，"觉稍相近"，较适合自己。多年的游幕生活经验，已让他自觉地去泯灭自己的才华和机锋，这不能不说

---

① 孙枝蔚：《与王幼华》，《溉堂文集》卷二，第1104页。
② 孙枝蔚：《与冯密庵先生》，《溉堂文集》卷二，第1107页。
③ 孙枝蔚：《与弟侄书》，《溉堂文集》卷二，第1116页。
④ 孙枝蔚：《与王西樵考功》，《溉堂文集》卷二，第1097页。

是时代，也是他个人的悲哀。

到了康熙十二年（1673），孙枝蔚还是没有等来王氏兄弟的举荐（王士禄于是年病逝），终被生活所迫投奔了多年好友、时任山东滕县县令的任淑源。任淑源在早年曾游扬州，和孙枝蔚意气相投，感情甚笃，对其曾多次无私襄助。在"交如流水淡，势比浮云轻"的世道，任氏能体恤人情，孙枝蔚感激不尽："荷尔深相谅，念我卧柴荆"，"赠金值卒岁，辛盘亦满盈。夸向亲戚间，此事古人能"。因着这份兄弟般的情谊，他们之间自然是推襟送抱。当康熙五年（1666）任淑源中进士后再游扬州，时人前倨后恭，孙枝蔚感叹其今非昔比，作《寄怀任淑源》，发世态炎凉、人情冷暖之感："昔尔来扬州，出门少逢迎。赋诗嘲屠沽，语气何不平。今尔成进士，入坐众皆惊。顺风吹渡江，江神多世情。"①

就职任府期间，任淑源治理政事，孙枝蔚常与之偕行。《赠滕县任明府淑源》四首作于此时，尽见任淑源任职此邑的吏事之繁复难治和奔走劳瘁之苦状："一河输挽尽，两驿往来烦。润泽定何似，井田难再论。古时见才地，滕薛事偏繁"（其一）；"朝炊连药饵，夜寝抱文书"（其二）。许是感到力不从心、无力苦撑局面，兼之辛苦而犹无所得的失落、不平感，任淑源意欲归隐："昨效陶彭泽，公然乞早归。上官齐劝慰，父老最瞻依。共识宦情淡，谁言公道非。得名应不偶，囊橐看人肥。"② 孙枝蔚劝慰任氏"何用独凄凉"，自己也不免"为尔意踌躇"，忧心忡忡。任淑源终未离任，倒是孙枝蔚其间暂时离开过任府一段时间。

康熙十三年（1674），孙枝蔚再入任府，时"三藩之乱"已拉开帷幕，吴三桂派兵攻占湖南，广西将军孙延龄、贵州巡抚曹吉申、四川巡抚罗森、福建靖南王耿精忠、陕西提督王辅臣等，先后起兵响应，康熙帝坚决镇压了反叛。滕县为大军过境之地。此邑承平以来风调雨顺，谷登民丰，未料在任淑源任期内突遭黄河决堤，遘乱治防复加驿递喧哗，任淑源多方周旋，疲于奔命。作为地方长官，他在"将军过县"时小心奉迎，供应周全，使民无受攘扰，深得百姓爱戴。孙枝蔚经眼此事，作《乱中再入滕县赠任明府》歌颂其嘉政："烽火静已久，谓可闻弦歌。雨露私善地，岁丰五谷嘉。河决频为灾，民力尚可嗟。柳料费转输，络绎惟牛车。

---

① 孙枝蔚：《寄怀任淑源》，《溉堂续集》卷二，第530页。
② 孙枝蔚：《赠滕县任明府淑源》（其四），《溉堂续集》卷五，第807页。

遭乱又如此，驿递何喧哗。朝迎□□式，夕接御□□。明府疲奔走，百姓当奈何。小心供差役，各如勤其家。劳民民不怨，得此亦足夸。将军过县去，不损道旁花。"① 吴嘉纪评曰："胜他人德政诗多少。"

孙枝蔚在此供职不久，终于是年离开任府，别时作《留别任明府》："屡荷淹留日把杯，多年胶漆拟陈雷。穷途念我鬓如雪，仕路看君心似灰。战马愁闻城外过，春花忍见别时开。海田阅历真难料，珍重当今济世才。"② 有忆旧，有告慰，有喟叹，语极真挚感人。

六　游董卫国幕

康熙十四年（1675），孙枝蔚在"暮齿重遇，横流生计，狼狈年甚一年"、"久为旅人，无耒可持"的景况下，偶遇桐城友人丁倬，被荐入江西总督董卫国署中"为公子师"，署地在豫章（今南昌）。

董卫国，康熙四年（1665）任工部尚书，康熙十三年（1674）改兵部尚书，身居要职，是朝中重臣。三藩之乱起，吴三桂、耿精忠、南瑞总兵杨富谋叛，董卫国得信一一奏上闻，疏请发兵进剿，事终成，上嘉之。寻改设江西总督，以命之。董公位高权重，其势远非孙枝蔚以前游幕过的州县级的幕主所能比，然孙枝蔚在董府中的境遇却今非昔比，这从其居住环境的破陋、寒碜可见一斑："屋如舟小瓦如蓬，钓叟从来惯雪风。只怪侯门深处坐，何曾准备败天公（注：谓破笠）。"③ 诗人以戏语自嘲，内心甚为悲凄。因为是授读幕席，所理之事属"私事"，不参与政治军国大事之佐治，不涉"公事"之列，角色乃一区区教塾先生矣，是无缘得到主家座上宾的待遇的。孙枝蔚性倔强，怀英雄情结，以"千秋我何人？八师彼丈夫。尸佼羞相拟，鬼谷不足俱"④ 自命，这种边缘化的处境，再一次挫伤了他一介儒生的尊严，但生计潦倒，"计无复之，乃忍而就此"。

块垒常积胸中，又不便对身边幕友明言，家信亦多是报喜不报忧，故只能对知己倾诉衷肠，《与王幼华书》是他写给王又旦的书信，详细陈述了自己在董幕中的委曲心事：

---

① 孙枝蔚：《乱中再入滕县赠任明府》，《溉堂续集》卷五，第 822—823 页。
② 孙枝蔚：《留别任明府》，《溉堂续集》卷五，第 833 页。
③ 孙枝蔚：《总督公衙中书屋漏甚，早起雪满床几，戏成一绝》，《溉堂续集》卷五，第 862 页。
④ 孙枝蔚：《君子行》，《溉堂续集》卷六，第 865 页。

而不知者，顾为仆荣之甚，可笑也。……昔仆居家时与诸友会谈，麦醴干鱼未尝不美，今则日厌腥肥，未食先饱，非独不惯羊酪之味也，此身放浪山水，自壮及老，一旦足之所履，惟函丈之地，席近油幕，则谈笑不敢；户面铃阁，则往来都绝。嗟乎！马融之帐，诚不足羡；王俭之幕，彼独何修哉。虽值重阳，亦不得一登高，束缚如此，忽已年馀。昔之学也，且日窥园；今之教人，翻使闭户。若果教学半此，则天有意厚之耳。而所教者，乃惟十二三岁之两童子，譬之农且老矣，而所耕者菑也，二岁而为畲，三岁而为新田，四岁而始为田。古云："俟河之清，人寿几何？"老农夫视菑之为田，犹视河清也。欲弃而他图，则妻子不悦，虑无以养己也。且田主亦不肯听之，盖见其耒耜之类甚备且利，而又闻于旁人，共以为此人夙昔良农也。嗟乎！惫已甚矣。况夫时文之不足教学也，韩退之以为类于俳优之词，欧阳永叔以为浮巧，苏源明以为浅狭可笑。而今世之文又非唐宋可比，彼虽有愧于博学宏词，虽穿蠹经传，移此俪彼，然犹未尝不涉猎书史也；今则所记诵不出近科数人之言，视书史且为毒药矣。仆少时求举养亲，学之颇工；自遭大乱，废弃已久，此足下所知也；乃复以之训彼童蒙，夫教人者不能成就人才，已无贵于为师；若更从而坏之于心，忍乎？……仆平日犹颇志于仁者，而此事固与为恶无异，岂不重可愧悼耶！然以久居异邦，复托高门，居处执事，忠信笃敬兢兢焉，日遵先师之训，非复如从前放荡礼法之人矣，则亦未可谓全无益也。①

人是社会性的存在，而孙枝蔚二三载深居简出的书斋教读生活，无疑会失江山之助，限制视域，钝化性灵；而身在幕府，行事悉听安排，他又无力改变；幕主不苟言笑，宾僚谨慎承事，心甚累之；以衰老之年教尚幼童蒙，似无望见之于桃李花开时，栽培之心血难以见证，遂生价值失落感；教读是为求得科举，而习举业之时文只是场屋中举者之"范文"，学风大逆，士子追逐于形式上的因袭、模拟，而于书史弃之如敝屣，科举之弊不一而论，孙枝蔚作为人师，纠结种种，唯恪守自己的从业道德方能心

---

① 孙枝蔚：《与王幼华书》，《溉堂文集》卷二，第 1130—1131 页。

安。尾句似慰实哀，在这种社会环境中，他要生存下去，就只能妥协于现实，任壮志于不经意间消磨，亦见悲也。

按照现代西方学者、美国人本心理学家马斯洛的"需要层梯"学说，人的需要分为诸多要素：衣食住行的需要，爱、尊严的需要，理想、价值实现的需要等，揆之孙枝蔚，他的种种需要在游幕时期很少得到满足，故屡发悲音抒写心声："药虽非酒亦常赊，吾道艰难付叹嗟"（《病愈赠医者宋迪公》）、"端坐自踌躇，不觉泪如水"（《寄吴宾贤》）、"明月照流离，我为涕涟如。岂惟哀郡民，亦自悼微躯。危乱不遑避，骨肉久离居"（《中秋夜与同幕者把杯，顷刻辄已散去，独坐书室……》）等。这类悲吟的句子俯拾皆是，使居馆期间的诗作蒙上了凄清的底色。除了际遇不偶的苦涩悲抑外，作为一个"颇志于仁者"的儒士，身居豫章时经眼战伐不息、生民颠沛的乱象，亦使他忧心念危。作于康熙十五年（1676）的《苦雨杂诗》呈现了"淋漓"复"滂沱"的雨势下豫章生民之苦况："战血腥江湖，羽檄飞道路。不愁湿旌旗，惟恐滑妇孺。颇闻逃难人，去家无回顾。"①

康熙十六年（1677），孙枝蔚终辞幕归扬州，既脱樊笼，又踏乡土（扬州已成为他实际意义上的故乡），先前的阴霾一扫而光，他焕发出奕奕生气："两年羁幕府，三益劳梦魂。欢喜登归舟，踊跃入城门。谓可对琼枝，日与倒金樽。"② 两相比照，足见幕府生活之压抑。

孙枝蔚在《行路诗》中云："东西南北胡为者，此生自笑如驿马。借问策鞭人是谁？吾妻吾子吾不辞。"③ 此确为其漂泊半生之写照。辗转游离于幕府间，始终任授读职，"舌耕谁谓抵锄耰？只是贫来不自由"④，这是他最强烈深切的感受。当然幕府生活不全是苦涩滋味，在解决衣食忧危的同时，亦丰富了诗人的人生经历，体味了多样的人生况味，而这也是生命、生活本身应有之义。

---

① 孙枝蔚：《苦雨杂诗》，《溉堂续集》卷六，第 867 页。
② 孙枝蔚：《汪舟次赴赣榆教谕任，去后数日余始自南昌归抵江都，不及祖饯，怅然无已，因赋寄怀四章》（其一），《溉堂续集》卷六，第 884 页。
③ 孙枝蔚：《行路诗》，《溉堂后集》卷四，第 1411 页。
④ 孙枝蔚：《舌耕》，《溉堂后集》卷四，第 1419 页。

第二节 孙枝蔚诗歌分类研究

一 孙枝蔚的羁旅诗

孙枝蔚羁旅诗的创作按迁出地的不同可分为两个阶段,一是迁离故居三原、入扬州后,魂牵梦萦于秦地而生发的吟唱;二是久居维扬,扬州是他的第二故乡,也是他真正意义上的情感归属之地,他迫于生计游食在外,半生漂泊江湖而催生的羁魂流离悲音。

（一）离乡远迁的羁愁

国变后,孙枝蔚于顺治二年（1645）去三原适扬。《出门》诗揭示了他背井离乡乃不得已而为之:"明知生计绝,勉强别山妻。租吏朝朝怒,饥儿夜夜啼。忍冬身不愧,连理命难齐。此去游隋苑,迷楼肯为迷。"①乡居固然安心,可是生路堵塞,朝夕难度,租吏相迫,家口煎熬,不如另择他处栖息,使"骑驴早晚入芜城"的计划提上日程。"出门"不仅是被定格了的一个瞬间动作,那临行一瞥更让人思绪联翩,感情喷涌,跨出家门后,将会是怎样未卜的生活接踵而至？结句的一个"迷"字,透露出了多少惶恐、不安、凄迷,将孙枝蔚内心的焦虑和对异乡异地的疏离感、飘零感、无归属感尽寓其中。

因"此行策蹇三千里",长路漫漫,而且"前路多风尘"、"将身冒霜雾","饥寒遭驱迫,车轮焉得住。哀哉远游客,无罪同征戍",更有"即今郭门外,盗贼正纵横"的忧虑,这一去也许就是永别（事实也是如此）,故孙枝蔚临行前的诀别自然就蒙上了荆轲易水辞别时"风萧萧兮易水寒,壮士一去兮不复返"的悲壮色彩:"促刺复促刺,行子弃坟墓。酌酒拜先人,风吹白杨树。欲去不能去,徘徊在中路"②,别地下双亲,一步三回头,依依难舍;"临去别同心,泪湿破衣襟。今日为壎与篪,明日便同辰与参"③,辞昔日友朋,欲言复吞声,寡趣寥落。在诗人的笔下,离别的一刹那竟是那么让人揪心,一旦"长风吹转蓬,流落江湖滨",离开熟悉走向陌生,如失水涸鲋、失林鸟兽,成为无根无系之人,那种无所

---

① 孙枝蔚:《出门》,《溉堂前集》卷四,第213页。
② 孙枝蔚:《行子吟》,《溉堂前集》卷二,第74页。
③ 孙枝蔚:《留别里中诸友》,《溉堂前集》卷三,第160页。

依托的失群之悲"才下眉头，却上心头"，引发的将是伤根沥血的创痛。江淹说："黯然销魂者，唯别而已矣"，羁人的心弦在出发的那一刻就被拨动。

踽踽行于道上，一路人烟罕见，凋残荒凉，油然而生"投于幽谷"的被弃感。《行人》诗曰："行人愁野火，此地验凋残。路向平沙没，风吹古木干。闻鸦心正怯，食雁意常酸。茅舍逢贤主，即同亲爱看。"① 林残径毁，鸦啼花落，此诗与刘禹锡的"巴山楚水凄凉地，二十三年弃置身"中的境界是相似的，主体遭受弃置的感受也是相通的，正如鲁迅所说，这是一种"置身毫无边际的荒原，无可措手的了，这是怎样的悲哀啊！"② 诗人感物伤怀，哀此离群，实乃悲己孤寂。难怪诗人说："茅舍逢贤主，即同亲爱看"，这种类似于软禁、流放境地的苦闷闭塞感，在遇到同类的"人"时涣然而释。诗人以欣然之笔写苦涩之情，更显羁愁之深。

离乡二十年（1665）后，孙枝蔚再未能返归故里，这也是他毕生憾恨不已之事。尽管他已完全融入扬州的生活情境中，但怀旧的情愫仍不绝如缕地倾注笔端，《夏日寄题渭北草堂》诗曰："草堂远在清渭北，说与吾儿今不识。买竹曾过渭川去，有梅亦自终南得。终南太华咫尺间，我昔年少美容颜。房杜诸孙正来往，倔佺一辈徒等闲。客来日暮休回首，家僮颇足供奔走。痛饮还余蜀酒筒，高歌请击秦人缶。凉风六月满清溪，蛙声鼓吹桥东西。不劳扇上图鸾鸟，时复窗中读马蹄。江南最怕花蚊恶，兼之褦襶多酬酢。此时正想羲皇人，自古妄言贾客乐。忽忽离乡二十秋，安得濯缨溪水头。墙上重看打枣妇，田间先访种瓜侯。"③ "徒怀越鸟志，眷恋想南枝"（潘岳《在怀县作》），对于诗人来说，一幅故居草堂的图画，也会在他心中掀起大的波澜，故乡的风物和人事未曾因岁月流逝而褪色，依旧清晰地珍藏在他记忆的底片上。海德格尔说："返乡首先是从漫游者过渡到对家乡河流的诗意道说的地方开始的。"④ 诗人连绵的思乡情感在对昔日生活的重温中找到了寄托。

（二）去家流离的羁愁

孙枝蔚半生漂泊，游学、游历、游幕而往来江湖间，深深体味了羁旅

---

① 孙枝蔚：《行人》，《溉堂前集》卷四，第213页。
② 鲁迅：《鲁迅全集》（第一卷），人民文学出版社1981年版，第418页。
③ 孙枝蔚：《夏日寄题渭北草堂》，《溉堂前集》卷三，第202页。
④ 海德格尔：《荷尔德林诗的阐释》，孙周兴译，商务印书馆2000年版，第154页。

行役之苦，诗中表现了对异乡的拒斥感、疏离感。

首先，异乡的环境令人生悲。人们对异己的生活环境有一种本能的拒斥，当故园的一切都化作美好的记忆贮存于心中，异乡的生活使诗人始终以否定与拒斥的心态看待外物。《淮涘庙楼寓作》曰："三伏愁为客，飞飞羡水禽。小楼成独坐，古庙有悲吟。妇热思粗葛，儿饥待一金。扬州虽咫尺，书信易浮沉。"① 一方水土养一方人，人成长于某种风土环境中，相应地被培育、滋润、塑造，具有其地的地域特质；而一旦改变环境，或多或少总与新的环境异质相斥，格格不入，其体不适，其心不畅。异乡酷暑难当，令孙枝蔚本能地心怀恐惧，产生了归去之念。

其次，他乡的饥寒令人生悲。行役的艰难，直接的一个问题是住宿饮食的安排。由于贫穷，孙枝蔚常以山寺庙宇为栖身之地，以干粮箪食来果腹，恶劣的生活条件是我们今天无法想象的。其羁旅诗中对饥寒交迫的苦状有很多真实的呈现，如"有诗吟战地，无酒敌寒天"（《岁暮遣怀》）、"庙口山风大，江头夜雪寒"（《润州庙寓杂感》）、"相识半天下，敢愁寒与饥"（《客中吟五首》其五）、"相逢正取村翁笑，如此寒天客打门"（《大风雪晚投村店》）等。生存是第一要务，"人性的首要法则就是要维护自身的生存，人性的首要关怀就是对于自身的关怀"②，故孙枝蔚对于自我处境的咏叹正是自我保护的需要，是生命的本质需求。长期漂泊，居无定所，他对于楼宇的渴望格外强烈，《寓楼杂诗》曰："男儿生世间，他事无所求。不买千间厦，亦建三层楼。厦以庇寒士，楼以望神州。此志今已矣，三叹不能休。"③ 这是一种缺失性的补偿心理，对他而言，也只能是奢望而已。

最后，异乡的孤独令人生悲。人是社会关系的存在，这也是人的本质属性，每个人都现实地生活在由血缘、地缘、趣缘等多重关系结成的社会网络中，一旦这种联系被打断，亲情、友情被割裂、阻隔，就会让人失去群体的依托而手足无措。作于康熙九年（1670）的《今日非昨日》即抒发了离群之悲："今日非昨日，昨日欢笑同。今日成独坐，入耳有鸣鸿。羡彼兄弟鸟，飞止定相从。西既群焉西，东复群焉东。天亦听其意，不使

---

① 孙枝蔚：《淮涘庙楼寓作》，《溉堂前集》卷五，第 254—255 页。
② ［法］卢梭：《社会契约论》，商务印书馆 1963 年版，第 7 页。
③ 孙枝蔚：《寓楼杂诗》，《溉堂续集》卷二，第 635 页。

若飘蓬。鸟实重恩义,得天故应丰。奈何我与子,徒然恩义隆。但如参与辰,几时云随龙?"①诗人追慕、向往的是"慕群"、"慕归",这种精神归属感在他离群索居时更凸显出来。

　　流转他乡,初来乍到,人生地不熟,处处是陌生的隔膜感,与他人仅是见面之交,相互间戒备防范,缺乏沟通与交流;或者别人既有的社交圈子已经形成,作为后来者的自己很难被接纳,这种被忽略的"多余人"的角色让人尴尬而痛苦。康熙十四年(1675),孙枝蔚被友人丁倬荐入江西总督董卫国署中"为公子师",初到董幕,他"局促如辕驹,几时万里行。闭置如新妇,徒自夸娉婷",若低眉顺眼的新妇,束手缚脚,处处小心,极其压抑:"安得百年内,有乐独无忧。况愁又无益,视酒敢如仇。但恨坐一室,无人互献酬。"在现实的圈子中没有声气相求者,无俦匹的寂寞吞噬着他的心灵,仿佛被整个世界抛弃了的巨大的孤独感让他愁肠百结:"我有同心人,各在天一方。川途既云阻,岁月复已长。尺书久不来,戎马日仓皇。兹焉逢令节,何由共举觞。新知岂不众,谁可语行藏。阅世成皓首,愁看意气场。"②

二　孙枝蔚的题画诗

　　诗歌与绘画,分属不同的艺术门类,二者表现领域和表现手段不同,诗是"感的艺术",画是"见的艺术",但不能截然将它们对立、割裂开来,因为"诗情"和"画意"在审美情愫方面是相互融通、相依互补的,如叶燮所言:"画者天地无声之诗,诗者天地无色之画,故画者形也,形依情则深;诗者情也,情赋形则显。"③ 情形相依,诗画相济。题画诗的出现,就是诗与画相互融通的一个重要标志。

　　题画诗,广义地说指一切品评画作的诗歌,它大都题在画上,抑或写于另卷,内容或就画论画,或先论画再生发新意,或寄寓个人情志。题画诗萌芽于汉魏南北朝,形成于唐,成熟于宋元,繁盛于明清。清初文人多喜好诗、画等雅事,许多人将之作为"生命的歌吟"或者谋生的方式苦心经营,加之文人间频繁的互动酬赠、诗歌唱和,这些生态背景共同促成

---

① 孙枝蔚:《今日非昨日》,《溉堂续集》卷三,第693页。
② 孙枝蔚:《中秋夜与同幕者把杯,顷刻辄已散去,独坐书室,……》,《溉堂续集》卷五,第849—850页。
③ 陶文鹏:《试论苏轼的"诗画异同说"》,《文学评论丛刊》第十三辑,第35页。

了当时题画诗创作的繁荣。

孙枝蔚不仅是一位杰出的诗人,还具有深厚的书画鉴赏素养,因而在其《溉堂集》中留下了不少颇具特色的题画诗。其题画诗包蕴着以下几个方面的艺术方法和技巧。

首先,孙枝蔚驰骋想象,表现自然生灵之动态美,以动静相宜的审美境界来补绘画之短。绘画是一种静态的平面艺术,以色彩和线条为表现手段,只能在有限的尺幅内描绘事物瞬间、定格的状态;而诗歌以变化多端、随意组合的语言为媒介,题材宽广自由,表现事物穷形尽相。孙枝蔚注意发挥诗歌描写动态的特长,把同一空间定格的图景,转换成某种活动的形象,既写出了"画中态",又传达出丰富多样的"画外意"。如《陈东日画梅鹊图》:

却忆书窗雨雪残,老梅如玉傍栏干。
戒儿休打枝头鹊,此景朝朝当画看。①

孙枝蔚能够体察到静止事物的动势,在他眼里"老梅"可以如虬龙一样紧紧缠绕盘曲于栏杆上,其只争朝夕、峥嵘凌厉的苍劲姿态在"傍"的动态中呈现无遗。而表现枝头乱颤、扰扰攘攘的乌鹊,则不用正面描写,而是用反笔侧面烘托,动静相映成趣,画面形象因此突破了时空局限而具延续性、开放性和空间感,"画"的意境经由"诗"的润色而愈加生动、传神,使本来就具有艺术感染力的画面更增添了打动人心的艺术魅力。

其次,在一些题画诗中,诗人运用通感的艺术修辞手法巧妙点染,把从画面上得来的直观、平面的视觉形象转化为观画主体的嗅觉、触觉等感觉印象。如《题画》:

山禽无逐逐,山木但苍苍。
独坐茅庵下,微闻竹有香。②

---

① 孙枝蔚:《陈东日画梅鹊图》,《溉堂前集》卷九,第 475 页。
② 孙枝蔚:《题画》,《溉堂前集》卷八,第 399 页。

诗人不仅以叠字生动精练地描绘了一幅清隽、幽静、朴茂的山村图景，而且还以想象幻化出的虚境来补充实境，使画面具有了丰富的层次和立体感。"微闻竹有香"堪称生花妙笔，给人隐隐约约、若有似无的幽香之错觉，造成真假莫辨、恍如其境的艺术效果，画境几成真境，足见画者技巧之高明，正如宋代洪迈所云："江山登临之美，泉石赏玩之胜，世间佳境也，观者必曰如画。至于丹青之妙，好事君子，嗟叹之不足者，则人以逼真目之。"①

最后，也是最突出的一点，孙枝蔚有些歌行题画诗虽然也是缘画而作，但内容中心转移到诗人自身的寄托上来，与再现画境的功能关涉不大。如《题梨园图》开篇即置身于沉重的历史兴亡感喟中："家住广陵城，来往姑苏与金陵。吴宫歌舞竟何在？陈主风流亦莫凭。商女犹传《后庭曲》，词客空将白纻续。亡国从来事略同，无如行乐光阴促。"亡国常与歌舞纠缠在一起，纵观历代王朝、帝王，其灭亡或多或少因荒于歌舞而致者代不乏人。如战国时期的吴国，历史的定论认为它是由于越王勾践进西施而亡国；南朝齐、陈，亦是因统治者耽于声色、醉生梦死而导致覆灭；唐朝安史之乱的爆发，也同玄宗皇帝宠溺杨贵妃、沉迷歌舞密不可分；南唐后主李煜，身将被俘而歌舞不息。历史的巧合在明清之际再度重演，清兵入关，福王南渡，称帝金陵，建国伊始，大敌当前，本应卧薪尝胆，匡扶神州，但福王却将国事弃之不顾，诏选蛾眉，狂歌醉舞，终被清兵消灭，走上了南朝齐、陈之覆辙。孙枝蔚借观画以浇胸中块垒，"意在笔先"："画师日午来相呼，西邻同看梨园图。兼请长歌题卷后，对此感慨谁能无。挥毫任意语言粗，胸中先着陈与吴。"在以悲愤之语回顾了历史陈迹后，其主旨在结尾处再次凸显出来："或言尧幽囚，舜野死，独自愁苦胡为尔？细思此言亦有理。君不见，烈皇减膳撤乐万方传享祚，空悲17年。"②他对尧舜非禅让而是篡取王位的传言持"细思此言亦有理"的肯定态度，实际是借此隐射夺取大明政权的清廷；"烈皇"指崇祯帝，在位17年，其戒豪奢方得践祚，还是紧切家国之悲的旨意。又如《题李陵苏武泣别图》通过对李陵和苏武的形象对比，从李陵的角度，代那些丧失民族气节而仕清的"两截人"进行了忏悔，对他们的矛盾处境也给予

---

① 洪迈：《容斋随笔》，上海古籍出版社1978年版，第214页。
② 孙枝蔚：《题梨园图》，《溉堂前集》卷三，第192页。

了一定的同情：

> 八尺李陵马，双轮苏武车。何以赠别五言诗，他日相寄一封书。明知母妻被诛戮，书中不必及里闾。但道君归蒙上赏，近来荣贵又何如？①

这类诗不以刻画求工，图画不过是兴发感喟的触机，而其主旨在于寄托，意在画外。

诗人站在欣赏者的角度，对画作审视、理解、品味时，常借助画面物象及物象蕴含的特质，抒写自己的品格、节操、理想和追求，将画意具体化、个性化，这是孙枝蔚寄寓题画诗的主要手法，也是诗歌"言志"本质属性的充分体现，使之具有了诗人自己的色彩、风格、神韵。如《上巳梅花》：

> 兰亭甫临罢，童子报梅开。本是凌霜质，相逢被禊面。夭桃应妒忌，小燕漫惊猜。客自怜幽洁，巡檐问酒杯。

诗序曰："汪湛若自作《上巳梅花图》，因为余言园中曾有此异，求赋诗纪之。余搁笔且久，后见李屺瞻诗，颇以非时而荣致增感慨，有风人之遗意焉。然物失其常，亦由天道使然，此似有足怜者，慨焉有和。"②梅花"本是凌霜质"，因其不畏严寒、不慕虚荣的高洁、坚贞之态，为历代画家、诗人挥写、吟咏；其于深冬绽放的品格，颇可托付遗民身处易代之际恶劣的政治环境中坚持自我的精神；其清寒、独放及清幽的芳香，正好契合了遗民的人格审美。梅开时令为隆冬腊月至来年二月，"上巳"为夏历三月初三踏春修禊日，梅花延期盛开，"物失其常"，"非时而荣"，感慨自己生非其时；"夭桃应妒忌"，梅花惹夭桃"妒忌"，作者有自诩才华之意；"小燕漫惊猜"喻世人的不理解；"客自怜幽洁""幽洁"既指梅花，又指作者，有自我欣赏、珍视意味。这首诗以曲笔含蓄地表达了自警、自励之意，表现了诗人蔑视俗世、坚不出仕的人格操守。

---

① 孙枝蔚：《题李陵苏武泣别图》，《溉堂前集》卷三，第193页。
② 孙枝蔚：《上巳梅花》，《溉堂前集》卷五，第260页。

又如康熙六年（1667），孙枝蔚为萧青令太守的四幅藏画分别题诗《竹》《兰》《葵》《菜》，其中《竹》诗曰："俗物纷吾眼，看君意独超。曾逢晋贤赏，不待主人邀。映水成淇澳，吟风即舜韶。何须渭川上，千亩论丰饶。"① 竹，中通外直，不蔓不枝，诗人情难自禁地叹赏它"看君意独超"，除了其外在形质上的顽洁之感，更有渊源于正始时期"竹林七贤"中的嵇康所代表的硬朗不屈、坚韧挺直、超然尘上的精神认同。这幅图画上呈现的不是单根竹或数根竹，而是千竿相聚、枝叶密布汇成的竹林，它们倒映在水中，摇曳斑驳；风吹林响，合奏出如同古代舜时的韶乐那样美妙的曲调。置身于如此雅致的景色中，诗人耽于山林之乐的隐逸之思就更强烈了。

另一首《兰》诗曰："幽草常堪佩，馨香众不如。当门应有忌，处谷复谁誉。俗易轻芳杜，交多化鲍鱼。为商勿为赐，日与善人居。"② 兰乃花之君子，生于空山幽谷，坚贞自抱，独处自珍，以其风格的清雅、静穆及幽香远溢被称为"王者之香"；人若与"兰芷"类的贤者相交，自然受"暗香"熏染、同化，久而与之同质。此诗的颈联、尾联正是化用了三国时魏国王肃的《孔子家语·六本》卷四中的一段经典文献来说明作为君子的为人处世之道："孔子曰：'吾死之后，则商（子夏）也日益，赐（子贡）也日损。'曾子曰：'何谓也？'子曰：'商好与贤己者处，赐好说不若己者。……故曰：与善人居，如入兰芷之室，久而不闻其香，则与之化矣；与不善人居，如入鲍鱼之肆，久而不闻其臭，亦与之化矣。丹之所藏者赤，漆之所藏者黑，是以君子必慎其所与处者焉。'"此外，颔联中"处谷复谁誉"一语表明作为隐逸者的"兰花"不为世闻，这实际上也隐隐透露出诗人处于明清易代特殊的社会环境中矛盾复杂的心态：一方面想要洁身自好，而另一方面本着儒家的入世思想，内心又渴望得到有识者的赏识而有所作为，但在经历了现实的磨难后，依旧壮志难酬，只好努力从此两极中寻找一个平衡的支点，以平复自己的失落怅惘之情。

孙枝蔚咏画总观世情，题诗总涉真性，因此，读其题画诗，如见彼画，如临其世，如晤其面，如会其心，可谓获益良多也。

---

① 孙枝蔚：《竹》，《溉堂续集》卷二，第592页。
② 孙枝蔚：《兰》，《溉堂续集》卷二，第593页。

三 孙枝蔚的咏物诗

孙枝蔚咏物诗有近 200 首，数量较为可观。其中的取材范围大致可分为两类：一类是植物意象，如落花、梅、菊、牡丹、芍药、杨花、松柏、柳、桂树等；另一类是动物意象，如燕、莺、蝶、鹊、鹦鹉、孔雀、蜘蛛、蝗虫等。他在对所咏之物进行从形相到神理的多层次摹写的同时，往往将人生的意气灌注其中，使咏物诗性情化、人格化；在艺术手法的运用方面，多用比兴、象征手法把物象与诗人自我形象糅合在一起，创造出物我融汇的境界。

（一）植物意象

江南气候湿暖，又有历代园林文化的遗韵，故繁花胜景是人们惯看之物、惯咏之物，这在孙枝蔚的咏物诗创作中也得以体现，他或以梅菊等自喻，寄托孤高坚韧的遗民气节；或者以情观物，于鲜丽的生命存在中托付时代的思索与伤感。花是良师益友，是心灵慰藉，甚至是政治期盼和缅怀中的灵魂归宿。

孙枝蔚偏爱梅花，梅花与他在特定情境下的处境与心态呈现出对应性，如《凌蔚侯书斋红梅已谢，作诗惜之，索予次韵》："颊颊人难得，返魂香最稀。从今看绿叶，只自学青衣。诗恐长吟倦，宾多不醉归。徐熙新样好，买绢更开扉。"[1] 梅花零落，固然昭示着美好芳华的逝去，但它并非彻底地消歇殆尽，还有依稀瓣香氤氲庭院；"落红不是无情物，化作春泥更护花"，它尽管缺席于春天，却以生命的消融方式获得了另一种"新生"，给诗人稍许慰藉，将其内心的萧瑟枯寂打破。梅是春信的使者，诗人仿佛嗅到了春的气息，兴发出对花把盏、在馥郁的香气中沉醉的思致。而当诗人漂泊江湖、幽窗独倚时，江边洁白如雪的梅花时得寓目，风行处香气四溢，诗人陶醉其中而暂得消释乡愁，梅花成为他寄托思念的载体。

《梅》诗曰："色淡全疑雪，香微略借风。江边屡看汝，那及小园中。醉使乡愁减，诗难别恨空。怀人当折赠，驿路几时通。"[2] 此诗质朴无华，雷士俊以"肝膈之言"评之，乃"情至真处语归自然"之注脚，梅契合

---

[1] 孙枝蔚：《凌蔚侯书斋红梅已谢，作诗惜之，索予次韵》，《溉堂续集》卷四，第742页。
[2] 孙枝蔚：《梅》，《溉堂前集》卷四，第233页。

了他心中的羁旅之愁、怀亲之意。

　　孙枝蔚钟情菊花,"系情更有篱边菊,夜梦移盆对户斜",尤推崇黄菊,《黄菊有至性》诗曰:"黄菊有至性,艳艳冒霜开。朝饥不忍采,将以赠所怀。妇女赏其色,插鬓临妆台。看同桃李花,至性何有哉。"① 黄菊除观览之用外,还有日常实用功效,女辈簪之以装扮,贫者餐之以救饥。诗人之所以"朝饥不忍采",实出于对黄菊的一片敬重之意:黄菊于秋末岁寒之际冒霜绽开,在恶劣的生长环境中凛然无惧,较之因暖而放、贪恋安逸的桃李,其峻洁纯正的美质、与严霜抗争的韧性、坚持自我保持晚节的品格,与孙枝蔚傲然不屈的人格期许和不甘妥协、坚守气节的道德树立是契合的。清初,清廷着力整肃和强硬打压汉族文人尤其是江南文士,"薙发令"、"奏销案"、"通海案"、"哭庙案"等一系列案狱以最直接的血腥方式,摧毁着遗民最后的坚持。所以,菊的"冒霜",象征着遗民在清政府残酷的迫害下坚持信念的决心和永不屈服的斗志。甚至黄菊那代表着汉家皇权的黄色,也因迎合了诗人带有鲜明的政治色彩的审美而被称颂。

　　孙枝蔚有《落花》诗四首,作于顺治五年(1648),其二云:"无端戏弄任青春,才缀园林又厕茵。聚散疑遭王处仲,是非难认李夫人。少年流落向千里,三月风光惟一旬。独对残红成静坐,莺啼燕语总伤神。"②花开复落,乃自然交替之理,可身处明清易代的特殊社会背景下,落花的形态中又多了别样的寄托。花开的繁华与花落的憔悴,花开的短暂与花落的必然,花落再开的轮回与人生韶华的转瞬即逝,自然使落寞萧索的诗人产生了物我同悲的凄楚感,这是清初文人的一种普遍的群体性体验,它最终指向家国沦丧的大悲痛之下个人一无所有、前途破灭的绝望感,正如归庄在《落花诗自序》中所云:"我生不辰,遭值多故,客非荆土,常动华实蔽野之思,身在江南,仍有大树飘零之感。以至风木痛绝,华萼悲深,阶下芝兰,亦无遗种。一片初飞,有时溅泪;千林如扫,无限伤怀!"③再者,花的红色,与明王朝统治者的"朱"姓,在字义上使人产生一定的联想,故寄咏落花,便有了哀悼明王朝的特殊内涵。

---

① 孙枝蔚:《黄菊有至性》,《溉堂续集》卷三,第691页。
② 孙枝蔚:《落花》,《溉堂前集》卷七,第319页。
③ 归庄:《归庄集》,上海古籍出版社1984年版,第119页。

孙枝蔚爱松、友松，以至将生长于深山古刹中的松树种植于庭院，朝夕相对，物我无间。青松的外在物态之美及其内里蕴含着的物理在他的吟咏中得以呈现，《秋松》诗云："园中植青松，所重栋梁具。笑彼女萝枝，依依相攀附。秋风忽然起，两物失平素。正直终无恐，脆弱常多惧。"① 青松为栋梁之质，任重道远，独立不倚，贞刚自立，其伟岸的姿态和独撑大局的气魄让攀附为生的女萝辈相形见绌。又《岁寒知松柏》云："苍然松与柏，荣悴耻随时。地僻长相伴，天寒始见知。衰怜蒲柳脆，劲耐雪风吹。鹤记尧年庸，龙存汉代祠。陶潜夸独树，杜甫爱霜皮。但得高人赏，何劳匠石窥。"② 松柏凌霜傲雪的不屈意志，不随时俯仰、媚于俗世的自尊、自惜，远离尘嚣、不枯不秀的淡定，历经沧桑的自持和强大生命力，都是诗人所向往的，这也是所有身处明清易代之际的文人的共同心声，他们呼唤个性，彰显自由，渴望保持自我人格的完美，渴望在安乐平静中实现自我生命的价值。

孙枝蔚在咏物诗中还直接痛陈时事，关切民生。顺治十八年（1661），清廷因念"海氛不靖"，为加强海防，在江南各地大肆伐木造船，扬州首当其冲，难逃劫掠，作于康熙元年（1662）的《大树》切合此事，诗曰："树因长夏好，合抱况多枝。手种僧何在？年深客不知。千竿能覆竹，一寺但闻鹂。斩伐逢今日，相看意转悲。"③ 吴嘉纪评曰："结处纪事，悲感无限，得少陵之遗。"清廷滥伐无度，连古寺中的大树亦难幸免，昔日的鸟语花香荡然无存，诗人目睹劫状，悲慨于大小官吏及其爪牙的暴行，作诗纪之。扬州乃至整个江南的无数"大树"被斩伐的命运，亦从吴嘉纪的《江边行》中得到具体体认，其诗曰："江边士卒何阗阗？防敌用船不用马。督责有司伐大木，符牒如雨朝暮下。中使严威震旧京，军令还愁不奉行。亲点猛将二三十，帅卒各向江南程。江南谁家不种木？到门先索酒与肉。主人有儿卖不暇，供给焉能厌其欲！老松古柏运忽促，精魂半夜深山哭。一一皆题'上用'字，树树还令运出谷。出谷到江途几千，将主骑马已先还。家赀破尽费难足，众卒仍需常例钱。道路悲号不住口，槎枒乱集成山阜。一朝舟楫满沙汀，只贵数多不贵精。君不见扬州

---

① 孙枝蔚：《秋松》，《溉堂前集》卷一，第 87 页。
② 孙枝蔚：《岁寒知松柏》，《溉堂后集》卷一，第 1269 页。
③ 孙枝蔚：《大树》，《溉堂前集》卷六，第 285 页。

战船六百只,输尽民财乘不得。寒潮寂寞苇花闲,日暮滩头渡归客。"①
将二者对照来读,更能深切理解诗中愤激不平的情绪。

(二)动物意象

促织,即蟋蟀,在明末清初的历史、文化语境中是一个特殊的存在,它会让人自然地想到宣宗朝宫闱豢养蟋蟀的旧事,或如蒲松龄《促织》般与某些政治的失当相关联,种种联系都带有冷峻的社会批判色彩。孙枝蔚也选用了这一题材,以《促织》为题寄托了自己的感怀,诗云:"授衣逢九月,病骨最惊寒。蟋蟀还相促,绳床有浩叹。吟诗终夜稳,作客壮年残。画角闻城上,转思行路难。"②此诗作于顺治十八年(1661),"画角闻城上"暗示出烽火未息,时已深秋,诗人缠绵病榻,耳闻筘声心魂难定,窗外又传来蟋蟀的声声哀鸣,徒增哀情。诗人的落寞失意伴随着长吁短叹发露无遗,"草间窃伏竟何用"的悲情体验在蟋蟀的映衬下被强化、凸显。此诗由虫及人,又以人喻虫,比与兴的手法结合在一起,书写了下层潦倒文人的悲剧命运。

孔雀以美丽、高贵炫人眼目,引人遐思,但是被缚于笼中的孔雀就是另一番况味了,《感笼中孔雀》诗云:"羽毛虽好命堪憎,旧路千山树万层。看尔徒然炫文采,打围时节不如鹰。"③失去自由的孔雀"命堪憎",一个"憎"字,包含多少愤激而无奈的情感:身陷樊笼,插翅难飞,生命的活力、热力无法释放,心智几于枯竭,"少语多愁类病翁",虽生犹死。笼中孔雀又何尝不是诗人自我的写照?他具有像孔雀一样清高、孤傲、敏感的气质,腹有经纶美才而见困于世无法施展,处处谨小慎微还担心无法全身远祸,生存之状何其艰也!

面对同样失去自由的锦鸡,诗人却一改忧愤论调,而以和婉之语规劝开导,其实这也是他极力想平衡自己意绪的一个出口,《汪舟次以所爱笼内锦鸡命余赋诗》曰:"得从罗网近亭台,五色文章莫自哀。洗濯经时关寸虑,稻粱一月看千回。背人常戒儿童侮,在户兼防雨雪摧。邦国养贤亦如此,应须报答见奇才。"④唐太宗李世民在开科取士时看着新科进士鱼贯而入,而喜曰:"天下英才尽入吾彀中矣",诗人劝慰"锦鸡":不要因

---

① 吴嘉纪:《江边行》,杨积庆《吴嘉纪诗笺校》卷一,第32页。
② 孙枝蔚:《促织》,《溉堂前集》卷五,第267页。
③ 孙枝蔚:《感笼中孔雀》,《溉堂续集》卷五,第858页。
④ 孙枝蔚:《汪舟次以所爱笼内锦鸡命余赋诗》,《溉堂前集》卷七,第373—374页。

为被罩于"罗网"中而悲伤，对主人无微不至的关怀要有感戴之心。结句明白道出物象背后的用心：朝廷精心养护人才，贤者应顺势而动，施展才华以济世。"学成文武艺，货于帝王家"是儒家入世思想的通俗表述，但诗人对仕清心犹不甘，这首诗字里行间隐隐透露出对易代之际文人宿命的无奈心态。

第五章　清初扬州诗群创作的主题取向
——以孙枝蔚、汪懋麟、吴嘉纪为中心之考察

清初扬州的诗歌领域，活跃着许多个性鲜明、博学多才的诗人，如孙枝蔚、吴嘉纪、汪懋麟、冒襄、吴绮、雷士俊、宗元鼎、黄云等，他们自具面目、自成一家，但身经共同的时代苦难，体味了相近或相似的人生苦况，发之为声，其诗歌在主题取向上呈现出一些共同的特征。本章撷取孙枝蔚、汪懋麟、吴嘉纪这三位扬州诗人中声名最著者为观照对象，对扬州诗人创作的主题取向分类论述。

第一节　离乱之叹

从时间和空间形态来看，清初的扬州诗人当属一个特定的存在："明末清初"是改朝换代的历史转捩点，"扬州"成为一个血腥记忆的标志性符号。他们身处社会大变革中，明朝灭亡，清兵南下，亲眼看到清兵在家乡杀人放火，攻城略地；他们自己的房屋家产，也在这一场乾坤劫火中所剩无几甚至化为灰烬；他们多次为避兵难而仓皇逃亡，在流离生涯中饥寒交迫，胆战心惊，备尝乱离之苦，也目睹了广大人民遭受战乱的苦难。时代的恶魇在扬州诗人的笔下多以叙事诗出之，这些叙事诗如同一幅幅斑驳陆离的历史画卷，明末清初的政局风云、金戈铁马、蔓草铜驼、人民血泪尽得以见，使读者俯仰间生发无限感慨。那一曲曲乱离之歌，是扬州诗人饱蘸着血泪和悲愤的吟唱。

一　明末乱世

清初的扬州诗人多身经明、清两朝，他们的青少年时代多是在明朝度

过的，当时明王朝已是千疮百孔，因自身的腐朽没落而摇摇欲坠：经历了万历、天启两朝皇帝长期怠政、奸佞妄为的自蚀后，国力大衰，社会政治处于极其黑暗的境地。与此同时，东北女真族迅速崛起，肆虐于边境，屡袭关门，犹如一把利剑横亘于颈前，威胁着大明的北方疆土。哪里有压迫，哪里就有反抗，长期黑暗的政治统治，加上连年的自然侵袭，中西部地区民不聊生，在天灾人祸的双重折磨下，不堪忍受的人们终于愤而造反，燃起农民起义的熊熊烈火，这都加速了国家机器朽化报废的速度。扬州诗人亲身感受了社会的动荡不宁，故其作于明亡前的诗歌及追忆明亡前史实的诗篇多忧时念乱，充斥着人烟稀少、骨肉离散、积骸成丘、土地荒芜、生业荡尽的悲惨景象。

明末乱世之际，扬州诗人都甚为怀念"昔在承平日，万里如门阃。行人无阻塞，寄遗岁不虚"的安居乐业的日子，惜好景不长，"桑海既已变"，李自成的农民军纵横黄河流域，铁蹄经处，"干戈满道途"，"贫富在须臾"，社会正常的生产、生活秩序遭到破坏，竟至无以活人："米价如真珠，村南人食人"，"他日高门户，今日活沟渠"，社会呈现反常、异化面目，饥饿、穷困是人民普遍的写照："盗贼乱中原，如腹生痈疽。郡邑久萧条，如患染肢肤。富家练乡兵，子弟半执殳。弃村复筑堡，筋髓日以枯。衣裳与簪珥，所存乃区区"[1]。明亡以前，广大士人是普遍敌视农民军的，蔑称其为"寇"、"贼"，这是他们地主阶级立场所决定的，也是其历史局限性的表现，扬州诗人们也不例外，其诗文集中多次有这样的字眼，称谓的表述体现了他们对农民军兴起致乱、天无宁日的痛恨之情。孙枝蔚《田家杂兴次储光羲韵》作于明末，中有"鼙鼓声不休，群盗满南山。衣食起干戈，世路多险艰"，"乾坤方用武，人命轻鸟雀。养贼二十年，无人收河洛。空有长弓箭，不射拗抢落"[2] 诸句，其心情是复杂而沉痛的。青年孙枝蔚血气方刚，任侠慷慨，他认为"男儿须战死，时危见忠良"，也散家财结集义勇数千与闯兵相抗，"左手挂长弓，右手宝剑光"，"仗剑果老崖"，"雄心能轻虎与豹"，"岂料粮尽势遽散，马上仓皇别同侪"，事不济，深以为恨。闯兵依旧横行霸世，这对于极富社会责任感的年轻的诗人来说，内心的悲愤、焦灼、哀伤、无助可想而知。眼看大

---

[1] 孙枝蔚：《代书寄呈大兄伯发》，《溉堂前集》卷一，第58页。
[2] 孙枝蔚：《田家杂兴次储光羲韵》，《溉堂前集》卷一，第61—62页。

厦将倾,山河日非,他忧心如焚,频频吟唱道:"即今郭门外,盗贼正纵横","抚剑望中原,谁为济时人"①;"此地久用兵,人家遭播迁。望远神易伤,萧条绝炊烟"②。翌年(1643)十月十日之夕,孙父闻闯寇已据西安,忧剧不能寝,至夜半尚坚坐门外,凌晨痰作,竟暴毙,实系忧愤所致,享年六十三。乃父"身与山河同日尽",令孙枝蔚哀恸不已。国仇家难,旧恨新仇一并涌上心头,他对乱寇的仇恨弥深,希望天下太平、治世清明的愿望也更强烈。

二 易代兵乱

甲申年(1644)初一,李自成部攻陷西安后称王于此,国号大顺,颁发讨明诏书,并与满清联手抗明,一时狼烟四起,风云激荡。三月,李自成军攻入北京,思宗朱由检自缢煤山,明朝灭亡。四月,清兵及吴三桂在山海关击败李自成的大顺军,乘机入关,侵占北京,清朝建立。

在那血火纷飞的年代,兵刃相加,战火蔓延之处,百姓都如惊弓之鸟四处逃散,扬州诗人亦不能幸免。孙枝蔚曰:"今日遭丧乱,一身去无所。何况满门中,娇儿杂弱女。夜行昼乃伏,陶穴暂可处。不道腹中饥,但言行路苦。移时闻酣睡,梦中犹噢咻。妻或枕我肱,弟或枕我股。平日守礼人,纵横废规矩。惊定默自思,我命天所与。天日见无期,不如归黄土。"③ 这段死里逃生的经历,让他体会到从来没有过的担惊受怕、困顿劳碌、心力交瘁的滋味。吴嘉纪《我昔五首,效袁景文》回忆了"口干肠饿"、"暝色潜行曙则隐"的逃难经历,一路上到处是风声鹤唳:"弓弦旆影风秋鸣","残骑如狼散草莽,居人杂兔奔纵横"(其一);遭遇乱兵命悬一线而终化险为夷:"野空蹄响贼马近,我船欲速行转慢。须臾燔烧闾里红,风漂船入芦港中。芦叶菰叶蔽男妇,引衣掩塞啼儿口"(其二);转危为安后寄身草舍,浊气熏人,臭虫咬啮:"道路梗塞不得前,莫庄寺外僦草舍。半间草舍日百钱,夜傍主人鸡巘眠。壁隙臭虫馁俟血,啮人不待爇火灭"(其三);乱初定,还家后满目疮痍,一片狼藉:"畦上髑髅多似瓜","鸭毛满蹊旧狗死"④;"又闻土贼聚稍稍"而惊魂犹未定,惴惴

---

① 孙枝蔚:《行子吟》,《溉堂前集》卷一,第74页。
② 孙枝蔚:《与客二十余人夜发三原赴张果老崖》,《溉堂前集》卷一,第72页。
③ 孙枝蔚:《避乱杂述》,《溉堂前集》卷一,第63页。
④ 吴嘉纪:《我昔五首,效袁景文》(其四),《吴嘉纪诗笺校》卷十,第303页。

不已，历尽磨难。汪懋麟一家在高杰围城之际，"中兄死兵革，季兄陷营屯"，汪父留守空城，其余家口为避难而迁转海濒："提携仗老母，跋涉尝艰辛。四兄年十余，相依走踆踆"①，"荡家破产，万死一生"。扬州诗人们历尽劫火而保全存活下来，他们深味了"升沉间炎凉，如隔楚与秦"的沧桑感。

乙酉岁清兵南下时，只有扬州这座城市在史可法的领导下曾进行过顽强的抵抗，其他四镇驻守的军队不是一触即溃，就是开门纳降。而这座城市也因此遭到惨无人道的摧残，八旗兵恣意杀人放火，十日之后才"封刀"，江南名城转瞬成了鬼城、荒城。扬州诗人作为这一历史事件的亲历者和直接承受者，面对这座伤痕累累的城市，感受就格外复杂和强烈。惨绝人寰的"扬州十日"屠城在他们的诗笔下迭出层涌，表现得痛苦而锋利。每触及这段历史，就如撕开士人心头的一道道伤疤。这是一个时代的灾难，一座城市的灾难，一个特定时空中的人群的灾难。

扬州举城被屠时汪懋麟方七岁，"城头箭如雨，城内夜杀人"的危急、血腥画面他还"历历记犹真"："万马屠城，城中火起，照锋刃如雪。天大雨淙淙，与戈甲声乱，杀人塞坊市。"②《哀诗十首》其七曰："扬州乙酉乱，杀人无遗黎。城中火夜起，新鬼啾啾啼。"③《题宗副史灯船图兼寄定九》诗曰："甲申遭丧乱，怨雨愁冥冥。烧原鬼火黑，啄肉乌鸢腥。魂惊北楼角，铁硔发雷霆。"这种鲜血淋漓的场面、内心深埋的隐痛应该说在清初诸家集子中俯拾即是，但汪氏屡屡提及、气盛胆张则又属别调。因清初政治文化的钳制，出于时局之忌讳，文人一般写作、删汰或存留诗文时都格外谨慎，生怕留下一点触犯时讳的"雪泥鸿爪"而引来无妄之灾。《百尺梧桐阁集》乃汪懋麟手自裁定，他并未将上述明显有所违碍的诗篇付之一炬或芟削自存以作了断，而是特意保留在别集中，显然他是很珍爱这类雷霆鼓荡、抒写真气、具有生命力的真诗，当然最让人感佩的还是他睥睨世情的狂放之气和过人胆识。

扬州城破，吴嘉纪亲眼看到"城中山白死人骨，城外水赤死人血。杀人一百四十万，新城旧城内有几人活"④的大屠杀情景，愤怒惊惧之下

---

① 汪懋麟：《刘庄感旧》，《百尺梧桐阁集》卷六，第540页。
② 汪懋麟：《董姬传》，《百尺梧桐阁文集》卷五，第760页。
③ 汪懋麟：《哀诗十首》其七，《百尺梧桐阁集》卷十一，第608页。
④ 吴嘉纪：《李家娘》，《吴嘉纪诗笺校》卷十，第299页。

对"民膏锋镬刃"的劫难摄下了惨烈真实的镜头,正面揭露了清军的暴行:"哀笳忽四起,铁骑来万匹。野积战士尸,城流杀人血。穷凶出狱门,亦各操铁钺。依倚猛虎区,见者咸辣慄。"① 真是人神共愤,天地不容。吴氏还以锋刃之下的妇女为关注点,展现了兵难袭来时她们的命运分化。《挽饶母》(其三)云:"忆昔芜城破,白刃散如雨。杀人十昼夜,尸积不可数。伊谁蒙不戮,鬼妻与鬼女。红颜半偷生,含羞对新主。城中人血流,营中日歌舞。谁知洁身者,闭门索死所。自经复自焚,备尝杀身苦。"②清兵不仅屠戮人民,制造血案,还夺人妻女,以供淫威。守贞者被逼而"自经复自焚",阴曹地府瞬间添怨女无数。无论生者还是死者,她们都是兵难的牺牲品。

古人云:"宁当太平犬,不做乱离人",可世道无法选择,国变后扬州诗人都有过或长或短的播迁转徙经历,乱后江南各地的衰败景象在他们的诗篇中触目皆是。孙枝蔚《篦里曲》云:"道旁白骨走蚁虫,不如秋草随飘风。此曹有母复有妻,谁令抛置古城东。肢骸杂乱相撑柱,知汝或为雌与雄,或为壮士或老翁。"③ 白骨遍野,不知名姓,命如草芥,令人哀痛。孙氏《空城雀》以比兴手法出之,在"空城雀"的形象中融合了时世沧桑、鼎革之变的历史,融入了作者"故国不堪回首"的无尽感伤:

> 昔日城中诸少年,当春挟弹手不闲。弹弓本为孝子设,乃使汝辈同鹰鹯。自从桑田变沧海,经过空城泪如泉。邻舍不知窜何处,时闻雀声噪檐前。还顾数黄口,高下各翩翻。身不如微羽,骨肉失团圞。回头悔所为,抚心愧仁贤。才知性命无大小,方悟天道有循环。空城雀,谢少年。瘠土有善心,将死无恶言。不遭乱靡定,谁肯相为怜?④

短短数语,描绘出一幅国破城空、末日来临的凄凉黯淡的画面,营造了一种天地崩坏、混乱失序的感觉,让人魂悸魄动。

---

① 吴嘉纪:《辛亥孟夏二十八日,三兄嘉经归葬东淘》,《吴嘉纪诗笺校》卷六,第175页。
② 吴嘉纪:《挽饶母》(其三),《吴嘉纪诗笺校》卷一,第35页。
③ 孙枝蔚:《篦里曲》,《溉堂前集》卷一,第46页。
④ 孙枝蔚:《空城雀》,《溉堂前集》卷一,第45页。

三 清初战乱

清朝问鼎以来，为了镇压抗清力量，巩固自己的统治，穷兵黩武，连年进行战争。兵到之处，烧杀抢掠，恶贯滔天，田土成丘墟，人民遭惨杀，幸存者飘荡游离于外乡，历来是军事重镇的江南地区饱受侵害。

顺治九年（1652）十二月，南方坚持抗清的大西军在衡阳设伏，歼灭了清军敬谨亲王尼堪的 15 万精锐部队，阵斩尼堪，"清廷闻警，上下震动，时有弃湘、粤、桂、赣、川、滇、黔七省，与南明朝媾和之议"①。翌年（1653）四月，抗清力量出现了联合的形势，孙可望部会合冯双礼、白文选、马进忠等部共 10 万人，欲与清军作战。清政府为了控制局面，抽调大批满汉大军充实前线。战争疮痍未复的扬州，又一次遭到清军南征部队的洗劫。吴嘉纪的《过兵行》便是对这次大军过境的真实记录：

> 扬州城外遗民哭，遗民一半无手足。贪延残息过十年，蔽寒始有数椽屋。大兵忽说征南去，万马驰来如疾雨。东邻踏死三岁儿，西邻掳去双鬟女。女泣母泣难相亲，城里城外皆飞尘。鼓角声闻魂已断，阿谁为诉管兵人？令下养马二十日，官吏出谒寒栗栗。入郡沸腾曾几时？十家已烧九家室。一时草死木皆枯，昨日有家今又无。白发夫妻地上坐，夜深同羡有巢乌。②

清军过境时铁骑横冲，马践幼童，掳掠妇女，令人发指。驻军 20 天之后，扬州城只留下一片举城被焚后的废墟和一群家园被毁、无家可归的难民。扬州又一次惨遭荼毒。

顺治末的郑成功北伐与清兵的围剿，让长江沿岸的百姓遭受了自清兵下江南之后的又一次战乱，两个月中，百姓闻警即逃，人心惶惶，但终究难逃厄运：他们先是遭到清兵的侵扰、搜刮、洗劫、蹂躏，户无大小，男女逃窜，家室空亡，"比之乙酉七月大兵一屠，惨状相似"；而被寄予解救希望的郑成功军队也给百姓造成祸害，他们初入长江时，纪律尚好，然

---

① 史松、林铁钧：《清史编年》第一卷（顺治朝），中国人民大学出版社 1985 年版，第 336 页。
② 吴嘉纪：《过兵行》，《吴嘉纪诗笺校》卷十五，第 453—454 页。

败逃时，也曾纵兵焚掠，多有侵扰。这一系列战事使沿江百姓陷入恐慌而外逃者不计其数，吴嘉纪的《难妇行》揭示了逃难妇女的不幸：

> 宁为野田莠，不为城中妇。莠生雨露培，妇命如尘埃。江头六月举烽燧，东南风吹战艘至。官长首严出城禁，娇娃艳妇缩无地。愚者争向船舱匿，覆木覆石水关出。木下石下填人肤，日蒸气塞人叫呼。舟子耳闻眼不顾，往来逻卒逢无数。短篙刺刺渐离城，岸上骨肉喜且惊。夫来挈妻父挈女，开舱十人九人死。吁嗟乎！城外天地宽如此，此身得到已为鬼。家人畏罪不敢啼，红颜乱葬青蒿里。①

女辈纷纷匿身船底以外逃，暑气灼人，但因官府颁出城禁令，到处有巡卒盯梢，舟子不敢轻举妄动，致使女辈活活被闷死。守城见污，出城即死，出入俱无活路，妇女的命运何其悲也。

郑成功北伐失利之后，满清统治者为了控制沿海地区，切断沿海人民和郑成功水师的联系，颁布了"迁海令"，强迫江、浙、闽、粤等省沿海居民迁徙到内地，致使广大沿海人民流离失所，无处寄身，惨遭不幸。可以说，北伐一役确实给沿江百姓造成了自乙酉之后最惨烈的祸难。汪懋麟《无家叹》以一个家园被夺、亡命天涯的流民口吻，悲愤地揭露和控诉了这一非人间的遭遇：

> 有家有家在江洲，欲往归兮江水流。汇水横流不敢渡，漂我屋兮拔我树。屋兮我所居，树兮我所息，何为一旦苦相逼？中野哀鸣泪沾臆。仰视野鸟双双飞，林中有巢莫得归。流离使我独辛苦，瞻彼四方谁乐土？苍天不肯罢干戈，呜呼奈人无家何。②

诗人委婉地以比兴手法出之："江水横流"喻满清铁蹄荼毒江南（战乱频仍），"漂我屋兮拔我树"（写战争的巨大破坏力）是清兵饮马长江、长期驻扎、鸠占鹊巢的写照，"野鸟"喻离乡背井、无家可归者。中国人安土重迁、落叶归根的观念根深蒂固，不轻易去乡，但在兵荒马乱的战乱

---

① 吴嘉纪：《难妇行》，《吴嘉纪诗笺校》卷二，第55页。
② 汪懋麟：《无家叹》，《百尺梧桐阁集》卷一，第504页。

时期，他们被迫转徙异乡，无时不受"失根"无依之痛的折磨。可是他乡又能有安宁之日吗？天下到处烽火不息，遑论"乐土"？这是"无家"的根源所在。尾句"苍天不肯罢干戈，呜呼奈人无家何"非常明确地道出了诗旨所在。

康熙十五年（1676），时三藩之乱已经三年，汪懋麟于风雨之夜宿山东德州，有感时事而作《炮车行》。"风雨暮宿德州道，忽闻街卒欢嚣声"，原来是大兵过境；奔走之人"争言炮车自北下，黄牛一百夫千名。官吏缚船架木石，大河一夜如地平"，隐然可见战事的紧迫和规模的浩大，字里行间也透露出战争对生产的巨大破坏。次日"我起晓行过村店"，亲见"守牧将士纷旂旌，沾泥策马带弓箭，炮车十乘来轰轰。水深泥活道路涩，长鞭鞭牛牛不行。千夫挽牛杖齐下，屹然山岳相崩倾"的艰难行进之状，诗人怀着深深的忧虑之情："东南残黎苦荼毒，纷纷家室遭欃枪。国家用兵已三载，何为群盗犹纵横？安得将军展神力，荡除贼垒原野清"，隐含着对平叛战争的焦灼期待心理。"女归织兮男归耕，六军自此常洗兵"①，表达了诗人渴望战乱平息、苍生安宁、恢复被战乱破坏的生产和社会秩序的强烈愿望。将杜甫的《兵车行》与汪氏的《炮车行》对读，前者是写大军出征，后者是写大军过境；杜诗主要突出战乱造成的妻离子散，生灵涂炭，反对穷兵黩武的战争；而汪氏作为清朝统治阶级的一员，面对国家面临的危机，他对以武力来平定战乱的必要性予以肯定，在这一点上他显然有别于杜甫。当然汪氏在对三藩之乱造成的灾难的揭露上也是劲健有力的："四方苦格斗，民命等秋籜。官军亟扫除，城郭但狐貉。东南困巨浸，田庐悉漂泊。江湖满赢蚌，老稚饱藜藿。念此伤我情，畴为拯民瘼。"② 兵乱年荒，百姓迁播逃遁，乱世的衰颓之气从一幅幅灰暗的画面中浸染出来，令人伤神。

第二节　故国之思

明朝灭亡，清兵入关，这给清初诗歌带来了一个共同的主题——抒写故国之思、亡国之痛，从而表现爱国精神。这样的主题，在经历了扬州大

---

① 汪懋麟：《炮车行》，《百尺梧桐阁集》卷十四，第632页。
② 汪懋麟：《忽忽》，《百尺梧桐阁集》卷十四，第636页。

屠杀的文人笔下，更是以痛彻肌髓的切肤性体验呈现出来。

明朝灭亡后，从明朝遗留下来的人们不能忘怀那段惨痛的历史，对故国故君的悼念之情时有流露。出于巩固政权的需要，清廷绝不能容忍这种怀旧意识，顺康年间密集的文字狱便是一种明确而坚决的警告。于是，在这种政治恐怖气氛之下，文士们便不得不采取一种隐晦的方式去消解心头的亡国之痛、故国之思。他们的情感聚焦在大量咏古、咏物之作中。如孙枝蔚作于顺治八年（1651）的《冬青行》：

> 宋室遗民林与唐，岁逢寒食泪千行。冬青树下兰亭傍，百官何人来奉香。东风吹绿郁参差，魂魄诸帝今何之。桂酒椒浆前跪持，孤臣精诚天鉴兹。凤凰长护万年枝，相戒蝼蚁及狐狸。汝休妄效侵凌为，呜呼义士良难得。从此冬青增颜色，却使后人长叹息。皇天何苦生盗贼，君不见，杨髡宗恺分赃死。玉潜吉梦得三子，黄壤有灵应如此，莫斥稗官与野史。①

蒙元之代宋与满清之灭明极为相似，"历史上被'异族'所灭的汉族政权，唯有宋朝可与朱明王朝相比并"②。鉴于宋、明相似的历史命运，以宋指明便是这种隐晦抒情的方法之一。宋朝对于江南人士来说，其意义又格外与其他地区的人不同：杭州是南宋故都，是南宋王朝的一个历史缩影；绍兴是南宋王朝的六陵所在地。所谓六陵，即宋高宗永思陵、孝宗永阜陵、光宗永崇陵、宁宗永茂陵、理宗永穆陵和度宗永绍陵，这是其独特的历史意义所在。浙江遗留的南宋古迹，时时引起江南人士对宋朝历史的缅怀。这首诗中的"林与唐"，分别指宋遗民林景熙与唐珏（字玉潜），"冬青事"指元初江南释教总督杨琏真伽以修复旧寺为名，发掘南宋六帝陵寝，盗劫金玉宝器，其实这是在蒙元最高统治者的默许、纵容下，为了摧残整个汉族人民的强烈民族意识而进行的一次有预谋的政治活动。闻悉暴举，林景熙、唐珏、王英孙、谢翱等志士痛愤不已，数人阴潜捡拾宋帝遗骸并移葬于兰亭，又在土坟上植冬青树以作标志，并作诗吟咏冬青树。冬青树引发了孙枝蔚对宋的吟咏，而这暗寓着他对明王朝的怀想。在乙酉

---

① 孙枝蔚：《冬青行》，《溉堂前集》卷三，第 168 页。
② 张仲谋：《清代文化与浙派诗》，东方出版社 1997 年版，第 17 页。

岁（1645）清兵南下时，闻南明朝廷乌烟瘴气，战事不利，他就有社稷倾颓、明室陵寝不保的隐忧，《昨有》其二曰："万一江南弃，深愁陵寝荒"，如今诗谶成真，"辛勤竟亡国，毋乃鉴先皇"的深悲剧痛由冬青树再次被牵引出来。

顺治十四年（1657）的《杂诗》亦为孙枝蔚睹物生情、兴发故国之思的篇章：

> 买舟适东吴，暮宿虎丘下。将欲访专诸，要离抑其亚。借问行路人，皆云已物化。请看高塚旁，离离长禾稼。昔蒙国君怜，今为蝼蚁藉。捐躯不可为，叹息起中夜。①

专诸、要离是春秋时著名刺客，为佐吴王阖闾成千秋大业而杀身成仁。是年孙枝蔚过苏州虎丘，欲访英烈遗迹，而高贤已"物化"无踪，湮没无闻。其事消歇，其人流落，其物散佚，今昔对照鲜明，因而它很容易引起诗人的家国之感。

作为和顾炎武并称的"天壤两遗民"，吴嘉纪具有怀念故国的民族感情与不仕新朝的坚贞气节，《陋轩诗》中的《过史公墓》《扬州杂咏》《遣兴》《泊船观音门十首》《舟中九日》《过钟山下》《谒岳武穆祠》《登雨花台》《登清凉台》等吊古伤今的篇什，透发出深沉而凄苦的亡国哀思。比较典型的抒发亡国之痛的当推《过钟山下》：

> 兹山大江南，形势何雄特！万树隐蟠虬，四序葱葱碧。常怀山上云，今作山下客。绻绻路人语，晖晖崖日夕。胜地纵搏爪，半天棱瘦脊。但见下牛羊，不逢旧松柏。乾坤遭毁铄，祸害及木石。暮角受降城，寒潮瓜步驿。渡江吾迟迟，回首泪沾臆。②

南京是前明开国之京师、南明之都城，吴嘉纪登临南京城，此地的山水风物多寄寓"滔滔江水流"般的亡国之恨。这首诗显然是写清兵南下攻破南京大肆烧杀殃及钟山木石的景象，而"受降城"的暮角声，更勾

---

① 孙枝蔚：《杂诗》，《溉堂前集》卷一，第91页。
② 吴嘉纪：《过钟山下》，《吴嘉纪诗笺校》卷五，第159页。

起诗人对南明覆灭的痛苦回忆,以至不能不"回首泪沾臆"了。《遣兴》其六亦借古伤今,以晋代明,通过追忆晋代衣冠沦丧来表现明清易代之际华夏文明颠覆的哀痛:

朝过乌衣巷,石城黯无晖。植杖访王谢,门第久矣非。晋室既沦丧,二姓亦颠危。海内战不息,笳声日夜悲。风流众子弟,琐尾向谁依?伤心旧燕子,双影自飞飞。①

明亡时汪懋麟尚年幼,是成长于清帝国的新一代,对故明没有道德效忠的责任,但是,清朝是以少数民族入主中原,这和历史上一般的改朝换代又有很大差异。汉族士大夫世代相承的正统教育、忠节观念、"夷夏之防"的畛域思想、汪氏目睹的清军的血腥暴行、汪家国变时备受残害的痛苦遭际,使他对"以满代汉"这一历史事件无论在感情上还是理智上都难以接受,对已经覆亡的朱明王朝,依然怀有深深的依恋和悼惜之情。诗人有时托物言志,有时怀古抒情,其咏史诗、吊古诗即浸染了眷怀故国的悲凉调子,融入了亡国之恨,撼发了家国兴亡之感。

康熙二年(1663)秋,汪懋麟赴南京参加省试,其间写了《由句曲之金陵途中作》《题姊妹桥》《金陵小楼雨望》《中秋秦淮夜步》《木末亭》《桃叶渡》《燕子矶怀古》《重过金陵》《徐中山废园》等山水诗。南京山水风物是清初诗人笔下常见的题材,多寄寓民族感情。因为南京曾是朱明王朝的开国都城,安置着明太祖的陵寝,南明弘光朝亦建都于南京,南京无疑是故国的象征,这里的山水草木,都会引发诗人们的兴亡之恨。扬州与南京毗邻,故汪懋麟多次到过南京,这里的自然人文景观,时时向他昭示着神州陆沉的悲慨,其山水诗中的景物,也不自觉地涂抹上了苍凉凄楚的主观感情色彩,构成主客观相冲突的"有我之境",蕴含着深沉的亡国之恨。如七律《燕子矶怀古》:

雨燕飞飞水气昏,小亭四角对千村。波光浩荡鱼龙险,山执嵯峨虎豹尊。铁锁依然环石壁,降旗几见出江门。六朝多少兴亡事,凭吊

---

① 吴嘉纪:《遣兴》(其六),《吴嘉纪诗笺校》卷三,第95页。

风前未忍论。①

此诗首联、颔联摹景，雾霭迷蒙，波涛如怒，山势嶔险，燕子矶不见秋高气爽之美，而呈悲壮沉宕之气，这是诗人兴亡之恨的外现；颈联化用唐代刘禹锡《西塞山怀古》中的"千寻铁锁沉江底，一片降幡出石头"而来，浑然无迹，感叹兴衰难料，世事变迁；尾联"六朝多少兴亡事"化用宋王安石《桂枝香·金陵怀古》中的"六朝旧事随流水"，它后面还有一句"至今商女，隔江犹唱《后庭》遗曲"，汪懋麟触景生情，抚今追昔，表层怀古，实则伤今，亡国遗恨在后两联表露无遗，这与同期题写的其他山水诗中表达的情志是一致的，如《金陵小楼雨望》中的"兴亡怀异代，临眺转凄然"、《中秋秦淮夜步》中的"过桥欲问青谿路，桃叶当年事已非"，格调悲慨沉郁，在精神、风格上与《燕子矶怀古》相通。

康熙十七年（1678），汪懋麟过杭州，这座南宋时代的古都引发了他的沧桑之慨，他凭吊了著名爱国将领岳飞的墓地，感情激荡，一气呵成写下了咏史诗《岳武穆王祠墓》四首。这组诗不仅热情歌颂了爱国英雄岳飞精忠报国的不朽功勋和凛然正气："指顾河山奏中兴"，"结发威名震北边"；还严厉谴责了秦桧之流卖国求荣、陷害忠良的罪行："正与诸军期痛饮，岂知百战阻先登。谁教鹏辈楮梧甚，却购雕儿告讦能。最恨狱成齐进秩，要将余怒杀刘升"②；更愤怒声讨了高宗奸贤不分、怕死求和以致失事误国的行径："一门伏剑金人贺，三字醻勋圣主私"、"战守纷纷策半空，君王和议铸胸中"。岳飞当年所抗之"金"，正是当世清廷的祖先；当年之高宗，影射犹豫懦弱、阴主议和的崇祯帝。对宋的触及，引起了诗人的千古遗恨，异代同悲，也寄寓了诗人对明朝的怀想。

吴嘉纪也有同题诗《谒岳武穆祠》：

祠宇巍然俯一城，背人瞻拜泪纵横。草荒石径牛羊乱，风急山门鼓角声。河北当年轻与敌，中原今日复谁争？檐前历历江南岫，怅望徒伤野老情！③

---

① 汪懋麟：《燕子矶怀古》，《百尺梧桐阁集》卷一，第506页。
② 汪懋麟：《岳武穆王祠墓》，《百尺梧桐阁集》卷十六，第660页。
③ 吴嘉纪：《谒岳武穆祠》，《吴嘉纪诗笺校》卷十三，第397页。

清初岳武穆祠是被禁拜的，诗人冒险"背人瞻拜"，有感山河易色而"泪纵横"。英灵无迹，乱象丛生，鼓角清笳宛在耳边，故国沦丧的无可奈何之情与复国无门、心有不甘之志交织在一起，只能发出"怅望徒伤野老情"的悲叹。

有时，扬州诗人以一己外在形态上的变化，委婉传达出易代在文人心理上投射的巨大阴影。石破天惊的大事变对汉族文士的冲击、刺激太大，他们的心理完全失衡，"愤懑不平，无所寄托"，极度的痛苦无以宣泄，遂放浪形骸，纵情声色，"日闻笙歌喧"，"饮醇近妇人"，"丈夫不得行胸怀，虽速死声色中可也"，以一种抑郁、乖张、颠狂、破坏性的姿态来麻痹自己，获得心灵片刻的"安宁"与解脱。这种"志日奇而趣日卑，心日放而名日损"之任诞不羁、玩世不恭的行为方式表达了当时士子对事变的不满和反抗。纵使时光流逝，人事代谢，他们心底痛楚的烙印还在，并且日甚一日渐渐耗尽他们的青春与热情。孙枝蔚于顺治十五年（1658）作了一首《咏白发》，可视为他的自画像，诗曰：

> 耽吟嗜酒一狂夫，十五年中血尽枯。
> 但使心如松与柏，何妨发似柳兼蒲。①

亡国之痛深，志节之坚劲，尽于短幅中道出。

然而，扬州诗人并未一味停留在种种悲痛心绪的抒发上，而是痛定思痛，把精神上的创伤转化成理性的反思。他们也对故明腐败的政治、军事制度给予了理性的揭露和思考。如孙枝蔚《北山》诗曰：

> 山中还仗义，同泽见斯人。号令秋霜肃，心肝草野真。充粮寻枣树，饮血污头巾。战士从来苦，谁曾达紫宸？
> 仁义虽堪恃，行兵贵有神。未衰防彼气，可守保吾身。马上皆儒者，军中有妇人。兹行恐不利，为尔泪沾巾。②

军饷供应不足，将士苦乐不均；军备松弛；朝廷用人不当，文官挥

---

① 孙枝蔚：《咏白发》，《溉堂前集》卷九，第440页。
② 孙枝蔚：《北山》，《溉堂前集》卷四，第212页。

师；将帅不以国事为重，苟且偷安，沉溺声色。如此官兵，怎能力挽狂澜？北山一役，只是冰山一角。故明的腐败无能在汪懋麟犀利的叙述中也得以印证："是时闯贼李自成已起关中，国家征调日急，所用大帅率党局排挤，慵懦不习兵事；所在将吏又骄悍不奉法，贼至辄遁，民被蹂躏，屠掠男女，村堡萧然。"① 又曰："甲申流贼李自成陷京师……当是时，捍帅分部四镇，国家莫能制，所至奴官吏、蹂百姓，稍不当，横刀怒视，扬州一镇尤酷恶，吏民苦之；帅旋死，兵无所统，益横暴。"② 他把国家的灭亡、人民的灾难归咎于这样一群拥兵自重、骄横攻讦、寡廉鲜耻、尸位素餐、苟且偷安并临阵脱逃的将卒，语词充满愤恨之意。

明亡后，南明弘光朝成立于南京，作为大明朝延续的"正朔"一脉，无数志士对南明朝廷寄予反清复辟的厚望。清兵在击败李自成军后，自然将弘光朝作为首要打击对象。文恬武嬉、一心偏安的弘光朝毫无防备，皇帝在大肆征选宫女，朝臣在忙着争权夺利，党同伐异，清军席卷南下，几乎没有遇到任何有力的抵抗，就进入归德（今河南商丘），半个月后即打下军事重镇徐州，一路势如破竹。明总兵望风而逃；镇守淮海一带的镇将尚未接战，已决意逃跑；本已危如累卵的弘光朝此时又祸起萧墙，内讧不断，严重地分散、抵消了抗清力量。故国不堪回首，扬州诗人忧虑时局，感情沉痛，屡屡发泄对南明朝廷的怨怼之情："忆昔甲申岁，四镇拥兵卒。兴平称最强，争地民不恤。下令助军饷，威迫盛于贼。国家财富区，一朝为萧瑟。"③ "才闻战马渡滹沱，南北纷纷尽倒戈。诸将无心留社稷，一抔遗恨对山河。秋风暮岭松篁暗，夕照荒城鼓角多。"④ 对权奸误国表达了极度的愤怒和不满。

第三节 民生之艰

黄宗羲在晚年写明末清初的士风变化时说："年运而往，突兀不平之气，已为饥火所销铄……落落寰宇，守其异时之面目者，复有几人。"⑤

---

① 汪懋麟：《征君孙豹人先生行状》，《百尺梧桐阁文集》卷八，第793页。
② 汪懋麟：《江都知县周公传》，《百尺梧桐阁文集》卷五，第753页。
③ 吴嘉纪：《赠汪生伯先生》，《吴嘉纪诗笺校》卷十五，第439页。
④ 吴嘉纪：《过史公墓》，《吴嘉纪诗笺校》卷一，第12页。
⑤ 黄宗羲：《黄宗羲全集》，浙江古籍出版社1985年版，第62页。

许多士人的高昂之气随着时间的流逝而"销铄"了,在新朝的威势逼迫之下,渐渐淡漠了反抗的激情。但是无论是在苟延残喘的明末,还是在鼎革之后的清初,面对处于水深火热之中的百姓,扬州诗人都以犀利的笔锋酣畅淋漓地揭露了统治者的卑劣行径,展示出一种刚正不阿的豪气,对被摧残、被践踏的芸芸众生表现出深切的同情。他们是古时的人道主义者,对"生存"这一天赋人权特别在意,伤悼生民往往多于其他,甚而高于一切,躬行了儒家"仁"的学说精义,如严迪昌先生所评价的:"这是中国的'士'的心存天下的精粹所在,也是华夏诗人最宝贵的传统。"①

受儒家文化的濡染,扬州诗人对天下苍生,有杜甫一样"穷年忧黎元,叹息肠内热"的感情,政治的清浊、年岁的丰瘠、人民的命运,时刻牵动着他们的神经。因他们大多生活在社会底层,贴近民众,广泛地接触了社会现实,了解人民的苦难,故其诗文集中关注民生、寄心民瘼、具有社会意义的诗作甚夥。

一 自然灾害

有的诗歌反映了百姓所遭受的严重的自然灾害。清初淮河流域的各种自然灾害频繁发生,举凡水患、蝗灾、潮灾、洪涝、地震、冰雹等灾害无不尽有,在扬州诗人笔下都得以真实地再现,堪称"诗史"。下面撷其要者,简举数例。

(一) 水患

水患,是因久雨、暴雨或山洪暴发、河水泛滥而致,明清时期扬州地区大范围或局部性的水灾非常多,类型也多样,有淫雨伤禾、河湖漫溢、溃堤决口、启坝泄水、崩岸坍江等。汪懋麟所言:"江南,泽国也,今江淮之间洪水为灾,冲堤防,坏城郭,没田舍,民饥饿、漂转以死者,道路相枕"②,为实录也。

吴嘉纪所居之东淘,地势低,洿湖多,极易引发水、旱、飓风等灾害性气候,《陋轩诗》中的灾异诗多达五十多首,在清初诗人中是比较突出的。不少灾异诗标有确切的时间、地点,为研究者提供了丰富可信的史料,有多方面价值。其中写水患的有二十几首,占灾异诗的一半。作于康

---

① 严迪昌:《清诗史》(上),浙江古籍出版社2002年版,第97页。
② 汪懋麟:《与曹峨眉论白鸟书》,《百尺梧桐阁文集》卷一,第672页。

熙十五年（1676）的《六月十一日水中作》诗云：

> 骤雨催堤决，奔雷向海驱。虚空浮屋宇，里巷入江湖。蛇齿时愁啮，蛙声夜与俱。急难谁救汝？稚子莫号呼！①

暴雨决堤，巨浪汪洋，田畴淹没，庐舍漂流，人若泥沙，"大地白茫茫一片"，触目惨然。即使在灾异之年，仍可见尖锐的贫富分化，吴嘉纪《朝雨下》以深刻的笔法触及了这一社会问题：

> 朝雨下，田中水深没禾稼，饥禽聒聒啼桑柘。暮下雨，富儿漉酒聚俦侣，酒厚只愁身醉死。雨不休，暑天天与富家秋；檐溜淙淙凉四座，座中轻薄已披裘。雨益大，贫家未夕关门卧，前日昨日三日饿，至今门外无人过。②

淫雨连绵，禾稼不登，贫家饥肠辘辘，难捱终日，而富家酒肉尽欢，诗人在强烈的对比中写出了世道的不公。

汪懋麟记录水灾的诗数量仅次于吴嘉纪，而情感沉痛，思考深邃，力度不亚于吴氏。康熙七年（1668）四五月间，黄河冲决，扬州郡县河水冲溃，惨象历历，汪懋麟目睹了这一变故并作《河水决》述之："黄河冲决淮河荡，白马湖中千尺浪。淮扬城郭云气中，远近田庐水光上。人行九陌皆流水，蠃蚌纷纷满城市。"③ 水灾过后，"淮扬十余县，米价如珠玉，富民尚踟蹰，何况此茕独"。此后数年，水患迭兴，难以消弭："连年六七月，崩奔诸湖口。"黄河夺淮带给淮扬人民的遗祸，不仅是闾闾萧条、民生凋敝，更为严重的是造成此域生态环境的失调和脆弱，终成"天不养人"的局面，像汪懋麟所忧心的："淮扬据要冲，漂没失鸡狗。赋税从何出，城郭渐难守。"在重大的自然灾害面前，尽管朝廷拨专款救济修防，但地方官却乘机中饱私囊，并不采取有力措施，致使系民性命的防决大堤成了豆腐渣工程，"十日筑成五尺土，明日崩开十丈五"，对此汪懋

---

① 吴嘉纪：《六月十一日水中作》，《吴嘉纪诗笺校》卷七，第 228 页。
② 吴嘉纪：《朝雨下》，《吴嘉纪诗笺校》卷一，第 25 页。
③ 汪懋麟：《河水决》，《百尺梧桐阁集》卷六，第 538 页。

麟气愤难平:"岁修縻百万,半饱漏壑薮。大吏日荒淫,笞挫责夫柳。哀哉补苴计,哪得不速朽。台谏纷上书,此辈视敝帚。九阍岂得闻,隐忍恨难剖。"① 他透过天灾这种表面的自然现象,深刻地揭露了人祸的危害,这客观上是在批判腐朽的封建制度本身。作为扬州本土人士,作为像顾炎武一样以天下为己任的士人,汪懋麟利用一切机会、渠道、场合,为民请命,奔走呼号,传达下情,"我欲叫九阍,此地须忖量",确实为扬州的治理、发展贡献了一己之力。

(二) 蝗灾

江淮地区地势低洼,河道纵横,当环境适宜时,容易爆发蝗灾,这是一种仅次于水害的高危害灾种。蝗虫大量增生后迅速蔓延,过境时蝗群漫天,草木皆尽,禾稼绝收,从而引发大饥荒,如崇祯末年最大的一次蝗灾使东台"屋草糜遗,民大饥,人相食"②,令人惊悚。且蝗虫迁飞时,数量惊人,所过之处,皆成赤地,破坏性极大。康熙十一年(1672),扬州飞蝗蔽空,吴嘉纪《鹜来词》云:

六月蝗为灾,有鹜自东来。来立田中如老翁,秃头长颈驱蝗虫。群虫赴海齐趑趄,飞走不疾鹜啄食。食既饱,起高飞;人来争获救公饥(注:稻名)。田公田姥呼鹜拜,恩德尔比凤凰大。昨日憔悴今日欢,他家流亡我家在。我愿家长在旧村,尔鹜老寿多子孙。子孙翱翔遍天下,年年护我农夫稼!③

蝗虫的天敌鹜长驱而入,食蝗除害,百姓感恩戴德几至顶礼膜拜。诗人手眼独具,以一个看似喜人的角度切入,实则内里凄楚,百姓祈福于鹜,其孤苦无助既反衬蝗灾之厉,又暗示官府麻痹于生民之哀而无所作为。康熙十八年(1679),汪懋麟顺黄河北上,沿途见到赤地千里,飞蝗蔽天,人民在死亡线上挣扎的情景,有感而发写下了《舟过被水乡村纪事》:"飞蝗遍郊野,百草秃如锉。饥人号道旁,颜色实瘦饿。行行及东鲁,一麦差可贺。"④ 亦表现了蝗灾之可怖。

---

① 汪懋麟:《柏乡公招饮问淮扬水决诸道感述》,《百尺梧桐阁集》卷八,第560页。
② 《祥异》,嘉庆《东台县志》卷七,《中国方志丛书》第27册,第327页。
③ 吴嘉纪:《鹜来词》,《吴嘉纪诗笺校》卷六,第190页。
④ 汪懋麟:《唐官屯阻雨,舟中写怀》,《百尺梧桐阁遗稿》卷十,第809页。

（三）潮灾

扬郡介于江淮之间，一面临海，地势低洼，每当淫雨浸灌，潮水泛滥，总有诸如庐舍漂没、灶田渍毁的情况发生，所谓"海潮之患，淮扬为甚，自唐以来迭见记载。每大风骤起，波涛汹涌，瞬息数十里煮盐之民溺死动辄万数千人，获救者十无一二，亭场田舍之损失更不可以数计"①即是。潮灾在吴嘉纪的诗歌中有确切载述。《风潮行》记录了顺治十八年（1661）扬郡东台一场惊心动魄的风潮：

> 辛丑七月十六夜，夜半飓风声怒号。天地震动万物乱，大海吹起三丈潮。茅屋飞翻风卷去，男妇哭泣无栖处。潮头骤到似山摧，牵儿负女惊寻路。四野沸腾哪有路，雨洒月黑蛟龙怒。避潮墩作波底泥，范公堤上游鱼度。悲哉东海煮盐人，尔辈家家足苦辛。频年多雨盐难煮，寒宿草中饥食土。壮者流离弃故乡，灰场蒿满池无卤。招徕初蒙官长恩，稍有遗民归旧樊。海波忽促余生去，几千万人归九原。极目黯然烟火绝，啾啾妖鸟叫黄昏。②

明清时期江淮的风暴潮，属于大范围的潮灾，常常是大风夹杂着大潮登陆，一般会波及滨海的好几个州县，其破坏力非常大：来势汹汹，冲毁房屋，侵蚀庄稼，溺毙居民，存者无粮。官民因长期沉浸在范公堤一劳永逸的幻觉中，故面对这样突如其来的海潮灾害，显得束手无策，整个受灾地区陷入死寂。康熙四年（1665），江淮滨海的淮安、东台、盐城等地再遭猛烈的风暴潮，海潮规模大，灾情严重，超过以往，吴嘉纪《海潮叹》云：

> 飓风激潮潮怒来，高如云山声似雷。沿海人家数千里，鸡犬草木同时死。南场尸漂北场路，一半先随落潮去。产业荡尽水烟深，阴雨飒飒鬼号呼。③

---

① 《（民国）阜宁县新志》卷九，《水工志·海堰》，《中国方志丛书》第166册，第735页。
② 吴嘉纪：《风潮行》，《吴嘉纪诗笺校》卷一，第24页。
③ 吴嘉纪：《海潮叹》，《吴嘉纪诗笺校》卷二，第39页。

其惨象令人闻之色变。

（四）地震

扬州郡县多处在断裂带上，受地表活动影响较大而频发地震。地震对扬州的社会经济也造成极大破坏。如康熙七年（1668）六月，江淮爆发了明清时期最大的一次地震。此次地震，受山东郯城8级大地震的影响，江淮郯庐断裂带上的许多地区都有波及，扬州、宝应、盐城、高邮、兴化、东台、如皋、泰兴、靖江、江浦、仪征、淮安、阜宁、怀远、寿州、舒城、庐江、无为、巢县、滁州、全椒、来安、安庆、太湖等29个府州县均遭地震，破坏性非常大。六月十七日，"北直、河南、淮扬，地震尤甚。兼以水涨，冲倒城郭、屋庐，人民死者甚众"①。汪懋麟的《地夜动》记载了这场突如其来的大地震发生时山崩地裂的可怕景象："戊申六月地夜动，万瓦惊飞起残梦。跂足不定天地翻，街市千人万人恸。江海之水皆倒流，泰山华岳空中浮。人生性命在顷刻，尊卑颠倒民何尤。天上太白方昼见，连月霾霖走雷电。"② 地震之后"山川亦崩裂，人民多暴死，灾异非寻常"③，见诸文字，足以让人惊怖。

二 吏治黑暗

（一）赋税之艰

百姓的贫困不尽是由于战争与灾荒，更为深重的社会原因，是沉重的赋税造成了他们的生活难以为继的苦况，这在扬州诗人的笔下多有反映。如孙枝蔚作于康熙二年（1663）古乐府体的《佃者歌》序云："溽暑中，儿燕归自田间，述佃户贫苦状，余恻然代佃作歌。"诗曰：

  插秧插秧，小麦登场。炎风何来，吹妇衣裳。但见稻苗，不见赤日光。吁嗟我糟糠。

  债主来何施施，病妇下床烹伏雌。长跪主前泪弥弥，斗斛唯命安敢辞。与其丰年转苦饥，凶年活我君何为？④

---

① 叶梦珠：《灾祥》，《阅世编》卷一，来新夏点校，上海古籍出版社1981年版。
② 汪懋麟：《地夜动》，《百尺梧桐阁集》卷六，第538页。
③ 汪懋麟：《舟过被水乡村纪事》，《百尺梧桐阁集》卷六，第541页。
④ 孙枝蔚：《佃者歌》，《溉堂前集》卷一，第53页。

明代以来，江南重赋，严格来说应是"原敌占区重赋"，这源自朱元璋对这些地区巨富豪强的惩罚和钳制，朝廷每岁夏、秋两季在此征收更多的田粮以供军政之需。李自成起义军推翻明王朝后，农民获得了"不纳粮"的权利，在极端贫困、疲敝的情况下稍得喘息。但清军一入关，又开始征"地亩钱粮"，地主阶级为转嫁自身完税的危机就加紧了对农民的剥削。层层盘剥下的农户，辛苦劳作竟不能完纳赋税，真是走投无路了，只好发出愤怒的控诉："与其丰年转苦饥，凶年活我君何为？"字字血泪，让人产生"塌然摧肺肝"之感。

清初承续明代的里甲、保甲制度，由胥吏管理地方行政事务，如里甲长的主要职责是征收田赋，并督令农民遵守法度，不得擅自迁徙，以保障国家赋役征收，维护地方基层统治秩序。但是胥吏多捐纳或"顶首"以出，未经严格的选择和删汰，既不重德行，亦不问才干，径以钱财取人，其结果，"奸猾者为之，无赖者为之，犯罪之人为之，缙绅豪强之仆为之"，多为惶惶求利、奸猾无耻之徒，德不足以廉身，才不足以成事，致使贪风大长，人民备受侵害。胥吏之危害百姓，赋役是其中大项。清初正赋之外有盐课、关税和各项杂赋等为辅助，正赋有定额，但征赋制度混乱，起初，直省解京各项钱粮总归户部，顺治七年（1650）复令各部寺分管催收，以致款项繁多，民难知晓，官吏易于作弊。正赋外的各种摊派由地方自定，胥吏往往巧立名目，随意增加赋税名项，上下其手，大发不义之财。吴嘉纪《冬日田家》其三即为胥吏百方诛求，肆意敲剥而加重小民负担的写照："里胥复在门，从来不宽贷。老弱汗与力，输入胥囊内。囊满里胥行，室里饥人在。"① 吴氏《剩粟行》描绘了一幅百姓在吏胥压榨下绝望挣扎的凄惨场景：

  吏胥昨夜去村西，屋中剩粟如尘泥。呼儿握粟去易布，商贾饱眼皆不顾。一雁无侣声嗷嗷，老夫惆怅归荒郊。今夜灯前炊一斗，明夜床头余半缶，朔风依旧吹两肘。②

更有甚者，胥吏借势逞凶，施贪暴残酷之淫威，使百姓雪上加霜。吴

---

① 吴嘉纪：《冬日田家》（其三），《吴嘉纪诗笺校》卷十三，第371页。
② 吴嘉纪：《剩粟行》，《吴嘉纪诗笺校》卷十五，第453页。

嘉纪《税完》云："输尽瓮中麦，税完不受责。肌肤保一朝，肠腹苦三岁。"① 百姓忍饥挨饿，勤劬终岁，以能完税为期冀，足见其遭受的迫害之深。百姓被重剥而不能完赋，胥吏又乘机讹诈，以刑罚相威胁，逼民行贿，即使灾异之年他们也得低三下四竭尽资财以求宽限，可如此这般仍是徒劳无益。吴嘉纪《海潮叹》云：

　　堤边几人魂乍醒，只愁征课促残生。敛钱堕泪送总催，代往运司陈此情。总催醉饱入官舍，身作难民泣阶下。述异告灾谁见怜？体肥反遭官长骂。②

胥吏祸害人民由此可见一斑。

孙枝蔚作于顺治十八年（1661）的《马食禾代田家》诗曰：

　　禾黍正油油，何人放马上陇头。碧眼虬须使我愁，向前长跪泪双流。租吏坐我堂，声高气正扬。县官催纳粟，不待禾登场。愿邀马客至舍下，今朝为吏办酒浆。马客来，租吏去。早知马客能逐吏，马食禾尽不须虑。③

无论"马客"，还是"租吏"，都面目狰狞，不可一世。简笔勾勒，尽见其鱼肉人民的丑恶嘴脸。虎去狼来，避无可避，卑微的草民卑躬屈膝，逢迎讨好，自辱以求宽缓，凄楚至极。

残暴的封建统治者不顾人民死活，即使在水灾频仍的异常年岁，犹横征暴敛，敲骨吸髓，有增无已，使遗孑之民鹄面鸠形。汪懋麟《雨不绝》曰：

　　四月五月雨不绝，田家老农泪坐血。雷霆不时号令乖，禾稼烂死饱鱼鳖。衾裯换米日过午，哪能租税完官府。城中廉吏虽父兄，胥吏征求执如虎。可怜酒肉臭朱门，道旁今有饿死魂，仰看雨执犹

---

① 吴嘉纪：《税完》，《吴嘉纪诗笺校》卷二，第45页。
② 吴嘉纪：《海潮叹》，《吴嘉纪诗笺校》卷二，第39页。
③ 孙枝蔚：《马食禾代田家》，《溉堂前集》卷三，第182页。

昏昏。①

残黎欲求天问地而无出路，面对连绵淫雨，只好"仰看雨执犹昏昏"，听天由命了。

吴嘉纪《堤上行二首》其一曰：

高低田没尽，横流始归海。坏堤石出何磊磊？官长见田不见湖，摇手不减今年租。未崩河堤余几丈，留与催租者。草枯风瑟瑟，往来走驿马。②

康熙八年（1669）七月，河决，洪水伤稼，岁大歉，可巡视扬州灾情的长官未遍历诸县，只勘察了本属膏腴之地、明显又未受损的扬子湾，未尝通盘考察河道情况，即"叹赏不容口"，"摇手不减今年租"。当道不闻实情，下情不达于朝廷，诗作揭露了官僚集团昏聩无能，人浮于事，不为民请命的丑态。

官僚集团和地主豪强对百姓的额外诸求、密网竭鱼式的剥削和掠夺，原因之一是为了满足他们穷奢极欲的享乐生活，如汪懋麟《石车行》拍摄的画面："四轮轰轰连二车，两行百二青骊骖。中载巨石屹山岳，车上一人声欢呀。手持大竿鞭众马，竿绳摇动如长蛇。车声动地作霹雳，所过街市扬黄沙。试问辇石此何用，甲第新筑侯王家。山上白石采已尽，城中土木方无涯。"③剥削必然造成社会贫富不均的尖锐对立，孙枝蔚《哀纤夫》曰：

役夫亦有家，常与道路亲。母老不得顾，驱之向淮滨。船中坐达官，打鼓过前津。酒肉饱其腹，焉知饥饿人。
牵船复牵马，受答手中鞭。不如为奴仆，犹得主人怜。雨中泥没骭，河水浩无边。力尽长苦饥，何处望炊烟。④

---

① 汪懋麟：《雨不绝》，《百尺梧桐阁集》卷六，第538页。
② 吴嘉纪：《堤上行二首》（其一），《吴嘉纪诗笺校》卷五，第153页。
③ 汪懋麟：《石车行》，《百尺梧桐阁集》卷十一，第604页。
④ 孙枝蔚：《哀纤夫》，《溉堂前集》卷二，第134页。

一边是饥肠辘辘，一边是花天酒地；一边做牛做马、奴才样地供人驱使，一边作威作福、颐指气使、盛气凌人，而正是百姓的膏脂养肥了这些达官之辈，社会何其不公！诗人用白描手法纡徐道出，看似冷静，实则蕴蓄着深深的愤慨。

整个上层社会利益链条的轴心，就是对百姓的层层搜刮，而它归根结底体现的是专制社会中皇权的绝对性、不可动摇性，对此，羽离子有非常精辟的分析："财富是可藉以抗衡皇权的其它力量中的一个重要力量。要抵挡或动摇皇权，无论是舞文弄墨，引书发文，还是招兵买马，造反起事，都要用钱。所以，皇帝想方设法压榨人民，不使人民有多少余资余粮余力。""皇帝用专制手段实现了对人民群众的极端的压榨和剥削，也实现了对他所怀疑的任何人的镇压和掠夺。反抗活动也因此而困难重重。"①其论说深刻透辟，洵为知言。

（二）强征应役

有的诗作表现了百姓在残酷的徭役制度下无处逃遁、被朝廷吏役强行征捉应役的痛苦。孙枝蔚《筑城曲》诗曰："城昔未尝坏，问汝何从入。城今筑更高，愁汝安得出。"序曰："怨抽丁也。"② 题意甚明。顺治十三年（1656），郑成功的水师往来沿海，清兵分路进攻，江南再起烽烟，时孙枝蔚在杭州，他目睹了处于水深火热之中的人民的悲惨境况，作《采莲曲》记之，序曰："西湖苦兵，故有此作。"③ 诗曰：

　　前湖又听角声秋，昨夜旌旗满驿楼。闻道捉船无大小，家家沉却采莲舟。

　　自从夫婿爱求田，贱妾南湖厌摘莲。却为探亲城里去，相随半日木兰船。

　　家有荷塘仅不贫，青山相伴少亲邻。船头落日归须早，昨夜塘边贼缚人。

朝廷的吏役们为了拼凑兵员数额，任意捕捉，不顾民情，残暴蛮横。

---

① 羽离子：《明清史讲稿》，齐鲁书社 2008 年版，第 284 页。
② 孙枝蔚：《筑城曲》，《溉堂前集》卷一，第 43 页。
③ 孙枝蔚：《采莲曲》，《溉堂前集》卷九，第 434 页。

这种漫无限制、毫无章法、惨无人道的抓丁拉夫的行径更甚于盗贼。诗人描写得如此真切沉痛，批判力度是很深的。

（三）捉船弊政

孙枝蔚表现人祸的诗歌是比较突出的。作于顺治十六年（1659）的《水叹六首》其四曰：

> 清晨已闻邪许声，夜半捉船小港中。役夫骨填河水塞，舟子泪添海水红。防河主簿忧孔亟，食俸不多爵不崇。前有达官坐巨艑，鼓吹能使两耳聋。①

这首诗写了清廷的一项弊政：清初兵事多，漕运繁重，官兵如狼似虎，强行向江南人民抽调船只，这是正供粮饷之外加在百姓身上的额外负担，乃江南一大民害，弄得本已痛苦不堪的百姓雪上加霜，家业荡尽，难以聊生。这一弊政即使在灾害之年亦不能免，水上人家被逼得忍无可忍，奋起反抗，无奈难敌凶狠残暴的官兵而殒命。"役夫骨填河水塞，舟子泪添海水红"，这惨痛的人间悲剧，不仅是天灾，更是人祸所致。老百姓受水灾而无屋安身，无粮果腹，赖以养家糊口的船只又被夺，性命难保，而官舫则不在此列，不须捉，亦不须雇，当官的人依旧过着盈沸喧天、纸醉金迷的生活，社会的不公处处皆是。

（四）社会无序

人间的不平世相无处不在，无时不有，由水患引发的诸多"人祸"不唯捉船一例，更有旷古未闻之咄咄怪事："今岁扬州水旱之后，继以疾疫，棺价大贵，尤是有钱之家多死医人之手，此辈杀人后官法不及，何怪其坐车中扬扬自若耶？"相形之下，贫家"幸以困乏无请医买药之资，听之天命竟都平复"，真是亘古未有也：求医问药，不愈反被夺命；庸医不是个例，竟是普遍之存在；夺人性命，竟能逍遥无咎。人存于世，命无以保，社会失序、法纪混乱、纲常颠倒可见一斑，孙枝蔚把批判的锋芒指向上层统治者："昔梁简文作《劝医论》，而至今卒不可劝；为民上者，复皆不熟《周礼》。官不闻先王之法，与医不知古人之方，又何异乎？"②

---

① 孙枝蔚：《水叹六首》，《溉堂前集》卷三，第176页。
② 孙枝蔚：《与五兄书》，《溉堂文集》卷二，第1118页。

在追究天下失序无常的原因时，汪懋麟同孙枝蔚一样，也归咎于统治者无知于"先王之法"，耳目阻塞，蒙昧昏聩，道不明而天下乱的因果论：

> 《周礼》：王者有医师掌医政，……寝及后世，古法不讲，天时失序，水旱灾之，饥馑困之，兵革扰之，疾病苦之，庶类凋瘵，鲜能生活，噫可哀也。江淮之间，数岁以来，河水为虐，百谷不登，饥馑疾痛者流转道路，枯槁之色、呻吟之声不绝于耳目。①

他们强调朝政要遵循、符合《周礼》的规范，朝廷失礼则国无以立。朝廷是国家政治核心的物质形式，朝廷中的"礼"泛指君臣间有严格秩序规定的关系及保持这种关系稳定的伦理，即儒家传统的"君敬臣忠"的思想：君王以德敬天，秉公行事，求贤治吏；朝臣事君以忠，这是国家振作和国泰民安的根本保证。只有朝廷有礼，即朝廷井然有序，才能推及整个国家、社会井然有序。他们把社会秩序恢复的希望寄于"先王之法"，寄于传统礼制、文化、道德的重振，这也是当时的文人士大夫们可以找到的唯一的精神依托和思想武器。

第四节　山水情志

扬州诗人还常将笔触伸向山水田园，不管是游历吟赏，还是抒怀言志，多以山水为审美观照，寓情于景，情景交融，"一切景语皆情语"，其山水诗中的山水景物决非纯粹畅情娱性的载体，亦非远距离地玩味激赏的闲情寄托，而是以山水的形质外貌，深刻地折射自己幽隐的心曲。在艺术表现上，或与怀古情思相融合，或与君国忧危、战乱时政紧密相连，或与个人身世、心态相联系，较多厚重的人文负载。处于清初社会动荡中的扬州诗人通过山水诗，表达了丰富的思想内涵。

借山水而寄托心志的寓意寄托型诗歌在扬州诗人的诗集中占了一定比例，并且佳什迭出，蕴含着风云之气，时代沧桑，为山水诗之杰作。

孙枝蔚漂泊半生，游学、游幕而"奔走于燕、赵、鲁、魏、吴、越、楚、豫之郊"，纵横南北，遍游天下，如此壮游，不能不成就其山水诗

---

① 汪懋麟：《募医药济人序》，《百尺梧桐阁文集》卷三，第708页。

篇。仅以国变后十年间为观照视域,其于顺治九年(1652)游苏州,有《姑苏台》《百花洲》《走狗塘》《真娘墓》《游虎丘》《馆娃宫》诸作;顺治十一年(1654)游安徽桐城,作《黄公祠》;翌年旅镇江,有《招隐寺观梅》《竹林寺》《登多景楼》诸作。这些诗,大都能与怀古情思相融合,既反映鼎革之变,又抒发故国之思,较少羁旅漂泊之苦和流连风景的描写。在写法上,又不止于对自然风景和人文景观的表面描绘,而是在景象的"摄录"中糅合了诗人浓重的情感,在历史的风烟中透发出沧桑的感伤气息。如《登多景楼》:

> 登眺初多感,江南古战场。羁人念坟墓,故国弃封疆。仰面孤鸿下,回头一水长。忆翁曾到此,愁绝为襄阳。①

多景楼在江苏省镇江市北固山甘露寺内,因唐代曾任镇江地方官的宰相李德裕《题临江亭》中"多景悬窗牖"而得名,米芾题书"天下江山第一楼"的匾额而使之闻名天下。此诗是一首吊古伤今之作,题旨落在末句"忆翁曾到此,愁绝为襄阳"上。"忆翁"指宋遗民郑思肖(字忆翁),南宋咸淳三年(1267),元军南下攻宋,咸淳九年(1273)襄阳失守,而这时度宗皇帝和奸相贾似道仍然酣歌醉舞,过着花天酒地的生活,郑思肖面对国家即将覆灭的命运感到十分焦虑和痛心,他登上多景楼,看到大好河山一天天地沦落,忧心如焚,写下了《重题多景楼》:

> 无力可为用,登楼欲断魂。望西忧逆贼,指北说中原。运粮供淮饷,军行戍汉屯。何年遂所志,一统正乾坤。

镇江古称南徐,形势非常险要,历来为军事重镇、南京门户。弘光元年,清兵过长江,首先攻占的就是这座城市,然后才直逼南京。由于弘光政权的荒淫腐败,长江天堑和固若金汤的镇江城都失去了作用。孙枝蔚再游此地,遥想前贤,思接这段让他伤感不已的历史,种种复杂哀伤的情绪涌上心头而发为歌咏。此诗沉郁苍劲,难怪王士禛评曰:"筋骨神理,全乎杜陵。"

---

① 孙枝蔚:《登多景楼》,《溉堂前集》卷四,第228页。

又如顺治十三年（1656），孙枝蔚游浙江绍兴时作《曹娥江舟中》：

　　无数滩明灭，征鸿伴远游。荒江寒白日，群盗碍清秋。路转危樯急，沙回乱草浮。寻常轻短剑，藉汝暂宽忧。
　　历险今年最，临深万虑轻。健儿邀并坐，三老指孤城。战气云中黑，烽烟水外明。日斜舟易驻，愁绝听湍鸣。①

清秋时节，舟行而下，一路经眼的是险滩、征鸿、荒江、寒日、危樯、乱草、孤城、黑云、烽烟、斜日、鸣湍，这一系列灰暗、寒荒意象的叠加，营造了一个死寂肃杀的世界，昔日幽秀旖旎的江南水乡在清兵铁蹄蹂躏下面目全非，山河失色。故国陆沉，人何以依？诗人凄怆欲绝，心灵的哀伤如无尽的江水，处在一种了无生意的寂灭状态，可见国变、征战对人心灵的戕害何其深重。

吴嘉纪游历不广，所写山水风物多限于故乡东淘及扬州郡内，后声名渐扬，文事诗会活动渐多而往来于南京、镇江，山水诗的表现范围亦相应有所拓展，而旨归明确，多反映鼎革之变，寄托故国沦亡，宣泄心中忧思，属"严冷"一格。在具体表现手法上，以呈现山川景物的沧桑感出之，含蓄隐微，《登观音阁》《九月二十二日，扬州城西泛月，同诸子各赋一题，得荒寺》《平山堂》《浮山》《梅花岭》皆属此类。如《登观音阁》：

　　荒丘萧瑟绝人踪，坐看江南远近峰。隋苑杪秋还落叶，平山亭午正鸣钟。草间杂沓谁家墓？楼上梳妆旧日容。多少繁华今已矣，西风吹老木芙蓉。②

扬州自古繁华之地，但清兵南下屠城后元气大伤，生灵涂炭，百业凋废，不啻桑田沧海之变。诗人登高四顾，举目皆人烟罕见、荒丘萧瑟之景，宛若劫难，昔日歌舞之地已成旧日残梦。诗中意象隐含着诗人的亡国之哀，格调低沉压抑。

---

① 孙枝蔚：《曹娥江舟中》，《溉堂前集》卷四，第230页。
② 吴嘉纪：《登观音阁》，《吴嘉纪诗笺校》卷二，第51页。

第五章 清初扬州诗群创作的主题取向

扬州诗人还通过山水形相来隐曲地抒写时事，表现对时代的关切、对民生的哀叹及恢复无望的失落情绪。顺治十七年（1660），孙枝蔚再游镇江，题诗《登北固山》《金山》《乱后过瓜洲》，《金山》诗曰：

> 殿角鸣檐燕，山腰立海鸥。此间风物异，无那客心愁。身世殊张祐，歌吟类楚囚。更怜诸老衲，闲坐说瓜洲。
>
> 竟作谈兵地，游人恐未谙。楼船看海上，歌哭听江南。计碍渔家艇，烽明古佛龛。翻怜太平日，无用是烟岚。①

"竟作谈兵地"、"歌哭听江南"、"烽明古佛龛"隐指抗清战事。入清后十几年来，始终坚持抗清斗争的两支最重要的武装力量，一支是活动于西南一带李定国的部属，一支是郑成功所率的海上义师。他们均奉永历年号，在战场上遥相呼应，共同抗清。清廷视这两支武装为必剿之肉，故一直动用大军征剿。顺治十五年（1658），清军又一次大军进剿李定国军。郑成功为了解救西南的危急局势，举兵攻浙江沿海，准备入长江，然不幸遇到飓风，被迫退回海岛。第二年（1659）五月，在做了充分的准备之后，郑成功率17万水陆大军再次北伐。这次直攻长江口，首先夺取了崇明岛，然后溯江西上，大败清军，连克瓜洲、镇江，清军望风而溃，清驻镇江总兵高谦、知府戴可进于二十三日献城降，郑军围困了南京城。同时，张煌言率领一路军马扫荡沿江南北城镇，连下芜湖、徽州、宁国等30余府、州、县。一时江南告急，事不可逆，清廷上下一片恐慌，顺治帝闻官兵屡败，"既惊且怒，拔剑碎御座，下令亲征，因谏阻，不果行"②。就在江南士人情绪高涨、翘首以盼"海变"的最终大捷时，未料风云突变，郑成功攻守策略失误，加上屡胜而骄，刚愎自用，听不进张煌言的劝阻，轻信清江南总督郎廷佐诈称投降的缓兵说辞，只命八十三营牵连困守，以待清军来降；部将长时间屯兵于南京城下，释戈开宴，纵酒捕鱼，未能全力攻城，致使军士斗志松懈。正当郑军松垮懈怠之际，清苏州水师总兵梁化凤从海上驰援南京，出其不意地向郑军发动凶猛袭击，郑军方寸大乱，被迫仓皇溃退，伤亡惨重，主力损失大半，得力干将皆阵殁，

---

① 孙枝蔚：《金山》，《溉堂前集》卷五，第255页。
② 史松、林铁钧：《清史编年》第一卷（顺治朝），第543页。

所克州县尽失，声势浩大的北伐战役以此终结，大好形势就这样毁于一旦。"无那客心愁"、"歌吟类楚囚"即是孙枝蔚对北伐战事失利而饮恨吞声、憾恨不已的心态流露，或许他还敏感地嗅到了政治恐怖的气味，果不其然，北伐失败后引发的顺治十八年（1661）"通海案"爆发，清廷追查江南各府州县之迎降郑成功者，株连极广，江南陷入"黑云压城城欲摧"的劫难中。

又如孙枝蔚作于十八年（1661）的《再至姑苏纪感》：

　　昔日闻歌处，围城正可忧。市喧因过马，春近怯登楼。劝客无红袖，逢僧已白头。萧索甚，暂对钓鱼舟。①

故地重游，孙枝蔚的心境却是"正可忧"、"怯登楼"、"萧索甚"，被愁云惨雾笼罩，究其实，是由统治者推行的圈占土地政策引发。从顺治元年（1644）起，随着满族的大量入关，为解决他们的安置问题，清廷三次下圈地令，将明朝皇亲、驸马、公、侯、伯、太监逃走或死亡后遗留的田产收回，分给满清贵族。这些土地自李自成起义军占领北京之后即为农民垦种，时已多年，并非什么"无主荒地"。"市喧因过马"指清王朝派旗官、旗兵扯着户部发的绳索公然圈地圈城，进行赤裸裸的掠夺。圈地最初限于京畿地区，主要是在顺治四年（1647）以前，此后大规模的圈地已停止，但是零星的圈地仍在继续，至顺治末年仍未禁绝，令人惊悚的是范围还在不断扩大："不但圈占土地，而且圈占房屋；不仅圈占直隶省土地，而且随同满洲八旗驻防，扩大到山东济南、德州、林清州、江北徐州、山西太原、潞安、平阳、蒲州等处。"② 因圈占的都是膏腴之地，故山润水软、繁华富庶的姑苏之地不能幸免，此地大量百姓失去寄身之所，无以为家，"昔日闻歌处"如今人烟稀少，饥民如蚁。孙枝蔚或碍于犯忌，虽然在诗中不敢明确指出这一点来，但也透露出当时苏州一域百姓流离失所的真实情况，留下了一篇有意义的备忘录。

"悲"、"恨"、"凄凉"固然是扬州诗人山水诗中最感人肺腑的旋律，而它并非唯一的曲调，当诗人流连山林、扬舟江滨时仍然抑制不了对自然

---

① 孙枝蔚：《再至姑苏纪感》，《溉堂前集》卷五，第274页。
② 戴逸主编：《简明清史》（第一册），人民出版社1980年版，第198页。

山水的赞美和向往之情，创作出审美形态的山水诗。孙枝蔚的《溉堂集》里有多首写境空灵、辞章清丽而格调轻快的山水诗篇，如《夏日同前民、无言、南宫泛舟至平山，登观音阁》其一：

忽有登临兴，闲游过野塘。黄牛归短岸，绿水动斜阳。依艇新荷嫩，开镰小麦香。酒人与农父，各自乐行藏。①

又《红桥》：

画舫日将斜，红桥对酒家。歌犹传水调，女半折荷花。明月临城树，凉风乱野蛙。竹西骑马客，归路不言赊。②

这些诗作澄澈明艳，充满着恬淡祥和的生活情趣。孙枝蔚晚年的山水诗多是这种闲适冲澹的路子，如作于康熙二十年（1681）的《米堆山有怀薛公同徐松之作》：

忽忆逃名者，堆山卧米堆。性如南向鸟，寒似北枝梅。云影过湖去，钟声出寺来。游人纷眼底，谁识我心哀？③

米堆山，即苏郡光福之邓尉山左岗，山形"突然高耸，如米泻之状"，乙酉后，常州薛寀剃发于此，依山名改名米，号堆山。孙枝蔚徜徉米堆山巅，受时势和山水激发，吟咏出"性如南向鸟，寒似北枝梅"的冰雪心情，其中"云影过湖去，钟声出寺来"一联声情并茂，韵味悠长，把诗人那种融入自然、卓而高蹈的超迈心境折射得非常恰切。

汪懋麟于康熙八年（1669）再游京口、南京、无锡、苏州等地，其时他已是新贵举人，苦熬多年终于鱼跃龙门，自然春风得意，故此次游览所作的《渡京口》《游锡山园林》五首、《寒山寺》诸篇中鲜见先前的悲抑之气，自然景致的摹写中透出一种闲淡恬静的心境，一种欲徜徉在自然

---

① 孙枝蔚：《夏日同前民、无言、南宫泛舟至平山，登观音阁》，《溉堂前集》卷六，第283页。
② 孙枝蔚：《红桥》，《溉堂前集》卷六，第294页。
③ 孙枝蔚：《米堆山有怀薛公同徐松之作》，《溉堂后集》卷三，第1348页。

之中、与山林相伴的情思。如《游锡山园林》其一：

> 孤塔拥双峰，千溪俯万松。到山萝径引，入寺野花浓。绝顶看城小，悬崖怯力惫。太湖东望远，春浪白溶溶。①

诗中景物清秀柔美，境界祥和清幽，颇有禅意。又如作于康熙十五年（1676）的七律《漫兴》亦清新可诵，对自然本身的美质发现并加以表现："出水时鱼劈细鳞，樱桃蚕豆及时新。小园雨后饶清供，只恐文书促吏人。"② 时汪氏丁母忧居家，看到群鱼跳跃，豆苗新发，到处生机盎然，心情快慰而赋此诗，表现了对乡居生活的喜爱和珍惜。

吴嘉纪得王士禛、周亮工揄扬后，受人仰慕，人争欲交纳，生活渐能温饱，与友朋相聚游览山水时，便有闲情有兴趣享受山水之乐，甚而向往异地奇山异水，写下一些吟咏山水、沉浸于自然之美的诗篇。《东淘杂咏十篇》以白描之笔赞故乡东淘之山水田园，彰显乡土朴素醇厚之美，语言恬淡清真，深具王、孟之风。《登康山》《城北泛舟》《夜宿客庵》《再登康山》等为描写扬州山水的佳作，比之同写扬州景物的《登观音阁》，鲜见沧桑之感，更无亡国之恨，诗境静穆清雅，山水物象给人以美的享受与心灵的休憩。如《登康山》其二：

> 终岁羁人寰，登临忽生趣。夕阳澹澹敛，倒上城头树。同人命素瓮，言笑罕尘务。草根来蛱蝶，沙渚宿鸥鹭。龙钟不还乡，羞见东西路。③

《扬州览胜录》载："康山在新城徐凝门东，筑土为山，构堂其上。明正德中，康海以救李梦阳，坐交刘瑾落职；客扬州，与客宴饮，弹琵琶于此。董其昌因题之曰'康山草堂'，由此遂成名迹。"④ 吴嘉纪登康山观览，并不与同人津津乐道于其历史掌故，唯觉此刻摆脱人寰种种羁绊，一切尘务琐事浑然无迹，在宁静闲澹的氛围中牵惹出一缕倦鸟归林的

---

① 汪懋麟：《游锡山园林》（其一），《百尺梧桐阁集》卷七，第545页。
② 汪懋麟：《漫兴》，《百尺梧桐阁集》卷十四，第629页。
③ 吴嘉纪：《登康山》，《吴嘉纪诗笺校》卷一，第23页。
④ 王振世著，蒋孝达校点：《扬州览胜录》卷六，第121页。

乡思。

扬州诗人还通过他们的山水诗展示了生命的另类形象：心胆开张，意气风发，似拔剑起舞、气势凌人的侠士，艺术形象还原到他们本人，与其外和内刚、锋芒如聚的性格是吻合的。这种形象的塑造，多以豪放峭拔的诗笔出之，如孙枝蔚作于顺治七年（1650）的《久雨》诗曰："邗水非黄河，亦从天上来。滚滚鱼与鳖，走上凌风台。何处有仙鹤，骑去不放回。"① 王士禄评曰："近日如此等古诗最少见"，王士禛亦赞曰："崟崎历落"，都很激赏。又如他于顺治十七年（1660）写的《黄河舟中》："自是故乡水，曾经万里程。势雄因近海，力大漫临城。映土无殊色，从天泻怒声。他时遭运会，草野颂河清。"② 再如《发扬州至京口》中有"诸山何参差，展眺雨雪中。茫茫临长江，开此万古胸"③ 诸句，王士禛评曰："四句居然万里之势。"这些诗句充满豪迈气势，如贯长虹，诗人的激情迸射，山水的雄浑壮阔也发露无遗。吴嘉纪的《渡扬子》三首、《渡江》《过金山寺》《望焦山》等诗描写南京、镇江的山水风貌，风格相侔，亦具有崇高开阔的雄壮之美。如《望焦山》：

矶矶中流见石屏，波涛荡激坐来听。曾闻冰雪卧高隐，但有松杉留户庭。云起南徐群壑动，潮连东海半江青。回风明日吹船去，山脚先寻瘗鹤铭。④

此诗境界恢弘：中流激荡，石屏飞梭，松杉挺立，云涌潮起。近于杜诗，乃风骨遒劲、运思镌刻一类。渡江使诗人体会到一种新鲜畅快的审美感受，眼界的开阔使心胸为之舒展，洋洋江天，波澜壮阔，一时欲觅焦公高隐之迹，与自然物我同化。

汪懋麟的七古《登岱行》亦属此类：

黑云如壁坐青天，天门一线飞苍烟。绛阙直出九霄上，火龙夜挂千岩颠。侧身一上四十里，望仙楼前冷风起。俯视早已骇心目，溅溅

---

① 孙枝蔚：《久雨》，《溉堂前集》卷一，第76页。
② 孙枝蔚：《黄河舟中》，《溉堂前集》卷五，第256页。
③ 孙枝蔚：《发扬州至京口》，《溉堂前集》卷二，第128页。
④ 吴嘉纪：《望焦山》，《吴嘉纪诗笺校》卷十，第304页。

况听崖下水。崖水高自龙峪来，秦观越观何壮哉。铁锁勾连气力尽，始达秦皇封禅台。封禅台前老碑古，阴森六月不知暑。风吹毛发海气寒，山头飞雪山前雨。泰山之神何洋洋，昭祀七十有二主。金函玉册降天府，岂但拜祷来下方。嗟余仆仆京国返，绝巘登来日已晚。他年跨鹤来重游，夜煮胡麻几升饭。①

此诗为汪懋麟于康熙三年（1664）自京返乡途中所作。诗人以攀行的角度，以大笔粗线条勾勒的艺术手法来架构诗篇，视野开阔，诗境深远。写泰山打破单纯的空间形态的格局，而是时空交错：开头写"黑云如壁"，至"冷风起"的蓄势过程，再至"山头飞雪山前雨"，这具有了时间形态；从山脚的仰望，到登上望仙楼，最终登上告天之玉皇顶，空间意象随时间而变换。诗人充分调动视觉、听觉、触觉等感官，充分领略庐山怪奇险绝、变幻多端、飘渺神秘的绝妙胜境和拔地通天的高旷气势及其厚重悠久的历史文化蕴涵。全诗大笔淋漓，一气呵成，意象丰富，层次繁复，既有李白的豪放，又有杜甫的雄壮，诗人昂奋激动的心情亦得以宣泄。"风吹毛发海气寒，山头飞雪山前雨"两句，生动鲜活而平生新意，真是妙笔生花，引人遐想。

第五节　穷困之嗟

此处的"穷困"之意，不应狭义理解为"贫困"，而复指两个层面：一为生活际遇、物质条件上的匮乏，二是人生理想、价值、志向上的困顿。清初的扬州诗人，遭遇陵谷之变，在激烈动荡的社会中沉浮，人生命运随之跌宕起伏。他们多出身儒家，家族在明末虽非优渥富贵，但足以衣食无忧；鼎革之际，为避难而亡命他乡，其间变卖、散逸家产无数；乱世中生活资料不足，物价飞涨，所剩不多的资财贬值、被典；更主要的是他们大多怀遗民之志，坚决不仕新朝，断绝了仕途利禄之道。原因种种，不一而论，但有一个共同的结果，就是他们都经历过由盛到衰的生活转折，由优裕自给到穷愁潦倒；精神上压抑悲凉，心理上多痛苦、失落的感受。

---

① 汪懋麟：《登岱行》，《百尺梧桐阁集》卷二，第509页。

一　生计之艰

孙枝蔚家三代为儒，幼年时乃父携之客居扬州，以业盐为生。后回原籍应童子试，明亡后流寓扬州，始重操祖业，纵横商贾游刃有余，他曾不无得意地说："荆楚途方开，盐商握重权。我偶学其术，亦得三倍钱。"①陈维崧也说他"三年三置千金"，可见他是颇具经商之策的。其时风光无限，出游时"鸣筝跕屣之相随属者踵相接"，影附者云集。孙枝蔚后来何以跌入落魄境地？陈维崧在《溉堂前集序》中揭示了原因："（孙子）一日忽自悔且恨曰：'丈夫处世既不能舞马稍取金印如斗大，则当读数十万卷书耳，何至龌龊学富家为！'"自此"闭户日读书，闲为诗，而自曼声以歌。孙子既歌诗而家渐落，诗益工、歌益甚而家乃益大落，人或咎孙子，孙子益行歌不辍也"②。他视行贾为龌龊事，弃之而志于诗书、安顿身心，是以经济上"昔弃万金如敝屣，今谋一饱若登天"的巨大落差为代价的。加之明末战乱时他散财结募义勇数千以抗敌花费了大量资财，故孙家几代积累的财富很快就山穷水尽了。生计之虞迫使他典卖了衣物、书籍、祖园，落拓不堪，《溉堂集》中抒发生存之艰的诗句俯拾即是："春衣典尽全非策，欲卖吾园被客嗤。听鸟观鱼缘未了，踌躇更忍一年饥。"③"年年空手入门来，娇儿索饭啼声哑。""可惜囊中无一钱，忍渴空过茶肆前。寒暖失时剧可忧，药物贫家哪益求。妇呻女吟常满屋，音书早晚慰白头。"④"腐儒徒可哀，无衣复无食"的窘迫之状遍布生活，可怕的是这种无望的、令人窒息的苦况如宿命般无法摆脱，孙枝蔚曾对视己"非道义而兼骨肉"的金石之交王又旦备述哀情："仆以暮齿重遇，横流生计，狼狈年甚一年"⑤，心绪寥落无奈，读之令人酸鼻。

汪懋麟祖籍安徽歙县，汪姓数迁渡江为扬州望族，汪氏曾祖在扬州业盐，是支配当地盐业贸易的徽商之一，祖上积累了相当赀财；至其父亲，虽家道中落，但尚有田产，"初不甚贫"，汪懋麟幼年可称得上衣食无忧。甲申国变，清兵血洗江南，汪家"既遭流寇之震惊，再罹南渡之屠掠，

---

① 孙枝蔚：《坿斋诗》（其四），《溉堂前集》卷一，第 79 页。
② 孙枝蔚：《溉堂集》，第 11 页。
③ 孙枝蔚：《饥吟》，《溉堂前集》卷九，第 440 页。
④ 孙枝蔚：《客句容五歌》，《溉堂前集》卷三，第 194 页。
⑤ 孙枝蔚：《与王幼华书》，《溉堂文集》卷二，第 1128 页。

荡家破产,万死一生",幸赖父母"艰难再造,以长以育,而复即于温饱也"①。汪懋麟既长,须支撑门户,作为一介书生,生计成为他最大的困境与矛盾。赵园说:"当面对具体的谋生手段的问题时,作宦、力田、处馆、入幕,几乎构成了他们基本的生存空间。"② 汪懋麟才高学富,家族对他寄予厚望,希望他登科致仕,光耀门楣,他也怀此使命奋发搏击。然读书科考也意味着无暇治生,故中举前其生活的贫乏状态持续较久;而金榜题名入京为官后这种状况依然没有得到根本性的改观,甚至在他任中书舍人时亦屡为无米之炊而作难,《贷米》忧生嗟贫,真实地展现了告贷无门的窘状:

　　舍人长饥救无策,寸廪一月米一石。大官半岁仓未开,十口嘈嘈急朝夕。糟糠养贤古所叹,今已不及厮养役。日望斗筲始饱饭,只恐遂作沟中瘠。厨人晨报米甑空,小市往贷遭薄责。折钿贱值不肯换,家人正苦饥肠窄。徘徊故绕篱菊黄,惨澹低窥灶烟白。③

清朝官禄微薄,若为官清廉、两袖清风,不仅在任时屡屡捉襟见肘,卸任后更是一无所有,生活困窘,这毫不为怪,施闰章、吴绮、李念慈均属此类既清廉又清贫之"清官"。"京华多债吏"是汪懋麟身边同僚的真实写照,他也偶因潦倒的处境而产生价值失衡感,倦于宦途而生归隐之念,渴望简单的世俗生活,希望回归生存层面的本真状态:"余今蹭蹬困泥滓,俨行霜露衣纤绨。浮名哪足救寒饿,逢时真不如马医。家有坐白掉头去,力耕负米甘骏痴。文章事业待公等,他日访我荒江湄。"④ 又如康熙十年(1671)岁末,汪氏因"终年趋走无余禄,除夕苍黄尚卖文",靠卖文获赀而得以饮酒守岁,"持付酒家何迫迫,指挥岁事亦纷纷"。士大夫以立言为贵,以言易钱,有辱文士清高,这还是深深刺痛了他:"不是樽空思买醉,肯教轻贱视文章"⑤,其内心的纠结终难化解。

---

① 汪懋麟:《告先考文》,《百尺梧桐阁文集》卷七,第791页。
② 赵园:《明清之际士大夫研究》,北京大学出版社1999年版,第283页。
③ 汪懋麟:《贷米》,《百尺梧桐阁集》卷十,第593页。
④ 汪懋麟:《送原一编修归昆山》,《百尺梧桐阁集》卷十一,第606页。
⑤ 汪懋麟:《除夕前一日卖文得赀,即命仆治具,自嘲二首》,《百尺梧桐阁集》卷九,第582页。

二　失志之悲

明亡以前，孙枝蔚奉行的是父亲安排的儒家积极入世、科举求仕的道路，"九岁拜塾师，端坐书屋下"，"上树非所能，渐欲谈风雅"，并获得了初步的身份认同，据汪懋麟《征君孙豹人先生行状》载：孙枝蔚"幼颖异过人，生十二岁，随奉议公（注：枝蔚父）客扬州，读书数行俱下。归里，应童子试，三冠其曹，偶补三原附学生，时年十五，自是每试辄高等，与兖州君（注：枝蔚仲兄，举人，官兖州）名噪三原，里中望其升第指顾耳"①。孙枝蔚也在追念往昔时说："早应秀才试，未时文并写。惊倒杨仆射，爱玩久不舍。是时年十五，老苍臂许把。"② 作于崇祯十五年（1642）的《代书寄呈大兄伯发》倾注浩然之气，表现了诗人不以文字许人、渴望杀敌立功的强烈用世心态："自从学干禄，未知禄有无。男儿立功名，岂只仗操觚。杀贼取封侯，庶几大丈夫。"③ 可以说这是当时读书士子的普遍追求。明清易代，身遭清兵荼毒和迫害激起的仇恨及传统的"夷夏之防"观念的驱使，无数士人获得了另一种身份——成为旧朝遗民，恪守忠义，坚守气节，决然不应新朝科考，不做新朝官员。孙枝蔚当属此列，尽管经历了前所未有的生活磨难，但他从未改变心志。当然，随着涉世渐深，阅历既广，耳目所及，他对官场的认识也更为清醒、深刻，与宦途决绝的态度也更为坚定，不仅自己不出仕，也不让儿辈出仕，因为"追念平生友，仕者半已徂。大义匪敢言，聊以保儿躯"④。不求闻达、只求避祸保全的思想占据了首位。

孙枝蔚早年的济世之志、期待在现实生活中能有所作为的心意并未彻底销绝，对故明情感上的怀旧和希望人生有所建树的思想交织在一起，使诗人的生命更加沉重。在抗清复国运动失败以后，留给他可以措手的空间实在有限，故常感到壮志难酬的失落。"所志一无成"的失志之痛成为其吟唱的一大主题，他常以"英雄"自许，以具英雄气质的"狂人"自称："英雄岂料困长途"、"怪造物，从来颠倒，英雄如此"，抒发英才见困、理想落空的怨悱和郁勃情怀。《劝酒效乐天》表达功业无成的焦灼和失

---

① 汪懋麟：《征君孙豹人先生行状》，《百尺梧桐阁文集》卷八，第793页。
② 孙枝蔚：《忆昔篇寄示燕毂仪三子》，《溉堂续集》卷二，第634页。
③ 孙枝蔚：《代书寄呈大兄伯发》，《溉堂前集》卷一，第57页。
④ 孙枝蔚：《无酒》，《溉堂前集》卷二，第106页。

意:"况我田野人,何时立功勋。坐令发已斑,年少耻为群。未知临老骨,定傍谁家坟。"① 再如《鹧鸪天·客南昌观入闱者感而赋》:

> 万事吾今已白头,槐花依旧照双眸。蛟龙云雨偏相左,沧海桑田大不侔。 回首处、帝王州,少年心肯慕巢由。可怜骏马尘中老,只忆燕昭泪暗流。②

这种面对现实的无力感虽不致动摇他对自身的价值认定,却不时使其情绪跌入"忧愁无时终"的愁闷。他在情感上疏离于上层社会,壮志未销,人生却难免消磨于艰难的谋生之途;亡国之人不遇"燕昭"之君的无所归属之感,使之很难预想自己人生的进取之途,只好蹰步隐居不仕的巢父、许由,归隐逸之途。

在封建社会中,士人最直接的愿望是博取功名,汪懋麟才华出众,尝言"男儿成名不得力,有如弹鸟引虚控",怀有强烈的用世之志。儒家"穷则独善其身,达则兼济天下"的人生理想被他直接诠释为"穷为大儒,达则王佐",并作《励志诗》砥砺志节:"束发受书,岁月云久,览无停目,诵无辍口,以金受砺,功岂敢后?"③ 不甘埋没,欲留名显世,但也清醒地意识到生命短暂,时不我待,要实现抱负须早储才:"鸿鹄思高飞,良马志远道。丈夫四海心,谁能牖下老?达人贵乘时,立身苦不早。白日去不返,朱颜岂常好。从古英雄人,倏忽委秋草。"④ 汪懋麟从康熙二年(1663)始举试,至康熙六年(1667)中进士,其间蛰伏备才;直至康熙九年(1670)才选官中书舍人,三年待诏期间,他对功名的态度亦渐渐起了变化,由最初的"富贵何足羡,荣名以为实"(《杂诗五首》其四),到后来的"身世浮名累,艰难吾道穷"(《闷》),等待的无望、迷惘让他劳心伤神:"客愁常不睡,灯影照空明","独坐深灯里,徒然照黑头",由热望转入消沉,但并未放弃希望。他也多方联络,毛遂自荐,渴望遇到赏识自己的"伯乐"而获得荐举的机会,《赠陈子端侍读十六韵》《上高阳李公三十二韵》《上柏乡魏公四十八韵》《至日遣怀简北海

---

① 孙枝蔚:《劝酒效乐天》,《溉堂前集》卷二,第119页。
② 孙枝蔚:《鹧鸪天·客南昌观入闱者感而赋》,《溉堂诗馀》卷一,第945页。
③ 汪懋麟:《励志诗》,《百尺梧桐阁集》卷一,第503页。
④ 汪懋麟:《杂诗五首》(其四),《百尺梧桐阁集》卷一,第504页。

主事康臣舍人三十韵》等投献诗即是此心态下的产物。当然这类诗的抒写和投献本身意味着放弃尊严,仰仗显人,但"怀抱向谁谋"的心酸不是人人可以想象和忍受的,汪懋麟的隐忍也说明了他追求功名的执着和坚韧。尽管是功利性的投谒诗,但因倾注了汪懋麟真诚、热忱的心意,读来竟感动人心。如《赠陈子端侍读十六韵》云:"碎琴群士笑,弹铗众人惊。岂少陵云气,常怀伏枥情。苍鹰原奋击,天马敢横行。结客思无忌,穷途惜步兵。青冥犹隔绝,白眼懒逢迎。心事空怀璞,交情似报琼。"①

尽管位卑无闻,却也锋芒外露,壮气未销。

中书舍人是个闲职,汪懋麟在任几年,志无所用,岁月蹉跎而无所建树的苦闷屡见于诗篇,尤其到了一年将尽的除夕这样的特殊时节,回顾经年,其失志之悲会格外强烈地凸显出来,如他于康熙十一年(1672)岁末作《除夕和升六韵三首》其二:

> 看历忽惊三十过,茫茫人事岂堪思。纵为七十今将半,况复飞腾未可知。学道最难心似石,长贫容易鬓先丝。与君共是萧条者,冰雪蓬门我倍之。②

即是"逡巡名位甘人后"的落寞心绪的流露。

康熙十七年(1678)举"鸿博",汪懋麟以丁父忧未与试。既服阕,改官刑部主事,后因徐乾学荐,入史馆充纂修官,与修《明史》。王士禛在《比部汪蛟门传》中写道:"君仅以主事入史馆,充纂修官。"③宋荦也说:"君又格于部议,仅以原官(按:指主事)充纂修。"④这是为汪懋麟未能以翰林充史官而惋惜,因主事和翰林充纂修官在地位、尊卑等方面有大不同:明史馆中纂修《明史》的翰林官,环坐室内工作,其地位仅次于馆中的监修总裁大学士,尽享尊荣;而主事则只能坐在廊房下工作,没有资格上史馆的正堂。进入翰林院可以说是像汪懋麟这样的文士的最高理想,当这个理想未能实现时,他定然无法释怀。史馆中森严的文化地位上的差别也会加剧他内心的隐痛,所以自此汪懋麟宦情冷淡,加之身

---

① 汪懋麟:《赠陈子端侍读十六韵》,《百尺梧桐阁集》卷七,第553页。
② 汪懋麟:《除夕和升六韵三首》(其二),《百尺梧桐阁集》卷十,第597页。
③ 王士禛:《比部汪蛟门传》,汪懋麟:《百尺梧桐阁遗稿》,第801页。
④ 汪懋麟:《百尺梧桐阁遗稿》,第798页。

在宦海冷暖自知,"风涛宦海理有之"、"世情翻覆原转环,况复长安事如弈"①,他终于参透世情而决意归隐:"微名何足恋,弃之如敝屣",累疏乞归,无果。康熙二十三年(1684),汪懋麟因事夺官,结束了他的仕宦生涯,从此不谈世事,著述以终。

第六节 亲情之慰

亲情,是血浓于水的骨肉之情,是人生命中最宝贵的东西。中国自古以来就是一个重视人伦纲常的国度,亲情诗在中国诗歌中是一个重要的题材领域。清初扬州诗人创作的亲情诗当占一定比例,凝结其中的丰富深厚美好纯真的亲情,温暖了乱世之际的孤寒之心,借此也可洞见诗人情感世界之另一层面。

扬州诗人的诗中对父子情、夫妻情、亲子情、手足情均有细腻而深刻的表现。

一 父(母)子情

孙枝蔚的亲情诗体现了对父母的思念和愧疚之情。考孙枝蔚家世,汪懋麟《征君孙豹人先生行状》云:"(孙家)世居西安三原之王店,曾祖讳思辉,祖讳绎芳,征仕郎。考讳振生,岁贡生,诰赠奉议大夫。前母罗氏,母王氏,先卒,俱赠太宜人。奉议公生子五人,先生第三子也。"②孙枝蔚八岁丧母,"失恃才八岁,自恨顽且痴",尚懵懂无知时就遭受了"见父不见母"的莫大缺憾,过早地体味到人生悲凉的滋味。尽管生母留在他记忆中的是模糊的面目,但他从未忘怀过这位给予自己生命的至亲,每忆及此,"出入哭声哑"、"泪落手中卮",痛恨自己"鞠我恩未报,何用徒生为"③,内心的伤痛无以复加。其父在国变前夕因李自成大兵压城忧危而殁,令孙枝蔚觉"万事裂如瓦","中夜泪浪浪,匪虎率旷野",哀恸至极。《乌夜啼》备述了"子欲养而亲不在"的哀恸:

---

① 汪懋麟:《寄栎园少司农兼送雪客归金陵》,《百尺梧桐阁集》卷九,第576页。
② 汪懋麟:《征君孙豹人先生行状》,《百尺梧桐阁文集》卷八,第793页。
③ 孙枝蔚:《生日作》,《溉堂前集》卷一,第59页。

落叶满地星满天，霜华初白月初圆。北风肃肃雁不至，残灯欲灭还复燃。忽闻哑哑枝上啼，啼声酸苦情可怜。我愧人中之曾参，尔岂鸟中之杜鹃。起着麻衣拜鸟前：吾方八岁母弃捐，去冬父亦归黄泉。两坟只在村东边，虽无狐兔敢来往，却少松柏相接连。尔能反哺吾不如，吾每夜啼尔亦然。①

真是字字泣血，声声吞泪。国变后孙枝蔚欲下江南，临行前泣别双亲庐墓，只身下扬州，自此居家于此，再未能回乡，他在寄给兄弟们的家信中屡屡表露对亲人的思念和对未能报恩于继慈的愧疚之情。

汪懋麟的父亲汪如江对他影响甚大，使他的早期发展具备了较高的起点。汪父习儒业，不仅"买书教两儿，晰义取精髓"，还修建了兴严寺北楼，请大儒王岩教导耀麟、懋麟昆弟，为他们创造了良好的学习环境。懋麟从小表现出过人天赋，连王士禛都说他"幼颖异殊常儿"，他日后崭露头角、声名大噪，除了自身的禀赋、努力和王士禛的揄扬，父亲的铺垫也功不可没。蔡元培尝言："家族者，道德之门径也"②，懋麟立身行事秉承了父亲的精神，《除夕拜两大人像，感涕成六百字，同叔定家兄作》称：

吾父实盛德，矩度合天理。一生守敬恕，不得皋桑梓。少壮抱奇蕴，蹉跌数多否。壮游燕楚间，画策利牙齿。公卿辄避席，谓此实畸士。交荐试一州，握觚不肯仕。中年卧柴荆，荷锄乐耘籽。③

父亲奉儒守正、甘之若饴、淡泊荣利的思想和议论风发的个性、漫游山水的经历在他身上都能找到些影子。汪懋麟的母亲具有中国传统妇女的种种美德：操持家务，"辛苦备十指"、"整顿不移晷"，尤其随着门户渐大，"力日竭，神日劳"，劬劳以终生；"事姑嫜，至孝世无两，洗手洁酒食，鸡鸣奉几杖"；知书达理，"教儿入塾勤一经，膝前诵书母夜听"，对子慈爱而不放纵；善待他人，慈悲为怀，"好交喜客，周人缓急"；志节凛烈，乙酉乱时，为免辱而"甘为井中泥，井中水深一百尺，两日不死

---

① 孙枝蔚：《乌夜啼》，《溉堂前集》卷一，第44页。
② 蔡元培：《中国伦理学史》，商务印书馆2003年版，第9页。
③ 汪懋麟：《除夕拜两大人像，感涕成六百字，同叔定家兄作》，《百尺梧桐阁集》卷十五，第647—648页。

神扶持"①。汪氏后来"始猎微命,幸邀一第",令父母欣慰开颜,但又奔走京师,昏晨久缺,不能承欢尽孝,内心是非常自责的:"负此恩情恩,枉生几男子"、"事无小大,罔不累我父母,而何有一鱼半菽奉承欢于朝夕者乎?"② 故当父母身故的噩耗传来时,"肝肺摧裂魂难收",快马加鞭,"风骠一夜飞"适乡奔丧。丁忧期间,睹物思人,哀情难已,作《哀诗十首》《元日为先慈书经雨中率成》《立春后一日,拜先妣权厝墓,因卜葬未就,涕成二首》等诗表达对母亲深切的感戴、思念之情。

吴嘉纪的诗集中,有关其父母的记述非常少。《七歌》为分别忆念父、母、兄、妹的连章念亲诗,其一为念父诗,写父亲去世后自己无力安葬,只好"一棺常寄他人田"。作为人子,亲殁却不能使之入土为安,这终究是莫大的憾恨,可身逢乱世,家贫无立,他实在是无计可施,因此也时时自责不已,饮泪吞声:"父在旷野儿在室,泪眼望望终何益!北邙土贵黄金少,毛发鬖鬖儿已老。世人贱老更羞贫,寸草有心向谁道?呜呼一歌兮歌音凄,乳鸦声苦山月低。"③《七歌》其二感念母亲,吴嘉纪念念不忘"我昔抱疴母在时,千里就医不相离。谓儿形容一何瘦,涕洟落入手中糜"的往事,慈母谢世后,自己愈"孤身无倚","昔日食中母泪多,今日病里晨炊绝"的苦吟中寄寓着对母亲的深切缅怀和自己落魄不堪的哀叹。

二 夫妻情

孙枝蔚的亲情诗体现了对妻子石氏的体贴和挂念。石氏陪孙氏度过了 50 年漫长岁月,夫妻感情甚笃。孙枝蔚为妻子而作、吟咏妻子的忆内诗有十几首,如《坿斋诗》《老妻有问不对》《七夕忆内》《喜妻子至江都》《妇病》《湖上寄内》《病中忆内子及沈姬》《中秋忆闺人》《抵家内子为余置酒洗尘喜赠此诗》《老妻病愈设饼祭神,悯其俭不忘恭也因有作》等。这些仅是诗题统计而得,还不包括其他题材诗作中许多提到并表现妻子的诗篇。此类诗如此之多,足以使人感受到其分量与真情。在孙枝蔚的笔下,"贤妻赖能勤,不废窗下机。织成一匹布,将为贱者衣"④、"不如

---

① 汪懋麟:《哀诗十首》(其九),《百尺梧桐阁集》卷十一,第 608 页。
② 汪懋麟:《告先考文》,《百尺梧桐阁文集》卷七,第 791 页。
③ 吴嘉纪:《七歌》,《吴嘉纪诗笺校》卷一,第 5 页。
④ 孙枝蔚:《自邑中归田作》,《溉堂前集》卷一,第 68 页。

我糟糠，利鸡如利茧。推其辛勤意，治富良匪远。"① 读诸诗句，一个贤惠而生动的"糟糠之妻"的形象跃入眼帘：她衣着朴素，质朴自然；温婉和顺，持重晓事；操劳不懈，茹苦为甘，服劳若逸，勤俭持家。面对一个不善治生又常疾病缠身、只知呕心沥血读书吟诗的丈夫，她亦偶有怨言，又不能在诗文等文化交流层面达到与之琴瑟相和的精神共鸣，但同古时绝大多数任劳任怨、自我牺牲的旧式妇女一样，她还是坚毅地承担起经营家庭的重任，竭尽所能，以自己可行、能行的方式顾全亲人们的存活之需："潜拔头上簪，天黑谋酒浆"，典卖心爱饰物以款待宾客；于斋院畜鸡为埘而求"小利"，对此孙枝蔚"查其见之甚小，又悲其事甚苦，方悯恻不遑忍重拂焉"，于是自谑曰："自是孙子竟不得不为宋处宗矣"，似有莫可奈何之难。"然鸡日多，则儿女日乐，乐而呼、而笑、而啼，儿女之声势进，而鸡之党更稍退"，这是多么热闹温暖的俗世生活画面，它能给乱世的悲凉人心带来些许慰藉，故当"客有过之者"悲其"虽欲为处宗之静谈又不可得"时，孙枝蔚反而置身度外地反驳曰："何悲？其夫好读书，其妇不忍违其意，则听其置斋焉；其妇好畜鸡，其夫不忍违其意，则听置埘焉，夫妇相得，名曰'埘斋乐'矣！"② 夫唱妇随，夫和妇淑，温馨感人，洋溢着自得之乐。

"文章不救饥寒躯，岁岁挂帆江与湖"，孙枝蔚毕竟是一家之主，要担负起养家糊口的责任，为了生计，他半生漫游在外乞食，更多的时候与妻子两地暌隔不能相聚，每一次分离，都能在他心头牵出浓重的思念。《七夕忆内》诗云：

> 巧节炎风变，殊乡别恨新。遥怜弄针妇，空嫁晒书人。玉兔才明夜，丹鸡又叫晨。思量云幄内，一样翠眉颦。③

在七夕节这样特殊的节日，本应夫妇聚首，可诗人独在异乡，夜深人静时，遥想妻子也独寝孤眠，冷冷清清，刻骨的相思和深情的呼唤只能寄于婵娟月色中。

---

① 孙枝蔚：《埘斋诗》，《溉堂前集》卷一，第 78 页。
② 孙枝蔚：《埘斋记》，《溉堂文集》卷三，第 1145 页。
③ 孙枝蔚：《七夕忆内》，《溉堂前集》卷四，第 215 页。

妻子始终是孙枝蔚的坚强后盾和长久的牵挂，当闻其疾病染身，无资以求药饵，孙枝蔚坐卧不安，归心似箭，《妇病》曰：

> 病剧嗟吾妇，终朝待药赀。音书海边拆，涕泪夜深垂。每被寒伤体，将何味健脾。便归难阻滞，莫更怨分离。①

怜惜、关怀之意甚为深切。

汪懋麟的赠内诗与孙枝蔚的同类诗相比，主题较为单一，多抒发相思之情，如《内子生日》诗曰：

> 年年此日去扬州，哪得持樽共劝酬。促织夜寒虚坐月，芙蓉霜老倦梳头。窗前学字携娇女，灯下裁衣寄远游。岂若餔糜相对好，无情最是宛溪舟。②

他不说自己如何思念妻子，而想象自己离家后妻子的孤寂落寞之状：丈夫远行，而"芙蓉霜老倦梳头"，了无意趣，有《诗经》中"岂无膏沐，谁适为容"的思致。"灯下裁衣寄远游"一语，流露出细水深长的关爱、相濡以沫的温情。再思接现实，诗人对自己在妻子生日时年年不得陪伴左右表达了愧疚之意。转换的视角，突出离情之深、感情之笃。又《春闺》亦代妻子立言："昼掩房栊已暮春，忽惊寒食柳条新。闲携斗草诸儿女，听说长安便恼人。"③ 此诗不出春闺秋怨的传统闺怨诗范畴，妙在以结句"听说长安便恼人"胜之，将望穿秋水、久旷怨慕的闺妇形象活脱脱刻画出来，生动传神，亦见汪氏对妻子的爱怜。另如《寄衣》《内子寄炒粟姜芽，诗以答之》《寄内子生日》等诗，感情诚挚含蓄，将伉俪之情表达得充分而生动。

相比孙枝蔚、汪懋麟的妻子，吴嘉纪的贤内助王睿不仅是相夫教子的妻子、母亲，更是清初一位富有才情的女词人，在巾帼词林占一席之地。她著有《陋轩词》，惜兵燹祸乱而散佚，赖清人徐树敏、钱岳等合选，孔

---

① 孙枝蔚：《妇病》，《溉堂前集》卷六，第 290 页。
② 汪懋麟：《内子生日》，《百尺梧桐阁集》卷四，第 522 页。
③ 汪懋麟：《春闺》，《百尺梧桐阁集》卷五，第 527 页。

尚任等校阅的《众香词》收录其两首佳什而为人所知。吴嘉纪的赠内诗存 14 首，分别为《内人生日》《燕子巢陋轩十年矣！今春余适在家，值双燕来，内人顾之色喜，乞余赋诗》《哭妻王氏》等 12 首。王睿归吴家 45 年，他们志同道合，精神相通，代表了清初一种新型的夫妻关系。他们坚守泰州王学左派的思想，是为"志同"。王睿的父亲王三重，是明代著名的"泰州学派"创始人王艮后裔，乃祖的平等意识和平民思想在其家族内薪火相传，这自然也深刻地到影响王睿，如她在衣食匮乏时尚周济邻家，热心待人，就是王学左派思想的传承："炊熟邻媪来，令我老婢嗔。妻也入厨下，箪豆给最均。釜馀已所餐，举手授邻人。借问何为尔？人饱甚于己。"① 从吴嘉纪的家世与师传来看，他更是深受王学左派思想的浸染。吴嘉纪的祖父吴凤仪为泰州庠生，"博贯群书，精研明理"，与泰州学派的开创者王艮同里，弱冠时从其游。王艮主张"百姓日用即道"，具有浓厚的平民色彩。吴嘉纪的老师刘国柱又是吴凤仪的学生，曾主讲安丰学社十余年。吴氏甘于穷苦的人生境界与平民作风及其诗作的内容与风格均打上了王学左派思想的印记。吴氏夫妇更在文学上引为知己，互相吸引，彼此欣赏，情深意笃，是为"道合"："相对摅性情，讵云慕骚雅。闺房有赏识，不叹知音寡！"（《哭妻王氏》其三）他们是情愫相通的知交，是吟咏酬唱的诗友，夫妻之间的关系是平等的"擅朋友之胜"的契合与亲密。对于这样的眷侣，吴嘉纪自然是格外欣赏和珍重的：他一再述说"男儿徒作人，气色缘内助"；"生长因相依，岁晏趣弥适"；"不厌生计苦，但求耄年谐"，在自足中透露出对生活的热情，而这难得一见的热情正是妻子给予的。康熙二十二年（1683），王睿病故，"并莲单辞蒂，孤剑永背雄"，吴嘉纪"念之发狂痴"，"麻巾尽血泪"，作《哭妻王氏》12 首以悼之，深情哀切，令人动容。

三 亲子情

孙枝蔚的亲情诗体现了对儿女的亲子之爱。孙氏共有五男（燕、榖、仪、鬲、匡）、六女（五女阿淡、六女阿宜，其他未知）。作为父亲，孙枝蔚对后辈寄予了殷切希望，并注意从生活的点滴要求他们。《溉堂集》中的《对第五女阿淡有感》《对第六女阿宜作》《看阿宜戏诸姊前有感》

---

① 吴嘉纪：《哭妻王氏》（其五），《吴嘉纪诗笺校》卷十二，第 355 页。

《示儿燕》《忆昔篇寄示燕穀仪三子》《寄诫诸子诗》《人日示小子》《雪中对稚儿匡有咏》等20余首示子诗，或谈治学之道，或忆平生经历；或抒欣喜快慰之情，或表郁闷愁苦之绪；既有父爱的流露，亦有师友的真挚。感情细腻，语言质朴，富有感染力，读之令人获益良多。《示子诗》意在教子读书。读书的风气在这个家庭代代相传，"衣食之外及诗书"、"床头书卷即生涯"是孙枝蔚真实的写照，他也"教儿先坐读书堂"，以"人生贵自立，读书实先务"、"小子宜努力，声名须远布"（《人日示小子》）勉励子嗣，希望他们"无负寸阴"，耕书不辍。孙氏教子读书的目的不是习时文、求干禄，这有悖于他作为遗民的立场，官场恶浪滔天更是他畏忌的，他曾寄书长子燕："读书但当无愧古人而已，何苦被利达相牵、作茧自缚也。吾书此非灭汝鼓舞进取之心，要知富贵本无与读书事耳。"①可见读书以淡泊明志、知礼"树人"，这才是不谐乱世读书的精神诉求。他总结自己读书的经验，为儿辈指明读书门径："初读古书，切莫惜书，惜书之甚，必至高阁；便须动圈点为是。"② 强调实践的重要性，即陆游"纸上得来终觉浅，绝知此事要躬行"观点的表述。

他还要求儿辈读书要覃思精虑，反复推敲、考证，勿轻信盲从，具独立的学术品格："小子听翁言，慎无忽琐细。略举旧所闻，引伸庶触类。""劝汝思误书，劝汝察讹字。勿效干禄人，空疏欺主试。"③ 孙枝蔚自己一生壮怀激越，惜身遭国变，生不逢时，志无以伸，面对儿辈，他掩藏起内心的苦闷，不以消极颓废的情绪影响他们，而以正面向上的精神鼓舞，引导他们如何接人待物，立身行事。此类示儿诗"述五伦之得失，指万事之利害"，涉及面较广，述说恳切，寄寓了为人父者的良苦用心。孙枝蔚殷切希望后辈不负年华，早成大业："远示儿辈知，性命勿苟且。尚以七尺躯，自造万间厦。"④ 而"逝者如斯夫"，欲成就事业，更需实干精神："半世高眠老自悲，从来勤苦是男儿。夙兴待旦朱门有，卫武周公白屋谁。"⑤ 对后辈们走向社会如何立身处世，孙枝蔚是很注意的。《诫子文》云："《诗》云：'我思古人，俾无尤兮'；又曰：'如临深渊，如履薄

---

① 孙枝蔚：《寄儿燕》，《溉堂文集》卷二，第1088页。
② 孙枝蔚：《示儿燕》，《溉堂文集》卷二，第1074页。
③ 孙枝蔚：《示小子》，《溉堂续集》卷六，第870页。
④ 孙枝蔚：《忆昔篇寄示燕穀仪三子》，《溉堂续集》卷二，第635页。
⑤ 孙枝蔚：《示燕穀仪三子》，《溉堂续集》卷五，第854页。

冰'，此自处之道也。"强调要以古人为鉴以正己身，谨慎周全以自立于世。《示儿燕》谆谆告诫儿辈如何保有智、仁、勇之为人德行："能道古人之失，又不能道今人之失，可谓智矣；能谅古人之不得已，能不为今人之得已，可谓仁矣；能用古人之长，又能用今人之长，可谓勇矣。"① 通达透脱，深具大家风范。在家庭伦理道德方面，孙枝蔚也有教诲。《寄诫诸子诗》曰："维弟事兄，如父如师。尔有稚弟，爱之教之。夏楚虽设，慎哉轻施。"② 希望后生们兄爱弟恭，和睦无争。他还在《自跋诫儿诗》中将读书和人伦大义联系起来，主张言行一致，行胜于言，方臻读书之境："若能由慈而推之于孝，由孝而推之于敬、于信，方是善读古人书者。"③

汪懋麟在写娇女骄儿的诗中表现了亲子情。鲁迅曰："无情未必真豪杰，怜子如何不丈夫？"汪氏一生狂放，金刚怒目式居多，但对小女儿则柔情百般，《客京杂诗十五首》（其五）云："闺中分岁早，娇女俨成行。学母簪花稳，随人点黛长。左思夸织素，李白爱平阳。此日妆台侧，应知忆帝乡。"④ 诗人客于京城，久别亲人，倏忽遥想家中小女的种种天真烂漫、憨态可掬的情态，满腔爱怜涌上心头，思归之情格外迫切。"学母簪花稳，随人点黛长"是真正的女孩儿的童趣，没有家庭生活和深细观察写不出，没有慈爱写不出，汪懋麟通过幼女的憨态童趣开辟了一片纯净无污的天地，这里没有世故功利，惹人爱，逗人乐，令人忘忧而沉浸在天伦之情中，别致清新，与左思和李白写娇女的诗一脉相承。

儿女的出生和成长给父母带来快乐和欣慰，可是如果这份快乐被迫中断，它给人的打击也是致命的。汪懋麟的《哭儿六章》作于康熙四年（1665），"倏忽一雏死，悲鸣空哓哓"，诗人深悲剧痛，因其幼子早夭，物犹历历在，人已委黄土，睹物思人，音容笑貌宛在，令人悲不能已："横笛与短箫，是儿手戏弄。昔闻心则喜，今闻声则痛"；"儿行百花前，扬鞭骑竹马。从此觅行踪，乌啼百花下"。⑤ 字字含泪，动情至深。

---

① 孙枝蔚：《示儿燕》，《溉堂文集》卷二，第1074页。
② 孙枝蔚：《寄诫诸子诗》，《溉堂续集》卷六，第864页。
③ 孙枝蔚：《自跋诫儿诗》，《溉堂后集》卷二，第1289页。
④ 汪懋麟：《客京杂诗十五首》（其五），《百尺梧桐阁集》卷七，第555页。
⑤ 汪懋麟：《哭儿六章》，《百尺梧桐阁集》卷三，第516页。

四 手足情

孙氏亲情诗体现了手足深情。孙枝蔚兄弟五人：大兄名不详，字伯发；仲兄名枝蕃，字大宗，族兄弟中排行第五，辛卯举人，知屯留县，再知徐州，同知兖州海防，赠其考"奉议"；孙枝蔚排行第三，族兄弟中排行第八，人称"孙八"；四弟名不详；小弟名实夫，字稚发。孙氏另有一妹。孙枝蔚平生与兄弟姊妹聚少离多，但他从未忘怀这些亲人，《溉堂集》中寄赠兄弟的诗有20余首，这些诗情意深挚，感动人心，连缀起来，即是一幅家史画卷，包蕴着丰富的内容。

此类诗的主题大致归为三类，一是表达身在乱世对兄弟们人身安危的担忧，如作于甲申年（1644）的《不得大兄消息》其二曰：

> 笳声处处哀，道路几时开。又见紫荆发，曾无黄耳来。饥寒应易及，生死况难猜。饼茹遥相馈，令人想万回。①

烽火连绵，音书隔绝，远在江都的大兄生死不明，故乡的亲人度日如年，黄耳传书终成幻影，诗人欲效唐代僧人万回万里寻兄之举而踏上寻亲之路。

二是抒发依依送别之情。顺治十一年（1654），仲兄有北上之行，孙枝蔚挥泪赠别："闻君当远行，亲友前相饯。顾我独无携，赠君泪满面。与君为骨肉，谁贵复谁贱。世事勿复道，弟兄长可恋。回风起道旁，人马不相见。欲言气先结，亲友渐各散。"② 若掩去诗题，"泪满面"、"长可恋"、"气先结"似一柔弱无依女子之形状，借此可见兄弟情深意笃，兄长此去不知何时能还，风尘阻隔，无尽的牵挂、担忧化为殷殷嘱托。

三是寄托别后相思相念之情。如《久不得徐州五兄大宗书》：

> 怯对青铜发满梳，喜凭宵梦入淮徐。蛟龙为患今何似，鸿雁同归各不如。衰白光阴偏迅速，乱离音信太稀疏。黄河便在州门外，难道

---

① 孙枝蔚：《不得大兄消息》（其二），《溉堂前集》卷四，第208页。
② 孙枝蔚：《赠别诗为家五兄大宗北上》，《溉堂前集》卷一，第83页。

中无尺半鱼?①

此诗作于康熙十六年（1677），孙枝蔚年将甲子，老之将至，更怀旧念亲，惜家书寥落，让人惆怅不已，诗人以"难道中无尺半鱼"婉转表达渴盼音书之意。

骨肉之间的生离死别，更能激发亲情的表现。顺治五年（1648），孙妹亡，年仅十七便香消玉殒，永诀天涯，令其兄肝肠寸断，孙枝蔚作《哭妹》《祭妹文》《作祭妹文成凄然咏此》吊之，因感念"丧乱之故"使"汝未择婿，吾未从龙，男女虽异，遭际则同"，颇多几分造化弄人的无奈感喟。又十年（1658），大兄亡，孙枝蔚作《哭大兄伯发》悼之，"家书临发频开看，远道凶音敢遽传"表达了闻悉噩耗而难以置信的情状，哀情毕现。康熙二十一年（1682），仲兄枝蕃卒于徐州，孙枝蔚有《入徐州哭五兄大宗》四首痛悼。孙枝蔚与枝蕃志同道合，情意最笃，平素受其照拂甚周，枝蕃于枝蔚而言，亦师亦友亦兄，今"云泥兄弟失团圞"，枝蔚难以承受丧兄之痛，"永诀一言听不得"，椎心泣血，一瓣心魂化为音书寄于黄泉路上："飘蓬终日想连枝，咫尺彭城数面迟。昔别常将官马送，今来惟听鹡鸰悲。"②"连枝"、"鹡鸰"均代指同袍兄弟，意象的叠加复用，似声声呼唤亡兄的魂魄，令人哀切。

汪懋麟兄弟五人，他排行最末。长兄起麟，务农为生；二兄振麟于甲申年（1644）高杰围攻扬州城时死于乱箭之下；三兄兆麟（字公趾），未能秉承家风，不喜读书，好游任侠，不事生产，是个典型的叛逆浪子，卒于康熙十一年（1672），年止四十，懋麟作《哭公趾三兄，时闻葬信》寄托哀情，并撰《亡兄汪公趾墓志铭》；四兄耀麟（字叔定），与之年相仿，性相近，感情最密，幼时一起读书习诗，名显于通儒大人之间，俱得王士禛推扬，昆弟二人唱酬颇多，惜汪耀麟的《见山楼诗》今不存，唯赖懋麟的十余首寄兄诗，传达出深厚感人的棠棣之情。

汪懋麟寄耀麟的书信，动辄排律，盖以此容量方可淋漓尽致地表达内心复杂、绵长的感情。来往信简中以摅写心怀、发泄牢骚者居多，如康熙九年（1670），懋麟作《得家书感怀寄叔定家兄》云：

---

① 孙枝蔚：《久不得徐州五兄大宗书》，《溉堂续集》卷六，第 890 页。
② 孙枝蔚：《入徐州哭五兄大宗》（其一），《溉堂后集》卷四，第 1422 页。

我羁长安里,纷纷恼人事。夜半趋殿门,辛勤少酣睡。为郎实卑亢,割肉强游戏。……日短亦易驰,夜长莽多思。经营及身世,百虑一时积。负米欲言归,徒然抱空器。努力图飞翻,岁月渺难企。徘徊进退间,背人潜拭泪。远游割亲爱,旅食习况瘁。俦无儿女情,舖縻愿难逐。连年走风尘,少壮尚寡嗣。①

吏事繁苦,薄禄卑位,背亲远游,天伦零落,百事忧心,身心何以安顿?对兄言此,一畅郁闷,以涤尘心,在相知相念的亲情关怀中获得慰藉,汲取希望。

汪耀麟亦为饱学之士,求得科举功名自然是其梦寐之事,可倾尽心力,依然事与愿违。康熙十一年(1672),汪耀麟与同族兄辈汪楫俱落榜,懋麟获悉后作《叔定、舟次两兄下第,寄诗慰之》:"九日始得乡举录,两兄驾车齐脱辐。无数黄花不耐看,背人潜对秋风哭",对兄长们遭受的打击,他感同身受;"守贞待嫁已十年,刖玉何堪更三复",恨命运不公,心意难全。诗末宕开一笔,宽慰两兄达观自处:"寄语两兄莫漫悲","遇合人生有迟速",②情真意切,感人肺腑。

据汪懋麟《见山楼诗集序》载,其兄"省试又屡蹶,南北俱失意,穷愁无聊,益肆为诗,邮书缄寄无虚日。……中间缄书往来,兄时寄诗慰劳",昆仲间的诗歌唱和是很多的,如《历亭中秋,和苏子由南京寄东坡韵,有怀家兄叔定》《叔定家兄以元日立春诗见寄,和原韵》均为此类,颇有苏轼、苏辙之遗风。另有《除夕寄家兄叔定》《喜雪有怀家园寄叔定兄》等诗,寄托念亲思归之意,表达得深长细腻,很见功力。

---

① 汪懋麟:《得家书感怀寄叔定家兄》,《百尺梧桐阁集》卷八,第568页。
② 汪懋麟:《叔定、舟次两兄下第,寄诗慰之》,《百尺梧桐阁集》卷十,第594页。

第六章　清初扬州诗群的诗学思想

清代初年,地域性文学流派方兴未艾,其中以江南文学流派最为繁盛,而相对独立、富有独特个性品格的扬州诗群堪称江南文学流派的一支劲旅。这个诗群由扬州本籍诗人与流寓此地的外籍诗人两部分构成,从身份和地位来看,有国朝新贵,亦有野逸遗民,代表人物是孙枝蔚、汪懋麟、冒襄、吴绮、雷士俊等。受时代风会和地域文化的影响,扬州诗群诗学思想异常活跃,他们以其特有的人格精神和有力的诗学实践,构建了以重学为途径、以性情为根柢、以兼宗唐宋为取向及倡导"江山之助"的诗学思想,在当时独树一帜,卓荦不凡。

尽管清初扬州诗人鲜有专门诗话著述,但其诗文集中的序跋、书信都包蕴了丰富的诗论资料,这些文献不仅呈现了清初激荡的诗史风云,也展示了历史沉浮中士人深层的精神脉动。本章在钩稽梳理的基础上,试作全面深入的探究。

第一节　原本学问,自具面目

诗与学的关系是清初诗学观念建构中的一个基本问题。明末禅风流荡,"心学"泛滥,学人大多束书不观,空谈心性,致使学风大衰。缪荃孙《云自在龛随笔》论明代学风的堕落:"一坏于洪武十七年定制八股时文取士,其失也陋;再坏于李梦阳倡复古学,而不原本六艺,其失也俗;三坏于王守仁讲良知之学,而至以读书为禁,其失也虚。"[①] 此论不免偏颇,但也可以看出,无论明代的学风,还是明代诗学的主流思想,都使诗

---

① 缪荃孙:《云自在龛随笔》,商务印书馆1958年版,第9页。

歌创作失去了深厚的"学问"根基。绵亘至清代,这种积习已久的空疏肤廓之风并未消歇,清初学士对此訾议纷起,认为要救空泛鄙俗之弊,须经学问一途。冯班曰:"有一分学识,便有一分文章。但得古今十分贯穿,自然才力百倍。相识中多有天性自能诗者,然学问不深,往往使才不尽。""多读书则胸次渐高,出语皆与古人相应,一也;博识多知,文章有依据,二也;所见既多,自知得失,下笔知取舍,三也。"① 黄宗羲倡言:"计一代之制作,有所至不至,要以学力为深浅。"② 认为创作者的学问决定作品的成就,学问可以丰富素材,开阔眼界,开掘作家的才能和创造力。这是以学育诗观念的扬扬,也是清初经世致用思潮在文学领域的衍射。在这个学术大变革时期,扬州诗人同样紧随时代潮流,以昌明学术为己任。

　　孙枝蔚论及才、学关系时,着力强调学之重要:"才与学不可偏胜,然才有尽而学无穷。""才犹山之有木,木一本而已;而叶与岁俱新,百岁之荣无以异于一岁焉,是可谓无尽矣。而旦旦而伐,则无牛山之美,故学犹雨露之泽,栽培之力也。"③ "才"有先天的禀赋,但更多的是来自后天的学习和磨炼,生命有涯而学海无涯,所以"才有尽而学无穷",诗人的才思、才情、才略靠"栽培之力",即人的主观能动性的充分发挥来成就。

　　孙枝蔚在《赠张山来兼呈徐松之处士》中说:"维昔杜陵翁,万卷供下笔。谓诗不关学,岂非严之失?(严羽《沧浪诗话》:"诗有别才,非关学也。")时贤吁可怪,读书乃不必?"④ 他深谙杜甫"读书破万卷,下笔如有神"之道,批判严羽割裂了诗歌创作和学习之间的关系,其旨归还是在务学。不过究严羽本意,并非否定学问之用:"夫诗有别才,非关学也;诗有别趣,非关理也。然非多读书、多穷理,则不能极其致。""诗道亦在妙悟。"⑤ 可见严羽论诗并不废学问,他强调的是"羚羊挂角,无迹可求"、"透彻玲珑,不可凑泊"的"兴趣"和"妙悟"。"时贤吁可怪"反映了清初政局稳定后经生士子致力于举业,无暇攻诗,及涉笔为

---

① 何焯评,冯班著:《钝吟杂录》,中华书局1985年版,第46页。
② 黄宗羲:《明文案序下》,《南雷文定前集》卷一,中华书局1985年版,第2页。
③ 孙枝蔚:《王阮亭咏史小乐府序》,《溉堂文集》卷一,第1039页。
④ 孙枝蔚:《赠张山来兼呈徐松之处士》,《溉堂文集》卷五,第1458页。
⑤ 严羽:《沧浪诗话》,中华书局1985年版,第6页。

诗，便欲以诗出名求得终南捷径的风习。

诗歌创作必须以深厚的学养为基础，而学问的获得绝不可能一蹴而就，须经过长期的刻苦学习和磨炼，如施闰章所言："未有不闳览专思终身肆力而能特立不朽于后世者也。"① 孙枝蔚主张积学渐进，他在《示儿燕》中说："被里作文枕上观书，此是熟境；席上赋诗山头驰马，此是险事。""盖作文之法与用兵不同，与其拙速不如工久也。"② 作诗要不断琢磨、摸索、训练，方能有所提高。孙诗精深的艺术功力有赖于苦心吟咏，锤炼推敲："改罢长吟，樽酒细论数语"，"每遇题到手，稿必屡易，或数月之后再取视之，复一字不留。老来慎重如此，盖亦惩往日之失也"③。苦心孤诣，可见一斑。其亲家雷士俊对诗歌经营之苦亦有切身体会："作文真如治玉器，须刮磨细密然后美观也。"④ "至今愈觉其难，如食蓼之虫，开口俱是苦味。"⑤ 可谓知己之言。

孙枝蔚平生嗜读，并以此为乐："细论每夜吟咏之声，彻于户外，此乐人生未易多遘也。"⑥ 又云："吾自三十以后，始谢去游侠声色之习，折节读书，慨然慕陈恺之为人。今吾虽长贫而不至饥死者，赖学耳。生平多失，惟此为得。"⑦ "蔚漂泊无似，然努力诗词以追古之作者，颇不敢自弃岁月"⑧，读书竟至"不知寒暑与饥饱"，"吾年五十二岁，终日行路，书卷未尝离手"⑨。他督勉其子要及时读书，不能延宕懒散："栽竹必待辰日，此决非嗜竹者；捕鱼虾必待亥日，决非渔翁所为。读书人又可知也。故孔子曰：'学如不及，犹恐失之'，而程子释之云：才说'姑待明日'，便不可也。"⑩

才情与学识都有赖于诗人"积学以储宝"的积淀，而在具体的创作中，诗人的灵感亦不可轻忽。孙枝蔚《诫子文》载："吾尝中夜而起，呼

---

① 施闰章：《汪舟次诗序》，《学馀堂文集》卷五。
② 孙枝蔚：《示儿燕》（其三），《溉堂文集》卷二，第1075页。
③ 孙枝蔚：《与顾茂伦》，《溉堂文集》卷二，第1114页。
④ 雷士俊：《与王筑夫》，《艾陵文钞》卷十一，《四库禁毁书丛刊》集部第90册，第136页。
⑤ 雷士俊：《与陈伯玑》，《艾陵文钞》卷十一，第136页。
⑥ 孙枝蔚：《与临洮广文郭怀德》，《溉堂文集》卷二，第1092页。
⑦ 孙枝蔚：《诫子文》，《溉堂文集》卷四，第1175页。
⑧ 孙枝蔚：《与叔岳石仲昭》，《溉堂文集》卷二，第1094页。
⑨ 孙枝蔚：《与弟侄书》，《溉堂文集》卷二，第1117页。
⑩ 孙枝蔚：《示儿燕》（其三），《溉堂文集》卷二，第1075页。

婢索灯，婢云：'油尽，目中不得见一物'，深苦之心有所得不能即刻书之于纸，忧愁烦乱，惟恐起而忘之也。"① 灵感一触即发，转瞬即逝，可遇而不可求。这种"心有所得不能即刻书之于纸"的"忧愁烦乱"与歌德所说的"梦境的冲动"、"梦行症的状态"如出一辙："事先毫无印象或预感，诗意突然袭来，我感到一种压力，仿佛非马上把它写出来不可，这种压力就像一种本能的梦境的冲动。在这种梦行症的状态中，我往往面前斜放着一张稿纸而没有注意到。等我注意到时，上面已经写满了字，没有空白可以再写什么了。"②这也可用袁枚的"兴会"说来参证："人有兴会标举，景物所触，偶然成诗，及时移地改，虽复冥心追溯，求其前所以为诗之故而不可得。"③ 如天籁般的灵感来无影去无踪，具突发性和未知性，这是诗歌创作中的一种自发状态，可使诗达到高妙的境界，"作诗，兴会所至，容易成篇"，也即陆放翁所言："文章本天然，妙手偶得之。"当然灵感也并非空穴来风，它离不开诗人平素的覃思精虑及敏锐的审美颖悟。

论诗讲本源、溯源流、尚学问，那学问的根本是什么？孙枝蔚认为是经学，他主张"循本"必须"返经"。孙枝蔚于经学颇有研究，尝著《经书广义》，惜已逸④，原著信息从《论语孟子广义序》可略知一二。其教谕子弟为学，考所肄业，自《论语》始，因其为"总括五经之要书"。然时俗士子拘泥朱注，因其笃信"此外即恐于举业不利"，他断然阻止："误矣！误矣！程、朱岂尽当？""抑知朱注固非无所根据耶？"连续诘问，语疾声切，朱注《论语》为祸之烈可以想见。他接着说："近日钱虞山每劝学者通经先汉而后唐宋，又跋文中子《中说》云：'文中子序述六经为洙泗为宗子，有宋巨儒自命得不传之学，禁遏之如石压笋，使不得出六百余年矣。'余尝闻其言而心是之，方恨举业盛行时鲜有可共语者。"大音希声，其观点与钱谦益的思想暗合，亦见其不囿于宋儒之说，坚持独立思考、不为世俗羁缚的可贵精神。为救时俗之病，他"旁引汉唐诸家之说，间亦采及近贤杂辨，复附以隅说，积久成帙，命曰《广义》"⑤，以劝勉

---

① 孙枝蔚：《诫子文》，《溉堂文集》卷四，第1175页。
② [德]爱克曼辑录：《歌德谈话录》，朱光潜译，人民文学出版社1980年版，第207页。
③ 袁枚著、顾学颉点校：《随园诗话》，人民文学出版社1982年版。
④ 南京师范大学古文献整理研究所编：《江苏艺文志·扬州卷》（上），江苏人民出版社1995年版，第83页。
⑤ 孙枝蔚：《论语孟子广义序》，《溉堂文集》卷一，第1063页。

后学，使其遵循经学而就为学正途。

孙枝蔚论诗讲求返经返孔孟之道，还原经学原貌，反对割裂、歪曲经学著作竟至不睹古人本来面目的倾向，这是从学术史的发展角度，回溯反观，寻觅诗学经术的正脉源头，通过对原始经典的重新阐释，来纠正时下违背诗义、割裂原典的学术误区，正本清源，有益世道。

自顾炎武提出"理学，经学也"的著名命题，后经全祖望概括为"经学即理学也"，此说流布甚广。这一命题的最初表述见于《与施愚山书》："理学之传，自是君家弓冶。然愚独以为理学之名，自宋人始有之。故曰：'君子之于《春秋》，没身而已矣。'今之所谓理学，禅学也，不取之五经而资之语录，校诸帖括之文而尤易也。又曰：'《论语》，圣人之语录也'，舍圣人之语录，而从事于后儒，此之谓不知本矣。高明以为然乎？"① 他认为经学才是真正的理学，而宋以后的所谓理学则是禅学，孔子之学"举尧舜相传之所谓危微精一之言一切不道"，只讲关系民生和人伦日用；而程朱理学则是"置四海困穷不言，而终日讲危微精一之说"，因此学者要以研究古经为根柢，而不能到宋明理学家的语录中去生搬硬套。

孙枝蔚语境中的"理学"，显然即顾炎武所言"经学"，《论语孟子广义序》确为佐证。他推崇诗文创作以经史为根本，"每劝相知学六经"，并以此为品评作品高低优劣之圭臬，如《易老堂集序》叹赏冯密庵先生"性好读书，记览无遗，而尤潜心于理学。故其发而为言，盖不屑求悦今人之耳目者也。譬之有源之水，虽一泉一壑而自有莫可遏御之势，与夫引水为园池者异矣。有本之木，虽苍枝冷萼，自有一种幽鲜之色，与夫剪纸为牡丹芍药者异矣"②。冯密庵潜心经学，通经汲古，学有渊源，故其诗活色生鲜；而征逐声利之徒作诗如土龙沐猴、"剪纸为牡丹芍药者"之类，两相比照，姿态迥异。他还在《祁门三汪先生集总序》中论及明代祁门"三汪"汪环谷、汪檗菴、汪石西时曰："今世词章盛而理学衰，三先生之集既出，庶几有见而兴起者"，"诗人其可不究心圣贤之学？"③ 可见他对经学颇为关注，认为只有溯源经学，诗人才能找到诗之根本从而提

---

① 顾炎武：《与施愚山书》，《顾亭林诗文集》，中华书局1959年版，第58页。
② 孙枝蔚：《易老堂集序》，《溉堂文集》卷一，第1041—1042页。
③ 孙枝蔚：《祁门三汪先生集总序》，《溉堂文集》卷一，第1054页。

高诗艺。

　　汪懋麟素以"积学苦不早,生年空后时"①自勉,平生嗜读,"爱向前贤行处行"②,并以此为乐:"有书可读诗可吟,万事徒劳挂胸膈。"③他自言少时"回算从前好风景,乱书堆里过青春"④;王又旦亦称其早年"左图右书插满架"、"缥缃万卷无停披",而能"诗成落笔传乌丝"⑤。即使后来入京为官,繁忙的政事之余也不辍读书,王士禛《比部汪蛟门传》云:"君固嗜书,每入直襆被,外携书卷。自随公事毕,辄铅椠洛诵,或行吟陛楯间,丙夜不辍,由是学日益博,诗文日益有名。"⑥张贞《汪君蛟门传》可印证此说:"事毕出署,即键户读书,入直亦挟策囊笔于殿阁之侧,批阅校雠,朱墨狼藉,至丙夜呻佔声犹彻直庐。"⑦其读书焚膏继晷,坚之以意志,继之以岁月,此种"不畏冷板凳,不避孤寂境"的境界,常辈不敢望其项背。"终年弄笔砚,岂敢言勤劬"⑧的勤奋,"于学无所不窥"(徐乾学赞语)的广博,成就了他的卓荦不凡,徐元文称蛟门"学识淹通,篇章赡敏"⑨,施闰章感喟"惭君诗思真涌泉,被酒长篇疾如扫"⑩,后来的阮元亦叹赏他"胸中经纬大有用"、"撑肠挂腹万卷书,其才郁塞不可舒"⑪,均推崇备至。

　　读书可以养气,而"气"对于创作关系匪轻,汪懋麟在《学文堂文集序》中说:"凡古人为文者,必先养其气,穷于理而达于事;养其气然后为文,有纡徐条畅之态,而无躁慢浮动之习;穷于理,庶几得乎圣贤中正之旨,不为邪说曲学之所惑;达于事,则可参于古酌于今,不徒为空疏

---

① 汪懋麟:《百尺梧桐阁集》,第832页。
② 孙枝蔚:《溉堂集》,第898页。
③ 汪懋麟:《百尺梧桐阁集》,第576页。
④ 同上书,第536页。
⑤ 王又旦:《黄湄诗选》卷八,南京图书馆藏康熙刻本。
⑥ 汪懋麟:《百尺梧桐阁集》,第801页。
⑦ 张贞:《杞田集》卷六,清康熙间刻本,第74页。
⑧ 汪懋麟:《百尺梧桐阁集》,第569页。
⑨ 徐元文:《含经堂集》卷十八,《续修四库全书》集部第1413册,上海古籍出版社2002年版。
⑩ 施闰章:《学馀堂诗集》卷二十二,《文渊阁四库全书》集部第1313册,台北商务印书馆1986年版。
⑪ 阮元:《揅经室集》卷五,《续修四库全书》集部第1478—1479册,上海古籍出版社2002年版。

可喜之论。"①《笠山诗集序》中的一段话可与之互相发明："士君子立身为天下望，莫先于气节，其人浩然以往，矫然以立，斯好恶；正好恶，正由学问严；学问严，斯度量远；而言语有典则，故触于物而为言也，必予人以可兴可慕。"② 这里的"气"，既涵盖了孟子"吾善养吾浩然之气"的道德自我完善之义，也与曹丕"文以气为主"强调的个性相吻合，更关涉到叶燮语境中的"胸襟"。"气"乃"文"之依托："养其气然后为文，有纡徐条畅之态，而无躁慢浮动之习"，正如韩愈所作的精妙譬喻："气，水也；言，浮物也。水大而物之浮者大小毕浮，气盛则言之短长与声之高下者皆宜"，充盈之"气"可救言语枯竭滞涩之弊。"养其气"是"穷于理"、"达于事"的前提，汪懋麟所言之"事"、"理"，偏重"圣贤中正之旨"，即《尚书·舜典》中"直而温，宽而栗，刚而无虐，简而无傲。诗言志，歌永言，声依永，律和声，八音克谐，无相夺伦"的和谐原则。汪氏深得诗学三昧，并将之作为品评作品的重要标准，如其为梁清标《蕉林诗集》作弁言云："先生之诗，本于学问，出于和平，雍容浑浩，博通于诸大家而不得执一以名诗有之，穆如清风，其风肆好"③，字里行间难掩其热忱和喜好。

读书还可以填充腹笥，丰富典识，探源索流，融通变化。汪懋麟评论时人作品，常钩抉其学问根柢，如评宗元鼎《新柳堂集》云："学有源本，旁搜子、史、六朝奇闻僻事，罔不手抄心识"④；赞王又旦《黄湄诗集》曰："诗之有本"，都是在强调博览群书、广师前贤以积累创作经验和艺术技巧的重要性。

这里有一个需厘清的问题：模拟是否是诗学的必经之途？答案是肯定的。清代桐城派的代表人物姚鼐对此有一席透彻之论："近人每云作诗不可摹拟，此似高而实欺人之言也，学诗文不摹拟，何由得入？……若初学不能逼似，先求脱化，必全无成就，譬如学字而不临帖，可乎？"(《与伯昂从侄孙书》) 这为初学者昭示了诗学"不可不历"之门径，堪称不刊之论。曾国藩也说："作文作诗赋，均宜心有摹仿，而后间架可立，其收效

---

① 汪懋麟：《百尺梧桐阁集》，第683—684页。
② 同上书，第691页。
③ 陶梁辑：《国朝畿辅诗伟》卷六，《续修四库全书》集部第1681册，上海古籍出版社2002年版。
④ 汪懋麟：《百尺梧桐阁集》，第689页。

较速，其取径较便。"① 此说更为通透，他说的"间架"即"法度"，是从历代诗学经典中抽绎出的"诗理"，是度人之金针。但"摹拟而与古人太相似，究不可谓非文章之病，故不能不求其脱化也"（《曾文正公家训》），这要求学诗者要博稽而约取，会通而适变，方得为诗正道。汪懋麟洞悉此理，故讽刺那些一味模拟而不能创新的人："今人不求为诗之本，徒以世代为升降，撮拾陈言，粉墨颠错，漫无黼黻之序"②，他主张诗家要学习前人，但并非对古人焚香顶礼而无所作为，或是做古人的优孟衣冠，而是要有自立的气概，要兼采众长，自具面目。这种精神自然贯注在汪氏自己的创作中，《汪君蛟门传》云："至其有韵之语，由三唐入，复上溯汉魏、六朝以穷其源，且沿及宋元以博其趣，拟议成变，日新富有，久之而创获法外，神解于象先，自成一家，人莫测其所从出也。"③费锡璜序《百尺梧桐阁遗稿》曰："自明人摹拟唐调，三变而至常熟，乃极称苏陆以新天下耳目，先生与阮亭、愚山、纶霞、豹人、周量、荔裳、公勇诸前辈适承其后，各立畛域以言诗，其时宋调入，人未深故，先生诗斟酌于唐宋之间，用唐而不失之胶固，用宋而不失之颓放，渊情微致，揽之有余。"其侄文菶评曰："蛟门先生初年沉酣于唐调，中年变化于宋元诗，不专一体，不学一人，要之淡宕而清远，则方驾王孟钱郎且不啻过之也。"④ 取法于古人，使他能"会其指归，得其神理。以是为诗，正不伤庸，奇不伤怪，丽不伤浮，博不伤僻，绝无剽窃吞剥之病"⑤；加之覃思精虑，取舍有法，笔墨喷薄，故能不蹈古人脚跟而独开生面。另宋荦《百尺梧桐阁遗稿序》曰："君诗出入昌黎、眉山间，而时出新意，能自成家，与其文皆卓乎可传者。"⑥ 黄庭坚言："文章最忌随人后"，汪懋麟从有法可循，到不为法所拘，"自成一家始逼真"，表现出可贵的创新求变、自省自立精神。

杜甫、韩愈乃宋诗之源，汪懋麟学宋，渊源有自。他学诗广师前贤，而颇服膺韩愈，尝精选韩诗141首以"自娱"，《选韩诗序》云："韩愈氏

---

① 姚永朴：《文学研究法》，凤凰出版社2009年版，第112页。
② 汪懋麟：《百尺梧桐阁集》，第692—693页。
③ 张贞：《杞田集》卷六，清康熙年间刻本，第74页。
④ 汪懋麟：《百尺梧桐阁集》，第800页。
⑤ 叶燮著，霍松林校注：《原诗》，人民文学出版社1979年版，第18页。
⑥ 汪懋麟：《百尺梧桐阁集》，第798页。

出，论诗独推李、杜，谓其陵暴万物。故其为诗，窃有意于甫，而又不欲遂以甫之诗为之，更辟一境，务为巉削怪险，而御之以气，一往横肆，如其为文，遂自为愈之诗而非甫之诗，人亦自然知非甫之所为而为之者，惟其愈而已。""甫之学鲜能传者，传之惟愈，若尧之与舜，孔之与颜，不可诬也。"① 韩愈深得杜甫诗艺之衣钵真传，而能脱胎换骨，自出机杼，"不烦绳削而自合"，即赵翼《瓯北诗话》所云："至昌黎时，李、杜已在前，纵极力变化，终不能再辟一径。惟少陵奇险处尚有可推扩，故一眼觑定，欲从此辟山开道，自成一家，此昌黎注意所在也。""其实昌黎自有本色，仍在文从字顺中，自然雄厚博大，不可捉摸，不专以奇险见长。"② 昌黎卓然自立，可谓善学者，故能于杜甫之后雄踞诗坛，光耀后世。

汪懋麟论诗也很重视创作主体独立性的体现，他对孙枝蔚的诗歌成就予以充分肯定："先生为诗，初喜六朝，继归汉魏，于唐宋元人全集莫不手批心识，即近代凡以诗名者皆流览，能一一道其所以，故其诗纵横沉博，有正有变，意思所托，准乎风人，不能名其为何代何人之诗，盖自成其为'孙子之诗'也。"③ "予论诗，于当代推一人，为孙豹人征君，其为诗不宗一代一人，故能独为一代之诗，亦遂为一代之人。……其诗者正以此擅耳。"④ 孙枝蔚打破时代和门户的界限，转益多师，踵事增华，后出转精，表现出一个成熟的诗人所具备的素质，故汪懋麟将之引为同调。他还颇称赏吴嘉纪《陋轩诗》："大抵四五言古诗原本陶潜，纵横王粲、刘桢、阮籍、陈子昂、杜甫之间；七言古诗浑融少陵，出入王建、张籍；七言近体幽峭冷逸，有王、孟、钱、刘诸家之致，自脱拘束。至所为今乐府诸篇，即事写情，变化汉魏，痛郁朴远，自为一家之言，必传于后何疑欤？"⑤ 吴嘉纪驰骤古今而不蹈袭前人，由博返约，达到自得，既能继承，更能创新，成就斐然，无可争议地与顾炎武并称为"遗民诗界的双子星座"。

雷士俊平生以古文著称，虽然其学诗较晚，但诗名难掩，论诗很看重深厚的学问基础，如评论挚友郑廷直云："博闻强识，上自经传，下至

---

① 汪懋麟：《百尺梧桐阁集》，第 701 页。
② 郭绍虞、富寿荪编选：《清诗话续编》，上海古籍出版社 1983 年版，第 1164 页。
③ 汪懋麟：《百尺梧桐阁集》，第 794 页。
④ 同上书，第 694 页。
⑤ 同上书，第 690—691 页。

庄、韩、荀、杨诸子与史官纪录、唐宋士大夫之所撰述，无不窥览。"①惊叹王士禛诗"滔滔汩汩，未有津涯"，乃兄王士禄之《观海集》亦"雄杰若彼"，源于二人"终日兀坐读书，类秀才手不释卷"②、养气深厚之故，均着眼于作者之学问根柢。士俊学殖淹博，李沂称赏他"美才博学"，殁后其至交王岩作《清处士雷君伯吁墓志铭》称："处士负才任气，有志当世，读书无日夜不休，为文章博辩质实，根柢经术，出入群史，自名一家。……久与友人王岩废弃隐处，日夕淬厉切磨，著书明道，穷讨六经、周礼、诸史、百氏之说，究质古今治乱成败、得失兴亡、君子小人、消长盛衰之故，涵濡沉浸，贯穿纵横，咀茹英华。其见于文繇、韩、柳、欧、曾，上溯马、班、《左》《国》，达于经间，参《公》《穀》、考工之辞。每一构思，钵心刿目，篇成琢削镌刻，改经四三。或既锓梓，毁版更易。呜呼！处士于斯道可谓惨淡经营者矣，其必传后无疑也。"③ 因博览群书，其创作时得以左右逢源，自然凑泊，史实、典故足供援引驱使，触手生春，"自名一家"。王岩用"钵心刿目"一词来形容雷士俊诗文创作时的呕心沥血之苦状，此词源自韩愈《贞曜先生墓志铭》中说孟郊"及其为诗，刿目钵心……钩章棘句，掏擢胃肾，神使鬼设，闲见层出"④。类似的说法在钱谦益的语境中也多次出现，如他在《梅杓司诗序》中说："刿目钵心，推陈拔新，经营意匠，可以思而致也。"⑤ 再如他称赞季沧苇为诗"刿心钵肾，茹古吐今，必欲追配作者"⑥ 等。上引诸句均用来强调在艺术创作中"不专思致虑则不能工，一专思致虑于此，则其中之憧憧，比一切声色货贿而更甚者"⑦，故作者的认识能力和审美感受须不断地深入开掘，以期寻找恰当的表现手段来架构篇章，可见"诗文为心之累不小"。

"博通"是对雷士俊学术追求的基本认识和评价，他的研究领域不局

---

① 雷士俊：《郑廷直传》，《艾陵文钞》卷九，《四库禁毁书丛刊》集部第 90 册，第 102 页。
② 雷士俊：《与施愚山书》，《艾陵文钞》卷十，第 121 页。
③ 王岩：《清处士雷君伯吁墓志铭》，雷士俊《艾陵文钞》，第 4 页。
④ 孙昌武选注：《韩愈选集》，上海古籍出版社 1996 年版，第 384 页。
⑤ 钱谦益著，钱曾笺注，钱仲联标校：《钱牧斋全集》（五），上海古籍出版社 2003 年版，第 791 页。
⑥ 同上书，第 758 页。
⑦ 雷士俊：《再答周盛际书》，《艾陵文钞》卷十一，第 125 页。

限于经，更将经、史、子、集融为一体，视为自己学术研究的渊薮。尽管"兀兀穷年"、"曲寡和而孤唱"，然他始终"自喻以悦其心"，以至"死而后已"。雷士俊清醒地看到，读书若浅尝辄止，未能穷尽，则格局褊狭，无以至"通透"之境，习文不免呈不伦不类之貌："今之知名者，调停于古人肥瘠之间，为一种似秦汉非秦汉、似魏晋非魏晋之文，其人自谓'集大成'、'远过古人'，而丛杂浓浊，实不成章，虽时流共推，数年之后，与腐草同灭。弟所谓'古文'，务求至夫古人之域者，神气态度，当一一似古人，不必阳尊秦汉，阴又少之，而欲取魏晋之浮华以补其未足，如此时流，虽未必盛称，或穷相诽谤，终属一家之言，庶几有传之者？"①生搬硬套、强为"调停"之文终将湮没无闻，融会贯通而有自家面目之篇章则生机盎然以传世，而它的内核还是不离"博通"二字。

他屡次径称"余性不喜制科之文"②，这在那个读书人热衷科举、汲汲于功名乃士子之常态的时代可谓"另类"、"异端"之论调，时人大非之，而他能"夷然不屑"，表现出独立崖岸的遒劲姿态。雷士俊深恶文苑重"声气"之习，痛加针砭："今之著述之士一旦莅官，辄重声气，其门扰攘杂还，是亦大蠹。"③因为"声气"之道使士子不能专心于学问而心猿意马，奔竞趋逐而为利禄所累："自声气之道行，士始不以读书为务，而以交纳为急，终日踵门投刺，宴会相征召，其人类皆逐炎附热之徒，而端人远矣，乃呶呶谈诗不绝口。"④即使是炙手可热的"知名之士"，亦会因耽于"声气"而致习业空疏："尝笑今知名之士，日投刺拜谒，饮酒高会。其人奇杰者，初亦博学雄才，升古人之堂；而奔走驰逐既久，平生旧所记诵悉皆遗忘，新者无一字入眼，遂碌碌空疏，无异天下之庸人。"他遂以此自诫："近者谢却宾客，自恐蹈此。"⑤施闰章声名远播而甘于静寂，雷士俊心有戚戚焉，其为钦服："先生杜门谢客，一切请托之路塞，遥思风采可敬可爱。""先生持守严厉，终谓正理。"⑥

吴绮也主张要多读书，读书可以养气，而养气对创作大有裨益："盖

---

① 雷士俊：《与郑廷直书》，《艾陵文钞》卷十，第117页。
② 雷士俊：《文录一集序》，《艾陵文钞》卷五，第61页。
③ 雷士俊：《与施愚山书》，《艾陵文钞》卷十，第121页。
④ 雷士俊：《宗鹤问山响集序》，《艾陵文钞》卷五，第58页。
⑤ 雷士俊：《与郑廷直书》，《艾陵文钞》卷十，第117页。
⑥ 雷士俊：《与施愚山书》，《艾陵文钞》卷十，第121页。

积之者既深而发之者必厚，故能由微至著，剑虽藏而有光，以少胜多，矢无坚而不入。"①"养之厚而其气乃昌，思之深而其才益大。"② 可谓对韩愈"气盛宜言"的具体诠释。在品评人物时，他坚持以学问为重要标准，如其推挹陈维崧："读书日破万卷余，挥毫坐使千军废。""怀藏锦绣亦何多，笔架珊瑚独无愧。"③ 评江眉瞻："莫不出入三唐，奔趋六代，而法原风雅，气本中和。必于香山《长庆》诸篇，较为沉郁；方乎少陵《秦川杂咏》，并著精严。所养之深，盖可见矣。"④ 其本身著作甚丰，各体兼胜，诗、词、曲、传奇均有佳构，尤工骈文，与陈维崧齐名，《林蕙堂全集提要》云："国初以四六名者，推绮及宜兴陈维崧二人。"⑤ 观其《康山读书赋》《米山堂赋》《栗亭赋》等赋作，文字堆砌之繁、风物罗列之富、典章敷陈之细，实非文字学家、博物学家不能作。他还著有地理类作品《岭南风物记》和《扬州鼓吹词序》，此必得益于其广泛的游历，而博学多识、"引书助文"也是不可或缺的重要因素。

吴绮很重视天分："才之大小，实本于天资。故徒恃其聪明，则必有空疏之诮；若独资于学力，复恐无灵妙之机。所以气擅纵横，耽怀欲兼于澄净；性多沉挚，命意当出以和平，是非学力之有难求，抑惟聪明之不易得也。"⑥ 认为才高才弱取决于天资禀赋，而"妙手""不易得"，得之则需学力以济之方可相得益彰。

冒襄论诗亦表现出重书卷、主博综、以学问为根基的倾向。李清不无钦羡地称赏他"天才骏发，殖学汲古"⑦，究其家学背景，祖梦龄少有才名，以选贡入太学，刻苦攻读，"知会昌县，有政声"⑧；父起宗少时即随侍梦龄读书，学古人头悬梁、锥刺股，挑灯夜读，制举文章常在同辈中拔

---

① 吴绮：《季伟公诗集序》，《林蕙堂全集》卷三，《文渊阁四库全书》集部第 1314 册，第 267 页。
② 吴绮：《赵翔九诗序》，《林蕙堂全集》卷四，第 282 页。
③ 吴绮：《定交篇自锡山至阳羡访陈其年作》，《林蕙堂全集》卷十四，第 464 页。
④ 吴绮：《江柳州眉瞻陇塞集诗序》，《林蕙堂全集》卷三，第 271 页。
⑤ 《林蕙堂全集提要》，《文渊阁四库全书》集部第 1314 册，台湾商务印书馆 1983 年版，第 195 页。
⑥ 吴绮：《陈北溟诗集序》，《林蕙堂全集》卷四，第 295 页。
⑦ 李清：《同人集序》，冒襄《同人集》卷一，《四库全书存目丛书》集部第 385 册，第 19 页。
⑧ 冒广生：《冒巢民先生年谱》，《年谱丛刊》第 70 册，北京图书馆编，北京图书馆出版社 2009 年版，第 369 页。

得头筹，终于"登进士第，以吏部郎出，历官副使"，父子两代在明朝均以学行兼优、累试优等而脱颖侪辈；外祖马化龙家曾祖以降皆是进士；他本人亦为廪贡生，擅文学。因此出生于望族世家、书香门第的冒襄少禀庭训，家学的熏陶习染是成就其才名的先天优势。冒家"藏书甚富，缥囊缃帙，充栋汗牛，邺侯三万轴，茂先三十乘，不啻过之"①。得天独厚的藏书条件也是常辈无以相侔的。冒襄趣专于学，王铎说他"嗜诗于垂髫，即尔复好古书以相其心目"，"是学也，日孜孜不倦，无他好"②；倪元璐言其"多藏书卷，反复流连"③；许承宣叹服"年益老，而学益坚"④；许承家说"有谓'两朝夸腹笥，万里走诗筒'者，盖先生实录也"⑤。学至此等境界，难怪当时东南文坛耆宿陈继儒惊叹其"性含异气，笔带神锋"⑥，颇为赏识，并结为忘年神交。

在取法诗歌创作经验和传统方面，冒襄主张广采博收、不名一家。陈继儒评论冒襄："自六艺九家以及古今万方之略，多洞达于胸，见微知著。""时以舞剑扛鼎之雄出轻拢缓拨之调，有花间，有草堂，有孔北海、石曼卿之豪爽，有秦七、黄九之风流，反复揣之，吾不知其所指谓谁。"⑦李雯序其文曰："负不羁之姿，挟天然之秀，而又能潜心古业，自六经子史以及兵农礼乐诸书无不井然洞晓。"⑧冒襄不囿于门户偏见而尽纳前贤之胜，学古而能脱化，表现出自立之面目。魏学濂深悉其用心："其为诗也，长揖储王而不拜，非所谓'栋梁文囿'、'括羽词林'者乎比者。"⑨彭师度曰："今古虽殊，文心各胜，一代有一代之音，一人有一人之韵，止搜扩以自镜，仍经营之在心，不必限其世次而随俗附和也。先生卓荦观书，不沾沾一家言，得斯旨矣。今其文之丽而泽者，苍而峭者，骨劲而神爽者，古诗之俊朗多风者，近体之浏亮而雅赡者，无一不备，而大要变化于古而能自为古。"⑩冒襄以学古入手，以独出手眼、与古人并驱而求得

---

① 王廷玺：《奉赠司李冒辟老先生社尊仁翁小序》，冒襄《同人集》卷一，第35页。
② 王铎：《冒辟疆朴巢诗序》，冒襄《同人集》卷一，第21页。
③ 倪元璐：《冒辟疆朴巢诗序》，冒襄《同人集》卷一，第21页。
④ 许承宣：《冒巢民还朴斋序》，冒襄《同人集》卷一，第34页。
⑤ 许承家：《冒先生七十一寿序》，冒襄《同人集》卷二，第73页。
⑥ 陈继儒：《冒辟疆寒碧孤吟序》，冒襄《同人集》卷一，第19页。
⑦ 同上。
⑧ 李雯：《冒辟疆文序》，冒襄《同人集》卷一，第28页。
⑨ 魏学濂：《冒辟疆文序》，冒襄《同人集》卷一，第28页。
⑩ 彭师度：《水绘庵二集序》，冒襄《同人集》卷一，第30页。

自立，其肯綮乃在"变化"之途。此论将冒襄学古与自立间的关系，说得十分明白。王廷玺评曰："如诗如赋如古文辞，无论长歌短咏，小品宏篇，每一落腕，字字皆香玉艳雪，亶高踞千古之巅，而汇百家之胜，彼含潘超陆轹谢凌班，特其余耳。临池纵笔，则钟规王矩柳骨颜筋络绎奔赴，悉供驱役，如游龙惊鸿，令人不可窥测。"① 过尽千帆，始见大海汪洋。无论操觚艺文，还是纵笔墨海，冒襄在各类艺术上的旨趣是相通的。

第二节 吟咏性情，倡导本真

"诗主性情"是清初诗学的一面旗帜，顾炎武说："诗主性情，不贵奇巧。"② 黄宗羲说："诗也者，联属天地万物而畅吾之精神意志者也。"③"今之论诗者，谁不言本于性情？顾非烹炼使银铜铅铁之尽去，则性情不出。"④ 他们主张将表达真实的思想感情放在诗歌创作各要素的首位。与晚明主情论者不同的是，其所言之"性情"，更多的与故国倾覆的黍离之悲相联系。性情本身没有真假之辨，但有真假性情之别。那些为文造情、矫揉虚饰的作品，其抒写的感情，乃是假的。假性情之作，因其假，而没有灵性与情感，不能引人感发，涤荡人心。拟古而伪，更关乎国家基业之存亡，魏禧痛心疾首地指出："天下国家之坏，不患于无文，患于士无真气，而其文日趋于浮伪虚辞以掩意，饾饤掇拾以为文，此浮文之易见者也。言依道德，语关天下国家之故，气节则伯夷不让，经济则贾谊、晁错之徒无以过，而退考其实，殆与世之市侩瞽儒无毫发有异，此伪文之不易见者也。伪之为害，破国亡君，而其祸方未有止其端，阴成于学术而显发于文章，是故文无真气，虽出入左史、两汉、唐宋大家之文，率皆谓之浮伪；而本身而发言乎真气者，虽不必尽合古人之矩度，固已无不可传矣。"⑤ 上述征引从生命意义上来阐释和立论，强调文学对个体生命（尽管是有道德规定的）的尊重与责任，这和明清之际文学价值观由"重视

---

① 王廷玺：《奉赠司李冒辟老先生社尊仁翁小序》，冒襄《同人集》卷一，第35页。
② 顾炎武著，黄汝成集释，栾保群、吕宗力点校：《日知录集释》，花山文艺出版社1990年版，第913页。
③ 黄宗羲著，陈乃乾编：《黄梨洲文集》，中华书局1959年版，第360页。
④ 同上书，第362页。
⑤ 魏禧：《艾陵文钞序》，雷士俊《艾陵文钞》，第3页。

文学的社会意义向重视文学的生命意义转化"① 的趋势相一致。魏象枢曰："古人之诗，出于性情。故所居之地，所处之时，所行之事，所历之境，所见之物，至今一展卷了然者，真诗也。""然而不真者颇多，即如极富而言贫，极壮而言老，极醒而言醉，极巧而言拙，失其真矣。且功名之士，故发泉石之音；狂悖之徒，饰为忠孝之句，尤不真之甚者也。学者亦以真诗为法哉！"② 诗歌创作贵在表达自己的真情，所谓"有本"，"有物"，有诗。被誉为"清初直臣之冠"的魏象枢，其所论议的"真"，不仅针对当时"为文造情"的矫饰倾向，也是针对功名之士、狂悖之徒的尚假崇虚之风，隐含政治寓意。

孙枝蔚和顾、黄诸人倾向一致，也将抒情言志作为诗歌的本质，论诗及创作特别讲究真情之参与，将立意之诚目为诗歌价值的重要构成："书法不必戏海鸿，苍颜独耻抹青红。诗句不必如芙蓉，援笔贵取写心胸。"③ 反对雕琢为文，主张以赤诚之心示人。沈德潜《清诗别裁集》说孙诗"自有真意"，张稚恭对此亦有真切体会，他点评孙诗曰："处处见厚道，非本乎性情而徒求工于字句终不合拍。"④ 又称许曰："读溉堂乐府，有一字不动人流连唱叹者乎？"⑤ 不过李因笃持论稍异，认为溉堂诗"长于叙事言情，惜写景语尚少"，此语出自孙枝蔚《枫桥》诗后记："唐人每善作景语，如张继《枫桥》诗尤为高手。富平李翰林子德谓予诗'长于叙事言情，惜写景语尚少'，予尝心是其言而不能用也。然而痛者不择音而号，犹醉者不择地而眠。予方自恨写情与事有所不能尽，远不及老杜百分之一，又安知诗中何者为景少于情？何者为情不如景乎？"⑥ 李因笃受顾炎武影响，认为"写景难，抒情易"，针砭当时诗坛轻营造意境、重阐发义理的陋习，可谓切中时弊。但是将情与景截然分开则大谬，难怪孙枝蔚不赞同他的观点。李因笃论诗尚有明代格调诗学的痕迹，而孙枝蔚则能抛弃诗歌形式的局限，坚守诗歌的抒情本质。情景本不可分，他的思考是相当深刻的。

---

① 蒋寅：《清初关中理学家诗学略论》，《求索》2003 年第 2 期。
② 魏象枢：《庸言》，《寒松堂集》卷十二，山西人民出版社 1992 年版，第 870—871 页。
③ 孙枝蔚：《题孙钟元征君答刘公勇考功书及和韵诗卷后》，《溉堂集》卷三，第 706 页。
④ 孙枝蔚：《送张哲之先生还里》，《溉堂续集》卷一，第 550 页。
⑤ 孙枝蔚：《前有樽酒行》，《溉堂续集》卷二，第 628 页。
⑥ 孙枝蔚：《枫桥》，《溉堂后集》卷四，第 1397 页。

孙枝蔚编纂《诗志》一书即以此为宗旨："自《舜典》云'诗言志',《毛诗序》本之云'在心为志,发言为诗',厥后庄子有'诗以道志'之谈,孟子有'以意逆志'之解,扬子有'说志者莫辨乎诗'之语。三子高才绝学,不耻相沿,所谓'圣人复起,斯言不可得而易'也。故予网罗同时之作,颇有选拣,名曰《诗志》,敢窃取其义焉?"① 清初诗坛流布一种贵古贱今的偏见,对此他借《诗志》廓清迷雾,强调"诗言志"才是最能说明创作规律的根本原则,只要言志,当代同样可以创作出无愧于古人的好诗,今未必卑古。

孙枝蔚主张以风神、气骨、性情论诗,反对给诗歌贴上"派别"的标签。《叶思庵龙性堂诗序》云:"自钟记室作《诗品》,谓某诗源出于某,后乃又有江西诗派,曰源曰派,皆不过论其门户耳。夫门户犹之面貌也,人不各有其风神气骨,与夫性情之大不同者乎?奈何舍其内者而第求之于其外者,以为诗如是,遂足自豪也,故有信《诗品》之说者,其失也。"② 他反对狭隘的门户之争,认为"门户"即"面貌"、格调、外在之形,"风神气骨"即性情、内在之神,若耽于门户之争,遗其神而取其貌,则是本末倒置。所以他论诗坚持以"诚"为标的,如论至交郝羽吉诗:"其形于篇者,至性缠绵,油然足以感人。而一以唐人风调为宗,雕镂纤靡之习好无有也,可不谓诗人之卓然者乎?"③ 他颇称赏至交吴嘉纪的诗:"其怨也,非于人有所不平之谓也;其哀也,亦不过自鸣其所遇之穷,而且以为诗不出于诚意则不足传也,故其体如此。""宾贤之哀怨,乃其诗之诚,而亦其人之所以高欤?"④吴嘉纪感荡于境遇,润之以性情,发而为诗,在创作上自觉追求"修辞立其诚",吴、孙二人显然是同调。

明后期七子派复古思潮盛行于世,以追求格调气象合于古人为旨归的创作风气弥漫诗坛,孙枝蔚强调以抒写真情为创作根本,在当时有沿波讨源、拨乱反正、为世所用的价值和意义。他在《易老堂集序》中先痛切批评模拟古人之风:"李、韩诗文,半为庸俗所乱,则又毒过祖龙,恶胜洪水者也。"⑤ 从诗歌自身发展来讲,缺乏内心深处的真情实感,一味雕

---

① 孙枝蔚:《诗志序》,《溉堂文集》卷一,第1060页。
② 孙枝蔚:《叶思庵龙性堂诗序》,《溉堂文集》卷一,第1068页。
③ 孙枝蔚:《郝羽吉诗序》,《溉堂文集》卷一,第1059页。
④ 孙枝蔚:《吴宾贤〈陋轩集〉序》,《溉堂文集》卷一,第1048页。
⑤ 孙枝蔚:《谢家无言》,《溉堂文集》卷二,第1071页。

镌模拟,"强自托于佩玉鸣珂以为文"、"标枝野鹿以为质"①,只从语言文字的构建组合上寻找诗的外壳,格调优先于性情,如钱谦益所说的:"诗为主而我为奴",这必然会背离诗歌言志抒情的根本,使诗歌误入歧途,祸害甚厉。他认为:"诗与文皆言也,言以传道,而谓道在于是,则有所不可。况今之人舍道而求言,所赏者乃惟是音节之工与体态之美而已乎。夫二者亦何难之有?鹦鹉鹦鹆之类教之,百日能学人语矣;马可使之舞,象可使之拜,其体未尝不备也,奈何俨然号为作者而甘自比于是?必也不得已,而有言者乎?宋之不如屈也,班之不如马也,是其大较已。"②"宋之不如屈,班之不如马",在于屈原"发愤以抒情",司马迁"发愤以著书",及后来韩愈踵武前贤而"不平则鸣",欧阳修"诗穷而后工",其精神气格是一脉相承的,文中自有作者"不得不发"之郁勃真气;而宋玉、班固的作品辞藻翰墨虽工而神气匮乏,较之屈马,高低自见。他认为学诗一味追求形式层面的"音节之工与体态之美",诗中全然不见创作主体之声息气韵,则诗歌的生命特质将泯灭殆尽,这无疑舍本逐末,只能步入偏狭一途,如孔子所言:"言之无文,行而不远"。

他还有一首诗,题为《天平山》,诗曰:"太行上党吾曾到,今见天平矮可怜。何似范公能睦族,声名不愧永流传。"诗序曰:"今人妄立名字,过相推许,稍知诗则拟之李杜,略能文则称为班马,皆天平山之类也。虚名其可居乎?"③反对模拟剽窃,浪得虚名,自欺欺人,将创作风向引向正途。

诗歌创作要表现人的真情,而表现真情也就是突出诗人的个性,这是作为诗人的必要条件。诗人的性情直贯到作品中,诗如其人,人的性情深浅、学问高低、趣味俗雅贯穿、延伸到诗的艺术表现形式之中,诗歌才有如人本身一样的风格面貌。评诗即评人,这是传统诗学的一个基本观念。方象瑛《溉堂后集·序》言:"中岁不多作,而古健质直,旨趣遥深。即偶然赠答之作,亦感慨萧凉,各有其故,于陶杜间自出一手笔。姜桂之性,老而愈辣,诗固如其人耶?"④诗品即人品,反之人品即诗品,方氏述评殊合此意。孙枝蔚个性突出,棱角分明,反映在诗中,即以本真面目

---

① 孙枝蔚:《吴宾贤〈陋轩集〉序》,《溉堂文集》卷一,第1048页。
② 孙枝蔚:《易老堂集序》,《溉堂文集》卷一,第1041页。
③ 孙枝蔚:《天平山》,《溉堂后集》卷四,第1380页。
④ 方象瑛:《溉堂后集·序》,孙枝蔚《溉堂集》,第1209页。

示人。尽管心知"直言易取祸,性傲多违时","豪宕不羁"之本色却一仍其旧。他对世间风波"目击心骇",遂淡泊荣利,"不工依人之术","弥念箪瓢之乐",所以王士禛任扬州推官时,"方以诗震动天下,天下士莫不趋风"①,唯他不趋步追附,婉言绝此攀附之嫌:"吉节未敢趋贺,非山人之无礼也;循例逐队之后,惟恐转劳贵驾耳。"② 他以"山人"自居,无拘无缚、自在度日之态宛见,反奴性、反依傍的思想非常明显。《清稗类钞》册八"诗友"条下载"孙豹人交王文简(王士禛)"云:"王文简司李扬州,慕豹人名,欲往诣之而恐其不见,乃先贻之以诗曰:'焦获奇人孙豹人,新诗雅健出风尘。王宏不见陶潜迹,端木宁知原宪贫。'遂为莫逆。"③ 枝蔚之个性,兹可补正。他还认为人格上的趋附会导致创作上自主性的丧失:"有待者为不得已,则无待者为得已;有待者为私,则无待者为公",因此特意申明与潞安太守萧公交往而作的《八行厅记》"所记惟门内问答之词,此非因贡谀而作"④。他无欲则刚,与官员文字往来时则无卑弱之气。

汪懋麟论诗及创作也主张以抒情言志作为诗歌的本质,魏象枢评其诗"调高情弥真"⑤,体会真切。汪氏认为真诗须诗中有人,他在《陈学士诗集序》中说:"后之学诗者,每于穷愁无聊闺房流荡之作诵习不倦;而于郊庙雅颂之诗,谓其繁音纤节,奥衍质实,相率而苦厌之。"滞涩拗口、无真情可言的郊庙雅颂之诗见弃于后学者,而那些表达"穷愁无聊"的"怨诽"之情,抑或"闺房流荡"的"好色"之音的诗作,它们共同的品质是真,是发乎情、止乎礼、任情而不逾度的真情,故此类诗为后之学诗者口追心摹,传世不朽,其可贵也正在于此。然学诗者"为赋新词强说愁",为求真而失真,则又误入歧途,即汪氏进而剖析的:"故有身处贵盛,四体强壮,必托言疾病穷老,以为非是不可以言工;甚有足未越于乡里,早贵京邑,亦必远思穷山幽壑,以为非是不可以明高。二者皆过也。古人之诗随乎境,触于情,止夫义,讵容伪托欤?"⑥ 不疾而呻,欢

---

① 赵执信:《谈龙录序》,《赵执信全集》,齐鲁书社1993年版,第532页。
② 孙枝蔚:《与王阮亭》,《溉堂文集》卷二,第1075页。
③ 徐珂:《清稗类钞》(册八),中华书局1986年版,第3600页。
④ 孙枝蔚:《与潞安太守萧公》,《溉堂文集》卷二,第1090页。
⑤ 魏象枢:《寒松堂集》卷七,中华书局1985年版。
⑥ 汪懋麟:《百尺梧桐阁集》,第682页。

而不笑，东施效颦，尽作扭捏之态，为诗若此，诗与人分离割裂，人之声息气韵泯然无有，几同无诗，如叶燮所言："使其人其心不然，勉强造作，而为欺人欺世之语，能欺一人一时，决不能欺天下后世。究之阅其全帙，其陋必呈。其人既陋，其气必苶，安能振其辞乎！"①故汪懋麟强调诗歌要"应声而出"，不容伪托，不可"欺心以炫巧"，诗如其人，诗人之才、志、情、遇尽在尺幅之内，方可称为"有诗"，为"真诗"，即叶燮比拟的"其心如日月，其诗如日月之光。随其光之所至，即日月见焉。故每诗以人见，人又以诗见"②。又《学文堂文集序》从文体接受、传播的角度，对诗、文做了比较："陈子顾余曰：'士君子读书明道，当为古文传千百世，安用工五七字为？'余曰：'自周、秦、汉、唐以来能文者何虑数十百家，而宋以后书人多不屑读，则千百世后谁览子文者？不若诗以感人而传之为可信。'"③文以载道，诗以抒情，二者功能各异，是以艺术张力有显隐、浅深之别，汪懋麟认为诗歌生命力盛茂不衰，胜在真朴、感人。

真诗在表现方法上也有特点，追求天真烂漫、自然而然的天然本色之美。徐世昌对汪懋麟的诗作有准确评析："诗多磊落使才，称心而言，不以修饰锻炼为工。"④重"真"，反对有意为文、徒具形式的雕琢之美是汪懋麟文学批评的重要标准，他在《南州草堂集序》中说："近代立言之家多矣，尤必以无言不工乃可喜而邀名于时，故工诗矣必工词，工词矣必工古文，非是则以为非工之至而名不成。呜呼！难矣。古之人非有意为文也，将以明道也，乌有辞弗顾于理，理弗顾于事，襞积雕绘为邀名之具乎？"⑤究汪氏论诗之"道"，三语以蔽之，曰理、曰事、曰情：因揆之于理而不谬，征之于事而不悖，絜之于情而可通，故明诗"道"则可当乎理、确乎事、酌乎情，若舍此标准，意在笔先，对此类沽名钓誉者，汪氏深以为病，攻讦其只在诗的格调、字句上用功，谐声命律，模范古人，堆积骈枝俪叶，涂抹芳泽，"诗为主而我为奴"，必然背离了诗言志抒情的本质，为诗之大忌，与庄子说的"朴素而天下莫能与之争美"的艺术

---

① 叶燮著，霍松林校注：《原诗》，人民文学出版社 1979 年版，第 52 页。
② 同上。
③ 汪懋麟：《百尺梧桐阁集》，第 683 页。
④ 徐世昌辑：《晚晴簃诗汇》卷三十六，中国书店 1989 年版。
⑤ 汪懋麟：《百尺梧桐阁集》，第 695 页。

至境相去甚远。况且，过度地雕绘藻饰，会损害人的正常欣赏力，如《老子》中说的"五色令人目盲，五音令人耳聋，五味令人口爽，驰骋畋猎令人心发狂"。相形之下，汪氏对自然本色之作颇多激赏，《粤游诗序》云："今读其（指翰林院编修赵铁源）诗，苍凉闲肆，不屑屑于雕琢，一往如洪涛直泻，混浩自得。"①

雷士俊存诗不多，其诗多为自述性情之作，真切感人。魏禧推重士俊曰："先生于古人之法既铢两悉合，而为文一本于真气，其为近代作者无疑也。"②李沂评其诗曰："诗歌有山榛隰苓之意，旨深词婉，本之性情，与世之竞浮响、趋纤靡者天壤。"③雷士俊治学本于儒家经典，故其所言之性情，多具家国伦常、温柔敦厚的诗教色彩，他在《宗鹤问山响集序》中云："余论诗，每谓'诗当有诗人之意'，今持笔而咏者，人有其指，岂可称诗？而余所谓'诗人之意'，《诗三百》之啴谐澹泊、发乎性情、准乎义理者也。"④崇尚诗之雅正，为"诗人之意"定下基调。《虞注杜工部七言律诗序》亦曰："《诗三百》篇，置其《雅》《颂》，敷陈祖功宗德；《国风》男女相戏谑者，其忠臣、孝子、贞妇、良友之愉快、恸悼、忧畏，与夫褒扬、詈讥，余不知作者彼时情之所至何如，而士君子读于千百年之后，犹动其喜怒哀惧爱恶而不能已者，诗人之志切，而其诗之言者曲尽也。"⑤"情"出自肺腑，发于笔端，这是儒家诗教自古以来的传统，唯有如此才能使作品不一味效仿古人，不流于无病呻吟，而是独具生命力。

徐乾学之孙徐德宗将他心目中士的理想境界概括为"五士"，分别为"高士"、"狂士"、"侠士"、"烈士"、"贫士"，揆之士俊，无不吻合：他有"高才""美才博学"之嘉誉，有"烈士""正气不终息，贞心常在兹"的品格，李沂称其"负才不试"，"取巍科易易耳，而雷子夷然不屑，甘为农夫以终其身"⑥，逃禄归耕，布衣身份，遗民气节，其赤诚之心历历可鉴。他还有"侠士"的任侠之气："遇事慷慨，踔厉风发，为人排

---

① 汪懋麟：《百尺梧桐阁集》，第697页。
② 魏禧：《艾陵文钞序》，雷士俊《艾陵文钞》，第3页。
③ 李沂：《艾陵诗钞序》，雷士俊《艾陵诗钞》，第192页。
④ 雷士俊：《宗鹤问山响集序》，《艾陵文钞》卷五，第58页。
⑤ 雷士俊：《虞注杜工部七言律诗序》，《艾陵文钞》卷五，第55页。
⑥ 李沂：《艾陵诗钞序》，雷士俊《艾陵诗钞》，第192页。

难，直前无回。"① 处境际遇则完全是一介"贫士"："既自废弃，日益贫困"，"抑郁久之得疾，疾时贫无屋，僦居樊汊村镇，遂卒。"②胪列诸条，一一归于"狂士"之狂狷气，此乃雷士俊最突出的精神内核，王岩称他"负气刚简，高己忤物，言语气象多与人异，世益以是不合"。"每柢掌雄谈，旁若无人，俯仰上下，自拟古人。"③ 因为雷士俊狂狷戆直，不媚于世，"刚而易折"，遂被社会舆情所诟詆，被时俗目为"畸人"，在现实生活中仅有寥寥知己同声相应，更多的时候其精神上的孤独煎熬只能寄寓于翰墨间，诗乃触发其心灵喟叹的直接介质："诗言志，人有喜怒哀惧爱恶之情，而发为话语，溢为嗟叹，世之工文者，以其话语嗟叹而形于咏歌，人之情于是稍释矣。非诗之能释人之情也，情之郁郁者必得诗以道其隐，告诸天下后世，以为吾之情于是释也。"④ 诗以道情，诗人中心之情感可借诗歌得以宣泄、倾诉，诗歌的抒情功能昭然若揭。

由内而外，推己及人，雷士俊还从诗歌接受的角度论述"真诗"感染人心、薪火相传的力量："人有动乎中必发诸声，诗抚事寓情之所为也，而诗生于感，亦复感人。……方玉少之慨然而赋也，有目见耳闻而触于其心者矣，余读之而搢捥忉怛，如此所谓'诗生于感，亦复感人'者也，因述以著之篇，读玉少诗者，观余斯言，其亦有悲哀废诗而叹者哉。"⑤ 审视清初坛坫风会，严迪昌先生分析道："作家诗人们笔底的任何哀乐悲欢，均导之于他们对现实人生的体察辨味，他们的心绪情思的涟漪波澜，实即生活于其间的社会众生相和人格化了的自然环境在心魂深处激起的回应。"对于那些"视文学创作为自家心灵寄托的诗人作家们，他们'这一个'的生活体验、情感触发各有独异之处，有着固有的不可移易性。"⑥ 可谓的论。

吴绮也将吟咏性情目为诗歌基本的价值标准，并反复强调："诗之为教，复性本于缘情；声之感人，因心乃以达志。……本乎忠爱，发为竽瑟之音；听以和平，郁乎山川之气。"⑦ "诗以传情，而情必生于厚；诗以言

---

① 王岩：《清处士雷君伯吁墓志铭》，雷士俊《艾陵文钞》，第 4 页。
② 同上。
③ 同上。
④ 雷士俊：《虞注杜工部七言律诗序》，《艾陵文钞》卷五，第 55 页。
⑤ 雷士俊：《刘玉少雪怀二集序》，《艾陵文钞》卷五，第 63—64 页。
⑥ 严迪昌：《清诗史》（上），第 3—4 页。
⑦ 吴绮：《陈集生影树楼诗序》，《林蕙堂全集》卷三，第 262 页。

志，而志必取乎深。"①"夫诗以言志，志定则词高；声以宣情，情深则旨远，斯为不易之论，实非颇测之词也。"②"夫辞以摅怀，交发于性情之际；诗惟言志，长存乎律度之间。气不静则不能有合于和平，格不高则不能自全其忠厚。盖自《三百篇》而后、'十九首'以来，虽体制各承，而源流不异，故家分赤帜，文人或自相轻。然代有青缃，骚客终难别创。"③他将"情"、"志"并举，力主"情""志"深厚是诗文"词高""旨远"的充分条件。此论为儒家传统诗教观之接榫，体现的是"经夫妇、成孝敬、厚人伦、美教化、移风俗"的伦理教化色彩。然上述征引处"情"、"志"被泛化，较为笼统，个人之"情"未予凸显。

诗歌毕竟应该是抒情、感性的，这是诗歌的天然属性，故吟咏性情应偏重流露个体心理，包括个人情致意趣的陶写、个人修养风度的展示、郁塞情绪之宣导等，吴绮对此并未回避。言及"一己之性情"，他认为文如其人，各人性情不同，故文章各异："诗以言情，文如其品，若陶若谢，而不一览之者，似见其人；若杜若李，而多殊读之者，如瞻其貌，岂其声歌之有异良？亦情性之不同耳。"④诗依情而出，陶诗情靖，谢诗情清，杜诗情厚，李诗情逸，人有独异之性情，发为诗文才会有呈现自己神气面貌的好作品。

吴绮于康熙五年（1666）出任湖州知府，吏能显著，不料三年后便失官，从此布衣终老。对其失官一事，据其友人王方歧载："是时，湖人戴先生如父母，值先生生辰，父老子弟填街溢巷，烹羊跻堂来祝者数万人，而同官是士者致日阒然，于是群起慧先生矣。己酉竟被劾去官。"⑤失官肇事于遭忌被劾、"忤上官意"。吴绮自己也清醒地意识到"刚直为祸媒，高明遭物忌"⑥，"也知人事尚通方，其奈余生傲更狂"⑦，怎奈最终还是"性拙与时悖，早岁辞官绅"⑧。去官后霄壤之别的巨大差异使他更深刻地体会到人情冷暖、世态炎凉："宦海颠危似累棋，一朝宾客异云

---

① 吴绮：《家文仲唾馀草题词》，《林蕙堂全集》卷十，第400页。
② 吴绮：《汪紫沧披云阁诗序》，《林蕙堂全集》卷四，第288页。
③ 吴绮：《韩公吉观察崧云集序》，《林蕙堂全集》卷三，第271页。
④ 吴绮：《学易堂诗序》，《林蕙堂全集》卷四，第284页。
⑤ 钱仪吉等编：《清代碑传全集》，上海古籍出版社1987年版，第1386页。
⑥ 吴绮：《咏史》，《林蕙堂全集》卷十三，第453页。
⑦ 吴绮：《偶成四用看奕轩韵》（其一），《林蕙堂全集》卷十八，第566页。
⑧ 吴绮：《用因见古人情为韵奉送孔东塘还朝》，《林蕙堂全集》卷十三，第453页。

泥","嗟乎一贵复一贱,须臾改尽知交面"①,诗中弥漫着一种悲冷的心绪,欲说还休:"客与宦情俱冷淡,梦如月影少分明"②,"掌中杯在聊同覆,苍狗浮云冷眼看","事当拂意愁何济,语到知心戆不妨"③,"梦里文章逢鬼笑,酒边心事许谁知"④。但其狂狷本色依然:"我生适当冰雪中,长年傲岸轻春风。不肯低头学桃李,自顾颇与梅相同"⑤,"姜桂平生犹不改","半生疏放耻营求"⑥。他绝去宦念,甘于清贫,不媚时俗,人格完整,孤介自守,个性突出,发之为诗,诗歌自然具有独至之性情。

人之性情各异,原本于其先天因素如禀赋、气质、本性等的不同,而后天因素——独有的遭际对性情的形成也至关重要。吴绮说:"阮生失路,浇泪无端;屈子问天,寄愁何处?水以不平而激,木因有郁而奇,情有所之,理固然矣。……夫生而识字即种愁根,长解言文,原非善气,惺惺自合,人奴咄咄。"⑦诗人失志而"穷",内有忧思感愤,心中蓄积了更为深刻、饱满、独特的情感,这是其创作的强大内驱力,故"不平则鸣","穷"而感激发愤,"穷"而专一精思,"穷"而尽显奇气,诗因此更具感发人心的生命气息。

人之"六情":喜、怒、哀、乐、爱、恶,可归为"欢情"和"悲情"两类,吴绮感慨"悲情"多于"欢情","悲情"重于"欢情":"情之所发,乐之数不及于哀……盖情之感于欢乐者轻,而感于悲思者重。"诗人的情感体验较常人更为深至:"情之托于言语者浅,而托于翰墨者深,所以拔剑高鸣匪云乐,只扣壶长啸,惟唤奈何而已。但韩娥抗声,而四座之悲欢不一;叶女合奏,而一人之卧起再三。彼其歌者之精要,亦作者之妙也。嗟乎!人生快心之处宁有几端,世间失意之时当非一事,吾安能借三影之丽句,尽以写千古之间悲也哉?"⑧

性情所发,出于自然,是自由随意的自我张扬。诗道性情,得天趣才

---

① 吴绮:《吴伯子歌赠星子》,《林蕙堂全集》卷十四,第463页。
② 吴绮:《旅馆》,《林蕙堂全集》卷十八,第558页。
③ 吴绮:《归看奕轩,适广霞、复林过晤,长儿置酒共饮,次广霞即席韵》,《林蕙堂全集》卷十八,第559页。
④ 吴绮:《信步》,《林蕙堂全集》卷十八,第558页。
⑤ 吴绮:《画梅歌为金亦陶作》,《林蕙堂全集》卷十四,第464页。
⑥ 吴绮:《杂感诗和上若韵》,《林蕙堂全集》卷十九,第601页。
⑦ 吴绮:《跋尤悔庵菩萨蛮后》,《林蕙堂全集》卷十,第402页。
⑧ 吴绮:《张山来笔歌序》,《林蕙堂全集》卷六,第316页。

有生命，有灵性才是活的艺术。如果过分地讲究技巧、蹈袭常格而扼杀了诗的生命，诗便不再是艺术。从诗性精神出发，吴绮反对人为之伪和刻意追求："词原本于骚余，辞必归于雅称。而近之作者，或极意以争新，人竞从之，皆效颦而取拗，不知声期应节，其何取于聱牙？语贵宣情，复宁求于借面？"① 若"效颦"到极致，欲争美却现丑，则成邯郸学步，陋态百出："夷光自好，而偏学其捧心。……本是清羸之疾，回身谬作纤腰；原无袅娜之容，曳足阳称巧步；宁知神如处子，曾何藉于矜持；婢学夫人，祗益形其羞涩。于是俳谐杂进，图画靡真。"② 以女子情态形象譬喻，讽刺了"效颦"之人虽肖其形而神气全无的窘状。所以他明确道出为诗蹊径："吾侪须作凤凰鸣，何事巧偷鹦鹉舌。""奇文欣赏耻雷同，新声共倚同称善。"③与之同理，若刻意追求工巧，拘于声韵，规于格体，雕镂求工，幻怪为奇，"诗未成而诗之天去"，诗歌写作技术化了，诗成"非诗"，诗学就衰亡了，这都是应予警戒、规避的。

冒襄的诗学性情论，指向两个层面：首先是发轫于《诗大序》的社会情志。"性情"这一概念进入诗学领域和"吟咏性情"这一诗学命题的提出，都始于汉代的《诗大序》："国史明乎得失之迹，伤人伦之废，哀刑政之苛，吟咏情性，以风其上，达其事变而怀其旧俗者也。故变风发乎情，止乎礼义。发乎情，民之性也；止乎礼义，先王之泽也。"此处"吟咏性情"与"以风其上"密切相关，目的直指"达其事变而怀其旧俗"，与杜甫的"致君尧舜上，再使风俗淳"同义。"情性"所指不是诗人个体的感情而是社会的情志，群体的情志，表达的是一种强烈的用世之志，同时也具有很强的教化意识。周吉序冒襄文曰："国家以文章取士，非专重文章也，重乎其文章之人。……今日海内操觚家自负为宗公巨匠不少，然有当于此者寥寥，岂章句之学不足凭，竟貌是精去而其人卒无所用于世耶？盖圣贤之语皆是修身仪型、治平药石，吾未能内治其心而仅图捷售于外，拈一题模空杜撰而真血脉不存，终身与理远而徒矜赝质售世，又何怪乎其人卒无所用于世也？矧效颦西施，文亦不终日为识者鄙乎？""（辟疆）篇中绝去时芬，一味神理"，"无非代圣贤发未尽之旨，精确之至，

---

① 吴绮：《丁雁水观察暨令弟韬汝棣华集序》，《林蕙堂全集》卷三，第266页。
② 吴绮：《史云臣蝶庵词序》，《林蕙堂全集》卷五，第306页。
③ 吴绮：《章江歌赠别丁雁水观察》，《林蕙堂全集》卷十四，第467页。

可补先儒注疏。辟疆殆裕乎修身治平之业于内，乃以是真血脉之文章见者也"①。"真血脉"即真性情，亦即黄宗羲所言"万古之性情"，周吉啧啧冒襄此等"真血脉"，因其不仅为"圣贤之旨"，更是心忧天下之古道热肠、铮铮铁骨，孙诒让有一段贴切的评价可作说明："冒巢民先生在明季以风节文章负海内众望，主持文柄，与复、几二社抗行，身丁九厄，排击奸佞，南都防乱之揭名震一时。沧桑以后，邈然高蹈，不应鸿博之荐，其志节既为胜国遗老之后劲。"② 刘体仁说："（辟疆）文雅素心，力行孝友，乐施爱众（捐金救荒），所谓仁人君子耳。"③ 其性情成为道德完善的写照。陈继儒所言之"英雄与才子气"也是此意："神理蟠屈，意绪芊绵，似亦托比于美人香草以写其胸怀之不平者，非癖情痴也。自古至人无情，愚人亦无情，情之所钟，正在英雄与才子耳。辟疆富有才情，而兼英雄之正骨。"④ "其胸怀之不平"、"英雄之正骨"都表现出冒襄强烈的政治参与意识和济世热忱。

在诗人情志的表现方式上，冒襄依然恪守"发乎情、止乎礼义"，反对"肆情"，诗学精神趋于内敛。如他评论郑懋嘉其人其诗曰："一往缠绵悱恻，举笔而不忘其祖父。昔人谓杜陵之诗原本忠孝，所谓'发乎情'、'止乎礼义'者，其懋嘉之谓欤？夫古之为诗者必有独至之情，轮囷结轖于中而后发于言也。人不能解而已，亦不自喻，苟徒为是蚓窍蝇声、俪花斗叶也者，即诗可不作，即作亦何以为诗哉？懋嘉之诗可以观矣。"⑤ 又如评董天锡曰："才以神运，性与情融，音宣金石，而浑朴内含，所谓'以正声调作瑟，驭躁以闲，待繁以简，不以患得失萦怀抱，不以可惊愕惧黎民，穆然和平'。"⑥ 主张表意达情不能放浪而"失于野"，宜以和平雅正出之，这与儒家诗教"乐而不淫，哀而不伤"旨意相同，都强调不能表达过于强烈的感情，否则会伤及"性情之正"。辟疆"气宇澹静，风骨高凝"，这也与他以理性抑血气、超然冷静的心智形神相符。

---

① 周吉：《冒辟疆文序》，冒襄《同人集》卷一，第29页。
② 孙诒让：《冒巢民先生年谱序》，冒广生编《冒巢民先生年谱》，《年谱丛刊》第70册，北京图书馆编，北京图书馆出版社2009年版，第361页。
③ 刘体仁：《悲咤一篇书水绘庵集后》，冒襄《同人集》卷三，第113页。
④ 陈继儒：《冒辟疆寒碧孤吟序》，冒襄《同人集》卷一，第19页。
⑤ 冒襄：《郑懋嘉中翰诗集序》，《同人集》卷一，第41—42页。
⑥ 冒襄：《董使君南游草叙》，《同人集》卷一，第43页。

冒襄"性情论"之另一层面，自然指向一己之性情，偏重个体的精神意志、情感情绪等，基本属于人的个性的范畴。陆机《文赋》宣称："诗缘情而绮靡"，表明诗是抒发个体之情的，与"诗言志"持论相左。刘勰《文心雕龙》对"性情"作了进一步阐发："诗者，持也，持人情性"，指出诗歌创作是表现个体情感的。冒襄的诗学归宿最终还是要落在此处，这是诗歌本质的要求。他说："文章之移人性情，动人感激，一至于此，从此翻悔为喜，破涕为笑，中心快慰，昌黎所云：'虽日受千金之赐，一岁九迁，难以喻也。'"① 他认为诗歌是诗人不期而遇的获得，是性情自然触发的妙境，有若佛家的禅学，无意为之，自然兴会，发之真，遇之神，得之人心，予人享受，妙不可言。陈名夏序其文曰："其为文猎英归才，铸才归识，融识归理，笔锋墨秀，玄旨微情俱在，有意无意，可想不可到之境，斯又液理归悟，冥悟归神。"② "神"即"天趣"，本真、天然之性情，才、识、理、悟、神环环相因，赋予性情更加具体丰富的内容。

沧桑变后，故国沦丧，冒家亦渐困顿；家难频仍，子辈多凋亡散落；冒襄数次染疾，几于夺命；加之他不断被忘恩负义之亲眷、门生诋辱，饱尝世态炎凉，诚如李清所言："自丧乱以来，辟疆所阅历者兵戈之抢攘、山川之险阻、祸患疾病之颠连，靡不毕备。"③ 故于人生种种苦况，他有非常深切的体味。冒襄与龚鼎孳相交甚笃，鸿雁往来，肝胆相见，尽吐肺腑之言："其中情见乎辞，颇沥胸臆。先生知我近况最真，幸为一吐舞剑拔山之郁勃，吹箫击筑之悲凉。"④ 今昔巨变，令人唏嘘，故戴洵曰："牢愁抑郁间发于笔墨之间，未尝不扼腕叹息。"⑤ 杜濬跋冒诗曰："此编巍巍堂堂，一从少陵入手，象王步而狮子吼，而真巧真博乃在于是。"⑥ 情势驱役，乃见磅礴之本色。

论及冒襄之性情，不能不谈及冒襄之妾董小宛。董小宛是"秦淮八艳"之一，芳名远播，二人可谓神仙眷侣，琴瑟和鸣，羡煞众人。惜天

---

① 冒襄：《龚芝麓先生》，《巢民文集》卷三，《续修四库全书》集部第1399册，第591页。
② 陈名夏：《冒辟疆重订朴巢诗文集序》，冒襄《同人集》卷一，第25页。
③ 李清：《同人集序》，冒襄《同人集》，第2页。
④ 冒襄：《龚芝麓先生》，《巢民文集》卷三，第592页。
⑤ 戴洵：《赠别冒巢民先生序》，冒襄《同人集》卷一，第38页。
⑥ 杜濬：《诗跋》，冒襄《同人集》卷三，第121页。

妒红颜，董小宛芳年仅28岁就遽然病逝，冒襄哀恸难复，遂作旷世美文《影梅庵忆语》以追念，令杜濬、吴绮、王士禄、王士禛等友朋感动不已，纷纷挥毫相和。陈弘绪说："辟疆乃哽咽淋漓，往复不厌，至于累千百言。"① 李明睿称冒襄为"情痴"、"非天下之有情人未易到"，"大都结撰于文心侠骨，而一种幽香静味即铁石人见之亦当下泪"②。足见其情意深重。

第三节 唐宋兼宗,融合并蓄

清代的唐宋诗之争聚讼不休，蔚为大观，是贯穿近三百年清代诗史的基本线索。中国古典诗歌的创作，以《三百篇》为源头，到了唐代，古、近、律、绝各体兼备，在创作内容上更是"风月之态度，山川之气象，物类之神致，俱已为唐贤占尽"③，达到了诗歌创作的巅峰。而宋诗则又独辟蹊径："以文字为诗，以才学为诗，以议论为诗"，形成了不同于唐诗的独特风格，从而奠定了"宋诗"在诗史中仅次于"唐诗"的独特地位。然而至此境地，"唐诗则枝叶垂荫，宋诗则能开花，而木之能事已毕，自宋以后诗，不过花开而谢，花谢而复开"。中国古典诗歌创作只可能在风格、境界或手法方面变化出新，而在艺术形式和创作内容上已不可能再有赓扬开廓之余地。"故自宋以来，历元、明、清，才人辈出，而所作不能出唐宋之范围，皆可分唐宋之畛域。"④ 元、明两代尊唐而黜宋，但历时三百余年而无成。到了清代，诗歌创作能够"花谢而复开"，自具"清诗"面目，一方面与借鉴了前人覆辙、主张融合并蓄有直接关系；另一方面，清初诗人经历了"神州陆沉"的深哀巨痛，后又在异族统治和文化钳制下辗转悲吟，诗歌作为一种特殊的抒情载体，与此种独特的因缘际会、诗心诗魂密不可分。在此背景下，清初以孙枝蔚、汪懋麟等为代表的扬州诗人摒去门户之见，唐宋兼宗，融合并蓄，表现出鲜明的诗学倾向，在当时产生了较大影响。

孙枝蔚的诗学宗承，当时诗坛俊杰持论不一，或言宗唐，或言学宋，

---

① 陈弘绪：《影梅庵忆语题词》，冒襄《同人集》卷三，第110页。
② 李明睿：《书影梅庵忆语后》，冒襄《同人集》卷三，第112页。
③ 翁方纲：《石洲诗话》，人民文学出版社1981年版，第122—123页。
④ 钱钟书：《谈艺录》，中华书局1984年版，第2页。

莫衷一是。王士禛、王士禄、施闰章、曹尔堪、汪楫、吴嘉纪等人认为孙氏学唐，汪懋麟在《溉堂文集序》中则认定其学宋："不见征君之为诗乎？最喜学宋，时之人大非之。"① 到底孰为定评？其实，各家说法均是从孙之蔚某一阶段的创作情况出发而论，只见树木不见森林，流于偏颇。通读孙枝蔚平生诗作，不难发现，孙诗视野广阔，唐宋兼宗，诗学取向由早期宗唐发展到后期的兼宗唐宋，魏禧在《溉堂续集序》中准确地揭示了这一转变历程："予往见《溉堂初集》，古诗非汉魏、律非盛中唐则不作，作则必有古人为之先驱。"而八年后再读孙枝蔚的诗："乃喟然而叹曰：'甚矣，豹人之能变也！'今其诗自宋以下则皆有之矣。冲口而出，摇笔而书，磅礴奥衍，不可窥测。"② 具体来看，《溉堂前集》收录了明末到顺治年间的作品，可见在这个阶段孙枝蔚是宗唐的，但不限于初盛唐，而对中晚唐诗也有赏玩；到了康熙年间，诗坛宗宋诗的风习逐渐兴起，孙枝蔚受到影响而诗学取向扩展至宋。从其诗文中，可以更清晰地看到他的宗尚。

唐代诗人中，孙枝蔚对杜甫的取法是贯穿始终的，他在《与顾茂伦》中云："仆于诗所师独有杜老"③，观其诗集，追摹少陵、入其堂奥、得杜诗精神气脉的作品盈盈卷帙。此外，他对韩愈、白居易、孟郊、李贺诗的评价也较高。《读李长吉诗》诗云："菖蒲九节死，桃花千遍红。可怜读书客，衔怨示巴童。已咏曹公妓，复嘲秀才妾。压倒六朝人，何论唐中叶。"他对李贺诗中的幽怨之气颇表同情，认为其足以压倒六朝，冠绝中唐。另外，清代王琦的《李长吉歌诗汇解》还收录了孙枝蔚对李贺诗的评语，可见他对李贺诗的研读还是比较深入细致的。

孙枝蔚对宋诗的取法较为广泛，见于诗文的有欧阳修、梅尧臣、王安石、苏轼、黄庭坚、陆游、辛弃疾等大家，主要出现在康熙年间的诗作中。他在《次赠周建西韵，贺令侄子常生第三子旹，子常见借欧阳全集》诗中有云："……欧阳句好如太白。我才褊浅无佳思，直写欧诗计颇得。愿君名比梅圣俞，不愿家如梅窘窄。"④ 对欧阳修和梅尧臣都表示赞赏。

---

① 孙枝蔚：《溉堂集》，第 1025 页。
② 同上书，第 479—480 页。
③ 孙枝蔚：《与顾茂伦》，《溉堂文集》卷二，第 1114 页。
④ 孙枝蔚：《次赠周建西韵，贺令侄子常生第三子旹，子常见借欧阳全集》，《溉堂续集》卷一，第 545 页。

另外,《溉堂续集》卷三中有不少诗作和王安石韵,如《拟王介甫古诗》《读王介甫秃山诗有感》《咏尘次王介甫韵》,其文章中也多次引用王安石的言论,可见他对王安石作品和诗学思想都有所借鉴。孙枝蔚对苏轼尤多倾心,尝自言:"予于宋贤诗颇服膺东坡"①,《溉堂续集》中次东坡韵者也不少,如《除夕和东坡韵》《除夕怀五兄大宗次东坡韵》等。他在《王阮亭咏史小乐府序》中议道:"盖才与学不可偏胜。……古之能兼擅者亦不多得,惟少陵、子瞻二公耳"②,视苏轼和杜甫为古代诗人中独有的才学兼备者,把苏轼提到与杜甫并峙的地位。他对黄庭坚也有师法,在康熙十八年(1679)入京应博学鸿词试时,随身携带《山谷集》,且作和诗二首,足以看出他对黄诗的喜好。

孙枝蔚的诗歌取径甚宽,不主一人一家。先就诗题来看,即有《薤露行仿子建》《饮酒二十首和陶韵》《短歌行拟王建》《田家杂兴次储光羲韵》《劝酒效乐天》《腹剑辞和李西涯》《新丰行和李西涯》等。王士禛评孙诗云:"古诗能发源十九首、汉魏乐府,而兼有陶、储之体,以少陵为尾闾者,今惟焦获先生一人耳。"③ 汪楫说:"甲申诸律气格绝似刘诚意。"④ 可见孙诗渊源有自,自汉魏古诗到唐宋明诸大家均有效仿。而这种创作实践与其诗学主张又是完全一致的。孙枝蔚曾在《叶思庵龙性堂诗序》中间接地谈过自己的诗学旨趣,他说:"余谓林(鸿)与高(棅)亦自闽中健者,独惜其诗但从唐人入手耳。"⑤ 他为林鸿、高棅作诗只学唐人而惋惜,主张诗学的路径一定要宽,要博采众长,熔铸出自己独具的诗风来。他对王士禛的诗评价很高:"阮亭公诗发源汉魏,旁及宋元,今自云效铁崖,乃似欲过于铁崖。"⑥ 指出王士禛的诗上溯汉魏,下逮宋元,驰骤古人,故能引领风骚。李天馥在《溉堂诗集序》中又说:"豹人之为诗,当竟陵、华亭互相兴废之际,而又有两端杂出,旁启径窦如虞山者,而豹人终不之顾。则以豹人之为诗固自为诗者也。夫自为其诗,则虽唐宋元明昭然分画,犹不足为之转移,况区区华亭、竟陵之间哉!"⑦ 李天馥

---

① 孙枝蔚:《汪舟次山闻集序》,《溉堂文集》卷一,第 1044 页。
② 孙枝蔚:《王阮亭咏史小乐府序》,《溉堂文集》卷一,第 1039 页。
③ 孙枝蔚:《自邑中归田作》,《溉堂前集》卷一,第 70 页。
④ 孙枝蔚:《村夕》,《溉堂前集》卷七,第 317 页。
⑤ 孙枝蔚:《叶思庵龙性堂诗序》,《溉堂文集》卷一,第 1068 页。
⑥ 孙枝蔚:《王阮亭咏史小乐府序》,《溉堂文集》卷一,第 1039 页。
⑦ 孙枝蔚:《溉堂集》,第 3 页。

指出孙枝蔚为诗,不受时俗干扰,自脱依傍,其意仍是在称扬孙诗取径之宽。

  孙枝蔚的诗风多变化,每一时期的创作风格都不尽一致,而这种变化明显地反映在《溉堂前集》《溉堂续集》和《溉堂后集》这三个不同阶段的创作中。业师张兵先生在《清初关中遗民诗人孙枝蔚的交游与创作》一文中揭示了孙枝蔚诗风演变的轨迹:"大致来说,《前集》《续集》和《后集》分别代表了溉堂前、中、晚三个不同时期诗风的倾向:前期学汉、魏、唐,但流于粗率;中期学宋,渐趋朴淡平稳;晚期则自出己意,独具风致,以真率朴实为旨归。"① 诗歌风貌摇曳多变,固然与诗人身处的社会大环境及其自身遭际的变化息息相关,但也与诗人的文学修养、主观认识渐变等因素密不可分,"变"的实质就是创新,就是前进,这符合事物发展的客观规律。孙枝蔚打破时代和门户的界限,转益多师,踵事增华,后出转精,渐变渐至"熟境",表现出一个成熟的诗人所具备的素质。

  汪懋麟素来被目为"宋诗派",其实他本人是很反感强分唐、宋的做法,其诗学观是祧唐祢宋、兼容并蓄的,大致分为三个方面:

  其一,从诗史发展的承续性角度强调唐、宋诗的相承关系,力斥尊唐黜宋之说。他在序吴绮编选的《宋金元诗选》时云:"近世言诗者多矣,动眇中晚,必称中盛,追摹汉魏,上溯《三百篇》而后快,于宋人则云'无诗',何有金元?噫!所见亦少隘矣。世非一代,代不一人,信诗止于唐,则《三百篇》后不当有苏、李,六经以降不当有左丘明。'四唐'之目,见本于庸人,时会所至,何能强而同之也?近人且言'不读宋以后书',是士生今日,皆当为黔首自愚,无事雕心镂肾,希一言之得可传于后世也。"② 清初倡导宋诗、领风气之先的"文苑宗师"钱谦益曾批驳李梦阳说:"天地之运会,人世之景物,新新不停,生生相续,而必曰汉后无文,唐后无诗,此数百年之宇宙日月皆缺陷晦蒙,直待献吉而洪荒再辟乎?"③ 辩证地批驳了李梦阳"宋无诗"说法的荒谬。黄宗羲亦言:

---

  ① 张兵:《清初关中遗民诗人孙枝蔚的交游与创作》,《宁波大学学报》(人文科学版) 2000年第1期。
  ② 汪懋麟:《百尺梧桐阁集》,第702页。
  ③ 钱谦益:《列朝诗集小传》,上海古籍出版社2008年版,第311页。

"诗不当论时代。宋元各有优长,岂宜沟而出诸于外,若异域然。"① 汪懋麟赓续钱、黄之论,主张诗当随时代而发展,代有升降,而诗无定格,时移世异,不可强而同之。针对持"唐后无诗"之论者,钱氏语含揶揄奚嘲意味,黄氏坚辞以驳之,而懋麟语词更斩截激切,直斥绳墨唐诗的"近世言诗者"胶柱鼓瑟,"所见亦少隘",维护了宋诗应有的独立地位。

其二,汪懋麟认为唐、宋诗既不可分割,也不可偏废,必根柢唐诗而后可以语宋,也只有认识宋诗才能更好地理解唐诗。《韩醉白诗序》云:"论诗者或怪予去唐而趋宋,甚者分疆自树,是奚足较哉!诗严于唐,放于宋,里巷妇孺所知也,夫其学必已至乎唐而后可以语宋,如未至焉,而遽测以耳,岂惟不能知夫宋之诗,究亦未尝知夫唐之诗已。今之窃学言唐者,必以黜乎宋为言;而窃学言宋者,又未深究乎所以为宋之意,之二者,其失一而已。"② 汪懋麟之语有所影射,这可从田雯《古欢堂杂著》中窥得一二:"客有谓蛟门者曰:'诗学宋人,何也?'答曰:'子几曾见宋人诗,只见得"云淡风轻"一首耳。'"③"云淡风轻近午天"是宋代程颢的绝句,被编为童蒙普及读物《千家诗》的第一首,汪懋麟对挞伐他主宋调的人反唇相讥,认为这类人束书不观,只从坊间选本中略知宋诗皮毛,浮光掠影而未能深谙,以己昏昏,岂能使人昭昭?不识宋而攻宋,无疑自露马脚,不过附庸风雅,影随世人叫嚣而已。

其三,汪懋麟以文学演变之眼光论诗,于诗之正变、盛衰,见之甚明,表现出通达的理性精神。《宋金元诗选序》云:"余尝论唐人诗如粟肉布丝、金犀象珠,足以利民用而济其穷,诚不可一日无;若宋元诸作,则异修奇锦、山海罕怪之物,味改而目新,学之者必贵家富室,无所不蓄,然后间出其奇,譬舍纨縠而衣布絮,却金玉而陈陶瓠,其豪侈隐然见也;倘贫窭者骤从而放效之,适形其酸寒可笑而已,乌可执是以蛊学诗者哉?"④ 可见汪懋麟诗论有很强的包容性和开放性,主宋而不废唐,崇唐诗为正,宋诗为变;唐诗为常,宋诗为奇,这似与尊唐派趋向一路,然在内在的价值祈向上,二者分道自守:尊唐派以正变论优劣,主正而黜变,仍囿于唐诗之牢笼;汪懋麟则认为由正到变是诗史发展之必然,强加轩轾

---

① 黄宗羲著,陈乃乾编:《张心友诗序》,《黄梨洲文集》,第 347 页。
② 汪懋麟:《百尺梧桐阁集》,第 698 页。
③ 田雯:《古欢堂集·杂著》卷四,郭绍虞、富寿荪编选《清诗话续编》,第 720 页。
④ 汪懋麟:《百尺梧桐阁集》,第 702 页。

或偏主一面都不符合通变规律。汪懋麟与吴之振堪称清初"宋诗运动"的先锋骁将，吴之振与吕留良历时九年编选《宋诗钞》，吴又有康熙十一年（1672）赴京师分赠诗坛俊彦之举，声势浩大，为清初宋诗的流行起了推波助澜的作用。吴之振《宋诗钞序》云："宋人之诗，变化于唐，而出其所自得，皮毛落尽，精神独存"①，可谓与汪氏声气以求。叶燮序吴之振《黄叶村庄诗》曰："诗自《三百篇》及汉、魏、六朝、唐、宋、元、明，惟不相仍，能因时而善变，如风、雨、阴、晴、寒、暑，故日新而不病。今人见诗之能变而新者，则举而归之学宋，皆锢于相仍之恒，而不知因者也。"② 此以自然界之变化，喻诗之当"因时而善变"，以通变论诗，为宋诗恢张面目，与汪懋麟、吴之振桴鼓相应。

吴绮罢官后客居吴闾，寄意著述，取宋、金、元数百家之诗精搜博采，汇为若干卷，编成《宋金元诗选》，自言曰："窃谓三唐已后无诗人，拘儒此语诚谬妄。李唐以来朝数更，各有风气各性情。蛩鸣蝉啸厥有候，凤凰岂为鹦鹉声。是以编摩时最久，删诗断自三唐后。非唐实欲以存唐，黄钟瓦缶原何有。一时传写遍西东，梨枣资成赖巨公。"③ "非唐实欲以存唐"一语道破其心思，汪懋麟对此微有讽意："是选诸体一律以法似中晚者尤多，读其诗而掩其名，止知为唐人之诗，不知其为宋金元之诗也，是可以塞妄议者之口矣，君之功大矣哉。"④ 暗讽是集名不副实。其实吴绮唐宋兼宗，创作和品评他人诗歌并不扬唐抑宋，如序丁雁水昆弟诗说："兹则调高北宋，采夺南唐，独追正始之音，允叶开元之奏，可谓盛矣。"⑤ 只是他不愿落入"争唐争宋"之流而招致非议，故讳言主张宋诗。

第四节 "江山之助"

"江山之助"，语出《文心雕龙·物色》："若乃山林皋壤，实文思之

---

① 吴之振、吕留良、吴自牧辑，管庭芬、蒋光煦补编：《宋诗钞序》，《宋诗钞》，中华书局1986年版。
② 叶燮著，霍松林校注：《原诗》，第33页。
③ 吴绮：《诗永镂板向为巨贾攘取崔莲生转运命使送还赋长歌以谢》，《林蕙堂全集》卷十四，第471页。
④ 汪懋麟：《百尺梧桐阁集》，第702页。
⑤ 吴绮：《丁雁水观察暨令弟韬汝棣华集序》，《林蕙堂全集》卷三，第266页。

奥府，略语则阙，详说则繁。然屈平所以能洞监《风》《骚》之情者，抑亦江山之助乎！"① 这是一个具有丰富内涵和意蕴的古老的诗学命题，其源头是先秦的"感物说"和陆机关于自然界对人的感召的论述。自刘勰首倡"江山之助"后，该说基本上成了后世文人评论创作与自然关系问题的通论。后人在自己的创作活动和理论总结中，不断感受到自然景物对创作的启迪、助益作用，便自然而然地与"江山之助"说产生共鸣，进而对该说主动地接受并积极传播。

古人认为人们的风俗习惯、人品等都和其所处的自然环境有密切关系。《淮南子·地形训》提出"土地各以其类生"之说："轻土多利，重土多迟；清水音小，浊水音大；湍水人轻，迟水人重；中土多圣人，皆象其气，皆应其类。……是故坚土人刚，弱土人肥；垆土人大，沙土人细。"认为人们的体质、形貌、声音以至品性都取决于所处土风、地气的形态特征，汪懋麟论赵铁源曰："君生长胶西，其地山高水深，故蕴结恢奇魁梧俊爽"②，即循此意而发。不同的自然条件会对人们的生产、生活方式乃至性格、气质、品质产生直接或间接的影响：土地贫瘠的自然环境，容易培养出艰苦朴素的性格；得天独厚的自然环境，容易使人滋生坐享其成的习气。范景文《冒辟疆救荒记序》云："向者西北之民太劳苦，东南之民太安逸，粒米狼戾，风俗奢侈，富者无礼而贵人骄。"③ 此语是《国语·鲁语下》中的"沃土之民不才，逸也；瘠土之民莫不向义，劳也"的具体体现。

自然环境也潜移默化地塑造着诗人的审美理想。诗人受自然地域景观的熏陶，受"水土"、"地气"的感召，"皆象其气，皆应其类"，从而产生与地理风貌相似的审美理想。沈德潜说："余尝观古人诗，得江山之助者，诗之品格每肖其所处之地。"④

唐宋以前，人们对"江山之助"的理解限于自然和人文地理环境对文学创作的地域性影响。其一，自然风貌会影响诗人的审美观，从而使其创作呈现出和自然风貌相似的风格，这是"江山之助"的基本意义。古人对此谈论最多的是南北文风的差异，明代唐顺之的观点很有代表性：

---

① 范文澜：《文心雕龙注》，人民文学出版社1958年版，第659页。
② 汪懋麟：《百尺梧桐阁集》，第697页。
③ 范景文：《冒辟疆救荒记序》，冒襄《同人集》卷一，第24页。
④ 沈德潜：《芳庄诗序》，《归愚文钞余集》卷一，清乾隆刻本。

"西北之音慷慨，东南之音柔婉，盖昔人所谓系水土之风气。"① 其二，与自然地理环境相比，地域的政治、经济、文化、风俗、民情等人文地理环境对于文学创作的影响更为巨大、深刻、直接，它们统摄在"文学生态"的范畴中，是研究文学生成不可或缺的部分。

"江山之助"说在清初扬州诗人中有广泛的影响，得到了充分的理解和响应。诗人们在接受"江山之助"说的过程中，结合创作实际，不断进行理论思考和总结，使该说的内涵更加细致、深化，丰富了古代文论关于文学风貌成因的研究。

清初扬州诗人很重视社会阅历对创作的助益作用，如吴绮感叹云："与其十年仰屋之空劳，实不若万里儋簦之足快，而山连五岭，尽吐烟云；严竦七星，共凌霄汉。凡所经之胜，概可共给其清裁矣。"② 这是陆游"功夫在诗外"理论的有力注脚。若一味闭户读书，闭门索句，得到的毕竟只是书本上的知识。为免空疏、浅薄、剿袭陈言之弊，还必须置身于广阔丰富的社会生活中。就诗歌创作开创的局面、气象而言，"诗不发扬因地小"（宋湘《黔阳江上》），在狭小的空间里活动，难以写出阔达的诗境，所以诗人"读万卷书"还要"行万里路"，使诗歌根植于生活的坚实土壤中而富有生气，此乃创作必要的生活体验，可使作品具有更为深广的社会内容和时代精神，如汪懋麟推许赵铁源《粤游诗》有裨于世的"史笔"功能："是诗备采风、献天子，于时补救岂小哉？"③ 而如果与社会隔绝，不历人事物态，就会滞碍诗情。孙枝蔚于1676—1677年在江西总督董卫国幕中坐馆授童子，慨叹"两年来所得诗不满百首，孤陋寡闻，是以至此"④。其亲家雷士俊亦自言生活状态是"穷年瓮牖，孤陋孰甚"⑤，僦居樊汉期间"不乐入城，然樊汉俗恶，寂无良朋，出门所见皆贩夫市儿，离群索居"，以致"德业遂荒"⑥。

游历有助于养气。吴绮在《江柳州眉瞻陇塞集诗序》中说："司马公遍经川岳，始就奇书；张道济得助江山，恒多杰句。盖耳目所及既广，故

---

① 唐顺之：《东川子诗集序》，《荆川集》卷十，四部丛刊本。
② 吴绮：《夏宁枚粤游草序》，《林蕙堂全集》卷三，第268页。
③ 汪懋麟：《百尺梧桐阁集》，第698页。
④ 孙枝蔚：《与王幼华书》，《溉堂文集》卷二，第1132页。
⑤ 雷士俊：《与郑廷直书》，《艾陵文钞》卷十，第117页。
⑥ 雷士俊：《再答张天民书》，《艾陵文钞》卷十，第122页。

性情之养独深,发为声诗,不可及也。"① 他还说:"诗文难求于富贵,要之原本至情,奇伟多出于山林生也。"② "所见既广,则其蓄之者必盈;而所历既多,则其发之者必盛。精华所结,良在高深奇奥,所成蔚为风雅。"③ 他认为《史记》疏荡奇气的形成,得力于司马迁漫游天下,感受名山大川的雄伟气象和燕赵豪杰慷慨悲壮的风气。冒襄也说:"太史公作《史记》,妙得山川之助,故其文章一以惊才,浩气驱策,造化、鼓荡万物,人以为奇瑰变化,不知皆海岳精灵纵横而出。"④ 认为司马迁漫游四海,感受江海烟云草木之气,斑斓之气发为声音,故其文能奇幻荡轶。唐代诗人、政治家张道济(张说)比较密集而频繁地被后人与"江山之助"联系起来,《新唐书·张说传》记载:"为文属思精壮","既谪岳州,而诗益凄惋,人谓得江山之助"⑤。其与屈原放逐而著《离骚》的境况相类,即"得骚人之绪",在现实中遭受摧折压抑,而精神却得以升华。

　　游历有助于成才。江山与人之才情、才识相依相辅,不可割裂。吴绮尝言:"良以才华之动,盖亦灵秀所依也。"⑥ "才由间出,必有灵秀所依;感而神通,自赖江山之助。"⑦ 因为地域对诗人的影响总有局限,生活于秀丽环境中,易流于软媚;囿于雄劲的环境中,易失之粗砺,而游历生活可以"补风土之不足,而变化其天资",弥补地域的局限,开拓和变化诗人的气质和才性,系诗人自我超越的契机。

　　游历可以丰富诗人的创作风格。不同的地域风貌与各地的民情、文化,可以丰富诗人的审美感受,使之呈现出兼容并包、蕴蓄丰饶的多元风格。如朱彝尊就注意到了地理上的差异导致诗风变异的情况。《荇溪诗集序》曰:"而予舟车南北,突不暇黔,于游历之地,览观风尚,往往情为所移,一变而为骚,再变而为关塞之音,三变而为吴偷相杂,四变而为应制之体,五变而成歌,六变而作渔师、田父之语,讫未成一家言。"朱彝尊游览各地,生活屡变,声以俗移,诗风亦随之屡变。又如王士禛遍游金陵以题咏,冒襄称许道:"文笔之妙,简会似刘孝标《世说注》,秀削如

---

① 吴绮:《江柳州眉瞻陇塞集诗序》,《林蕙堂全集》卷三,第270页。
② 吴绮:《陶憺庵诗序》,《林蕙堂全集》卷四,第297页。
③ 吴绮:《卓子任近青堂序》,《林蕙堂全集》卷四,第276页。
④ 冒襄:《题韩圣秋游黄山诸论后》,《巢民文集》卷六,第613页。
⑤ 欧阳修、宋祁等:《新唐书》,中华书局1975年版,第4410页。
⑥ 吴绮:《汪扶晨毂玉堂诗集序》,《林蕙堂全集》卷三,第262页。
⑦ 吴绮:《陶憺庵诗序》,《林蕙堂全集》卷四,第297页。

郦道元《水经注》，峭洁如柳柳州《游记》，悲慨如孟才老《东京梦华录》。古今能事毕备纸上意者，山灵有知，故乞灵阮亭乎？"①王士禛有江左诗人舒缓阔达之"齐气"，又有与之相异的"简会"、"秀削"、"峭洁"等鲜明爽朗、风清骨峻的审美风格，这与其足迹遍天下的社会阅历不无关系。吴绮序卓子任《近青堂》曰："观其足迹所留，益见匠心独苦，故时而惊涛骇浪，则为奋迅振发之音；时而嘉树名花，则有秾丽纤妍之句；或而猿啼鹤唳，则其调多发于凄清；或而虎啸龙吟，则其旨必归之雄放，斯其《近青》一集足以振彩千秋也。"②卓子任即《遗民诗》的编纂者卓尔堪，他酷爱云游，所行之处，移步换景，因审美观照对象情态各异，心与物谐，天人合一，故诗人会产生不同的兴致，写出不同情调的作品，这是诗人目力所及之处特定的具体景物助人助文差别性的反映。

"江山"可以触发诗人的创作激情和灵感，贯注诗篇以淋漓真气，使诗人心魂可依，情感得以寄寓其中。《庄子·知北游》篇说："山林欤！皋壤与欤！使我欣欣然而乐欤！乐未毕也，哀又继之。"究其旨，"山林皋壤"是滋润诗人情怀、滋养文学生长的沃土。沈德潜说："诗人不遇江山，虽有灵秀之心，俊伟之笔，而孑然独处，寂无见闻，何由激发心胸，一吐其堆阜浩瀚之气？"（《芳庄诗序》）他切实指出，江山引燃了诗人的创作火苗，这一点清初扬州众多诗人可资印证。孙枝蔚一生虽然以居扬州的时日为多，但中晚年频频游学、游幕③，踪迹遍及大江南北，王泽弘《溉堂后集·序》云："先生秦人也，寄居广陵，穷老无归，以谋生不暇，日奔走于燕、赵、鲁、魏、吴、越、楚、豫之郊，其所阅历山川险阻、风土变异及交友、世情向背、厚薄之故，皆一一发之于诗，以鸣不平而舒怫郁。"④漂泊既久，风尘困顿，乞食艰难，触景感物，无一而非诗，自胸臆发出，尤可感人。诗人游历越广，越能认识现实，性情也就越深至。汪懋麟说："列国之风，贞淫美刺杂出，不无怨悱、忧伤、感愤之音，多托于山川、草木、禽虫，虽志趣各殊，而即事起义，务本人情，其旨一而

---

① 冒襄：《王阮亭金陵游记题辞》，《巢民文集》卷五，第606页。
② 吴绮：《卓子任近青堂序》，《林蕙堂全集》卷四，第276页。
③ 入幕情况：1659年客延令唐含拙幕，1664年入句容县幕，1668年入丰城令房兴公幕，1669年入潜江令王幼华幕，1674年入滕县任明府幕，1676年入江西总督董卫国幕，1683年夏至武昌客董卫国湖广总督幕，幕中授读。
④ 孙枝蔚：《溉堂集》，第1207页。

已。"① 主张情感与物色的关系，情感应居于主导地位，有限的物色应传递无穷的情感，深悉刘勰《物色》篇"物色尽而情有馀者，晓会通也"的本意。其《百尺梧桐阁集》"凡例"云："前此少作，自志学以来，即事拈弄，不过风云月露，语涉儿戏，悉从删削。癸卯秋举省试入京，始得山川友朋之助，弃去帖括，肆力为诗十余年。奔走南北，触绪写怀，凡所得诗十存四五，虽诗不必工而意之所寄，亦不忍弃，用志岁月。"② 汪懋麟尽芟早期绮靡声情之诗，唯存"奔走南北，触绪写怀"之作入集，足见"山川友朋之助"何其深至也。吴绮亦言曰："古人足迹所至，即为当时精意所留，非但欢欣乐易之情足以传诸题咏，是即悲哀劳悴之意亦足写其声音者矣。"③ 张自烈评论冒襄此类诗曰："复出南岳省亲，日纪及诗，读之诸所见闻，如宫室园亭、岩壑草木、暴澍怒飓、飞霓激电、巷哭途讴、鸟鸣虫语，与夫旅人羁客之赓唱，郡邑贤士大夫之志，盖辟疆率冥搜遐讨，形容刻画，殆尽慷愤，流连不忍去它。称引讽论，切中当世得失盛衰，一展卷间使人偃仰□□咨悼太息，不自知其歌且泣也。"④ 可见大自然及社会人事催生了诗人的情思虑绪，发于吟咏，自然真切感人。上述引论，已涉及诗歌的意境理论，肯定诗歌应情景交融，景物服从抒情的需要，堆砌写景的作品失之繁冗，导致情感稀薄，沦为败笔；而缺乏景物描写的作品，难臻圆融的意境，同样是有欠缺的。扬州诗人主张以雅正之气和高尚的情操入诗，以此来矫正在创作中顾此失彼的弊端。

天下之大，历史之久，事理之纷繁，人们所能直接接触的情景毕竟有限，很多时候是通过他人笔墨来感受自然之美的。江山感发诗人以吟咏，经过诗人的写实"摄录"，再以文质兼美的艺术佳品作用于读者，就会产生"移情"之妙。姑且以一个直观的链条来表示，即"江山—作者—作品—读者—江山"，由读者群推衍开来，物态依旧，而人情几变，更多的人与江山神遇、契合确是不争的事实。冒襄序王士禛游记诗曰："读之峥嵘明瑟，纡徐苍远，如置身石门印渚间，先生移我情矣。"⑤ 而他自己的诗被杜濬评曰："及揽其篇，则清音奔赴，灵想超忽，固已有山水间意。

---

① 汪懋麟：《百尺梧桐阁集》，第 682 页。
② 同上书，第 498 页。
③ 吴绮：《王学臣杜鹃声集序》，《林蕙堂全集》卷五，第 311 页。
④ 张自烈：《冒辟疆省觐兼游衡岳诗草序》，冒襄《同人集》卷一，第 23 页。
⑤ 冒襄：《王阮亭金陵游记题辞》，《巢民文集》卷五，第 606 页。

载读其诸游记并省亲日记,则一笔一洞壑,一转一绝境,如月写花,花有余态;如风写香,香有余情;又觉向之山水反为不逮,而辟疆未尝误我游也。"① 汪懋麟自嘲曰:"余虽身潜蓬户,耳塞而目盲,不知天下奇险为何物",而读了赵铁源《粤游诗》和梁清标记游南海诸诗后,"亦可慨然知所兴起乎"②。尽管他们身未亲历,目未亲睹,读之却能有身临其境之感,兹诚为江山助人助文之功。

冒襄还清醒地认识到,江山若出自庸才之手,则江山之美被破坏无遗,江山之助亦无从谈起。其所指庸才有两种,一是井底之蛙之流:"今人游辄记,记辄自谓能图画山水,梦梦者勿论已,其他袜才,拾景纤小破碎,虽然剪丝簇锦,正如蟆虫隘测,聊见一隅,山水巨丽,毫未窥见。"③ 其二,指专事临摹的鹦鹉学舌之辈:"世无游人久矣,自柳宗元死,奇响阒然,至近日诸公本无静心慧眼,但拾《世说》一二,烂熟口角,语不择而施,甚者一味诙谐,鄙秽可呕,而聋俗不学,又从而脍炙之,山水之不辰,至此极矣。"④ 强调创作主体眼界要宽,要有发自本性的歌咏,要具独立之面目。这番话有为而发,深具洞察力,有很强的现实针对性,对当时游记诗的创作具有重要的指导意义。

当然,明末清初扬州特殊而惨烈的十日屠城,使这方水土上的诗人有太多痛楚的回忆,他们如飘萍般被抛向时代大动荡的惊涛骇浪之中,亲身感受了异族入侵的暴虐无道,民族斗争的严酷艰危,以及由此而生的亡国切肤之痛,向来以风流自况的文人士子的闲适心境被时代的血雨腥风搅得粉碎,因此其山水之作绝不是纯粹娱情悦性的产物,也不是为了远距离地玩味激赏山水的闲情表露,而是通过山川形胜,深刻折射自己幽隐心曲的结晶,如孙枝蔚、吴嘉纪、冒襄、雷士俊等遗民笔下的山水有麦秀之悲,即使是在朝为官的吴绮、汪懋麟,挥毫间山水亦蒙上苦涩的阴翳。屈原行吟泽畔,写成《离骚》,是因为得到"江山之助",其内心有深沉的痛苦和悲哀,还有远大的抱负,再与楚国山水景物结合在一起,所达到的情感深度和艺术张力就难以为人企及,清初扬州诗人感同身受,他们对"江山"的诠释是切合屈原的抒情语境的。

---

① 杜濬:《朴巢文选序》,冒襄:《同人集》卷一,第26页。
② 汪懋麟:《百尺梧桐阁集》,第698页。
③ 冒襄:《题韩圣秋游黄山诸记后》,《巢民文集》卷六,第613页。
④ 杜濬:《朴巢文选序》,冒襄:《同人集》卷一,第26页。

及至文末，笔者不揣谫陋，提出"江山被助"之说以作补充。变"之"为"被"，意义径反："江山之助"，助的对象是人，自然景物在作家创作中起辅助作用；而"江山被助"，助的对象是自然景物，它突出了作家创作的能动性，强调文学对江山的重要作用。文学不仅描摹、表现江山，而且可使江山显扬于世，如汪懋麟论西山云："自有兹山以来，游而赋诗于此者不知其几矣，而兹山之名终未能与嵩高泰岱并峙俱传者，何也？昔谢康乐、柳子厚游迹所到，荒江穷谷，一遭披览，林木变色，始知山水之传于天壤间者，岂必以地哉？苟遭非其人，虽有深岩绝壑、幽泉茂树，与粪土芜没耳。两先生往在江南时，登探幽险，无境不至，至必赋诗，而诗传，地因以显。"[1]"其人"指王士禄、士禛昆仲，二人诗艺高、诗名盛，可见"诗传，地因以显"有一个前提条件，即诗人的才华横溢，名噪遐迩，若碌碌之辈则弗逮也。

---

[1] 汪懋麟：《游西山诗序》，《百尺梧桐阁集》，第686页。

参考文献

史部

[1]（清）张廷玉等编：《明史》，中华书局 1974 年版。

[2]（清）赵尔巽等撰：《清史稿》，中华书局 1977 年版。

[3] 王钟翰点校：《清史列传》，中华书局 1987 年版。

[4] 中国人民大学清史研究所史松、林铁钧编：《清史编年——第一卷（顺治朝）》，中国人民大学出版社 1985 年版。

[5] 中国人民大学清史研究所林铁钧、史松编：《清史编年——第二卷（康熙朝）》（上下册），中国人民大学出版社 1988 年版。

[6]（清）高士修、五格等纂：《江苏省江都县志》（华中地方第 394 号，全 5 册），清乾隆八年刊、光绪七年重刊本，台湾：成文出版社 1983 年版。

[7]（清）王逢源、李宾泰辑：《江苏省江都县续志》（华中地方第 393 号，全 2 册），清嘉庆十六年刊、光绪六年重刊本，台湾：成文出版社 1983 年版。

[8]（清）尹会一、程梦星辑：《华中地方第 146 号江苏省扬州府志》（1—4 册），清雍正十一年刊，台湾：成文出版社 1975 年版。

[9]（清）阿克当阿等修，姚文田、江藩等纂：《嘉庆重修扬州府志 73 号》（1—4 册），江苏古籍出版社 1991 年版。

[10]（清）计六奇撰：《明季南略》，中华书局 1984 年版。

[11]（清）徐鼒撰：《小腆纪年附考》，中华书局 1957 年版。

[12] 顾诚：《南明史》，中国青年出版社 1997 年版。

[13] 羽离子：《明清史讲稿》，齐鲁书社 2008 年版。

[14] 孟森：《心史丛刊》，辽宁教育出版社 1998 年版。

[15] 黄鸿寿：《清史纪事本末》，上海书店 1986 年版。

[16] 陈生玺：《明清易代史独见》，中州古籍出版社 1991 年版。

[17] 戴逸主编：《简明清史》（全 2 册），人民出版社 1987 年版。

[18] （清）焦循辑，许卫平点校：《扬州足征录》，广陵书社 2004 年版。

[19] （清）汪中著，田汉云点校：《广陵通典》，广陵书社 2004 年版。

[20] （清）王秀楚著，曾学文点校：《扬州十日记》，广陵书社 2004 年版。

[21] （清）佚名著，许卫平、吴善中点校：《咸同广陵史稿》，广陵书社 2004 年版。

[22] （清）焦循著，孙叶锋点校，陈文和审订：《北湖小志》，广陵书社 2003 年版。

[23] （清）阮先辑，孙叶锋点校，陈文和审订：《北湖续志》，广陵书社 2003 年版。

[24] （清）阮先辑，孙叶锋点校，陈文和审订：《北湖续志补遗》，广陵书社 2003 年版。

[25] （清）李斗著，蒋孝达校点：《扬州名胜录》，江苏古籍出版社 2003 年版。

[26] （清）焦循著，曾学文点校：《邗记》，广陵书社 2003 年版。

[27] （清）姚文田著，曾学文点校：《广陵事略》，广陵书社 2003 年版。

[28] （清）汪应庚著，曾学文点校：《平山揽胜志》，广陵书社 2004 年版。

[29] （清）赵之璧著，高小健点校：《平山堂图志》，广陵书社 2004 年版。

[30] （清）阮元著，王明发点校：《广陵诗事》，广陵书社 2004 年版。

[31] （清）顾銮著，王明发点校：《广陵览古》，广陵书社 2004 年版。

[32] （清）林溥撰，刘永明点校，蒋孝达审订：《扬州西山小志》，广陵书社 2005 年版。

[33] （清）杜召棠著，蒋孝达、顾一平点校：《惜馀春轶事》，广陵书社 2005 年版。

[34] （清）杜召棠著，蒋孝达、顾一平点校：《扬州访旧录》，广陵书社 2005 年版。

[35] 王振世著，蒋孝达校点：《扬州览胜录》，江苏古籍出版社 2002 年版。

[36] 董玉书著，蒋孝达、陈文和校点：《芜城怀旧录》，广陵书社 2001 年版。

[37] 徐谦芳著，蒋孝达、陈文和校点：《扬州风土记略》，广陵书社 2001 年版。

[38] （清）李元度辑，易孟醇点校：《国朝先正事略》，岳麓书社 1991 年版。

[39] （清）钱仪吉纂录：《碑传集》，明文书局 1985 年版。

[40] 蔡冠洛编：《清代七百名人传》，中国书店 1984 年版。

[41] 李圣华：《方文年谱》，人民文学出版社 2007 年版。

[42] 冒广生编：《冒巢民先生年谱》一卷，《年谱丛刊》第 70 册，北京图书馆编，北京图书馆出版社 2009 年版。

[43] 伊丕聪编：《王渔洋先生年谱》，山东大学出版社 1989 年版。

[44] 蔡观明编：《吴嘉纪年谱》一卷，《年谱丛刊》第 73 册，北京图书馆编，北京图书馆出版社 2009 年版。

子部

[45] （明）沈德符撰：《万历野获编》（三册），中华书局 1997 年版。

[46] （清）徐珂编：《清稗类钞》（第八册），中华书局 1986 年版。

[47] （清）王士禛撰：《池北偶谈》（上、下），中华书局 1982 年版。

[48] （清）王士禛撰：《居易录》，影印文渊阁四库全书。

[49] （清）王士禛撰：《香祖笔记》，上海古籍出版社 1982 年版。

[50] （清）李斗撰，汪北平、涂雨公点校：《扬州画舫录》，中华书局 2007 年版。

[51] （清）王晫：《今世说》，古典文学出版社 1958 年版。

[52] （清）谈迁撰，汪北平点校：《北游录》，中华书局 1997 年版。

[53] （清）冒襄撰：《影梅庵忆语》，影印清康熙间刻本，续修四库全书第 1272 册。

集部（别集类）

[54] （清）孙枝蔚撰：《溉堂集》（上、中、下册），上海古籍出版社 1979 年版。

[55] （清）吴嘉纪著，杨积庆笺校：《吴嘉纪诗笺校》，上海古籍出版社

1980 年版。

[56]（清）汪懋麟撰：《百尺梧桐阁集》诗十六卷文八卷遗稿十卷，影印清康熙刻本，四库全书存目存书集部第 241 册。

[57]（清）汪懋麟撰：《锦瑟词》，续修四库全书集部第 1725 册。

[58]（清）吴绮撰：《林蕙堂全集》，影印文渊阁四库全书集部第 1314 册。

[59]（清）冒襄撰：《巢民诗集》六卷，丛书集成三编第 42 册，新文丰出版公司。

[60]（清）冒襄撰：《巢民文集》七卷，影印清康熙刻本，续修四库全书集部第 1399 册。

[61]（清）宗元鼎撰：《芙蓉集》十七卷，影印清康熙刻本，四库全书存目丛书集部第 238 册。

[62]（清）雷士俊撰：《艾陵文钞》十六卷《诗钞》二卷，影印清康熙刻本，四库禁毁书丛刊集部第 90 册。

[63]（清）王士禛著，惠栋、金荣注，伍铭点校整理，韦甫参订：《渔洋精华录集注》，齐鲁书社 1989 年版。

[64]（清）王士禛撰：《渔洋诗集》二十二卷，《续集》十六卷，四库全书存目丛书集部第 226 册。

[65]（清）王士禛撰：《渔洋山人文略》十四卷，《蚕尾集》十卷，《续集》二卷，《后集》二卷，《南海集》二卷，《雍益集》一卷，四库全书存目丛书集部第 227 册。

[66]（清）王士禄撰：《十笏草堂诗选》十一卷（存五卷），《辛甲集》八卷，《上浮集》四卷，四库全书存目丛书补编第 79 册。

[67]（清）王士禄撰，王士禛批点：《考功集选》，丛书集成三编，第 43 册。

[68]（清）许承宣撰：《金台集》二卷，四库未收书辑刊，第 7 辑第 26 册。

[69]（清）程邃撰：《萧然吟》二卷，四库禁毁书丛刊，集部第 116 册。

[70]（清）方文撰：《嵞山集》（上、中、下册），上海古籍出版社 1979 年版。

[71]（清）杜濬撰：《变雅堂遗集》，影印清光绪刻本，续修四库全书，集部第 1394 册。

[72]（清）杜濬撰：《变雅堂文集》，影印清康熙刻本，四库禁毁丛书，集部第 1671 册。

[73]（清）周亮工撰：《赖古堂集》二十四卷《附录》一卷，四库禁毁书丛刊，集部第 184 册。

[74]（清）龚鼎孳撰：《定山堂诗集》四十三卷《诗馀》四卷，四库禁毁书丛刊，集部第 117 册。

[75]（清）施闰章撰：《学馀堂文集》二十八卷《诗集》五十卷《别集》二卷，影印文渊阁四库全书，集部第 1313 册。

[76]（清）宋琬撰，马祖熙校点：《安雅堂全集》，上海古籍出版社 2007 年版。

[77]（清）李念慈撰：《谷口山房诗集》三十二卷，《文集》六卷，影印清康熙刻本，四库全书存目存书，集部第 232 册。

[78]（清）李因笃撰：《受祺堂诗》三十五卷，影印清康熙刻本，四库全书存目丛书，集部第 248 册。

[79]（清）李柏撰：《太白山人槲叶集》五卷，《南游草》一卷，影印清康熙刻本，四库禁毁书丛刊，集部第 89 册。

[80]（清）张晋著，赵逵夫校点：《张康侯诗草》，兰州大学出版社 1989 年版。

[81]（清）王又旦撰：《黄湄诗选》，南京图书馆藏康熙刻本。

[82]（清）徐乾学：《憺园文集》三十六卷，续修四库全书，集部第 1412 册。

[83]（清）计东撰：《改亭诗集》六卷：《文集》十六卷，续修四库全书，集部第 1408 册。

[84]（清）魏禧撰：《魏叔子文集外篇》二十三卷，《诗集》八卷，续修四库全书，集部第 1408—1409 册。

[85]（清）曹溶撰：《静惕堂诗集》四十四卷，四库全书存目存书，集部第 198 册。

[86]（清）张贞撰：《杞田集》十四卷，四库未收书辑刊，第 7 辑第 28 册。

集部（总集类）

[87]（清）张维屏辑：《国朝诗人征略》六十卷，影印清道光十年刻本，

续修四库全书集部，第 1712—1713 册。

[88]（清）张维屏辑：《国朝诗人征略二编》六十四卷（缺若干卷），影印清道光十年刻本，续修四库全书集部，第 1713 册。

[89]（清）郑方坤撰：《清朝名家诗钞小传》四卷，明文书局，影印光绪十二年刻本。

[90]（清）周在浚等辑：《赖古堂名贤尺牍新钞》十二卷，《二选藏弆集》十六卷，《三选结邻集》十六卷，四库禁毁书丛刊，集部第 36 册。

[91]（清）邓汉仪辑：《诗观初集》十二卷，《二集》十四卷，四库全书存目丛书补编，第 39—41 册。

[92]（清）王士禛辑：《感旧集》，影印清乾隆十七年刻本。

[93]（清）冒襄辑：《同人集》十二卷，影印清康熙刻本，四库全书存目丛书，集部第 385 册。

[94]（清）宋荦选：《江左十五子诗选》十五卷，四库全书存目丛书，集部第 386 册。

[95]（清）孙默编：《十五家词》三十七卷，文渊阁四库全书，集部第 433 册。

[96]（清）李祖陶辑：《国朝文录续编》，影印清同治刻本，续修四库全书，集部第 1671 册。

[97]（清）阮元辑：《淮海英灵集》，影印清嘉庆刻本，续修四库全书，集部第 1682 册。

[98]（清）阮元辑：《两浙輶轩录》，影印清嘉庆刻本，续修四库全书，集部第 1683 册。

[99]（清）卓尔堪辑撰：《遗民诗》十二卷，影印清康熙刻本，四库禁毁书丛刊，集部第 21 册。

[100]（清）林苏门撰，刘永明点校，蒋孝达审订：《邗江三百吟》，广陵书社 2005 年版。

[101]（清）董伟业撰，刘永明点校，蒋孝达审订：《扬州竹枝词》，广陵书社 2005 年版。

[102]（清）沈德潜编：《清诗别裁集》，中华书局 1975 年版。

[103]（清）魏宪辑：《百名家诗选》，《四库存目》，齐鲁社 1997 年版。

[104]（近）徐世昌辑：《晚晴簃诗汇》，中国书店 1989 年版。
[105]（清）张应昌辑：《清诗铎》，中华书局 1960 年版。
[106] 李坦等编：《扬州历代诗词》，人民文学出版社 1998 年版。

集部（诗文评类）

[107]（清）王夫之等撰：《清诗话》，上海古籍出版社 1978 年版。
[108]（清）王士禛著，张宗柟纂集，戴鸿森校点：《带经堂诗话》（上、下册），人民文学出版社 2006 年版。
[109]（清）何焯评、冯班：《钝吟杂录》，中华书局 1985 年版。
[110]（清）杨钟羲撰：《雪桥诗话、续集、三集、余集》，北京古籍出版社 1991 年版。
[111] 郭绍虞、富寿荪编选：《清诗话续编》，上海古籍出版社 1983 年版。

研究专著

[112]（清）陈田辑：《明诗纪事》，北京商务印书馆 1936 年版。
[113]（清）钱谦益：《列朝诗集小传》（上、下册），上海古籍出版社 2008 年版。
[114] 谢正光、佘汝丰编：《清初人选清初诗汇考》，南京大学出版社 1998 年版。
[115] 邓之诚撰：《清诗纪事初编》（上、下册），上海古籍出版社 1984 年版。
[116] 钱仲联主编：《清诗纪事》，江苏古籍出版社 1987 年版。
[117] 袁行云：《清人诗集叙录》（共三册），文化艺术出版社 1994 年版。
[118] 孙静庵：《明遗民录》，浙江古籍出版社 1985 年版。
[119] 余来明：《嘉靖前期诗坛研究》，武汉大学出版社 2009 年版。
[120] 李圣华：《晚明诗歌研究》，人民文学出版社 2002 年版。
[121] 张德建：《明代山人文学研究》，湖南人民出版社 2005 年版。
[122] 严迪昌：《清诗史》（上、下册），浙江古籍出版社 2002 年版。
[123] 严迪昌：《清词史》，江苏古籍出版社 1999 年版。
[124] 严迪昌：《严迪昌自选论文集》，中国书店 2005 年版。
[125] 马大勇：《清初庙堂诗歌集群研究》，吉林人民出版社 2007 年版。

［126］方盛良：《清代扬州徽商与东南地区文学艺术研究》，人民文学出版社 2008 年版。

［127］蒋寅：《王渔洋与康熙诗坛》，中国社会科学出版社 2001 年版。

［128］蒋寅：《王渔洋事迹征略》，人民文学出版社 2001 年版。

［129］蒋寅：《古典诗学的现代诠释》，中华书局 2003 年版。

［130］王利民：《王士禛诗歌研究》，中华书局 2007 年版。

［131］王利民、丁富生、顾启：《冒辟疆与董小宛》，中华书局 2004 年版。

［132］顾启：《冒襄研究》，江苏文艺出版社 1993 年版。

［133］张仲谋：《清代文化与浙派诗》，东方出版社 1997 年版。

［134］张仲谋：《贰臣人格》，长江文艺出版社 1996 年版。

［135］李丹：《顺康之际广陵词坛研究》，上海古籍出版社 2009 年版。

［136］陈玉兰：《清代嘉道时期江南寒士诗群与闺阁诗侣研究》，人民文学出版社 2004 年版。

［137］冯尔康、常建华：《清人社会生活》，天津人民出版社 1990 年版。

［138］谢国桢：《明清之际党社运动考》，辽宁教育出版社 1998 年版。

［139］谢正光：《清初诗文与士人交游考》，南京大学出版社 2001 年版。

［140］赵园：《明清之际士大夫研究》，北京大学出版社 1999 年版。

［141］赵园：《制度·言论·心态——〈明清之际士大夫研究〉续编》，北京大学出版社 2006 年版。

［142］朱丽霞：《明清之交文人游幕与文学生态——以徐渭、方文、朱彝尊为个案》，上海古籍出版社 2008 年版。

［143］朱丽霞：《清代辛稼轩接受史》，齐鲁书社 2005 年版。

［144］何宗美：《明末清初文人结社研究》，南开大学出版社 2003 年版。

［145］何宗美：《明末清初文人结社研究续编》，中华书局 2006 年版。

［146］孙之梅：《南社研究》，人民文学出版社 2003 年版。

［147］魏泉：《士林交游与风气变迁——19 世纪宣南的文人群体研究》，北京大学出版社 2008 年版。

［148］张慧剑：《明清江苏文人年表》，人民文学出版社 2008 年版。

［149］南京师范大学古文献整理研究所编著：《江苏艺文志（扬州卷）》（上、下册），江苏人民出版社 1995 年版。

［150］周焕卿：《清初遗民词人群体研究》，上海古籍出版社 2008 年版。

[151] 时志明：《山魂水魄——明末清初节烈诗人山水诗论》，凤凰出版社 2006 年版。

[152] 纪玲妹：《清代毗陵诗派研究》，凤凰出版社 2009 年版。

[153] 陈庆元：《文学：地域的观照》，上海三联书店 2003 年版。

[154] 马积高：《清代学术思想的变迁与文学》，湖南人民出版社 2002 年版。

[155] 谢国桢：《明末清初的学风》，人民出版社 1982 年版。

[156] 梁启超：《中国近三百年学术史》，中国社会科学出版社 2008 年版。

[157] 王汎森：《晚明清初思想十论——名家专题精讲》，复旦大学出版社 2004 年版。

[158] 燕国材：《明清心理思想研究》，湖南人民出版社 1988 年版。

[159] 王俊义、黄爱平：《清代学术与文化》，辽宁教育出版社 1993 年版。

[160] 杨旭辉：《清代经学与文学——以常州文人群体为典范的研究》，凤凰出版社 2006 年版。

[161] 龚鹏程：《游的精神文化史论》，河北教育出版社 2001 年版。

[162] 王遂今：《吴越文化史话》，浙江大学出版社 2004 年版。

[163] 夏咸淳：《情与理的碰撞：明代士林心史》，河北大学出版社 2001 年版。

[164] 周明初：《晚明士人心态及文学个案》，东方出版社 1997 年版。

[165] 韩进廉：《无奈的追寻：清代文人心理透视》，河北大学出版社 2001 年版。

[166] 郭杰：《古代思想与诗的世界》，中国社会科学出版社 2008 年版。

[167] 姚永朴著，许结讲评：《文学研究法》，凤凰出版社 2009 年版。

[168] 萧华荣：《中国诗学思想史》，华东师范大学出版社 1996 年版。

[169] 蔡镇楚：《诗话学》，湖南教育出版社 1992 年版。

[170] 李世英：《清初诗学思想研究》，敦煌文艺出版社 2000 年版。

[171] 郑子运：《明末清初诗解研究》，凤凰出版社 2010 年版。

[172] 张健：《清代诗学研究》，北京大学出版社 1999 年版。

[173] 李世英、陈水云：《清代诗学》，湖南人民出版社 2000 年版。

[174] 齐治平：《唐宋诗之争概述》，岳麓书社 1984 年版。

[175] 黄河：《王士与清初诗歌思想》，天津人民出版社 2002 年版。
[176] 孙纪文：《王士禛诗学研究》，宁夏人民出版社 2008 年版。
[177] 丁功谊：《钱谦益文学思想研究》，上海古籍出版社 2006 年版。
[178] 杨连民：《钱谦益诗学研究》，社会科学文献出版社 2007 年版。
[179] 李康化：《明清之际江南词学思想研究》，巴蜀书社 2001 年版。
[180] 许凤仪等：《扬州史话》，江苏古籍出版社 1985 年版。
[181] 朱福烓：《扬州史述》，苏州大学出版社 2001 年版。
[182] ［美］梅尔清：《清初扬州文化》，朱修春译，复旦大学出版社 2004 年版。
[183] ［澳］安东篱：《说扬州——1550—1850 年的一座中国城市》，李霞译，中华书局 2007 年版。
[184] 戴健：《清初至中叶扬州娱乐文化与文学》，社会科学文献出版社 2008 年版。
[185] 柯玲：《民俗视野中的清代扬州俗文学》，上海社会科学院出版社 2006 年版。
[186] 苏保华：《扬州文学镜像研究》，社会科学文献出版社 2009 年版。
[187] 韦明铧：《广陵绝唱》，百花文艺出版社 2003 年版。
[188] 韦明铧编：《绿杨梦访》，百花文艺出版社 2003 年版。
[189] 韦明铧：《二十四桥明月夜——扬州》，上海古籍出版社 2000 年版。
[190] 韦明铧：《风雨豪门——扬州盐商大宅院》，广陵书社 2003 年版。
[191] 韦明铧：《扬州文化谈片》，广陵书社 2004 年版。
[192] 韦明铧点评：《扬州旧闻》，古吴轩出版社 2003 年版。
[193] 马家鼎选注：《扬州文选》，苏州大学出版社 2001 年版。
[194] 许少飞：《扬州园林》，苏州大学出版社 2001 年版。
[195] 李保华：《扬州诗咏》，苏州大学出版社 2001 年版。
[196] 王瑜主编：《扬州历代名人》，江苏古籍出版社 1992 年版。

研究论文

[197] 钱仲联：《顺康雍诗坛点将录》，《苏州大学学报》1991 年第 1 期。
[198] 严迪昌：《往事惊心叫断鸿——扬州马氏小玲珑山馆与雍、乾之际广陵文学集群》，《文学遗产》2002 年第 4 期。

[199] 田晓春：《乾坤著意穷吾党——雍、乾之际广陵文学集群述论》，《南阳师范学院学报》2004 年第 8 期。
[200] 胡祥云、方盛良：《论"小玲珑山馆"为中心的文学活动》，《安庆师范学院学报》2009 年第 7 期。
[201] 方盛良：《"小玲珑山馆"诗人群体考略》，《安庆师范学院学报》2005 年第 1 期。
[202] 马大勇：《清初金台诗群研究》，博士学位论文，苏州大学，2001 年。
[203] 程轶：《清初诗人王士禄研究》，硕士学位论文，山东大学，2007 年。
[204] 曹斌：《清初士大夫群体的心态诠释——以周亮工为个案》，硕士学位论文，福建师范大学，2007 年。
[205] 陈昭凌：《孙枝蔚及其诗歌研究》，硕士学位论文，西南大学，2009 年。
[206] 段莹：《孙枝蔚年谱》，硕士学位论文，西北大学，2010 年。
[207] 乐进：《清初遗民诗人吴嘉纪研究》，硕士学位论文，苏州大学，2007 年。
[208] 王鑫：《遗民诗人吴嘉纪研究》，硕士学位论文，辽宁师范大学，2008 年。
[209] 叶珏：《明遗民个案分析：吴嘉纪扬州文学活动研究》，硕士学位论文，四川师范大学，2008 年。
[210] 周颖：《清初遗民诗人吴嘉纪及其诗歌创作研究》，硕士学位论文，苏州大学，2009 年。
[211] 赵娜：《吴嘉纪诗歌研究》，硕士学位论文，山东师范大学，2009 年。
[212] 杨燕：《吴绮湖州为官时期文学活动考论》，硕士学位论文，南京师范大学，2007 年。

后 记

本书是在我的博士学位论文《清初扬州诗群研究——以孙枝蔚及其交游圈为中心之考察》的基础上修订而成的。

2009年9月,我进入西北师范大学读博,师从张兵先生。清初扬州诗群是张老师多年来重点关注的领域之一,进校伊始,他就建议我将之作为论文选题,其时我也曾动摇、迷茫:学界对清初扬州诗群的研究尚未有之,对这一学术领域从什么视角入手?浩繁的清初扬州诗文典籍,谁可作为典范?经过一段时间对相关文人别集的研读后,我最终在张老师指点迷津后茅塞顿开,从中遴选出在清初扬州诗坛影响甚大的孙枝蔚及其交游圈作为审视目标。此选题着意于地缘文学研究,以明清易代之际特殊历史语境下的特殊地域生态中的特殊文人群体与个案及其文学活动、文学心态和文学思想作为研究视野,以"散点透视"和"焦点透视"为观照视域,采取宏观和微观相结合的研究方法。

当初在论文评审和答辩过程中,老师们在给予了肯定、鼓励的同时,也提出了很多中肯的修改意见,自己也想假以时日慢慢修改,惜毕业三年后,计划赶不上变化,生活、工作中的一些变动和琐屑常致搁笔,这些遗憾有待我今后补充和完善。

在书稿即将出版之际,衷心感谢我的导师张兵教授。蒙师不弃,允入门墙数载,从硕士到博士阶段,一路悉心指导、栽培,我会永远铭记师恩。此论题有幸获教育部2012年人文社会科学青年项目立项资助,实离不开张师的独具匠心和他倾注的心血。先生敏锐的思维,开阔的学术视野,严谨的治学态度,刚直低调的为人心性,都对我形成有力的感召,激励我潜心向学,踏实生活。

就学期间,赵逵夫、尹占华、李占鹏、伏俊琏、郝润华、韩高年等先生均给我讲授过专业课,教诲良多,启迪匪浅。尤其在此论题开题之际,更是多加指点,提出诸多建设性意见,对论文的写作起了重要的推动之功。龚喜平、孙京荣二位先生,是我硕士阶段的老师,一直以来都关切询问,殷殷之情令人难忘。

感谢兰州交通大学文学与国际汉学院的两位院长王为群、刘青汉先生对我工作上的指导和帮助,感谢同事们的关爱和支持。

家人不言谢,但我还是要对所有的至亲道一声感谢,你们是我坚实的依靠,感谢你们多年来的理解、包容、关爱、襄助。

本书蒙中国社会科学出版社厚爱,惠予出版。田文编审良好的专业修养和细致的审阅,使我避免了不少疏忽,在此深表谢意。

杨泽琴

2015 年 4 月 25 日于兰州